직장동료와 혈투

직장동료와 혈투

초판 1쇄 발행 2025년 11월 17일

지은이 박종삼
펴낸이 장길수
펴낸곳 지식과감성#
출판등록 제2012-000081호

교정 주경민
디자인 김희영
편집 김희영
검수 한장희, 정윤솔
마케팅 김윤길

주소 서울시 금천구 벚꽃로298 대륭포스트타워6차 1212호
전화 070-4651-3730~4
팩스 070-4325-7006
이메일 ksbookup@naver.com
홈페이지 www.knsbookup.com

ISBN 979-11-392-2900-4(03810)
값 17,000원

• 이 책의 판권은 지은이에게 있습니다.
• 이 책 내용의 전부 또는 일부를 재사용하려면 반드시 지은이의 서면 동의를 받아야 합니다.
• 잘못된 책은 구입하신 곳에서 바꾸어 드립니다.

지식과감성#
홈페이지 바로가기

직장동료와 혈투

박종삼 지음

목차

1. 저승 이보라, 이승 이보라　　6
2. 길고양이냐? 반려고양이냐?　　28
3. 고양이 영혼의 한　　52
4. 끝없는 갑질, 을질, 병질, 정질, 무질　　75
5. 직장동료와 격투　　98
6. 빗나갈 무속 세계　　121
7. 신당 창당　　144
8. 고양이 살풀이굿　　167
9. 돈 대박이냐? 인간 대박이냐?　　189
10. 국무총리가 뭐길래　　211
11. 보신탕이 뭐길래　　234
12. 걷잡을 수 없이 출렁거리는 지지율　　256
13. 단일화의 강을 건너다　　279
14. 감 우려먹듯, 구렁이 담 넘어가듯　　302

작가의 말　　322

1. 저승 이보라, 이승 이보라

옛날 옛적부터 최고의 무격신앙으로 전통이 깊은 계룡산 끝자락에 걸친 향적산이란 산도 있다. 한 번이라도 가본 사람은 느끼겠지만 굉장히 비범한 산임엔 분명하다.

줄기가 이어져 있어서 계룡산인 줄 알았는데 실은 새끼 계룡산 격인 향적산에 사업에 실패하고 몸까지 굉장히 좋지 않아 돈벌이를 제대로 하지 못하고 무지막지한 주가조작으로 광폭 사기를 당하여 지금 당장이라도 자기 자신의 목숨을 끊고 저승행 급행열차를 타고 싶어 하는 한 청년이 오르고 있었다. 평범한 직장인들은 지금 한창 근무하고 있을 시간인 평일 화요일 오전에 소나기 같은 땀을 흘리며 산 정상을 향하고 있다. 더위가 절정인 시기라 더더욱 그랬다.

심한 우울증까지 겹쳐 정상에 가면 큰 바위 같은 데나 큰 낭떠러지라도 있으면 바로 뛰어내릴지도 모른다. 심정이 그렇다. 이곳은 예전에 한 지인이 무격신앙의 본부 격으로 무당들의 아지트라고 한 말이 문득 떠올랐다. 그가 그런 쪽에 그리 깊은 관심은 없지만 오래전에 들었던 기억이 스친 것이었다.

    더군다나 무더위가 절정인 2023년 8월 초였다. 그해의 여름은 역대급 무더위가 기승이었는데 한증막 저리 가라였다. 그의 가슴을 송두리째 휩쓸고 앗아가 버린 주가조작이 지난해 대대적으로 일어났다. 이런 것은 관계기관에 고소 고발하여도 조사하는 척, 수사하는 척하다가 물에 물 탄 듯, 술에 술 탄 듯, 능구렁이 담 넘어가듯, 그냥 넘어가 버리기 일쑤였다.

    작은 개미라 무지막지한 피해를 봤고 게다가 다니던 중소기업도 부도가 나 더 이상 다닐 수 없는 지경이 됐다.

    퀵 서비스를 하다가 넘어져 한쪽 팔을 제대로 쓸 수가 없는 상태가 된 지경이라 오르는 산비탈이 너무 가팔라 몹시 두렵고 힘겹다. 몸의 균형이 한쪽으로 쏠릴 때마다 아찔하기만 하였다. 중턱에 오를 땐 길에 험한 날카로운 돌들이 많아 더욱더 긴장을 일으켰다.

    어렵사리 산 정상 국사봉에 올랐을 땐 시간이 오후 2시가 조금 넘어갔다. 평일이라 그런지 인적이 아예 보이질 않았다. 옷은 땀에 젖어 몸에 꽉 달라붙어 손으로 이리저리 잡아 떼어내야 할 판이다.

    에어컨 바람보단 턱없이 미약하지만 그래도 보약같이 갑자기 산바람이 살랑살랑 불어오기 시작하였다. 제법 시원한 듯한 느낌을 받았다. 소리까지 경쾌하게 들렸다. 처음엔 그의 귀에 들린 시원한 바람 소리라고만 생각이 들었다.

    계속 의자를 닮은 작은 바위에 앉아 땀을 식힐 때 웬 나이가 꽤 든 노파가 유유히 걸어오고 있었다. 느껴지는 바로는 굉장히 연세가 들어 이런 높은 산 정상을 도저히 오를 수가 없을 거라고 생각되는데 어떻게 올랐는지 이해하기 어려웠다. 그가 더욱더 깜짝 놀란 건 노파의 얼굴이 마치 살아생전의 자신의 외할머니와 거의 80% 정도 닮았다는 것이었다.

어떻게 노파가 이렇게 가파른 높은 산 정상에 올랐을까 하는 것도 이상하지만 자신을 쳐다보는 눈빛이 예사롭지 않고 몹시 날카로웠다. 게다가 기분이 오싹한 건 머리카락이 100% 흑색이었다.

노후가 되어 흰색이라면 이해가 되겠지만 흑색은 괴이할 지경이었다. 미용실에 가 흑색 패션 염색을 할 리는 없을 테니까 말이다. 물론 그랬을 수도 있긴 하다. 염색에 나이 제한은 없으니까 가능성을 완전 배제하긴 어렵다.

나이는 90을 넘긴 듯했다.

계속 정색하며 쳐다보는 노파는 "으하하 이봐. 거기 내 직장동료가 서 있네! 참 오랜만에 보네! 날 몰라보겠나."라며 매우 반가운 표정이 역력했다.

영작은 얼굴이 완전 굳어지며 어안이 벙벙하기만 하였다. 속으로 '아! 이 할머니가 정신에 문제가 있거나 치매가 심한 게 아닐까!' 여겼다. 노파는 점점 가까이 그에게 다가와 막 끌어안으려고 달려든다. 이 자체가 싫어 그는 황급히 피한다.

"아니, 우린 직장동료였는데 왜 피합니까? 진짜 날 몰라봅니까? 네?"

"……."

그는 그저 침묵만을 유지하며 다른 데로 피하고 싶단 생각만 들어 뒷걸음질 치며 피해 몇 미터 더 달아났을 때 "이봐, 당신은 김영작이고 한광기업에 다니고 나이는 48살이잖아? 맞지."라고 노파가 내질렀다.

이 말에 그는 가슴이 쿵 내려앉으며 "어어, 이 할머니가 날 어떻게 알지! 저를 어떻게 압니까? 할머니 누구십니까." 물으며 얼굴이 얼린 동태처럼 굳어졌다. "내 이름은 이보라다. 한광기업 경리대리이다. 우린 결혼을 약속한 적도 있었지! 기억해?"

뭔가에 한 대 세게 얻어맞은 기분에 멍하니 어지러워 다리에 힘에 쭉 빠져 퍽 쓰러질 것 같았다.

"뭐요? 뭐라고요? 할머니가 이보라라고요. 경리대리……."

이보라는 재작년 김영작과 결혼을 약속한 뜨거운 연인이자 한광기업 직장동료였으나 그 당시 한겨울에 이 산에 함께 등산하다가 빙판에 미끄러져 몸을 크게 다쳐 사망한 여자이다.

나이도 현재 그와 같은 48살이었다. 사실 오늘 그가 이 무더위에 아랑곳하지 않고 이 산에 온 까닭은 작년 주식에 망하고 올해 회사가 부도나 절단 난 상태라 심적 압박감을 이겨내려고 오래전에 그녀와 함께했던 추억을 떠올리려고 온 것이다. 이 산이 그녀와 함께한 마지막 시간이었기에 그리워서 그렇고 초심으로 돌아가 우울증을 극복하려는 심기일전 차원도 있다.

지금 이 순간 공포의 세계로 몰아넣고 있는 노파의 정체는 무엇일까!

"아니 할머니, 아니 어르신 이게 어떻게 된 일입니까? 어르신과 이보라가 무슨 관계예요? 어떻게 그렇게 속속들이 다 꿰뚫고 계십니까? 으으. 또 저와 보라의 내막을 다 훤히 들여다보고 계시니 말이에요."

"야, 젊은이 너무 그렇게 당황해하지 마! 그 보라라는 여자는 그 당시 국사봉을 내려가다가 산비탈 빙판에 미끄러져 세상을 떴지. 그런데 그 아가씨가 너를 너무 좋아했고 너와 꼭 결혼하고 싶었는데 소원을 이루지 못해 너무너무 원통 절통 비통하여 마음 편히 저세상으로 가질 못하고 이렇게 한 맺힌 억울한 영혼이 구천을 떠돌고 있다. 내가 그 여자라는 게 아니다. 내가 다 알고 있단 것이다."

"아니 어르신이 그걸 어떻게 압니까."

"나는 대한민국 최고 넘버원 족집게 무당이기 때문이다. 난 젊은이가 오늘 여길 오는 것도 다 알고 있었다. 하늘에서 다 때려 주거든. 그리고 그 여자의 혼이 당신이 오늘 여기 온다고 여간 들뜨고 고무된 게 아니다. 쯧쯧, 너무 안타까워 불쌍하다. 결혼식을 바로 앞두고 참변을 당하다니, 에잇."

힘이 쭉 빠진 그는 그 자리에 무릎을 꿇고 퍽 주저앉는다.

"족집게 법사님 사주를 넣지도 않았는데 제 얼굴만 보고도 으으으 그런 걸 다 아시다니요. 정말 대단한 법력이십니다. 그런데 이를 어찌하면 좋을까요? 어어억."

"음, 자네 심정을 충분히 알겠네! 뭐니 뭐니 해도 우리 무격신앙은 굿이 최고야 굿을 하여 그 억울한 혼을 달래주고 좋은 곳으로 갈 수 있게 길을 열어주라고. 알겠나."

"네, 그렇게 하긴 할 건데 돈이 너무 많이 들지 않을까요? 사람들 말 들어 보면 그런 굿을 하려면 엄청난 돈이 든다고 하던데요? 저는 이리저리 꼬여 돈이 없는 사람입니다."

"그래, 조금 들지. 원래 제대로 하려면 3천 드는데 자네가 너무 딱해 보여 내가 2천에 해줄게."

"그렇게 깎아주시는 건 너무 고맙지만 저는 그 정도 돈도 없습니다. 저는 작년에 주식에 망했고 올해 다니던 회사가 부도나 직장을 잃었습니다. 힘들겠는데요. 돈이 없어서……."

"아하! 돈이 없어서 굿을 못 한다. 참! 돈으로 시작하여 돈으로 끝나는 자본주의라 그렇긴 해."

잠시 침묵을 지키던 노파는 "그래 뭐 돈이 없어서 못 한다니 참 안됐다. 그럼 우선 내가 그냥 무료로 해줄게. 단, 다음에 돈 벌면 갚아. 내가 특별히 신경 써주는 거다. 그 여자의 혼이 너무너무 안타깝고 불쌍해서 그래. 매일 내 앞에 나타나 눈물을 흘리며 흐느끼지. 언제 할 건가."라며 선심을 표했다. "네, 빨리 서둘러 해야지요. 이번 주 토요일에 합시다. 제가 여기로 오면 될까요?"

"그래 알았다. 우리 같이 내려가자고. 나는 저 향적산 입구 쪽에 한 법당이 있다. 내려가서 거길 알려줄 테니 이번 주 토요일 오전 10시까지 와. 그럼 나를 보조하는 내 동생들이 여럿이서 같이 진행할 것이다."

"아! 네, 그렇게 일단 무료로 해주신다니 너무너무 감사하고 고맙기도 합니다. 으으흑."

"야 너무 그럴 것 없다. 그 무엇보다 그 여자의 비통한 혼을 달래 천상 최고봉으로 보내주면 우리의 임무는 끝난다. 자, 내려갑시다."

"네."

법당을 둘러본 그는 어리둥절하기만 하였다. 신묘하게 생긴 많은 장식과 산신령 그림들이 즐비했기 때문이다.

"법사님 아까 대한민국 최고 넘버원 족집게라고 하셨는데 어느 정도 실력과 능력이신지 매우 궁금하기도 합니다. 제 과거를 아무런 자료도 없이 다 아시는 걸로 볼 때 정말 대단하긴 대단하신 건 분명합니다만."

"나는 뭐 별거 없다. 다른 무당들은 과거는 훤히 다 들여다보는 족집게이다. 그러나 미래는 전혀 몰라. 하지만 나는 미래를 다 안다는 거지! 우하하하. 이게 결정타가 된다. 비교 불가한 실력 차이라고 하지! 난 너무 대단하다는 게 문제이기도 해! 모르는 게 아무것도 없어! 다 알아."

"대표적으로 한 가지만 말씀해 주시면 안 될까요? 법사님."

"내년 2024년 5월 21일에 새로운 대통령 선거가 치러지잖아? 그 뽑힐 인간이 누구라는 걸 나는 다 안다. 벌써 내 눈에 다 보여."

"그게 누굽니까."

"음, 걔는 바로 국민밖에 모르는당 조씨 여자야. 벌써 8선 의원이 됐지. 과거의 직업은 기획부동산 사장이었다. 하지만 악착같이 돈을 모아 평택 안중 쪽에 땅을 조금 사놓았는데 그게 조금 지나 신도시가 들어서 무지막지하게 떠 완전 떼돈을 벌었지! 그 돈으로 정계에 진출한 것이다. 원래 정치란 게 돈 놓고 돈 먹기 아닌가? 지금 그 기획부동산은 동생이 물려받아 운영하고 있다. 그 동생도 곧 정계에 진출하려고 몸을 풀고 있다. 됐나."

"어! 그 당에 조씨 성을 가진 여자가 누구지. 8선 의원이면 어! 그 여자는 조혜란인데……."

"……."

하지만 법사는 침묵을 지켰다. 그러다가 살짝 귀띔을 한다. "천기누설은 적당히 하는 거다. 다 누설해 버리면 안 되지. 그러니 조금 참겠다."

영작은 돌아서 계룡역으로 가 서울로 가는 열차에 몸을 실었다. 벌써부터 기대가 됐다. 사랑했으나 사랑을 꽃피우지 못하고 구천을 떠도는 여인, 보라의 한을 풀어줄 절호의 기회로 여기는 마음도 들어서다.

오늘 그 산을 오르다가 땀을 너무 많이 흘린 탓인지 피곤하여 열차 안에서 꾸벅꾸벅 졸다가 그만 잠이 들어버렸다. 금세 무슨 꿈을 하나 꾼 것 같은데 이게 꿈인지 생시인지 꿈속에서도 헷갈려 혼란을 일으킬 정도였다. 보라가 나타나 "야 영작아 이젠 나에 대한 마음고생은 그만하고 너도 좋은 여잘 만나 새롭게 결혼생활을 하라고……. 내 걱정은 그만해."라며 지긋이 웃음을 보이며 한 작은 소류지로 날아가는 모습이 보였다. 고인인 보라는 영작과 나이가 같다. 벌떡 깨어나 "어어 꿈이었구나! 꿈." 하며 밖을 보자 한적한 시골 풍경이 한눈에 들어왔다.

아까 족집게 법사의 말과 지금 이 꿈은 뭔가 상통되는 듯하였다.

그로부터 며칠 후 그는 약속대로 그곳에 가 영혼을 달래 천상의 가장 좋은 곳으로 가게 하는 굿을 하게 된다.

그 법사 말고도 보조역할을 하는 무당들이 몇 명 더 와서 진행하는 방식이었다. 아주 요란한 피리, 꽹과리, 북, 징을 치는 소리가 울려 퍼지더니 법사는 느닷없이 그에게 가까이 다가와 꽉 끌어안으려 하였다.

"아아, 아 법사님 왜 그러세요? 이러시면 안 돼요."

"야, 영작아 내가 지금 누군지 알아? 난 법사가 아니다. 난 바로 내가 바로 보라다. 내가 이보라라고. 내가 너와 결혼을 약속했었던 이보라고 보라, 으으흑."

이 말에 그는 넋을 잃고 몸이 심하게 흔들렸다. "어어 어어."

법사는 더 거칠게 달려들어 그를 꽉 끌어안았다. 이 순간 그는 실제로 보라의 기운이 느껴졌다. 보라와 끌어안고 있는 느낌과 기분이 세게 밀려왔다. 이 절차는 순조롭게 마무리되어 마쳤다.

"잘됐다. 당신의 여인은 이젠 천상의 가장 좋은 곳으로 갔다."라고 말하는 법사의 마지막 말을 들은 그는 "아 네, 오늘 애써주셔서 너무 고맙습니다. 정말 고생 많으셨습니다. 다음에 연락드리겠습니다."라고 정중히 인사하고 돌아서 갔다. 문제는 조속히 굿을 한 비용 2천만 원을 갚아야 하는 현실이었다.

이날 다시 수원 팔달구 매산동 집 쪽방에 들어선 그는 그 돈을 빨리 갚아야 한다고 말한 무당의 말에 꽤나 신경이 쓰이기 시작하였다. 돈 많은 집안이라면 아무런 문제가 될 게 없겠지만 현실은 냉혹하기만 하였다. 스마트폰을 꺼내 수원교차로 구인구직 코너에 들어가 이리저리 훑어봤다. 올 초 회사 부도 후 오토바이 퀵서비스를 하다 넘어져 큰 부상의 여파로 오른손을 제대로 쓰기 힘든 상황이라 다 만만찮았다. 자격증을 요하는 일들이 일부 보였고 나머지는 상당히 힘든 중노동업종들이었다. 그러던 중 한솔취업센터 경비원 외곽미화원이란 게 보였는데 그는 자신의 나이가 48세라 무척 거리감이 느껴졌다. 어딜 가든 그런 업종은 퇴직 후 최소한 60세가 넘은 사람들이 하는 게 일반적이라 그랬다.

그래도 자신의 현 상황을 직시하여 문의 전화를 넣었다. 상담자가 받자 그가 "경비원을 하려고요."라고 물었다.

"네, 여기 팔달문 옷거리 골목 안 101-38번 길에 있습니다. 한번 오시죠."

"네, 지금 가겠습니다."

토요일인데도 취업센터는 문을 열고 있다. 들어가자 사무장은 "아하! 경비원은 월급 260이고 외곽미화원은 170입니다. 최저임금이고 시간제라 그렇습니다."라고 설명하였다.

그는 그래도 돈이 더 되는 쪽을 택하리라! 마음먹고 "네, 경비원을 하겠습니다."라고 답했다.

"네, 지금 광교지구에 리버힐 아파트에 자리가 있어요. 모레 월요일부터 가능합니까? 이력서 지참하여 이 명함에 나온 약도로 가시면 됩니다."

"네, 가능합니다. 알겠습니다."

명함을 건네받고 그는 돌아서 집으로 갔다. 자세히 보자 수지구 상현동 흑바위에 위치하고 있었다.

첫 출근 날 들어서자 특이한 건 이곳은 다른 아파트와 다르게 동수가 4개 동밖에 없었고 명칭도 갑동, 을동, 병동, 정동이란 이름이 붙은 건물들이었다. 게다가 벽에 요란한 꽃 그림과 동물 그림들이 새겨진 것도 그랬다.

48세란 나이에 아파트 경비원 일을 시작하는 남다른 특이한 그였다. 4개 동에 경비는 한 자리가 공석이라 총 3명이고 외곽미화원은 1명이 보였다. 그가 그날부터 시작하면서 경비가 4명이 됐다.

경비 3명은 그를 이상하게 생각하며 쓸데없이 이것저것 물었다. "왜 그 나이에 이런 일을 합니까? 이건 돈도 얼마 안 되는데."

"아 네, 그냥 그렇습니다. 하하하하."

"아니 그 나이에 택배나 택시라도 하면 그래도 어느 정도 돈은 되잖아요? 이거 경비는 최저임금 노인 일자리입니다. 돈도 얼마 안 됩니다. 그 나이면 다른 거 찾아봐야죠? 이거 경비는 집에서 노는 노인들이 너무 따분하고 마냥 놀 순 없어서 시간 때우려고 나오는 직업입니다."

다들 이런 말들을 그냥 무심이 툭툭 내던졌다.

문득 무슨 반응을 보이며 말을 하려다가 해 봤자 좋을 것도 없다고 판단하여 멈추고 침묵을 지켰다. 대꾸가 없자 그들은 몹시 건방지고 예의가 없는 젊은이라고 느끼기 시작하였다.

그는 나가서 배정받은 자신의 4초소로 갔다. 미화원 복장을 한 중년 여성이 빗자루와 마포걸레를 들고 오고 있었다. 나이는 그보다 약 4살쯤 더 먹어 보였다. 그녀의 나이도 이런 일을 하기엔 상당히 이른 나이임에 분명했다. 대개 60대 중후반이나 70대 이상이라서이다. 그녀는 4초소에 새로 온 경비 나이가 꽤나 젊어 보여 특이했는지 "아하! 저도 젊은 여자이지만 아저씨는 더 젊어 보이는데요? 잘해보세요."라며 인사를 건넸다.

"네, 안녕하세요. 반갑습니다. 잘 부탁드립니다."

그녀는 불쑥 그 초소 안으로 들어왔다. "뭘 내게 잘 부탁드릴 게 있나요? 아저씨 제게 커피를 한잔 대접하시죠."

"아 네, 그래요."

커피포트에 물을 끓여 밀크커피를 한잔 타서 줬다. 그녀는 "오우 네네, 잘 먹겠습니다. 내 나이는 52세입니다. 돈 없고 할 거 없어서 실내 청소하러 왔어요."라고 말한다.

문득 그는 속으로 '아! 내가 아까 저 여잔 나보다 4살 더 먹은 것 같다고 느낀 게 적중하는구나!'라고 느꼈다.

"호호호, 우린 직장동료이니까 서로 잘해봅시다. 나는 그만 청소하러 갑니다. 커피는 잘 먹었고요."라고 하더니 쓱 일어나 나간다. 그는 문득 '나는 경비원이고 저 여잔 미화원인데 하는 일도 다르고 회사가 다른데 어떻게 직장동료가 될 수가 있어? 여기선 이것저것 다 직장동료인가!' 하며 아파트 노동자들의 일 구조를 정확히 몰라 더 많은 생각에 빠졌다.

잠시 CCTV를 통해 점검을 하는데 이번엔 경비들 3명이 4초소로 와 "아저씨 나와요."라고 소릴 질렀다.

나가자 "대나무빗자루로 저기 저쪽 마당을 쓸어 볼까요."라고 말한다.

때마침 방금 전 엘리베이터를 타고 꼭대기층으로 올라간 그녀가 내려와 그들을 보며 "여긴 다 각자가 맡은 구역을 쓰는 겁니다. 따로따로입니다. 같이 할 것 없어요."라고 신입 경비원에게 알린다.

"아! 그래요. 그럼 그래야죠." 그가 합동 작업을 멈추자 경비들은 몹시 불쾌한 표정이 역력했다. 왜냐하면 자신들의 의도대로 되지 않았기 때문이다. 이 사람들의 의도는 오늘 첫날 그렇게 공동으로 하는 척하다가 내일부터 그에게 다 떠밀고 자신들은 숨어서 놀 생각이었다. 한 경비가 "아니 아줌마 왜 남들 일에 끼어들어 이렇다 저렇다 그럽니까? 아줌마 일이나 잘하세요." 하며 발끈했다. 순간 아줌마란 호칭은 그녀에게 적잖은 충격을 주고 말았다.

"아니 아줌마라고요. 그래 나는 아줌마다. 그럼 당신들은 아저씨인가? 아저씨들 왜 첫날부터 새로 온 경비에게 갑질을 합니까? 각자 알아서 하란 말입니다. 벌써 꿍꿍이 속셈이 다 보이는데."

갑자기 그들과 그녀는 소란이 일어나고 만다. 영작이 중간에 제재하며 나선다. 그들은 다른 데로 가버린다. 소용돌이 후 둘은 급격히 친해지기 시작하였다.

"하하하, 내 이름은 이보라라고 합니다. 꼭대기층에 올라갔다가 빠프리고 온 게 있어서 내려왔어요. 바로 칼입니다. 이 칼로 달라붙은 껌 같은 걸 떼어냅니다. 내가 하는 일이 이런 거예요."

깜짝 놀란 그는 "어! 이보라 씨라고요. 이보라라니요."라며 얼굴이 완전히 굳어지자 "아니 왜 그래요? 내 이름이 어디가 어때서요."라고 묻는 그녀였다.

"아아, 아니 아닙니다. 그냥 동명이인이 생각나서 그랬습니다."

"에잇! 이름 똑같은 사람이 어디 하나둘인가요? 똑같은 이름들 엄청 많아요."

그녀가 말하는 느낌 하나하나가 나긋나긋하게 솜사탕같이 왠지 괴로운 그의 마음을 슬슬 녹여주는 듯한 역할을 한다.

아줌마란 말에 발끈한 그녀였기에 그는 잠시 생각 중 여사님이라 해야겠다고 느껴 "이보라 여사님 이따 점심 식사나 같이 합시다."라고 제안하였다.

"네, 난 여사는 아니지만, 여사란 소리 들으니 기분은 좋아요."

그녀는 다시 칼을 들고 꼭대기층으로 올라갔다. 눈 깜짝할 사이에 정오가 다 되어 그녀가 4초소로 내려와 문을 노크한다. 똑똑똑똑.

문을 열며 "아하! 오셨군요. 갑시다. 여사님 제가 뭐 좋은 고급 요리는 사드리진 못해도 찌개 정도는 가능합니다. 김치찌개, 된장찌개, 순두부찌개, 찌개찌개, 우후후."라며 그녀를 데리고 밖으로 나간다.

멀찌감치 이들의 이런 모습이 보이자 1, 2, 3초소의 경비들이 슬슬 배가 아프기 시작하였다. 왜냐하면 자신들도 그 여잘 속으로 흠모하고 있었기 때문이다. 나이차도 그렇고 또 예전에 그녀를 꼬시려고 몇 번 커피나 마시자고 접근했다가 거부당하여 침통한 상태인데 오늘 새로 온 젊은 경비는 첫날부터 식사를 같이 하러 나가는 기염을 토해냈기 때문이다. 이 아파트 바로 앞 상가에 복풍찌개로 들어가 먹기 시작하였다.

"여사님은 52세 나이에 이런 데 와서 이런 일 하는 건 너무 조금 그러네요. 사실 저도 48세에 여기 온 것도 그렇지만 말이에요."

"에잇! 너무 그럴 것도 없어요. 돈 없고 빽 없으면 다 그런 겁니다. 누가 하고 싶어 하나요? 근데 다른 아파트엔 돈은 많은데 집에서 놀기 심심해서 말동무 만들려고 이런 데 와서 일하는 사람들도 많아요. 그만큼 돈은 많아도 아무 일 없이 논다는 게 보통 힘든 게 아닌가 봐요. 아니면 의사들이 이런 일도 몸에 좋은 운동이라고 했다고 하여 하는 경우도 있어요."

잠시 침묵하며 이들은 밥을 다 먹고 일어났다. "밥은 내가 얻어먹었으니 아메리카노는 내가 한잔 사겠습니다."

상가 2층에 있는 커피빈으로 갔다. 그녀는 그를 볼 때 무척 편하게 보였는지 스스럼없이 자신이 현재 혼자라는 사실을 그대로 털어놨다. "난 52세 여자인데 혼자 살고 있습니다. 하지만 외로움 따윈 전혀 느끼진 않아요. 왜냐 내 곁엔 애완강아지와 애완고양이가 한 마리씩 있어서요."

평소 그런 반려동물들을 무척이나 싫어하던 그는 소스라치게 놀라며 "으으악, 그런 동물들을 한 마리씩이나 키운단 말입니까? 이상하다. 그런 거 키우려면 돈도 많이 든다고 하던데요? 방금 전에 돈 없고 빽 없으면 다 그런 거라고 하신 것과 조금 말이 안 맞는 것 같은데요." 하고 계속 이상한 얼굴을 드러냈다.

"아! 그렇긴 한데 그 정도는 감내해야죠. 남자가 없으니 그런 동물들이라도 보면서 고독을 해소하죠. 이히히히."

"근데 저도 혼자인데 고독하긴 하지만 그런 동물은 진짜 싫습니다. 거추장스럽고 짖으면 너무 시끄러워요. 가끔 기어들어 할퀴기도 하고 말이지요. 에잇! 그런 고양이 새끼들, 개새끼들."

"어어! 지금 뭐라고 했어요? 고양이 새끼들, 개새끼들이라고요? 이런 정말 이 아저씨가 진짜! 아아."

"동물들을 좋아하는 여사님의 심기를 건들려 죄송합니다. 악의는 없었습니다. 제 생각일 뿐입니다."

그녀는 문득 이런 동물에 대한 호불호는 각자 사람들의 성향 내지 취향이라 뭐라 더 말할 게 없었다. "어! 그쪽은 왜 혼자입니까." 그가 혼자라고 밝히면서 그녀는 매우 반색하는 표정이 역력했다. "네, 재작년에 사랑했던 직장동료 여자가 있었지요. 그런데 겨울에 함께 산에 오르다가 빙판에 미끄러져 그만 세상을 떠났습니다. 너무 마음이 아픕니다. 으으으."

이 말에 보라도 가슴이 쿵했다. 자신과 비슷한 일을 그가 겪었기 때문이다. 자신도 재작년에 사랑했던 직장동료 남자가 있었는데 한여름 계곡으로 피서를 가 놀다가 갑자기 불어난 급류에 휩쓸려 떠내려간 아픔이 있어서이다.

하지만 그녀는 그 같은 과거사를 밝히진 않는다. 아까 동명이인이 생각나서 놀랐다고만 했던 그가 이제는 "네, 그렇게 세상을 떠난 그 사랑했던 여자의 이름이 이보라 여사님과 이름이 똑같습니다. 그래서 놀랐던 거예요."라 연유를 밝혔다.

"어! 그래요. 내 이름은 보라 보라 이보라. 이름이 너무 좋지요. 뭐! 똑같은 이름들이 너무 많으니까."

시계를 보자 점심 휴게시간이 얼마 남지 않아 이젠 그만 들어갈 시간이 된 것 같았다.

나가는데 갑자기 "여기 리버힐 아파트는 동대표단 회장이 국민밖에 모르는당 국회의원 최장배라는 거 모르시죠? 그 회장이란 놈이 관리사무소에 있는 직원들을 여간 귀찮게 갈구고 우리 미화나 경비들도 보통 괴롭게 하는 게 아닙니다. 일단 그 정도라는 것만 알고 계세요."라고 그녀가 귀띔해 줬다. "아아! 그래요. 무슨 이런 아파트 회장직을 국회의원이 맡나요? 남들 보기에 조금 그럴 것 같은데……. 참! 희한한 사람이네."

이들이 각자 일하는 자리로 걸어가는 순간 리버힐 아파트 울타리 건너편 옆 아파트 더킨스 아파트 쪽에서 여럿이서 "뱀이다. 뱀이 들어왔다. 뱀이야."라는 괴성이 울려 퍼져 발길을 멈추고 그 방향을 주시하였다.

"이보라 여사님 저쪽 아파트에 뱀이 들어왔나 봐요."

"으으 무섭다. 끔찍하다. 으으 뱀이라니."

궁금증이 증폭되어 가보고 싶었지만 가진 않았다. 금세 119차가 출동하여 대원들이 뱀 주변에 다가가 뱀 잡는 전용 집게로 잡아 광교산 쪽으로 가 풀어줬다. 칠점사였는데 말복을 앞두고 독이 바짝 오른 상태였다. 대원들이 풀어줬다는 말이 돌자 더킨스 아파트에서 그걸 목격했던 사람들은 "아니 그러다가 그게 또 내려와 우리에게 피해를 주면 어떻게 하냐고? 그럼 우린 물려 죽으란 말이야."라며 하나같이 아우성쳤다. 돌아간 119에 항의 전화를 하였으나 소용없었다. 대원들은 야생생물 보호 및 관리에 관한 법률을 들었다. "칠점사를 잡아 우리가 함부로 처리하면 법에 걸립니다. 하는 수 없습니다."

"법이 잘못됐다. 엉망이다. 아아악. 사람의 인권보다 뱀의 뱀권이 더 우선하네! 뱀의 세상이다."

이들의 소동으로 지나가던 다른 입주민들도 이 사실을 알게 된다. 전면에 나서진 않고 수군거리는 사람들의 생각은 반반이었다.

〈그 뱀을 대원들이 죽였어야 한다.〉

〈산에다 풀어주길 잘한 거다.〉 이랬다.

일부는 언쟁이 벌어지기도 하였다.

"인간의 인권이 우선인가? 뱀의 사권, 뱀 사, 사권이 우선인가? 사람의 생명이 중요한가? 뱀의 생명이 중요한가."

"물리지 말고 알아서 피해 다니라고 뱀이 사람을 물고 싶어서 무나? 찝찝거리니까 물지? 그렇다고 뱀의 생명을 인간이 제거한다는 것은 어불성설이다."

이 아파트에서 소동이 워낙 커 옆 아파트 리버힐 입주민들도 알게 됐다. 이들도 웅성거리기 시작하였다. 이들을 더더욱 공포의 소용돌이로 몰아넣은 것은 지난달 강남의 한 아파트 지하주차장에 칠점사가 들어와 숨어서 똬리를 틀고 웅크리고 있다가 한 입주민이 자신의 차 벤츠 S클을 타려고 문을 여는 순간 그 뱀이 점프하여 따라 들어가 그를 물어 삽시간에 독이 퍼져 숨지게 한 사건이 보도된 적이 있어서이다.

리버힐 아파트, 더킨스 아파트 입주민들은 심한 동요를 일으키며 불안에 떨기 시작하였다. 그 주변 아울렛 아파트, 로또 아파트 입주민들도 영향을 받아 공포에 빠져들었다.

이날 국회 일정이 없었던 국민밖에 모르는당 국회의원이자 리버힐 아파트 동대표 회장인 최장배는 집에서 놀다가 잠시 산책하러 나와 놀이터에서 사람들이 웅성거리는 그 소릴 다 들었다.

화들짝 놀라 달려가 "아니 칠점사가 우리 아파트 옆 더킨스 아파트에 그런 일이 있었어요? 그럼 안 되는데."라며 몹시 우려를 나타냈다.

"국회의원님이자 동대표 회장님 말이죠. 현행법이 그렇단 거예요. 뭔가 한참 잘못된 거 아닐까요? 우린 무서워서 못 살겠어요. 그 뱀이 또 언제 내려와 우릴 물어 죽일지도 모르잖아요."

장배는 지금 입주민들의 이런저런 안전과 의협심 차원에서 답변하는 척했지만 실은 자신이 무척이나 신경 쓰이고 두려움이 싹텄다. 자신의 신변에 큰 위험이 올 수 있어서이다.

"아 네네, 여러분 제가 일국의 국회의원이자 이 리버힐 아파트 동대표 회장으로서 이 문제를 확실하게 해결하겠습니다. 생각해 보니 문제가 많아 보이네요. 제가 조속히 해결해 보겠습니다. 그 법을 뜯어 고치도록 하겠습니다. 무슨 야생생물 뱀의 생명만 소중합니까? 우리 사람들의 생명권 인권이 더 소중하지요. 그러다가 그 뱀들이 몰려들어 우리를 막 물어 버리면 우린 다 죽습니다. 야생생물 보호 및 관리에 관한 법률은 완전 악법 중의 악법입니다. 악법."

"역시 우리 국민밖에 모르는당 최장배 의원님은 역시 국민밖에 모르시는 것 같아요. 진짜 감격의 눈물이 납니다."

우아아아아아. 짝짝짝짝. 여기저기에서 우레와 같은 함성소리들.

그는 아버지가 수지구 최고 부동산 재력가다 보니 그 돈으로 유명 보수 유튜버들을 포섭하여 수년 전부터 최장배가 국회로 가야 된다는 논리를 광폭 마케팅 설파하게 하여 그 효과가 드러나 올봄 4월에 치러진 총선에서 쉽게 당선될 수 있었다. 이상한 건 자신의 본업 국회 일을 하면 되는데 도대체 왜 리버힐 아파트 동대표단 회장직까지 맡는 것인지 알다가도 모를 일이었다.

무슨 대단한 명예직도 아닌데도 그렇다. 항간의 소문으로는 4개 동의 동대표 중 한 여성을 좋아하기에 가까이 지내려는 발로라는 뜬소문인지 실체인지는 모르지만 돌기도 했다.

그때마다 그는 그런 가짜뉴스를 퍼뜨리는 자들은 허위사실 유포죄로 엄단하겠다고 엄포를 놓은 바가 있다.

왜냐면 자신의 얼굴이 세인들에 많이 알려져 있어서 보는 눈들이 너무 많고 감시망들이 너무 많아 자연스레 만나기는 일정 장소나 모임이 아니면 까다롭기 때문이다. 갑동, 을동, 병동, 정동 중 정동에 살고 있는 장배, 그 여성 동대표도 같은 정동 동대표이고 정동에 살고 있다.

경비원들이 CCTV를 보면 정동에 설치된 분리수거장에 이들이 내려오는 시간도 매번 일치됐단 대목도 이를 뒷받침하고 있다. 경비원들 사이에서 그런 괴이한 소문이 감돌았다. 게다가 다른 아파트와 다르게 자원봉사단을 조성하여 매번 주말 이틀간 모여 집게와 봉투를 들고 다니며 쓰레기를 치우는 일도 그가 주도하여 만든 것이었다. 〈리버힐 환경보존 자원봉사단〉이란 모임이다. 어떻게든 한 번 더 보고 싶어 안달 난 듯했다. 아직까지 그녀의 남편은 동대표 회장의 이런 꼼수를 알아차리질 못하고 있다.

평소 워낙 현모양처 같은 행동으로 온갖 쇼를 펼친 아내였고 늘 손에 책을 들고 다녔기에 남편은 아내가 오로지 학문 탐구에 빠졌다고만 느꼈다.

그녀는 현직 연세대 영문과 교수로서 명문사학의 엘리트 교육자이다. 흔히 직업이 교육자이면 실제 일상의 몸가짐도 굉장히 바른생활일 거라고 느끼는 세인들이 많긴 하지만 이것은 인간의 실체를 잘 모르기 때문에 나타나는 단순함이다. 학력과 직업과 바른생활, 윤리의식, 도덕률은 전혀 별개 차원이다.

게다가 나이가 올 51세라 더더욱 여성으로서 색욕 쪽에 바짝 달아오르는 연령이기도 하다. 물론 그전에도 그렇긴 한데 그 연령이 되면 대체로 지켜야 한다는 절제력이 허물어지는 일이 많다. 이것은 남성 또한 똑같다. 추측컨대 앞으로 10년 정도만 지나면 노년이 되기에 그렇게 늙기 전에 그래도 아직 젊다고 느껴지는 나이에 발악을 떠는 심리가 아닐까! 생각해 본다.

〈노세, 노세, 젊어서 노세! 늙어지면 못 노나니! 룰루 랄랄 라라라. 콩당, 콩당, 콩당.〉

꽤 오랜 과거로 돌아가 현 국민밖에 모르는당, 국회의원 최장배가 연세대 영문과를 다니던 시절 그녀가 교수였고 그는 학생으로 사제지간으로 첫 만남이 이뤄져 지금껏 애인으로 가까이 지내고 있는 중이다. 그가 10년 연하이다. 그는 오늘 보좌관, 비서관에게 시켜 야생생물 보호 및 관리에 관한 법률을 폐지하고 이에 대한 대안으로 〈파충류 맹독 방지법〉이란 가칭으로 뱀의 공격을 막아내어 무차별로 살생하여 제거하는 방안으로 사람을 구제하는 안전대책을 세울 특별법안을 만들 수 있는 관련 자료를 법제실에 문의해 보라고 알렸다.

그야말로 일사천리로 진행됐다. 장배의 측근들을 금세 포섭하여 협력체계를 이뤘다. 이 사실이 속보로 뜨자 야생생물 파충류를 아끼고 사랑하는 시민단체들이 발끈하며 발의자 최장배 의원을 향한 맹폭 규탄대회를 열 것을 천명하고 나섰다.

명분은 반려견을 아끼고 사랑하는 마음과 동일하게 파충류도 마찬가지라는 것이었다. 뱀들이 사라지면 야생생물의 생태계 서식체계가 붕괴되어 자연이 파괴된다는 논리였다.

최장배 의원은 그들을 비웃기라도 하듯 이에 아랑곳하지 않고 밀어붙였다. 명분은 인간의 생명이 그보다 더 소중하다는 것이었다. 강행처리 의사를 내비치자 야생생물을 사랑하는 시민단체뿐만 아니라 다른 동물보호단체들도 덩달아 야생생물 뱀을 보호해야 된다는 논리를 내세워 적극 가세하면서 사회가 더더욱 혼란스러운 소용돌이 속으로 빠져들었다.

이들은 일제히 국회 앞, 정부 여당 국민밖에 모르는당 당사, 최장배 국회의원사무소 각각 3군데에 몰려들어 〈뱀을 제발 내버려 둬. 우린 뱀의 생명을 사랑한다. 뱀만 보면 너무 사랑스럽고 눈물이 난다. 뱀에게 자유를!〉이라는 피켓을 들고 펄쩍펄쩍 뛰며 반대 시위를 펼쳤다.

그러자 야당 청렴맑은당 소속 국회의원 중 뱀을 무척이나 사랑하는 정민식은 이 단체들을 적극 옹호하며 급조하여 파충류 전문 학자나 관련 시민단체에 대해 공청회 및 토론회를 열 것을 제안하였다.

최장배는 무슨 이런 사안을 당연히 뱀을 모조리 처치해야 맞지 쓸데없이 그런 걸 하느냐며 완강히 거부의 뜻을 표하며 불참해 버렸다.

급기야 법제정절차를 통과한 특별법 〈파충류 맹독 방지법〉은 시행되기에 이르렀다.

핵심 내용은 이랬다.

누구든지 뱀의 위협으로부터 생명을 지키고 위험으로부터 모면하고자 즉시 살생해도 된다. 형법상 정당방위 이론이 접목됐다. 모든 국민과 땅꾼들은 뱀 종류를 가릴 것 없이 무차별로 잡아먹든 즉시 죽이든 말든 판매 유통하여도 무방하다.

말복이 지나 잔뜩 독이 오를 대로 오른 독사들이 광교산자락에서 경기대, 원천동, 상현동 쪽으로 내려오는 시즌이라 가뜩이나 불안에 떨던 인근 아파트 주민들은 이젠 너도 나도 할 것 없이 뱀이 나타나기만 하면 살생해 버리고야 말겠다고 굳게 마음먹고 있었다.

그래서 산에 등산할 때나 산책로에 산책할 때도 혹시 모를 뱀을 대비하여 전용 집게를 들고 다니는 촌극이 일어나기도 하였다. 혹자들은 몸보신에 최고라며 잡아 유리병에 넣어 소주를 붓고 땅에 묻어뒀다가 꺼내어 먹으면 만병이 물러간다며 이렇게 약재로 사용하려는 구상도 이어갔다.

그 누구보다 그와 쥐도 새도 모르게 밀월관계를 유지하고 있던 연세대 영문과 여교수 김빈나는 웃음꽃이 활짝 피었다. 얼마 전 그에게서 〈누나와 나의 안전한 여름 데이트를 위하여 광교산자락의 뱀들을 처단할 특단의 대책을 폈음. 나 잘했지?〉라는 카톡이 날아온 일이 있어서이다.

그녀는 곧장 〈야, 네가 나보고 누나라고 하면 완전 난센스에 가깝다. 너와 난 대학에서 사제지간으로 만난 사인데 그래도 교수님 정도는 붙여 줘야지! 도대체 누나가 뭐냐? 조금 그렇긴 하다. 단 이런 호칭 문제로 우리의 사랑이 균열을 빚을 순 없지만 제대로 된 예우는 받고 싶음.〉이라고 반격 아닌 반격을 하며 더더욱 높은 차원의 애정을 확인하며 자신의 입지를 높이려는 글을 남긴 바 있다. 이 답신에 그는 뭐라 서신을 피한 채 그저 웃기만 하였다.

"우하하하하, 누나가 교수이고 교수가 누나이지 뭐! 이게 이젠 앙탈을 부리는구나! 그만큼 날 무지막지하게 좋아한단 뜻이지 뭐."라고 혼잣말로 외쳤다.

잠시 우두커니 휴식을 취할 때 그녀에게서 다시 카톡이 날아왔.

〈야, 뱀을 마구잡이로 잡을 수 있게 법을 만든 건 너무 잘한 일이다. 난 가끔 혼자 고요히 산을 오르며 명상에 젖어보고 싶은데 뱀이 너무 무서워서 가고 싶을 때 못 갈 때가 있다. 난 언젠가 높은 등산화를 신고 다니면 뱀이 물질 못하니까 안전하다고 생각하며 산을 오르고 있었지. 그런데 너무 놀란 일은 웬 소나무 위에서 뱀이 내 머리로 뚝 떨어져 완전히 기절할 뻔했다. 그때 다행히 그 뱀이 머리에 떨어질 때 내 목을 바로 물진 못했다. 땅바닥으로 뚝 떨어졌지. 하여튼 너무너무 놀랐다. 내 심장이 멎는 줄 알았다. 그 후로 그 트라우마로 자꾸만 나무 위를 쳐다보게 된다. 뱀이 떨어질까 봐! 그렇지. 네가 이번 만든 파충류 맹독 방지법은 너무너무 잘한 일이다. 고맙다.〉

2. 길고양이냐? 반려고양이냐?

 이에 장배가 〈아니 아닙니다. 뭘 그렇게 고마워하실 것까진 없습니다. 사랑하는 교수님!〉이라고 애정 표현을 한다.
 그러자 이번엔 그녀가 〈야, 장배야 욕망이란 건 끝이 없다는 말도 있다. 태평양은 메워도 인간의 욕망은 메울 수가 없다. 이런 말도 있다. 난 50대 초반이 되어 보니 알겠다. 난 뛰어난 지적 능력을 지닌 최고 일류 대학의 교수이기도 하다. 난 또 중년이지만 미모도 빼어나고 박식한 여자이지만 때론 욕망이라는 것 때문에 괴로울 때가 한두 번이 아니다. 내 남편은 명예와 고수익을 올리는 병원장이라 돈과 명예는 말할 것도 없이 다 갖췄지만 말투나 성격이 너무 텁텁하다. 말하는 내용도 사람을 완전 옥죄는 압박하고 형식적으로 말하고 그렇다. 그래서 집에만 들어가면 내 가슴이 꽉꽉 탁탁 막혀 숨을 쉴 수조차 없을 지경이다. 그러다가 쇼프로 같은 거 보면 남자연예인들이 나와 말하는 거 보면 재밌고 유쾌 상쾌 통쾌하고 시원시원해 가슴이 뻥뻥 뚫리는 것 같긴 한데 그래 봤자 뭐해? 브라운관 그림의 떡이지. 걔들이 내 것도 아닌데……. 난 물욕, 지식욕, 명예욕, 권력욕, 무병장수욕, 뭐! 이것 말고도 욕망이란 한도 끝도 없긴 한데 그중에 성적 욕망이 날 너무너무 괴롭게 하고 있다. 남편이 텁텁하고 담백하지 않고 능청스럽기 때문이다. 더군다나 이 인간은 날 구속하려 든다. 감시 통제 압박, 부부 간 갑질, 왕꼰대, 훈계, 조언, 은근히 떠보기 등등, 의처증 질환.〉이라며 긴 문자를 보냈다.

〈그래요. 교수님 교수님의 욕망의 희소성을 해결해 줄 사람은 저밖에 없습니다.〉

이들은 사제지간이지만 나이 차이는 불과 10살 차밖에 나지 않아 쥐도 새도 모르게 애인으로 지내고 있는 중이다. 그녀가 연상의 여인이다.

이젠 8월도 거의 다 기울어 가고 있는 어느 날 리버힐 아파트 정동에서 나와 차를 타려던 최장배는 정동 분리수거장 앞에 웬 흰 고양이 한 마리가 죽어 쓰러져 있는 걸 목격하게 된다.

순간 약간 소름이 돋는 건 어젯밤 꿈에 한 고양이가 나타났었기 때문이다. 내용이 잘 떠오르지 않아 어떻게든 기억해 내려고 애를 썼다. 문득 기억이 나기 시작하였다.

뱀 여러 마리가 떼를 지어 몰려들어 고양이 한 마리를 협공한 내용이었다. 일대일로 맞서면 고양이의 압승이긴 하지만 여러 마리의 뱀이라 여기저기 몸이 칭칭 감겨 죽은 일이다.

설마 그 꿈의 내용과 저 고양이의 죽음과 같진 않으리라! 생각해 본다.

또 자신이 주도하여 얼마 전 파충류 맹독 방지법을 통과시킨 것과 그 꿈과 저 고양이 시신과 관련성은 없을까! 생각해 본다. '아! 내가 괜한 억측을 늘어놓는구나!'라고 속으로 곱씹는다.

이 아파트 외곽미화원이 외곽청소를 하던 중 목격하게 된다. "나 참, 아침부터 별 재수 없는 걸 다 본다. 고양이가 죽어있네. 이런 거는 쓰레받기에 담아 저기 산에다 묻어버리면 되지 뭐! 에잇."

그는 매우 귀찮다는 듯이 다가가 쓰레받기와 빗자루를 들고 쓸어 담아 산 쪽으로 가 묻으려고 하였다.

확 쓸어 담는 찰나에 뒤쪽에서 한 중년 여성이 막 뛰어오며 "아니 지금 뭐 하는 거예요? 고양이를 그렇게 막 그러면 어떻게 해요? 으으아악." 하며 괴성을 지르며 흐느꼈다.

청소원은 깜짝 놀라 멈췄다. 몹시 분노를 느낀 여성은 그의 청소도구를 빼앗아 바닥에 세게 집어던진다. "아니 아저씨 뭐 하자는 겁니까? 어떻게 이럴 수가 있어요? 이렇게 사랑스럽고 소중한 고양이를 이렇게 막 쓰레기 취급을 해도 됩니까? 아저씨 이거 안 되겠어요. 동물 사체 학대로 관리사무소에 전화하여 잘라버릴 것입니다." 일대 큰 소란이 일어나자 지나가던 경비원 둘이서 허겁지겁 막 달려온다.

자초지종을 알게 되자 둘은 청소원에게 맹비난을 늘어놓는다. 둘과 한 사람이 서로 언쟁이 벌어졌고 여성 입주민마저 더 거칠게 가세하며 청소원은 수세 몰렸다. 차 안에서 이를 지켜보는 장배는 씁쓸한 기분에 사로잡혔다. 자신은 얼마 전 파충류 맹독 방지법을 통과시킨 사람이라 별별 상념이 다 드는 것이었다. 고양이의 죽음은 또 무엇인가! 고양이는 뱀처럼 맹독이나 사람에게 피해를 주는 건 아니지만 평소 그리 좋아하진 않았기에 이 사건에 대해 뭐라 판단하기가 힘들었다.

파충류 맹독 방지법 통과 시에도 온갖 잡음과 마찰과 충돌을 빚었는데 고양이 사체 사건도 만만찮은 일이라 느꼈다. 생각의 차이로 느꼈다. 이것은 뱀처럼 강행법규를 만들 수 있는 영역도 아니었다.

클랙슨을 누른다. 빨리 다른 데를 갈 데가 있어서였다. 하지만 그들은 계속 옥신각신했다.

유리문을 열고 "다들 비켜요. 내가 누군지 압니까!"라고 고함을 치자 그들은 운전석을 바라보자 이 아파트 동대표단 회장이자 국민밖에 모르는당 국회의원 최장배였다.

방금 전 언쟁을 일으킨 장본인 여성 입주민은 "아! 동대표 회장님 회장님이 나오셔서 이 문제를 해결해 주시고 이 아저씨를 해고하여 주십시오. 심각한 동물 학대가 됩니다."라고 강변하였다.

순간 감정을 참아야 했는데도 불구하고 그는 문득 든 감정으로 "아하! 그것은 동물 학대는 아닙니다. 죽은 고양이잖아요."라며 다소 청소원을 편드는 듯한 멘트를 한다.

이 말은 여성과 경비원 둘에겐 충격으로 남는 것이었다.

그녀는 자신이 고양이 주인도 아닌데도 아까 지나가다가 죽은 고양이를 보고 그러는 것이었다. 죽은 고양이는 동물 학대의 대상이 아니란 말에 더더욱 발끈한 그녀는 그에게 삿대질을 해대며 "여기 봐요. 우리 아파트 동대표 회장이자 국회의원님 어떻게 최고의 법조인인 국회의원님께서 이런 아주 기초적인 법도 모르십니까? 우리 동물사체의 보호를 위한 폐기물 관리법에 의하면 제8조 및 제68조에 생활폐기물 여기에는 당연히 동물사체가 포함되지요. 사체를 이렇게 함부로 다루는 것도 학대이지요. 이런 것을 지정된 장소나 방법에 따르지 않고 버리거나, 허가 승인 신고된 처리시설이 아닌 곳에서 매립 또는 소각한 자에게 100만 원 이하의 과태료를 부과한다는 법규가 있습니다. 그래서 아까 저 아저씨가 쓰레받기와 빗자루로 쓸어 담아 산에다 버리려고 한 것은 명백한 불법에 해당됩니다. 관계기관에 고발 조치하겠습니다."라고 맹폭을 날린다.

장배는 몹시 자존심이 상했다. 순간 혈압이 오를 대로 올라 "아니 당신이 이 고양이 주인도 아니지 않습니까? 주인도 아닌 사람이 왜 그러는 겁니까."라며 또 실수를 범하고 만다.

또다시 그 고양이가 반려동물이냐 그냥 길고양이냐로 논란이 일어나는 순간을 맞는다. 그는 문득 반려동물이나 그렇지 길고양이는 그 법규에 해당되지 않을 거라는 추측이 들었다. 정확한 사항은 모르고 있다.

그래도 그런 짐작이 들어 자신에게 빈정대는 투로 쏘아붙인 여자에게 반격하려는 것이었다.

그는 얼른 이 자리를 떠났어야 했는데 우발적 감정으로 실수를 범하는 찰나이다.

"예의도 없이 입주민이 어디 감히 동대표 회장이자 국회의원인 내게 그렇게 버럭버럭 소릴 지르며 막말을 합니까? 당신이 그렇게 법을 많이 압니까? 고양이가 다 같은 고양이입니까? 애완고양이나 그렇지. 길고양이는 그런 규정이 아직 없습니다. 저 죽은 고양이는 주인이 없는데 말이야! 어휴~~ 저 징그러운 고양이 새끼 한 마리 죽은 거 가지고 더럽게 지랄하네."

이 말을 그 여자가 재빨리 녹음해 버렸다. 그에게 골탕을 먹이기 위함이다. 결국 외곽미화원은 쓰레받기에 길고양이 사체를 쓸어 담아 산으로 올라가 삽으로 파고 묻어줬다.

이 장면마저도 그녀는 뒤를 따라다니며 다 촬영까지 했다. 이 또한 그를 골탕 먹이기 위함이었다.

최장배는 차를 몰고 가며 혈압이 터질 것만 같았다. 워낙 자존심이 강하고 그 여성이 자신에게 모욕감을 줬다고 판단하고 있어서이다. 한참 가다가 얼마 전 파충류 맹독 방지법을 적극 협조해 준 동료의원 방철환에게 전화를 넣는다. 화가 몹시 난 상태라 넋두리 차원이었다.

게다가 철환은 장배와 41세 동갑이라 더더욱 가깝게 지내는 사이이기도 하였다. 다짜고짜 철환은 "여기 인스타 페이스북에 네가 아파트에서 한 여자와 말다툼하는 장면과 고양이 사체를 그냥 묻어도 된다는 식으로 말한 게 올라와 너에 대한 비난 글이 폭주하고 있는데 여기 또 한 청소원이 청소도구에 담아 산에다 묻어버리는 장면까지 세세하게 촬영된 영상도 올라와 난리가 아니야."라며 심한 우려를 드러냈다.

"뭐야? 그랬단 말이야? 참 나, 진짜 못돼 먹은 여자네! 그 여자 안 되겠는데……." 이를 바득바득 간다. 사회관계망으로 리버힐 아파트 입주민들도 금세 다 알게 됐다. 얼마 전 파충류 맹독 방지법을 제정하여 찬반 여론이 팽팽하긴 했지만 그래도 독사의 공격으로부터 사람을 보호한다는 대의명분으로 국민적 인기도 많이 얻었고 특히 리버힐 아파트에선 역시 멋진 동대표 회장이자 정부 여당 국민밖에 모르는당 신선하고 깨끗한 초선이란 여론이 압도했지만 이번 길고양이 사건으로 고공비행하던 인기가 자칫 뚝 떨어질지도 모를 위기에 봉착하고 말았다.

그는 안 되겠다 싶어 재빨리 애인이자 정동 동대표 김빈나에게 카톡을 날렸다.

내용은 이랬다.

〈누나이자 교수님, 길고양이 가지고 아파트에서 난리가 났어! 갑동 을동 병동 동대표들에게 긴밀히 연락을 취해 길고양이는 동물사체의 보호를 위한 폐기물관리법 제8조 및 제68조의 생활폐기물에 포함되지 않는다고 알려 여론몰이 좀 하게 하라고 그리고 관리사무소에도 그렇게 알려 엉뚱하게 튈지 모를 괴담을 철저히 막아줘. 그냥 두면 내가 동물들을 학대하는 비인간적인 사람으로 낙인찍힐 수도 있을 것 같아! 어서 막아줘? 내가 하면 속이 보이잖아!〉

이 카톡을 받은 연세대 영문과 교수 김빈나는 그냥 가만히 있으면 중간은 되겠지만 공연히 애틋한 애인이 간절히 부탁하는 거라 차마 거절할 수가 없어서 흔쾌히 들어주고야 만다.

그녀의 처신이 현재 들끓는 동물보호단체나 리버힐 아파트 입주민들의 심기를 누그러뜨릴 수 있을지 모를 일이었다.

그녀의 긴급 무마 차원의 전화를 받은 갑동, 을동, 병동 동대표 및 관리사무소 직원들은 일단 난감하기 짝이 없었다. 그녀가 아무리 일류 명문 사학의 연세대 교수이고 정동 동대표라 하더라도 반려고양이와 길고양이를 차별적으로 나눠 동물 사체 보호를 위한 관련법에 대해 여론몰이 선전하는 건 너무 지나친 억측으로 비춰질 수가 있어서이다. 대부분 그렇게 나누는 분위기가 아니기 때문이다. 또 이 대목에 대한 명확한 법규도 미비한 실정이라 괜히 나섰다가 여론의 뭇매를 맞을 것 같은 우려도 팽배한 현실이다.

잠시 고민에 휩싸였으나 끝내 그녀의 입지를 고려하여 들어주기로 하였으나 대신 전제 조건으로 그녀 본인의 이름으로 알리는 것으로 한다는 것이었다. 정동 동대표 김빈나의 개인적 견해 이런 식이었다.

리버힐 아파트 입주민들이 공유하는 관련 사이트에 김빈나의 개인적

견해라며 폈다. 가뜩이나 이곳 경비원들 사이에서 그녀와 동대표 회장 장배가 묘한 사이라는 괴이한 소문이 도는 마당에 지금 이 시점에서 그녀의 견해라는 내용의 글은 더더욱 걷잡을 수 없는 의구심을 유발하는 상황으로 치달았다.

팽팽한 찬반 여론이 이 아파트에 퍼졌다. 그러던 중 갑자기 뜬금없는 일이 발생하고 만다.

이날 해가 질 무렵이었다.

오늘 아침 리버힐 아파트 정동 분리수거장 뒤편에 길고양이 사체로 난리법석을 떤 중년 여성 진미란의 친구 차영란이 새벽에 울타리를 기어오른 20~30마리 뱀들이 분리수거장에 잠복하고 있다가 길고양이가 나타나자 포위하듯 달려들어 칭칭 잡아 물어 죽이는 동영상을 사회관계망에 올린 것이었다. 미란도 이 사실을 보고 깜짝 놀라며 심한 충격에 휩싸였다. 자신이 주인은 아니지만 평소 고양이를 무척이나 좋아하는 열성 애호가라 그렇다. 장배도 식사 중 이를 보고 가슴이 뜨끔거렸다.

"어! 이건 뭐야! 내가 어젯밤 꾼 꿈에 뱀 여러 마리가 떼를 지어 몰려들어 고양이 한 마리를 협공하여 칭칭 감겨 죽었는데 이게 현실로 나타나다니, 어어."

순간 머리가 띵하고 어지럽고 해머로 세게 한 대 얻어맞는 듯한 충격이 몰려왔다.

미란은 다급히 친구에게 전화를 건다. "아니 네가 이걸 어떻게 촬영한 건데."

"음 그거 오늘 새벽 일찍 광교산에 산책하러 가다가 웬 뱀들이 떼거지로 고양이를 잡아 죽이는 걸 보고 찍은 거야! 네가 그 고양이 문제로 사람들과 싸우는 영상도 다 봤어."

"야 그 뱀들이 고양이를 물어 죽일 때 네가 얼른 달려들어 막았어야지! 그게 뭐야."

"야 그게 말이 돼? 내가 무슨 재주로 그 많은 뱀을 막아? 그러다가 내가 물려 죽으려고……."

"그런데 그걸 왜 찍었는데."

"세상에 이런 일도 있다는 걸 보여주고 싶었다. 왜."

"그래 다음에 보자."

미란은 어쨌든 괴로웠다. 이 관계망으로 이 사실을 알게 된 리버힐 입주민들은 또다시 여론이 급반전되고 있었다. 고양이가 뱀 여러 마리에 물려 죽은 건 안타깝긴 하지만 그런 사악하고 무서운 뱀을 처단하는 파충류 맹독 방지법을 제정하는데 앞장서 통과시킨 최장배 의원이 역시 잘하긴 잘했다. 이렇게 다소 억지스럽긴 하지만 그가 어부지리를 챙기는 비슷한 심리가 작동되고 있었다. 공통된 심리는 그런 파충류 맹독을 제거해야만 이와 같은 사건이 재발되지 않을 거라는 것이었다. 입주민들을 위해 그런 것도 아닌데도 불로소득을 챙기는 순간이다.

바로 다음 날부터 이런 여론이 돌자 그와 격렬히 다퉜던 미란은 속이 부글부글 끓어오르기 시작하였다. 그녀는 빌미가 된 친구 차영란에게 항의전화를 하고 있다.

"왜 또."

"야 너 때문에 우리 아파트에 여론이 동대표 회장 최장배에게 쏠렸다. 걔가 만든 파충류 맹독 방지법이 희한하게 탄력을 받게 됐다. 참 나, 진짜 더러워 더럽다. 넌 왜 쓸데없는 짓을 한 거야? 나한테 전혀 도움이 안 돼! 그 고양이 학대한 놈이 어부지리로 수지맞았다."

"야 너 무슨 그 길고양이 하나 죽은 거 가지고 그래? 그렇게 너무 집요하게 너무 끈적거리는 것 같다. 야 그냥 훌훌 털어 버려. 고양이는 그냥 고양이일 뿐이야."

"으으악."

갑자기 괴성을 지르고 끊어버리는 미란이다. 미란은 호시탐탐 그를 골탕 먹일 또 다른 구상을 이어간다. 어제 정동 동대표 김빈나가 올린 회장 최장배를 옹호한 내용을 다시금 곱씹으며 점검해 본다. 평일인데도 미란은 워낙 돈 많은 부동산 재력가라 어디 가서 일할 필요를 못 느껴 마냥 아파트 둘레 공터를 돌아다니다가 단지 내에 설치된 피트니스에 들어가 헬스하다 나오곤 한다. 이날도 예외는 아니었다. 피트니스에 들어갔다. 아직 엄청난 무더위가 극성을 부리는 시기라 실내엔 에어컨을 아주 세게 튼 상태였다.

여기저기에서 최근 단지 내에 일어난 길고양이 사건, 뱀 사건에 대한 말들이 이어졌다. 노인 남성 둘은 어제 정동 동대표 김빈나가 올린 소통창에 게재된 글에 대해 수근거렸다.

하찮은 듯해도 이것 하나하나가 그녀로선 매우 유용한 정보가 될 수 있었다.

"정동 동대표 말이야 그거 회장과 지난번 밤에 술 먹고 음주운전 하다가 성복역 쪽에서 걸렸는데 희한하게 빠져나왔어. 당시 피해자가 없긴 해! 그래서 간단히 나온 것 같아. 운전자는 아마 회장이었다고 하더라고. 여기저기에서 말들이 많아."

"으하하하 같이 술 먹고 동승하고 운전하면 다 그런 거지 뭐."

이들은 이 아파트 경비원들과 친한 사람들이었다. 돌고 도는 말을 듣고 그러는 것이었다.

소소한 이 한마디는 미란으로선 호재였다. 장배를 괴롭힐 절호의 기회나 다름없었기 때문이다. 무척이나 친절한 모습을 보이려고 음료수자판기로 가 콜라를 2개 빼내 그들에게 갖다준다.

"하하하하 어르신 힘드시죠? 이 음료수를 드시고 하시죠."

"아이고 너무 감사합니다. 잘 마시겠습니다."

다 마시자 슬슬 떠보기 시작하였다.

"방금 전에 말씀하신 게 무슨 말씀이신가요."

그들은 난데없는 그녀의 질문에 조금 경계심도 들었지만 음료수에 현혹되어서인지 발설하고 만다.

"아 네, 여기 경비들이 우리 친구들입니다. 우리가 걔들에게 다 들은 내용이 있습니다. 회장과 동대표가 그런 사이라고요. 뭐! 이런 내용은 좀 그렇긴 합니다. 쯧쯧."

"아하! 그래요. 그렇구나! 네, 저는 이만 나가겠습니다. 쉬셨다가 운동 계속하세요."

순간 쾌재를 부르며 뛰쳐나가는 미란이다. 친구 차영란이 불필요하게 어제 저녁에 그런 뱀 사건을 올리는 바람에 장배에게 어부지리를 안겨주고야 말았지만 친구의 본심은 그게 아니란 것을 익히 알기에 소원해진 사이를 화해하고 함께 전략을 짤 궁리를 하게 된다.

곧장 전화를 넣자 안 받았지만 카톡을 날렸다.

〈너 지금 어디 있니? 한번 급히 만났으면 한다.〉

답장이 없자 미란은 다시 전화를 시도하자 이젠 영란이 받았다.

"결말이 났다. 우리 그 고양이 뱀 문제로 더 이상 얘기하지 말고 그 회장인가 하는 최장배를 수렁에 빠뜨릴 작전을 짜 보자."

"그건 뭐야."

"일단 만나서 얘길 하자."

영란은 상현역 인근 다이소에 들러 잡다한 쇼핑을 하는 중 미란의 전화를 받고 상현역 인근에서 점심식사를 하기로 하였다. 미란은 아우디에이 8을 몰고 황급히 그곳으로 달렸다.

금세 도착되어 인근 레스토랑으로 들어갔다. 화해의 몸짓으로 미란이 "야 영란아 오늘 밥값은 내가 낸다."라고 말한다.

"그래, 왜 그러는데."

미란은 다급히 아까 피트니스에서 들은 얘길 다 밝힌다. "뭐야? 그게 그렇단 말이야? 그래도 명색이 대한민국의 여당 국회의원이고 또 우리 아파트에 동대표 회장까지 하는 인간이 그렇단 것은 믿어지지 않는다. 으으." 다 들은 영란의 반응은 이랬다.

밥을 먹어가며 미란은 영란과 공조하여 그를 함락시킬 구체적인 계략을 알렸다. 이번 길고양이 죽음의 동영상을 퍼뜨린 영란은 가뜩이나 무슨 동영상이든 퍼뜨리는 걸 좋아하는 성향인데 그런 정보는 또다시 자신을 자극하기 시작하였다.

사실 그녀도 미란과 같이 그런 동물들을 꽤나 좋아하는 편이라 마음은 일치됐고 불륜을 일삼는 대목은 더더욱 불쾌하게 느껴졌다. 왜냐하면 그가 늘 방송에 나와 자신은 깨끗한 사람이라고 그 깨끗이라는 말을 수천 번도 더 했고 국민밖에 모르는당 국회의원이라 당명처럼 늘 국민밖에 모르는 마음으로 의정활동을 하겠다는 말을 내뿜었기 때문이다.

미란에게서 전해들은 구체적 내용은 이랬다. 그가 꼭 정동 분리수거장에 내려오는 동일 시간에 정동 동대표 빈나도 내려오곤 하여 뭔가 소곤소곤 밀담을 나누는 느낌이 든다는 점이다.

또 주말에 리버힐 아파트 회장 장배가 주관하여 단지를 깨끗이 정화한다고 미화 봉사단을 조성하여 집게와 봉투를 들고 여기저기 돌아다니며 오물을 줍는데 꼭 빈나가 옆에 붙어 다닌다는 것이었다.

게다가 얼마 전 그들 둘이서 음주운전을 하다 걸렸는데 간단히 빠져나왔다는 말이 많고 그 당시 제네시스 G90 차량 운전자는 장배였다는 소문까지이다.

이런 정보는 영란으로선 달콤하기 그지없다.

그녀들은 다 먹고 나와 신대저수지 쪽으로 걸어갔다. 8월 말이라 더웠지만 중년 나이에 이렇게 걷기라도 하니 운동도 되고 몸이 풀리는 것 같았다. 저수지에 다다르기 전 갈대밭 쪽에 웬 노루 3마리가 서로 엉켜 심하게 몸싸움을 펼치는 게 보였다. 희한한 건 한 마리가 두 마리를 향해 퍼붓는 공격이었다. 노루세계를 잘 모르니 뭐라고 해석하기가 난해했고 그저 추측만 가능했다.

그냥 지나쳤다. 점점 저수지가 가까이 다가왔다. 공터 벤치가 하나 보였는데 웬 여자 하나가 두 명의 여자와 격렬한 말다툼을 펼치고 있었다. 마치 아까 노루 하나가 두 마리 노루에게 퍼붓는 공격과 똑같았다. 노루세계는 알 길이 만무하니 어쩔 수가 없지만 세 명의 여자들의 다툼은 인간세계라 금세 알아낼 수가 있었다.

한 여성이 "야 너희들끼리만 그렇게 사이좋게 지내면 돼? 그럼 나는, 난 뭐야? 뭐가 되냐고."라며 얼굴을 붉혔다. 이에 미란, 영란은 '아! 저들

둘이서 하나를 따돌리는 바람에 저런 일이 생겼구나!' 정도로 속으로 짐작만이 가능할 뿐이었다. 하지만 불과 몇 초라는 시간이 지나자 그중 한 여자가 다른 여자의 입술을 향해 달려들어 키스를 시도한다.

그러자 옆에 있는 여자가 "어! 너 지금 뭐 하는 짓이야? 어서 떨어지지 못해." 하며 뒤로 확 잡아당긴다. 이 광경은 미란, 영란에게 심한 놀람과 충격을 안겨줬다.

여자가 여자에게 키스를 시도한 대목 말이다. 그리고 제3의 여자는 그러지 못하게 막는다. 그녀들은 귓속말로 "야야, 쟤들 레즈비언들 같다. 저게 뭐야? 으으."라며 기겁할 지경이다.

"야 그럼 아까 그 노루 세 마리가 그런 것도 혹시 이런 거 아냐."

"글쎄, 그게 그럴까! 노루들에게 물어볼 수가 없으니 뭐." 그냥 지나쳐 저수지에 다다랐다.

벤치에 앉으려다가 너무 더워 안 되겠다 싶어 윗길로 쭉 올라가자 아늑한 카페가 하나 보여 들어갔다. 에어컨을 쐬는 게 목적이다. "야 미란아 내가 알아서 다 처리할게. 넌 신경 쓰지 마."

"그래 너무 좋다! 이히히히. 그렇게 귀엽고 사랑스러운 고양이를 우습게 여긴 놈은 좀 당해 봐야 돼."

둘은 대응책을 정리하며 아메리카노가 거의 다 비워져 가고 있을 때 웬 여자들이 우르르르 들어오며 요란하게 다투는 소리가 들렸다. 짜증 난 얼굴로 그쪽을 바라보자 아까 저수지 가까이 왔을 때 요란하게 다투며 한 여자가 한 여자에게 기습 키스를 퍼부은 여자들이고 옆에서 그러지 못하게 가로막은 제3의 여자였다.

"어! 저 레즈비언들이 여기 또 왔다. 으으."

그녀들은 들어와 구석 쪽으로 가 또 옥신각신했다. 나이는 40대 초반으로 보였다. 50대 후반인 미란, 영란이 볼 땐 한참 어리게 보였다. 계속 그녀들은 아까 그 얘기와 똑같은 얘기가 반복될 뿐이었다. 여자가 여자를 좋아하고 제3의 여자는 그러지 못하게 막으려 하고 그런 얘기이다. 몹시 귀찮게 느낀 미란, 영란은 밖으로 나와 버린다.

에어컨 바람이 없는 밖은 한증막 같았지만 아까 아우디 에이8 차량이 있는 상현역 쪽으로 걸어가기로 한다.

그녀들은 이 지역 부동산 재력가 남편들을 만나 특별히 할 일 없이 놀러 다니는 게 일상이다. 공통점은 유난히 개나 고양이를 좋아한다는 점이다. 상현역 부근 주차장에 도착하여 미란의 차를 타고 여기저기 돌아다니다가 해 질 녘 리버힐 아파트로 들어간다.

둘 다 갑동에 사는데 지하주차장에 차를 세우고 올라가다가 공교롭게도 미란의 남편이 엘리베이터를 타기 위해 서 있다.

그는 아내보다 친구 영란의 모습을 보며 야릇한 표정을 짓는다. 미란은 다소 짜증난 얼굴로 변한다. "하하하 우리 와이프 친구분이 우리 와이프보다 더 예쁘신 것 같습니다."

"……."

쓸데없는 소릴 했다고 느낀 미란은 화가 치밀어 올라 엘리베이터가 내려오자마자 "얼른 타기나 해."라며 남편을 확 밀어 넣어버린다.

6층 606호가 집인 이들은 6층에 문이 열리자 내리는데 또 쓸데없이 남편은 영란을 물끄러미 바라본다. 문이 서서히 닫히고 있는데도 계속 그러고 있다. 완전히 닫힌 뒤 영란은 쭉 올라가 자신의 집 8층 807호로 들어가기 위해 8층에서 내렸다. 영란은 들어가자마자 샤워하고 곧바로 나와 그 문제가 된 정동 분리수거장 쪽으로 재빨리 가본다. 혹시 회장 장배와 동대표 빈나가 동일시간에 내려오는지 궁금해서이다.

그들이 도대체 무슨 말을 하는지 모든 게 궁금할 뿐이다. 갔지만 보이지 않았다. 아무 때나 간다고 그들이 꼭 그 시간대에 내려올 확률은 굉장히 낮다. 그녀는 벤치에 앉아 프랑스산 담배를 하나 꺼내어 불을 붙여 피우기 시작하였다. 아무 생각 없이 그러는 사이 남녀 두 사람이 쓰레기를 들고 그곳으로 들어간다. 두 사람은 바로 영란이 타깃으로 삼는 장배, 빈나였다. 그들이 지금 이 분리수거장에 들어온 순간이 서로가 쥐도 새도 모르게 사랑 얘길 나눌 수 있는 절호의 찬스라고도 볼 수 있다. 이미 준비가 완료된 탐정우먼을 자처한 영란이 더 가까이 다가가 동영상을 찍고 있다. 별별 야한 대화들이 오고 가고 있다. 그대로 다 녹음됐고 모습 또한 생생하다. 그녀는 쓰레기를 버리는 척하더니 그대로 뒤돌아 들어가 버렸다.

그 뒤 미란에게 바로 전송한다. 미란은 이를 받고 너무 기뻐 펄쩍펄쩍 뛰며 환호성을 터뜨렸다.

"그래 올 게 왔다. 내가 좋아하는 고양이를 그렇게 막 다룬 죗값을 톡톡히 보게 될 것이다. 나쁜 연놈들."

아내가 좋아서 펄쩍펄쩍 뛰자 영문을 모르는 남편은 "왜 그래? 무슨 일 있어?"라고 물었다.

"그래 자기는 알 것 없어. 자 밥이나 먹자. 아까처럼 또 내 친구에게 눈독 들이지 말라고. 한 번만 더 그랬다간 그냥 팍 가만 두지 않을 거다."

"에잇 당신이 생각하는 그런 거 아냐! 신경 쓰지 마."

영란이 미란에게 보낸 건 그냥 참고삼아 보낸 것이고 실제 융단폭격은 자기 자신이 실시할 것임을 다짐한다. 영란이 늦은 시간까지 다른 방에서 컴퓨터에 앉아 무엇인가 몰두에 들어가자 남편은 화가 치밀어 올랐다. 왜냐하면 요즘 와이프와 섹스를 제대로 못 했는데 오늘 밤 모처럼 후끈 달아오를 섹스를 나누려는데 얼른 안방 침실로 올라오질 않기 때문이다.

지금 이 시각 아내는 아까 교묘히 찍은 그 영상을 자신의 이름이 아닌 다른 익명으로 퍼뜨릴 궁리를 하는 중이다. 자신을 감추고 기가 막히게 인스타에 올렸다. 성공한 뒤 너무 기뻐 환호성을 터뜨렸다. 이젠 곧 여기저기 다 퍼질 일만 남은 셈이었다. 밤사이 상당히 많이 퍼졌다.

아침에 일어나 보니 장배와 빈나는 아연실색하지 않을 수 없었다. 가장 두려운 문제는 그의 아내의 반응이고 또 그녀의 남편의 반응일 것이다. 불안한 가슴에 심장이 멎는 듯했다. 아침밥을 먹기 전 금세 장배 와이프이자 서울대 영문과 교수인 채화미가 뭔가를 이것저것 클릭하더니 알게 됐다.

"어! 이건 뭐지 우리 남편이 동대표와 분리수거장에서 이런 일이 있었다고 이런 사랑 표현을 했다고."

벌떡 일어나 남편 장배에게 달려오며 "이게 뭐야."라며 스마트폰을 보여줬다. 앞이 멍하니 복싱경기에서 선수가 카운터펀치를 한 대 세게 얻어맞아 비틀대는 그로기 상태 같은 느낌이 드는 그였다. 다급한 나머지 "이건 누군가가 나를 음해하려고 합성한 야당 협잡꾼들의 행동이다."라고 위기를 넘기려고 발악을 떤다.

와이프도 아직까지 이렇다 할 증거를 잡진 못했지만 그가 회장직을 내세워 주도하여 주말마다 무슨 봉사활동을 자처하여 미화 작업을 한답시고 집게와 봉투를 들고 단지를 돌아다니며 오물 쓰레기를 줍는 행동이 괴이하단 생각이 들 때가 한두 번이 아니었다. 그것도 꼭 옆에 동대표인 빈나와 함께하고 있었으니 말이다.

그래도 뭐라고 못 한 이유는 아내 화미도 남편과 같은 연세대 영문과 출신 동창이었고 같이 대학을 다닐 때 자신들을 가르친 교수가 바로 빈나였기 때문이다. 그래도 대학의 과 스승과 쾌적하고 깨끗한 아파트 단지 정화를 위한 좋은 뜻에서 미화 봉사활동을 한다는데 트집을 잡을 수가 없었던 것이었다.

"이봐 여기 자기 목소리가 그대로 다 나오고 모습이 그대로 다 동영상에 잡혔는데 무슨 합성이야? 합성은? 이건 그냥 넘길 수가 없는 중대사안이다."

이 같은 시각 빈나도 가슴이 두근거릴 때 남편이 화장실에 갔다 나오다가 그 인스타를 알게 되어 "이런 씨발 이게 뭐야? 자기 수준이 이거밖에 안 돼? 그래서 주말마다 걔 회장하고 봉사활동 하러 다닌 거야? 당신은 교수였고 걔는 학생이었는데 사제지간 말이야."라며 금방이라도 죽일 듯이 매우 상스러운 투로 쏘아붙였다.

그녀도 꽤나 자존심이 센 편이지만 꼼짝없이 뭐라 대꾸할 수가 없는 사면초가에 몰렸다. 상현역 5번 출구에서 덕비정형외과를 운영하는 병원장 남편 장점찬은 완전 눈이 뒤집힐 지경이었다.

아무 말을 못 하는 와이프에게 "음 뭔가 있긴 있구나? 아무 말도 못 하는 걸 볼 때 말이야."라며 매섭게 노려봤다. 주춤주춤 거리자 남편은 "야 너 이젠 혼자 살 마음 있나? 네 멋대로 말이야? 그런 어린놈하고 아파트 봉사활동 잘하고 말이야! 매일 그렇게 청소하러 집게와 봉투 들고 다니며 오물 쓰레기 좀 줍고 입주민들이 볼 때 와아 저 회장과 동대표는 너무너무 희생정신이 투철한 입주민 대표야! 이런 소리 들으면서 그러다가 슬쩍슬쩍 사인도 보내고 또 분리수거장에 내려가 소곤소곤 사랑 밀담도 나누고 말이야? 이 아파트에서 그렇게 실컷 해라! 나는 혼자 훌훌 털고 이사 갈 테니 으흠! 나는 그래도 나 좋다고 달라붙은 간호사들 많았지만 윤리와 도덕 정신이 투철하여 다 뿌리쳤다. 나도 당신만 쳐다보면 권태기 같은 거 없는 줄 알아? 그래도 꿋꿋하게 당신만 생각하며 이겨내고 있었는데 말이야."라며 협박성으로 나왔다.

"일단 아무것도 아니니까 그렇게 알고 자기는 얼른 병원으로 출근이나 해."
"뭐! 출근이나 해? 그렇게 막 나가지."
그는 아침밥도 먹지 않고 그냥 확 나가버린다.
지금 이 시각 장배 부인 화미도 아침밥을 안 먹고 그냥 확 나가버렸다.
문제의 인스타를 퍼뜨린 영란은 그 영상을 그들이 봤을까 안 봤을까 조금 조마조마한 기분이었다. 얼른 보길 빌고 있었다. 이날도 영작은 정동 4초소에서 경비 근무를 하는 중 한 남성이 금방이라도 누굴 죽일듯 한 아주 불쾌한 얼굴로 내려와 최상급 세단 벤츠 마이바흐를 타고 쭉 빠져나가는 장면을 보게 된다. 그 후 곧바로 한 여성이 금방이라도 다 때려 엎을 것만 같은 몹시 짜증난 표정으로 내려와 최상급 SUV 비엠더블유를 타고 빠져나간다. 그들이 정확히 누군지 모르는 경비원 영작은 저들이 부부인데 심한 부부싸움을 한 걸까! 하는 추측도 해 본다.
부부가 아니라 배우자로부터 상처를 받은 각각의 남자 여자이다.
"아아, 나는 저렇게 부부싸움이라도 할 수 있는 대상이 있었으면 좋겠다! 부부싸움은 칼로 물 베기라는 말은 옛말이고 요즘은 칼부림의 대상이라고도 하는데 그래도 그런 거라도 아쉽다. 으으."라고 혼잣말로 탄식을 늘어놓는다.

바로 그 순간 누군가가 경비초소 문을 쿵쿵쿵 막 두드린다. 누군가하고 바라보자 실내미화원 이보라였다. 벌떡 일어나 문을 열며 "어! 무슨 일로 그러세요? 이보라 여사님." 하며 물었다. "요즘 잘 지내시나 해서요? 일은 할 만하세요? 이젠 어느 정도 적응도 됐겠죠? 하하하."

"네, 그렇습니다. 여사님 들어오셔서 밀크커피라도 한잔하고 가세요."

"아니 아닙니다. 너무 그러면 우리가 그렇고 그런 사이라고 소문날 수도 있어요. 우후후."

"아니 소문 좀 나면 뭐 어때요? 우린 혼자 사는 여자. 혼자 사는 남자인데요."

"그나저나 그때 그 뱀 때문에 정말 미칠 지경이었는데 그나마 여기 동대표 회장이 국회의원이라 무슨 파충류 맹독 방지법인가 뭔가를 만들어 땅꾼들이 이젠 마음 놓고 뱀을 잡으러 다니니 뱀들이 많이 사라져 마음은 편한 것 같아요. 한번 물리면 그냥 훅 가는 것이니까요."

"네, 그렇긴 합니다. 여사님."

영작은 문득 아까 화난 얼굴로 나간 남녀가 어디선가 본 듯한 기억이 스쳐 보라에게 묻는다.

"아까 남자 하나 여자 하나가 굉장히 열받은 표정으로 나갔는데 많이 본 사람들 같은데 정확히 기억은 나지 않네요."

이 아파트에서 오래 일한 그녀는 뭔가 짚이는 데가 있는 듯 "아하! 그럼 CCTV를 돌려봅시다. 내가 보면 누군지 알 수도 있어요."라며 제안하자 그가 돌려보기 시작하였다.

그녀는 "아하! 이 남자는 연세대 영문과 교수 남편이고, 저 여자는 여기 동대표 회장 와이프입니다. 이 사람들 무슨 안 좋은 일이 있었는가 보죠."라고 알려줬다.

"어! 그래요. 이 사람들이 그런 사람들인가요? 그렇구나! 난 또 부부 사이인 줄 알았네."

문득 영작은 이달 초 향적산 입구 한 법당에서 노파 무당에게서 굿을 할 때 들은 내용이 엄습했다. "이봐 젊은이 넌 네 저승 간 아내와 동명이인을 만나 사랑을 나누게 될 거다. 명심하라." 바로 이 말이다. 이 말을 그리 깊게 생각하진 않았는데 최근 이 아파트에서 한 달 가까이 일하면서 분명 그 무당이 언급한 동명이인은 눈앞에 보이는 실내미화원 이보라고 확신하기에 이른다. 이 여자 말고 다른 여자는 더 이상 나타날 가능성이 없는 상태라서이다.

뭔가 골똘히 생각에 잠긴 것 같은 얼굴로 변한 그를 보자 "나는 그만 돈 벌러 가겠습니다."라고 발길을 돌리는 그녀였다. 돌아서 가는 그녀의 뒷모습을 보는 영작은 속으로 '아! 이젠 내가 보라 여사에게 정식 프러포즈하는 날만 남았구나!'라고 되새긴다.

장배는 불안한 상태에서 잠시 우두커니 앉아있자 국회의원 보좌관에게서 전화가 온다. 장배가 전화를 받자 "네, 의원님 내려오시죠. 여기 의전용 차량 카니발이 도착하였습니다."라고 보좌관이 알렸다.

"네, 갑니다."

그가 내려가자 검정 카니발이 3~4라인 앞에 서 있다. 4초소 경비원 영작은 이제야 그가 이 동에 사는 동대표 회장이자 여당 국민밖에 모르는 당 국회의원이란 사실을 정확히 알게 되는 순간이다. 대충 그가 맞을 거라고 느꼈지만 정확히 몰랐었다. 문제는 다른 날은 전혀 그런 적이 없었는데 오늘 따라 희한하게 보좌관이 차량에서 뛰쳐나와 4초소 경비실로 달려와 문을 두드리며 "아저씨 여기 아파트 회장이자 국회의원님이 나오시는데 나와서 인사 좀 하시죠? 그게 뭡니까."라며 평소 안 하던 행동을 한다.

영작은 대뜸 "아니 뭐 왜 그래요? 그게 뭐 별거예요? 나는 경비니까 그 사람은 회장이면 우린 직장동료 정도 되는데 말입니다. 무슨 직장동료끼리 보면 인사를 할 수도 있겠지만 내가 나가서 그렇게 유별나게 그럴 필요가 있습니까? 내가 뭐 종입니까."라고 맞받았다.

보좌관과 장배는 가슴이 쿵하며 무엇인가 한 대 세게 얻어맞은 충격적인 기분이 들었다. 일반적인 경비원이 아니기 때문이다. 보통 경비들은 아파트 회장을 보면 깍듯이 인사도 하고 굽신굽신거리기 때문이다.

장배는 아까 그 원인 모를 인스타 때문에 데미지가 큰 상태에서 재차 데미지를 받는 순간이다. "아아, 그만 그냥 갑시다. 보좌관님 우리가 너무 그러면 체면이 사납습니다."

"아 네."

둘은 얼른 카니발을 타고 빠져나간다. 그들이 빠져나간 그 공간은 황량한 분위기가 감돌았다.

아까 나는 그만 돈 벌러 가겠다고 밝히고 빗자루와 걸레를 들고 계단으로 올라간 보라가 또 무슨 일인지 내려와 4초소 옆을 지나간다.

그는 더 이상 뜸들이고 싶지 않았다. 벌떡 일어나 나가며 "보라 여사님 또 무슨 일로 여길 지나가세요." 라 묻자 "저쪽에 할 일이 있지요."라고 대답하는 그녀였다.

점점 더 가까이 그녀에게 다가가 "하하 보라 여사님 이제 제가 여사님을 본 지도 벌써 한 달 가까이 되는군요. 보면 볼 때마다 새록새록 마음에 드는 여사님이십니다. 사실 제 이상형임엔 확실합니다." 하고 분명한 공개 프러포즈를 감행하였다.

이미 그의 그런 속내를 익히 다 파악하고 있던 그녀는 "네, 다 알고 있었어요. 내 어젯밤 꿈에 아저씨와 내가 그런 사이가 되는 내용의 꿈을 꿨습니다. 어떻게 꿈과 생시가 일치하네요. 희소식 너무 반가워요."라며 적극 환영의 뜻을 분명히 밝혔다.

"그런데 방금 전에 회장이 나가는데 웬 보좌관이 나보고 나와서 인사를 하라고 하여 못 하겠다고 거부했죠. 갑질도 이런 갑질이 어디에 있겠어요? 원래 인사는 우러나서 하면 하는 거고 말면 마는 것이죠. 또 내가 걔에게 그렇게 해야 할 이유가 하나도 없다고 생각합니다. 걔가 내 상사도 아니잖아요? 나이도 얼마 먹지도 않은 젊은 국회의원 새끼가 늙은 꼰대 정치인 같이 행동하더라고요."

"우후후 역시 우리 동생은 주관도 뚜렷하고 패기와 광기가 넘쳐흐르네요. 잘하셨어요. 그 인간 여기저기 돌아다니며 우릴 얼마나 갈구는지 모르는 인간입니다. 그래서 내가 걔를 직장 내 괴롭힘 방지법으로 형사고소하려고 했는데 우리 미화반장이 결사적으로 만류하더군요. 걔가 워낙 파워가 세기 때문에 그렇지요. 또 그런 갑질이 직장 내 괴롭힘 방지법 피해 대상이 되기도 어렵다고 하네요. 지적을 많이 받는 건데 그가 다 그럴 만한 이유가 있다고 우겨버리면 우리도 할 말 없죠. 또 잘릴 걸 무릅쓰고 해야 한단 거예요. 당장 잘리면 우리만 피해가 크죠."

너무 많은 시간을 쉬면 감시카메라에 노출되어 일 안 하고 논다는 구설수에 오르기에 그녀는 재빨리 콧노래를 부르며 다른 곳으로 이동한다. 그만큼 그에게서 프러포즈를 받은 게 너무너무 황홀하기 때문이다. 장배는 의원사무실에 갔는데도 여간 신경 쓰이는 게 아니었다.

3. 고양이 영혼의 한

 도대체 어느 누가 익명으로 그런 혐오스러운 인스타를 올렸을까! 이것이었다.
 사이버모독죄로 처단하려는데도 범인을 잡아내기가 굉장히 어렵기에 피곤하기만 하였다. 그러던 중 갑자기 아내 화미에게서 전화가 걸려온다.
 장배가 전화를 받자 "야 자기야 난 이젠 도저히 자기 같은 남자하곤 결혼생활을 유지할 순 없을 것 같다. 당신과 결혼할 때 받은 반지는 이미 빼버린 상태이다. 우린 슬슬 서로 깨지고 갈라서는 사이로 어느 정도 대비하고 있는 게 낫겠다."라고 화미가 말한다.
 "야아 그게 그게 아니라고 아니란 말이야! 으으."
 이미 아내는 전화를 끊어버린 후였다.
 곧바로 빈나에게서 전화가 온다.
 다급한 목소리로 "그래 누나, 혹시 누나에게 무슨 일이 있는 거지?"라고 조금 떨리는 듯한 소리로 묻는다.
 "그래, 그렇긴 한데 넌 그걸 어떻게 알고 내게 묻는 건데? 난 오늘 아침

내 남편이 완전 난리가 났다. 무슨 정체불명의 해괴한 인스타 때문에 말이야."

"아! 그렇구나."

"야, 장배야 이젠 우리 주말에 하는 단지 내 오물쓰레기 줍는 봉사활동은 중단하는 게 좋겠어! 그리고 우리 정동 분리수거장 내려올 때도 같은 시간에 내려오지 말고 말이야! 최대한 이 위기를 벗어나야지? 넌 현역 국회의원인데 잘못되면 이 문제가 윤리위에 회부될 수도 있어! 아직 치명적인 증거물은 없지만 말이야."

"그래 누나 알겠어! 우리 일단 몸을 낮추자 이번 불거진 문제가 좀 수그러들 때까지 말이야."

끊자 무슨 대기하도 하듯 전화번호를 어떻게 알았는지 빈나 남편 장점찬으로부터 전화가 온다.

누군지 몰랐으나 받았더니 그였다.

"국민밖에 모르는당 국회의원 최장배 씨? 당신 그거 알고 있지? 지금 떠도는 거."

"아아, 글쎄, 뭐 자세한 건 모릅니다. 저를 싫어하는 야당 청렴맑은당 측의 음해성 짜깁기 묻지 마 가짜뉴스 퍼뜨리기 같습니다."

"뭐야? 가짜뉴스라고."

가짜뉴스라는 해명 같지 않은 말이 가뜩이나 신경이 날카로워진 장점찬의 속을 끌고 말았다.

수지구 상현역 5번 출구 덕비정형외과 병원장 점찬은 격분이 포화되어 안절부절못하였다. 결국 그냥 둬선 안 되겠다고 앙금이 증폭되어 갔다.

장배는 내리 아내, 애인, 애인의 남편 3명에게서 걸려 온 전화를 통화하고 난 후 정신이 하나도 없었다. 문득 어제 저녁 그 시각 한 여성이 쓰레기를 버리러 들어온 게 기억이 스쳤다. 그런데 그 여자의 얼굴은 떠오르진 않았다. 그 여자가 찍었다는 걸 알아낼 방도는 정동 분리수거장 주변 감시카메라를 돌려보는 건데 그러기엔 이미 늦었다. 그 동영상이 삽 시간에 너무 많이 퍼졌기 때문이다.

치명상 같았다. 보좌관이 갑자기 노크를 하며 소리 질렀다.

"의원님 의원님 큰일 났습니다. 그게 다 퍼져 우리 당에서 실태조사에 나선다고 합니다. 의원님과 그 여성 동대표가 무슨 관계인가 말입니다. 벌써 윤리위에 회부하여 도덕성과 자질을 따져봐야 한다는 말도 나옵니다. 으으으."

"뭐요? 실태조사? 윤리위 회부? 으윽 올게 왔다. 발 없는 말이 천리를 간다고 하더니……."

"어떻게 하죠? 의원님."

보좌관은 이렇게 물으며 울먹이는 듯한 소리가 나왔다.

"일단 그만 나가 계세요."

보좌관이 나가자 황급히 스마트폰과 TV로 자신과 관련된 기사가 나왔나 하여 훑어본다. 상보라면서 뜨는 게 보였다.

여당 국민밖에 모르는당 최장배 국회의원 자신이 사는 아파트 정동 분리수거장에서 해당 동 동대표와 밀월 수준을 뛰어넘는 밀담을 나눈 영상이 퍼져 당 차원에서 진상규명과 함께 추후 강력한 징계를 내리는 윤리위 회부될 수도 있다는 기사였다.

그는 심장이 멎는 듯한 충격이 몰려왔다. 엄청난 당혹감에 진정제 차가운 아메리카노를 한잔하려고 밖으로 뛰쳐나갔다.

국회의원사무소가 위치한 수지구청역 4번 출구 앞 휠라카페였다. 평소 여느 때 같았으면 카페 여사장이 아주 반갑게 맞이하며 인사하겠지만 그녀도 방금 전 그 기사를 포털로 보는 바람에 몹시 불쾌한 표정을 지어가며 아예 인사도 하지 않는다.

벽에 걸린 TV에 경제 관련 뉴스가 나오고 있었다.

〈시청자 여러분 안녕하십니까? 돈 많이 벌고 싶으시죠? 돈 되는 미분양 정보에 대해 말씀드립니다. 시장에서 주인을 찾지 못한 미분양 집이 늘어난다는 것은 부동산 하락의 신호라고 볼 수가 있어요. 미분양이 많아지면 시공사는 그동안 투자한 돈을 회수하지 못하게 되겠지요. 그러다 깊어지면 파산당할 수도 있을 테고 그러다 마음이 급해진 시공사는 물량을 빨리 처분하기 위해서 할인을 해서라도 판매하려 할 것입니다. 그 결과 주변 집값에도 영향을 미쳐 부동산 시장이 침체에 빠지게 되어 부동산 시장이 하락하기 시작하면 사람들은 지레 겁을 먹고 아파트를 사려 하지 않을 것입니다. 공급 물량이 많은 지역의 미분양은 급격하게 증가하게 될 것이고 어려워진 건설사는 파산하거나 신규로 건설을 하려 하지 않을 것입니다. 그러다가 회복기로 들어가 시간이 지나면 미분양은 차츰 해소되고 공급량은 감소하게 되고 가격이 상승으로 돌아설 수 있습니다. 미분양 정보는 국토교통부 사이트의 국토교통뉴스에서 확인하실 수 있습니다. 매월 말 보도자료 형식으로 배포되니 많은 참고 바랍니다.〉

낌새를 챈 그는 진정하러 진정제 아메리카노를 먹으러 왔다가 이런저런 개인사와 겹쳐 되레 더더욱 심란함이 배가 된다. 눈 깜짝할 사이에 다른 사회면 기사가 나오고 그 커피가 나오는데 벽에 걸린 브라운관에서 이 카페 들어오기 전에 나온 내용보다 더더욱 뼈를 때리는 충격적인 보도가 나오고 있다.

  종편 채널 여성 정치부 기자의 멘트는 "아 네, 방금 전 새롭게 들어온 속보입니다. 이번 밀월 문제로 말썽을 일으킨 국민밖에 모르는당 최장배 의원이 자신이 사는 아파트 정동 분리수거장에서 자신이 대학을 다니던 시기에 과 교수였던 연세대 영문과 교수 김빈나 교수와 밀담을 나눈 것으로 최종 확인되어 사제지간의 불륜 가능성이 매우 높아 국회의원으로서 자질과 윤리가 완전 바닥에 떨어진 부분이라 당 차원의 강력한 징계가 이어지며 썰렁한 회오리가 불어닥칠 것으로 관측됩니다. 이상으로 정치부 송솔잎 기자였습니다." 이렇게 나왔다.

  그야말로 청천벽력 같은 속보였다. 이 속보는 배후였던 영란, 미란도 접하게 되자 너무 기뻐 펄쩍펄쩍 뛴다. 완전히 까발려질 대로 까발려지는 순간이었다. 카페 여사장은 커피를 카운터 위에 놓으며 "이봐 국회의원 아저씨 이거 가져가."라고 반말로 내질렀다. 그녀가 판단할 때 방금 전에 나온 속보는 좀체 이해 불가한 영역이라 판단한 건지 그 무엇인지 모르나 이런 인간에겐 이 정도로 인격을 모독해도 된다고 판단한 것 같기도 하다.

  자존심이 상할 대로 상한 그는 벌떡 일어나 평소 같지 않게 그냥 들고 밖으로 나가버린다. 다시 사무실로 들어가기엔 너무 속이 터질 것 같아 옆길로 쭉 걸어가 실개천으로 내려가 마냥 걸었다.

  8월의 마지막 날 더위가 기승을 부리는 시기라 어느 정도 걷자 땀이 줄줄줄 흘렀다. 그가 현역 이 지역구 국회의원이라 낯익어 그를 알아보는 이들이 조금씩 조금씩 나타나기 시작하였다. 그 관련기사를 접한 사람들은 무척 한심하다는 듯 비웃으며 지나가고 있었고 아직 모르는 사람들은 브라운관을 통해 보던 사람을 실물로 보게 되니 꽤 새롭다는 반응을 드러내며 걸어가고 있다.

이런 난리가 난 건 연세대 영문과도 마찬가지였다. 학교법인 연세학원은 자체 감찰을 통해 이 문제를 점검해 본 뒤 교수로서 결격사유에 해당되면 바로 직위해제한다는 방침을 세운다.

김빈나 교수의 남편 장점찬은 지금 이 시각 완전히 속이 뒤집힐 것만 같은 심정이었다.

병원장으로서 굉장히 자존심이 센 편이라 그렇다.

사면초가에 몰린 장배는 가뜩이나 명예를 먹고 사는 성향이라 형언할 수 없는 충격과 아픔 속으로 빠져든다.

이날 빈나는 하는 수 없이 남편에게 학교에서 일어난 사태에 대해 미리 알렸다. 그러자 남편은 속보로 이미 다 알고는 있었지만 "뭐야? 그런다고 일단 알겠어! 너와 나도 이쯤에서 갈라서는 게 낫겠다. 왜냐하면 내 명예가 너무 더러워지기 때문에 그래! 어떻게 스승이란 년이 제자하고 그 짓 하고 지랄이야? 그건 그렇고 오늘 일단 집에 들어와. 오늘이 너와 난 마지막 날이란 것만 알아라."라고 엄포를 놨다.

빈나는 겁에 질려 아무런 말도 하지 못했다.

지금 이 시각 화미도 남편 장배에게 엄포성 전화를 넣었다. "자기야 자기와 난 오늘이 끝나는 날인 줄 알라고 그게 서로에게 깨끗해! 특히 내 명예가 상처를 받기 때문이지! 난 대한민국 최고 대학 서울대 교수로서 최고 명예를 먹고 사는 여자이니까! 우후후."

"그래, 네 명예가 그렇게 잘났다. 잘났어. 자기 명예보다 내 명예가 더 세다. 왜? 무슨 서울대 교수 주제에 까불어. 난 대한민국 여당 국민밖에 모르는당 국회의원인데 말이야! 이게 어디서 명예 타령하고 있어."

장배는 대외적으론 궁지에 몰려 괴롭지만 그래도 와이프에겐 끝까지 객기로 일관하였다.

잘못을 저지른 놈이 반성은 하지 않고 아내의 직업을 운운하자 와이프는 더더욱 화가 치밀어 오르기 시작하였다. "적반하장도 유분수지 이 새끼 봐라! 저런 새끼는 화학적 거세가 답이다."

암흑 같은 심정 속에 하루를 보낸 빈나는 무거운 발걸음으로 집으로 향했고 반면 장배는 아주 뻔뻔한 기세로 집으로 향하였다.

리버힐 아파트 정동 406호로 들어간 장배, 같은 동 506호로 들어가는 빈나이다.

아래층, 위층을 사이에 두고 살벌한 부부싸움이 벌어질 기세이다. 406호에선 화미가 다그친다.

"뭐! 아까 네 직업을 들먹이며 그렇게 객기를 부리지? 야, 잘난 국회의원 남편 이제 잘 가라 잘 가라! 난 네가 여기 아파트 회장도 하고 주말에 쓰레기 줍는다고 미화 모임 봉사활동 만든 것도 다 눈치는 채고 있었어. 왜 봉사활동을 하고 싶으면 혼자하지 꼭 그 여자 교수를 데리고 다니냐고? 어차피 이렇게 다 드러난 마당에 위에 506호로 들어가 살아. 뭐! 그리 멀리 갈 것 없다. 멀리 가지 않아서 좋겠다. 한 개 층만 올라가면 네 꿈이 펼쳐진다. 널 기다리는 여 교수가 있다. 깨끗이 목욕재계하고. 음하하하하."

"야, 너 지금 말 다 했어? 이게 국회의원 남편 알기를 완전 메줏덩이로 아네. 뭘 멀리 가 멀리 가기는 별것도 아닌 것 가지고……. 어휴~~ 시발."

"뭐야? 시발이라고 별것도 아니라고 만약 내가 그랬어 봐, 완전히 죽이려고 들겠지! 이런 개새끼 봐라! 너 부부도 욕하면 가폭으로 신고하면 벌금 100만 원 물어야 돼."

더 잘못을 저지른 장배는 "야 김치도 배추김치부터 시작하여 열무김치, 갓김치, 오이김치, 백김치, 별별 김치들이 다 있지만 밥 먹을 때 그거 김치 종류만 먹고 살 수 있어? 버틸 수 있어? 하도 징글징글하여 꿈에서도 김치들이 붕붕 떠다니겠다. 다른 반찬도 찌개도 먹고 양식도 먹어야 될 거 아냐? 인간의 욕망도 똑같은 거야? 인간이 계속 한 여자만 좋아하다 보면 한계인간감정체감의 법칙이 나타난다고 한계효용체감의 법칙인데 애정도 마찬가지야! 징글징글해져 정신이 돌아버린다고 난. 그래도 많은 여자들을 만나고 다닌 건 아니다. 그 교수님만 좋아한 거지! 내게 너무 잘해준 스승님이라 그랬다 왜 왜 왜." 완전히 적반하장으로 광기를 부렸다.

이 시각 위층 506호에선 점찬이 호되게 빈나를 다그치고 있다.

처음엔 아주 태연하고 호기롭게 나오던 장배는 느닷없이 와이프가 대형조폭 두목 친오빠를 불러오겠다고 으름장을 놓자 겁에 질려 점차 와이프의 기세에 밀려 갑자기 무릎을 꿇고 싹싹 빌기 시작하였다. "으으으 다 내가 잘못한 것 같다. 앞으론 그런 봉사활동은 중단하고 그냥 가만히 집 콕 하고 있을게. 한 번만 봐줘."

아주 요란하게 초인종을 누르는 소리가 난다. 보자 위층에 사는 점찬, 빈나 부부였다. 아래층이 자신들이 살고 있다는 걸 익히 알기 때문이다. 동대표 회장의 집이라서이다.

열자 점찬은 고함을 치며 쇄도한다. 빈나는 그저 고개를 숙이고 따라 들어온다. "야 동대표 회장이자 국민밖에 모르는당 국회의원 최장배 씨?

너 아까 내게 널 싫어하는 야당 청렴맑은당 측이 널 음해하기 위해 퍼뜨리는 짜깁기 가짜뉴스라고 했지? 야 이 자식아 우리 아내가 다 고백하고 시인했다. 그런 거라고 말이야."

"리버힐 아파트를 위하여 봉사활동을 하다가 그만 그렇게 됐습니다."

그야말로 변명 같지 않은 변명이었다.

"뭐야? 봉사활동을 해? 우리 와이프를 훔쳐가려고 한 봉사활동 수작인가."

순간 굳은 얼굴로 변하는 장배는 이럴 땐 무조건 잘못했다고 싹싹 비는 게 최상이라는 판단이 문득 들었다. "네네, 무조건 제가 잘못한 겁니다. 병원장님을 볼 면목이 없습니다. 한 번만 용서해 주십시오."라고 울먹이며 바닥에 퍽 주저앉아 또다시 무릎을 꿇고 싹싹 빌기 시작한다.

그랬으나 점찬의 분노는 가시질 않았다. 도저히 참을 수가 없어 느닷없이 달려들어 그의 귀싸대기를 한 대 세게 후려친다. 퍽퍽 짝짝.

"야 넌 국회의원으로서 자격이 없는 놈이야! 이런 개자식 사제지간인데 네 스승을 그럴 수가 있어? 이런 그냥 팍."

의식을 잃고 쓰러지는 그였다. 점찬은 울분이 가시질 않았으나 그만 멈추고 자신의 체면을 고려하여 나가버린다. 뒤따라 나가는 빈나는 꽤 놀란 표정이었지만 화미는 그저 무덤덤한 표정이었다.

악몽 같은 8월 마지막 날을 보내고 9월 첫날을 맞는다. 심리적으로 장배, 빈나는 위축될 수밖에 없었다. 내일 토요일 예정된 봉사활동은 생략한다고 그녀가 갑동, 을동, 병동 동대표들에게 알렸다. 토요일이 되어 갑자기 쓰레기 줍는 봉사활동이 진행되지 않자 수많은 입주민들은 매우 의아해지기 시작하였다.

장배가 아내 화미를 멀리하고 자꾸만 딴 곳으로 시선을 돌리는 까닭은 아내의 말투 때문이다.

그녀가 서울대 영문과 교수라 훈계하는 듯한 가르치는 듯한 말투라 여간 식상한 게 아니었다.

대학 때 스승이었던 10년 연상녀 빈나도 연세대 영문과 교수라 그런 경향이 아예 없는 건 아니지만 그래도 그녀는 목소리라도 부드럽다. 하지만 화미는 목소리도 걸쭉하여 골치가 아팠다.

곧 있을 당 윤리위원회 심의도 있어 그는 여간 심기가 괴로운 게 아니었다.

이 문제는 빈나가 일하는 연세대 연세학원에서도 할 예정이라 그녀도 마찬가지이다.

어떤 결론이 날지 이들은 노심초사, 전전긍긍할 지경이다.

여느 때 같았으면 화미가 장배와 광교호수공원 쪽으로 산책을 나가곤 하겠지만 이혼만 안 했을 뿐이지 이미 깨진 상황이라 꿈쩍도 하지 않고 방에서 잡지책을 보고 있다.

장배는 갑갑한 나머지 혼자 호수공원 쪽으로 산책하러 가려고 문을 나선다. 열자 여성 실내미화원이 걸레로 엘리베이터 앞을 닦고 있었다.

회장 장배가 나오자 "어! 안녕하세요. 회장님." 하고 인사하는 보라였다.

그녀는 속으로 '아! 이 인간이 또 뭘 그렇게 갈굴까! 별별 시시콜콜한 걸 다 갈궈 대니 으으.' 하며 탄식을 쏟아낸다.

게다가 요즘 방송된 사생활 문제로 신경이 사나울 텐데 공연히 엉뚱한 데다가 화를 푼다고 미화원에게 더 거칠게 갈구지 않을까! 두려움이 밀려오는 중이다.

"아하! 오늘 토요일인데 나오셔서 근무를 하시네요? 너무 힘들게 하시지 말고 쉬엄쉬엄하세요. 하하하."

"아 네, 격주로 일합니다. 오늘은 내가 하는 날입니다."

예상을 완전히 빗나간 태도였다. 평소엔 이러쿵저러쿵 시비를 걸었는데 지금은 아주 나긋나긋하게 위로조로 말하니 말이다.

장배가 지금 이러는 속내는 최근 불거진 자신의 스캔들 때문에 심기가 사나운데 평소 엘리베이터를 이용하며 볼 때마다 매우 포근하게 느껴진 미화원 보라에게 심적으로 기대며 위로를 받는 심리이다.

이 속내를 그녀는 눈치채질 못했다. 리버힐 아파트 입주민들 사이에 오늘 토요일 부로 동대표단 단지 내 봉사활동이 중단된 사태는 최근 불거진 회장과 정동 동대표 간의 스캔들 추문 사건이라 동대표 빈나가 다른 동대표들에게 오늘부로 중단한다고 통보했기 때문이라고 소문이 쫙 퍼져버렸다. 그만큼 타동 동대표들이 입이 가볍기 때문이다. 그녀가 동대표들에게 알릴 때 실체를 밝히진 않았어도 이미 충분히 그런 추측이 가능하기 때문이다.

배후인 영란, 미란도 소문을 접하고 너무 기뻐 오늘은 둘이 은밀히 만나 기쁨의 파티를 열 계획을 짠다. 핸드폰을 들고 "야 영란아 네가 수고해 준 덕분에 이와 같은 쾌거를 이뤘다. 그런 의미로 오늘 우리 광교호수공원 호프에 가 행복한 파티를 열까."라고 미란이 제안하였다.

영란은 "그래 그것도 너무 좋다. 하하하."라며 화답하였다.

"그래 내 차 아우디 에이 8로 가자. 오후 5시에 출발해? 갑동 지하주차장으로 내려와."

"좋아."

"야 고양이를 우습게 알고 짓밟는 놈들은 한번 크게 당해 봐야 돼! 고양이의 저주가 시작됐다."

이윽고 그 시간이 되자 영란은 내려가 기다리자 미란이 나타나 자신의 차 아우디 에이 8에 영란을 태우고 호수공원 방향으로 내뺐다.

아직 굉장한 무더위가 이어지는 시즌이긴 하지만 유원지다 보니 많은 사람들이 몰려온 걸 보게 된다. 그녀들은 호숫가가 내려다보이는 한 아늑한 호프로 들어가 장배, 빈나가 수렁에 빠진 것에 대해 환호성을 터뜨리며 자축하는 시간으로 채워간다.

"야 영란아 네가 너무 수고가 많았다. 그 틈에 분리수거장에 침투해 그걸 교묘히 찍어 온 세상에 퍼뜨렸으니 말이야! 호호호."

"아니 네가 너무 고양이를 좋아하니 내가 널 위하여 총대를 멘 거지 뭐! 이히히히."

"그래 이제부터 죽은 고양이의 영혼 고양이의 저주가 시작됐다. 걔 국회의원 최장배와 연세대 교수 김빈나는 더 이상 살기 힘들 거다. 걔들 둘 국회의원 배지 떨어지고 교수직도 나가떨어질 거다. 어디 한번 두고 봐. 우후후."

지금 이 시각 장배는 무더위에도 아랑곳하지 않고 상현동 흑바위에서 호수공원 쪽으로 시무룩이 걸어오고 있었다. 그는 자신의 이번 밀월관련 밀담 스캔들로 곧 있을 당 차원의 윤리위회부에 대해 여간 신경이 곤두서는 게 아니었다. 해당행위로 몰아 탈당 요구내지 출당 당할 수도 있기 때문이다.

한 발 한 발 내디디며 어느새 호수공원 입구에 맞닿았다. 아직 하절기라 저녁 6시가 넘은 시간이지만 환하게 보였고 한참을 걸어온 탓에 온몸에 땀이 끈적일 정도로 났다.

긴장과 괴로움을 잊을 시원한 맥주 한잔이 떠올랐다. 여기저기 둘러보자 한 아늑한 호프가 보여 걸어간다.

이 시각 아직도 그녀들은 그곳에서 장배를 헐뜯는 저주를 퍼붓다가 그만 일어나려고 움직이기 시작하였다. 그가 그 호프 출입문을 여는 순간 그녀들은 계산을 마치고 나오는 시점이다.

그를 보는 순간 그녀들은 너무 놀라 가슴이 쿵 했다. 호랑이도 제 말을 하면 온다는 속담이 그대로 맞는 순간이기도 했다. 그래도 그저 태연하게 대처하려고 애를 썼다.

그도 그녀들을 어디선가 많이 본 듯한 느낌이 문득 머릿속을 스쳤다. 리버힐 아파트 단지 어디선가 많이 본 기억이 났다. 그녀들은 쏜살같이 빠져나가 잰걸음으로 막 걸어간다.

그는 구석자리로 가 생맥주와 치킨을 주문하여 먹어가며 골똘히 기억을 떠올려 보려고 애를 썼다. "아이! 저 여자들을 분명 어디서 많이 보긴 봤는데 어디지 어딜까 어디더라."

이렇듯 혼잣말로 중얼거렸다.

문득 그때 문제가 된 정동 분리수거장에 그 인스타가 알려지기 전날 저녁 그 장소에 나타난 한 여자 같은 기억이 스치기 시작하였다. "아이! 리버힐 입주민인가! 뭐 그렇겠지 뭐! 가만 있어봐, 그럼 그 장소에 그 시간에 온 여자는 저 사람밖에 없잖아."라고 짐작 내지 추측을 늘어놓는다. 뭔가 있을 것만 같은 느낌이 세게 들어 어떻게든 그 당시 감시카메라를 돌려봐야겠다는 마음이 앞섰다. 만약 저 여자라면 불법 촬영죄로 사생활 침범을 제기하여 옭아 넣어야겠다는 비장함마저 들었다. 너무 원통하고 분하기 때문이다. 자신의 명예가 한순간에 곤두박질칠 당해서이다.

아까 빠져나간 미란, 영란은 그 호프 출입문에서 그와 부딪친 게 여간 찝찝한 게 아니었다.

미란은 며칠 전 고양이 시신 유기문제로 그와 다툰 일이 있어서이다. 그런데 그가 기억을 못 하는 것 같아 다행이라고 여기지만 행여나 기억을 해낼 수도 있어서이다.

그는 지금 너무 정황이 없어 미란과 다툴 때 그녀의 얼굴을 생생히 기억하질 못하고 있다.

그녀들은 설마설마하면서도 두려움에 빠진 채 다시 미란의 차 아우디 에이 8을 타고 리버힐로 돌아갔다. 아직 그 호프에 남아 맥주를 마시는 장배는 머릿속의 궁리는 일단 아까 들어오다가 본 여자들이 어디선가 많이 본 기억이 들어 반드시 확인해 보리라! 마음먹는다.

그는 다시 집으로 돌아오자마자 곧장 관리사무소로 가서 "8월 30일 저녁 그 시각 정동 분리수거장에 나타나 몰래 촬영한 사람을 포착해 주시죠."라고 부탁한다.

관리소 과장은 이 전화를 받자마자 검색에 들어갔다. 한 여성이 포착됐다. 과장은 곧바로 이 사실을 회장에게 알렸다.

"아! 잡아냈습니까? 네, 알았어요. 바로 거기로 가겠습니다."

장배는 나와서 관리소로 막 달려가 확인하자 순간 경악을 금치 못하는 건 아까 호수공원 호프에 들어갈 때 봤던 바로 그 여자였다.

"어! 이 여자는 아까 그 여자잖아! 맞아 내가 아까 생각났던 그 기억이 맞아! 그때 분리수거장에 나타난 여자가 맞아 저 여자가 맞아."

"회장님 아시는 사람입니까."

"네, 압니다. 이걸 그냥 팍 불법 촬영죄로 집어넣어 버리겠다."

하지만 고민에 휩싸였다. 자신이 이미 밀월 밀담 문제로 당 차원의 윤리위에 회부된 상태에서 그런 절차를 밟는다는 게 객기 내지 억측으로 비춰질 수가 있어서이다. 게다가 아파트 내 CCTV 검색용도에 부합한지도 조심스러웠다. 이판사판식으로 자신의 허물을 덮는 의미로 밀어붙였을 때 여러 유불리를 따져보기도 하였다. 일단 돌아서 집으로 향하였다. 와이프는 쳐다보지도 않고 TV만 보고 있다. 집 안 분위기가 꽤나 우중충하기만 했다. 이것은 바로 위층 506호에 사는 점찬, 빈나 부부도 마찬가지였다.

하루가 더 지나 월요일이 되자 국민밖에 모르는당 윤리심사위원회는 이번 밀월 밀담 말썽을 일으켜 언론의 뭇매를 맞은 초선 의원 최장배를 출석시켰다.

위원장이 물었다.

"자, 최 의원에게 묻겠습니다. 우리 당명이 뭡니까."

이 물음에 매우 어리둥절해진 그였으나 정신을 바짝 차리려고 애를 쓰며 "아 네, 국민밖에 모르는당입니다."라고 답했다. 그러자 위원장은 눈을 부릅뜨고 정색하며 그를 죽일 듯이 노려봤다.

"그렇습니다. 바로 국민밖에 모르는당입니다. 그럼 당명을 한번 해석해 보시죠."

"……."

그가 당혹스러워 아무런 말을 못 하고 우물쭈물거리자 위원장은 주먹으로 탁자를 아주 세게 쾅 내리치며 "아니 어떻게 연세대 영문과씩이나 나온 의원이 이 당명도 해석을 못 합니까? 초딩들도 하는데……."라고 힐난하며 더 사납게 쳐다봤다.

그는 허겁지겁 "아 네, 글자 그대로 국민밖에 모르는 즉 그러니까 국민만 생각한다는 뭐 그런 거겠지요. 국민만을 위한 정치를 한다는 것입니다."라고 답변하였다.

"네, 잘 알고 있네요. 그럼 말 그대로 국민만을 위하는 마음을 먹고 딴생각하지 말고 좋은 입법 활동에 전념해야지 도대체 왜 아파트 동대표에게 애정스러운 말을 했습니까? 더군다나 그 여성은 최 의원의 대학 은사라고 알려졌는데요? 이거 너무 심한 거 아닌가요? 명백한 해당행위라고 생각하는데 이의 없나요."

징계를 당할 위기에 처하자 재빨리 석고대죄하듯 무릎을 꿇고 싹싹 빌며 "아 네, 그것은 제가 아파트 회장으로서 저희 리버힐 아파트 단지를 좀 더 깨끗이 하려고 더 나은 봉사활동을 어떻게 할 것인가를 그 동대표와 논의하는 그런 시간이라 약간 다정하고 친절하게 했을 뿐입니다. 하지만 문제가 될 수도 있는 애정 섞인 멘트는 분명 잘못이라 백번 반성하고 사죄합니다. 앞으론 저희 당명 그대로 국민밖에 모르는당 이름에 걸맞게 오로지 국민만 바라보며 생각하면서 올곧게 의정활동을 하겠습니다. 으흑흑."이라며 속죄의 뜻을 분명히 밝혔다.

위원장과 다른 위원들도 이번 한 번만 선처해 주기로 입을 모았다.

"참! 매우 불쾌하긴 한데 그래도 특별히 한번 봐주겠습니다. 또 그러면 가차 없이 날려버리겠습니다."

"네, 용서해 주셔서 대단히 감사합니다. 계속 노력하겠습니다."

구사일생으로 살아난 그는 속으로 쾌재를 부르며 회의장 밖으로 빠져나갔다.

다음 날은 문제가 된 사제지간 동대표 여교수 빈나에 대한 연세학원 측도 윤리위를 열었다.

재단 이사가 "김 교수님 우리 연세대 위신을 깎아먹은 행위에 대해 어떻게 생각합니까."라고 맹폭을 날렸다.

"아 네, 순간 실수였습니다. 문제가 된 분리수거장에서 한 멘트 이외에 다른 것은 아무것도 없었습니다. 그게 전부입니다."

"그럼 문제가 된 봉사활동은 계속 할 건가요."

"아닙니다. 지난주 토요일부터 중단됐습니다. 순수한 아파트 단지를 깨끗이 청소하여 정화하는 차원의 봉사활동이었지만 그것마저도 말도 많고 탈도 많아 해체하기로 결정했습니다."

"그래도 공중파로 우리 학교 교육자로서 안 좋게 알려져 우리 학교 이미지 실추가 큰데 이건 어떻게 할 겁니까."

자칫 직위해제를 당할 처지에 몰리자 그녀도 벌떡 일어나 재빨리 무릎을 꿇고 싹싹 빌고 빌었다. "앞으론 오로지 학문 탐구와 훌륭한 연세사학을 만드는 데 열과 성을 다하겠습니다."

"네, 됐습니다. 교수직을 유지하게 해 줄 테니 앞으론 절대 삐뚤어진 행동을 삼가 주세요."

그녀도 선처를 받았다.

한숨을 푹 쉬며 회의장을 빠져나왔다. 어제 국민밖에 모르는당에 이어 오늘 결정 난 연세학원 징계위 결정은 사회부 속보로 떴다. 그러자 고양이 사건으로 한 맺혔던 미란, 영란은 울분을 토하며 속이 부글부글 끓어오르기 시작하였다.

"으윽 저것들 잘렸어야 하는데! 저것들 잘 봐달라고 뭘 줬나."

그녀들은 최근 장배가 단지 내 CCTV를 포착하여 보복의 칼날을 가는 삼엄한 현실을 모르고 있다.

그는 아직까진 숨고르기로 들어간 상태이다. 그는 아무래도 빈나에 대한 애정표시는 상당히 위축될 수밖에 없었고 굉장한 트라우마가 생겨났다.

지난번 여비서에게 한번 접근했다가 그녀가 남친에게 일러버려 심한 졸경을 치른 적이 있어서 다시 선 듯 그녀에게 선회하기도 어려운 실정이다.

게다가 이번 윤리위 파장으로 총선 때 그를 지원하며 오로지 국민밖에 모르는당 최장배를 국회로 보내야 한다고 외치며 호평 일색이었던 보수 유튜버들도 자신들의 이미지가 조금 타격이 불가피한 상황이라 그가 그들을 생각해서라도 더더욱 숨을 죽이고 몸을 낮출 수밖에 없는 실정이다. 물론 그 당시 그의 아버지가 수지구 최고 부동산 재력가라 그들을 돈으로 매수하여 앵무새 식으로 구독자들을 세뇌 작업한 덕택이기도 하지만 말이다.

그래서 엉뚱하게 튄다는 게 마치 럭비공처럼 이리저리 마음이 혼란스러워져 며칠 전 토요일 집 앞 엘리베이터에서 마주한 실내미화원 보라에게 쏠리기 시작하였다.

왜냐하면 아내 화미는 무뚝뚝하고 말투가 걸쭉하여 싫증 나는데 그 미화원은 말투가 나긋나긋하고 부드러워 편안함을 주기 때문이다.

불편한 잠을 이룬 그는 이날은 잠시 의정활동을 접고 '인생은 무엇인가!'에 대해 깊은 고민에 빠져볼 생각을 갖는다.

아파트 정동을 내려가 1층 출입문을 나가는데 요즘 유난히 심적 편안함을 주는 실내미화원이 보였다. 그녀는 마포걸레를 들고 지하로 내려가려고 한 계단 내려간 상태였다. "음하하 오늘 여기서 또 보네요? 힘드시죠? 여사님."

그러더니 능청스럽게 그녀가 쥐고 있던 그 걸레를 잡아당기며 "아아, 이거 한번 줘 보세요." 하더니 자신이 쥐고 바닥을 막 닦는다. 보통 의뭉을 떠는 게 아니었다. 깜짝 놀란 보라는 "어! 아니 괜찮아요. 그냥 내가 할게요. 아니 회장님이 왜 그러세요? 그냥 줘요."라며 그걸 잡아당기려고 하자 그는 때는 이때다 싶어 그녀의 손을 꽉 잡는다.

매우 당혹감을 느낀 보라는 "어! 이게 뭐예요."라며 확 뿌리치며 소릴 지르는 찰나에 정동 경비원 영작이 불법주차된 차량 단속차 옆으로 지나가다가 다가온다.

"무슨 일입니까? 여사님." 영작이 묻는다.

장배가 눈을 부릅뜨며 "아아, 경비 아저씨는 그냥 가서 일이나 보시죠."라고 다소 혼내는 투였다. 장배가 지금 이러는 배경에는 자신이 동대표 회장이자 국회의원의 권위를 지키려는 측면도 있지만 지난번에 출근시 경비가 자신에게 한번 대들었기 때문에 그에 대한 보복 차원도 짙다. 보라는 그저 우물쭈물거릴 뿐이다.

"보라 여사님 무슨 일인지 말을 해보세요. 그냥 넘길 일은 아닌 것 같습니다. 회장이 요즘 이런저런 스캔들로 제정신이 아닌 것 같습니다. 여사님에게 이상한 짓을 했나 보네요." 재차 묻는 영작이다.

그러자 끄덕이는 그녀였다.

이를 눈치챈 영작은 그 당시 한 멘트와 비슷한 말을 다시 내뱉으며 반격에 나섰다. "당신과 난 직장동료입니다. 직장동료끼리 일하는데 옆에 와서 방해하지 맙시다. 지금 여사님에게 무슨 방해를 하긴 한 것 같은데

이 자리에서 정중히 사과하십시오. 그러지 않으면 직장 내 괴롭힘 방지법으로 고발조치 합니다."

한순간에 권위가 무너지는 듯한 참극을 맞는 장배는 "경비 아저씨는 가서 일이나 보라고 했잖아요." 더욱더 언성이 높아만 간다.

"야 경비나 회장이나 같은 직장동료인데 너무 그렇게 아저씨, 아저씨 그러지 마! 그럼 넌 회장 아저씨야? 국회의원 아저씨야? 뭐야." 이렇게 바로 맞받는 영작이다.

회장 아저씨, 국회의원 아저씨란 신조어를 들은 그녀는 이에 가세하듯 "회장 아저씨, 국회의원 아저씨 이제 그만 갑질하시고 돌아가 주세요. 우린 업무를 봐야 합니다. 그냥 거저 돈을 줄 겁니까."라고 경고성 일침을 가한다. 이들이 티격태격하는 사이 정동 앞으로 입주민들이 몇 명이 몰려오자 장배는 수치스럽게 느껴 재빨리 다른 곳으로 피해버린다.

입주민들이 "아니 경비 아저씨 무슨 일이에요? 왜 그러는 거예요."라고 영작에게 묻자 그는 "나 참, 난 이래저래 경비 아저씨로 통하는구나! 회장도 방금 전 똑같은 말을 썼는데 입주민들도 그러시네요. 하여간 그래도 그 회장이란 사람이 사용한 말과 여러분들이 사용한 말이 똑같긴 해도 의미 본질이 조금 다른 거라 여러분들이 쓴 경비 아저씨란 말은 제가 충분히 이해 감수하도록 하겠습니다. 하하하. 저 인간이 지금 직장 내 괴롭힘 방지법을 위반하여 우리가 막 뭐라고 한 겁니다. 그냥 그 정도로 아세요."

"뭐라고요. 회장이 직장 내 괴롭힘 방지법을 위반했다고요? 무슨 일이 있었나요."

"아니 아닙니다. 저흰 그만 일하러 가겠습니다."

달아난 장배는 충격을 받아 대낮부터 혼술을 하러 흑바위 동네 주변 해장국집으로 들어가 소주와 뼈다귀해장국을 하나 주문한다.

이번 일로 영작, 보라는 서로 편을 드는 사이가 되어 더더욱 견고해져만 가는 사이로 발전하게 된다. 장배는 자신의 권위를 짓밟은 경비원을 잘라내는 걸 구상하는 시간을 갖는다.

이날은 영작, 보라도 퇴근 후 술을 먹기로 하였다. 얼마 전 그가 프러포즈를 하긴 했지만 제대로 만난 건 없어서이다. 그녀는 오후 3시에 일찍 끝나 그가 끝나는 6시까지 그녀의 집 풍덕천동 투룸에서 콜을 기다리는 중이다.

5시 반쯤 되자 그에게서 전화가 온다. 보라가 전화를 받자 "네, 여사님 내가 거기 수지구청역 쪽으로 가겠습니다. 거기 나와 계세요. 제 비록 소형 섞은 캐스퍼 차이지만 정성을 가득 담은 이 차로 모시겠습니다."라는 말이 들렸다.

문득 그녀는 그가 끊임없이 자신에 대한 호칭을 여사님이라고 하는 게 몹시 껄끄럽기도 했다. 지난번 한차례 식사를 하긴 했지만 술을 먹은 적은 없었는데 오늘 첫 술자리가 이뤄지는 만큼 이따가 누나라고 부르라고 조언을 하려고 마음먹는다.

중고 캐스퍼를 타고 금세 달려왔다. 수지구청역 5번 출구에서 그녀가 서 있었다. 차를 세우고 손짓하자 그녀가 옆문을 열고 타려는 순간 4번 출구에서 지하도를 건너 5번 출구 지상으로 올라오는 장배가 그 장면을 보게 된다. 그는 오전 이들이 쏘아붙인 말에 충격을 받고 대낮부터 혼술을 하며 스스로 위로하는 시간을 갖고 오후에 4번 출구 쪽에 위치한 자신의 국회의원 사무소에 들러 '무슨 명분으로 경비원을 해고할 것인가!'

에 대해 궁리하는 시간을 갖다가 잠시 카페에 들러 커피를 먹으러 올라오는 길이었다.

"어! 이 사람들이 애인 사이였나! 차를 같이 타고 어딜 가려고 하네."
하고 혼잣말로 중얼거린다. 아내에게서 껄끄러움과 식상함을 느껴 편안한 느낌의 미화원에게 좋아하는 감정과 정신적으로 기대는 심리가 생긴 그는 더욱더 불쾌한 기분으로 빠져든다.

가뜩이나 저 경비원에 대한 응징 차원의 감정도 싹튼 상황이라 지금 이 광경은 그의 심장을 더욱더 강타할 수밖에 없었다. 중고 캐스퍼가 다 사라질 때까지 차 뒷면을 매섭게 노려보는 그였다. 빠져나간 영작은 차를 몰고 자신이 사는 곳 팔달구 매산동 쪽으로 쭉 내질렀다. "보라 여사님 그래도 이 차는 썩은 소형이긴 하지만 옆에 여사님이 계시니 아주 쌩쌩 잘만 나가는군요. 하하하."

이따가 술자리를 하며 호칭에 대해 말하려다가 그냥 이참에 해야겠다고 판단한 그녀는 "이히히히 내가 곰곰이 우리가 너무 이런 여사님이란 호칭을 쓰고 그러면 너무 그렇지요. 이참에 그냥 누나라고 불러주세요. 우후후."라고 제안하며 신나게 웃어버린다.

듣던 중 매우 반가운 소리라 "으하하 그럼 보라 누나 오늘 술 먹고 노래를 부르러 들어가야지."라고 반말로 응답하는 영작이다. 그러자 그녀는 그의 허벅지를 아주 세게 내려쳤다.

"으악 너무 좋다."

황홀감에 빠진 둘은 눈 깜짝할 사이에 목적지에 다다랐다. 수원역 인근 호호숯불갈비로 들어갔다. 노동일을 하는 사람들이라 소주가 나오기가 무섭게 막 들이붓기 시작하였다.

오늘따라 갈비는 유난히 맛이 좋았다. 아까 차 안에선 그가 노래방을 제안하였으나 이젠 아닌 척하려고 그 대목은 침묵을 지킨다. 그러자 보라가 "동생 아까 나보고 노래방 가자고 했잖아! 갈까." 묻자 영작은 "아 됐어! 무슨 노래를 불러 노래를. 그냥 가야지. 그래야 내일 일을 하지! 우린 손발로 뛰어야만 먹고사는 사람들이라 얼른 가서 쉬어야지. 무슨 노래를 불러."라며 뒤로 뺀다.

내심 잔뜩 기대하며 고무됐던 그녀는 순간 화가 치밀어 올라 "야 영작 네가 가자고 했으면 가야지? 왜 지금 와서 튕기고 난리야."라며 얼굴을 붉혔다. 가지 않으려고 달아나려는 그를 보자 몹시 괘씸하게 느낀 그녀는 그의 목을 움켜쥐고 옆 건물 노래연습장으로 끌고 들어간다. 그도 속으론 쾌재를 불렀다. 약 1시간가량 노래를 부르다가 잠시 쉬는 사이 그는 "그래 누나 이번 주말에 우리 뜻깊은 곳에 한번 갈까요." 물었다.

"어딘데."

"음 누나와 나의 운명을 결정지을 사주팔자를 보러 가는 곳이야! 우리가 찰떡궁합인지 어떤지 보게! 대한민국 넘버원 족집게거든."

"그게 어딘데? 나도 궁금하긴 하다."

"음 계룡산 자락 옆 향적산 입구에 있는 족집게야. 거길 갈까요."

"그래 갑시다. 이번 주 토요일은 내가 일하는 날이 아니야! 난 지난주 토요일에 했거든 격주라."

"OK."

4. 끝없는 갑질, 을질, 병질, 정질, 무질

 더 이상 노래를 부를 힘이 없어 그만하기로 하고 나가는데 그가 자신의 차를 몰면 음주운전이 되기에 안 되고 가뜩이나 자존심까지 작렬하여 썩은 캐스퍼라 대리를 부르려고도 하지 않고 그녀의 집 풍덕천동에 콜택시를 불러 바래다주겠다고 하자 그녀가 고개를 절레절레 흔들며 거부의 뜻을 표했다. "아아, 됐다. 됐어! 내 목적은 그런 게 아니야! 난 성미가 급한 여자다. 술까지 먹었더니 내 몸이 더 달아올라 죽겠다. 으으."
 그러더니 보라는 그를 묻지 마 식으로 끌고 모텔로 들어가려고 애를 썼다. "아니 누나 왜 그래요? 이러면 안 되잖아? 여자가 이러면 되게 웃긴 거라고."
 "야, 누나 동생이 됐는데 안 될게 뭐가 있나? 웃기긴 뭐가 웃겨? 남녀는 음양의 조화다." 그녀는 안간힘을 다하여 그를 끌고 모텔로 들어가는데 성공하고야 말았다. 보라는 아까 오기 전에 미화대기실에서 준비한 노끈으로 온힘을 다하여 영작을 못 움직이게 묶어 놓고 관계를 이룬다. 영작은 겉으론 노끈에 묶이지 않으려고 이리저리 몸을 흔들고 뿌리치며 엄청나게 싫다며 저항하는 척했지만 보라의 완강한 완력에 밀려 그냥 몸을 허락하고 말았다. 거꾸로 된 것 같아도 원래 남녀관계는 이럴 수도 저럴 수도 있다. 본질은 둘 다 좋아하고 있다는 게 중요하다.

"보라 누나 우리 집도 이 근처이긴 한데 가지 말고 오늘 그냥 여기 모텔에서 묵고 내일 같이 출근하자."

"음 그러지 뭐! 그래 그러는 게 좋아! 이히히히."

이들은 서로가 꽉 끌어안고 아주 깊은 꿈나라로 빠져들었다. 이윽고 그녀가 쉬는 날인 토요일이 되자 그는 자신의 차 썩은 캐스퍼를 몰고 향적산으로 내달렸다. 아직 점심때가 안 된 시간이었는데 가느라 지쳐 배가 고팠다. 안 되겠다 싶어 계룡역 주변 식당으로 들어가 식사하려고 들어갔다.

벽에 걸린 TV에서 〈이큐 경제 워치〉라는 프로가 나오고 있었다. 패널 둘이 나누는 토론이었다.

"인플레이션이 왜 발생할까요? 보통 물가가 상승하면 시중에 돈이 많아졌다는 증거라고 볼 수가 있고 돈이 많아졌다는 것은 경기가 좋아졌다고 생각할 수 있지요. 경제전문가들은 물가를 기준으로 경기를 판단합니다만 물가 상승이 반드시 경기가 좋아졌다는 거라 장담할 순 없습니다. 여러 상황을 다각도로 분석해 봐야 할 필요성이 있고 인플레이션이 오는 원인은 여러 가지입니다."

"네, 그렇습니다. 시중에 돈이 많이 풀리면 돈의 가치가 떨어지면서 인플레이션이 옵니다. 그럼 당연히 물건의 가격은 올라갈 것입니다. 시중에 돈이 많아져서 아파트 가격이 많이 올라가면 사람들은 통장에 돈을 놔두는 것이 손해라고 느낄 것입니다."

"통장에 있는 돈은 그대로인데 아파트 가격은 하루가 다르게 올라가기 때문이지요. 통장에 돈은 줄어들지 않았습니다. 그러나 전에는 살 수 있었던 부동산이 어느 순간 살 수 없는 가격이 되어 버려서 마치 돈을 도둑맞은 느낌이 드는 것입니다."

"또 수요가 증가하여 인플레이션이 올 수도 있고 물건의 수량은 정해져 있는데 사려고 하는 사람들이 늘어난다면 가격이 상승할 수 있는데 석유나 금이 여기에 해당됩니다. 석유와 금의 매장량은 정해져 있지요."

"석유와 금 수요가 늘어난다고 매장량이 늘어나진 않고 또 인플레이션의 가장 큰 단점은 물건이 비싸진다는 것입니다. 거의 대부분의 사람들은 일을 해서 돈을 벌 수밖에 없고 대부분 소득이 갑자기 늘어나는 경우는 없지요."

"소득은 그대로인데 물가가 계속 치솟는다면 실제 소득은 감소할 것이고 삶의 만족도나 행복도가 떨어지게 될 테고 그런 다음으로 그럼 사람들이 저축을 하려고 하지 않게 된다는 것입니다. 저축을 하면 손해 본다고 생각하는 위축된 심리 때문입니다."

패널 둘이 나와 이렇게 막 떠들자 보라, 영작은 한숨을 푹 쉬며 "으으 우리처럼 돈 없고 버거운 삶을 사는 사람들은 그냥 죽으란 말인가."라며 인상을 찌푸린다.

"야 영작 그래도 우리가 단합하여 열심히 노력하면 부자가 될 수 있어! 걱정하지 마. 네 곁엔 나 보라 누나가 있다."

식후 나와서 다시 목적지를 향해 달렸다. 정오에 도착되어 잠시 바람도 쐴 겸 오른쪽 길 산길로 조금 들어가자 계곡이 하나 있었는데 줄줄줄

흐르는 물이 이들의 시름을 조금은 치유할 수 있게 돕는 듯했다.

약 한 시간 그러다가 결국 그 무당에게 들어갔다. "자네 어서 와요. 이번엔 여잘 데려왔구나! 그래 잘했어! 이 여자가 네 배필이야 배필이라고 내가 저번에 그랬잖아! 우후후."

"근데 법사님 진짜 신기한 건 지난달 초 여기 와서 굿을 할 때 법사님이 저보고 네 저승 간 아내와 동명이인을 만나 사랑을 나누게 된다고 하셨는데 정말 여기 옆에 있는 누나 이름이 이보라라고 하늘나라로 간 제 아내 이보라와 이름이 똑같습니다. 어떻게 이렇게 빼박 족집게일 수가 있어요."

"아아! 자네 뭐 그런 거 가지고 그래? 원래 내 수준과 실력이 그렇게 뛰어난 거지 뭐 그래? 나는 대한민국에서 1등 무당이란 게 문제라면 문제가 되기도 해."

"아니 근데 법사님 1등이신데 왜 문제가 되죠."

"야, 에잇 1등이니까 그렇지! 원래 뭐든지 어느 분야든지 1등은 외롭고 고독한 거야! 너무 뛰어나고 빼어나면 적들이 너무 많이 끼어들어 쓸데없이 엉뚱한 모함과 역적모의도 한다고! 뭐! 그래 봤자 소용없는 것들이지만 말이야! 우후후. 자네들 말이야. 그리고 인생사는 정신 바짝 차려야 살 수 있다. 세상은 엎어지면 코 베어 가는 세상이기도 하지! 특히 인간을 조심해야 돼! 겉으론 친절하고 선한 척 쇼하지만 속으론 음흉한 악마가 들어 있는 자들이 너무 많아! 이걸 조심해야 돼! 그런데 문제는 대부분 사람들이 이런 걸 구분해 내는 혜안을 갖추질 못했다는 게 문제가 돼. 어리석고 단순하다는 것이다. 자, 인간을 고르는 것도 경제이론과 똑같이 움직인다. 공급과 수요가 있다. 수요란 무엇인가? 상대를 선택하는 주체가 특정 상대를 자신의 배우자로 맞이하는 능력을 지닌 의사 내지 욕망이라 할 수 있는데 여기서 핵심은 결혼하여 살아나갈 능력이 있어야 한다는 것이다. 이런 욕망을 다 나쁘다고만 볼 순 없다고 이런 욕망이 발동이 되어야 새벽에 일하려고 벌떡벌떡 일어나지! 살다 보면 어마어마하게 돈이 많이 들기 때문이야. 가정경제도 물건을 구입할 때 가장 큰 영향을 주는 게 가격이지! 인간으로 치면 자신과 맞는지 아닌지 느끼는 공감 내지 가치 같은 거고 소위 명품이라 하는 상품들 명품 차, 명품 가방, 명품 지갑, 호화로운 저택 같이 우리가 과시하기 위한 호화로움과 사치를 위한 것들인데 이런 걸 지닌 자가 행복할 거라고 생각하지만 실제 삶은 전혀 다른 것도 많아! 실제 인간사 대인관계든 직장동료든 가족이든 뭐든 가장 중요한 건 돈이 아니라 상대방을 배려하는 마음가짐이다. 쓸데없는 것 가지고 시비를 거는 인간들이 얼마나 많은가? 남녀 간 갑질, 부부 간 갑질, 가족 간 갑질, 직장동료 간 갑질, 친구 간 갑질, 선후배 간 갑질, 정치꾼 간 갑질."

"아! 맞아요. 맞습니다. 제가 일하는 아파트에서도 갑질하는 인간들이 굉장히 많습니다. 제가 여기 누나와 친밀해진 것 같으니 다들 배 아파서 그러는 것이죠. 하하."

"야 자네 너 그건 그렇고 그때 내가 굿 비용이 원래 3천인데 천 깎아줘, 2천에 해줬잖아! 그럼 그거 2천을 하루 빨리 내게 줘야지 뭐 해? 얼른 비용을 달라고? 빨리 돈을 내란 말이야? 왜냐면 그런 돈은 빨리 신령님 전에 올려야 해! 자꾸 뜸들이면 내가 피곤하고 자칫 재앙을 받을 수도 있다. 알겠나."

"어! 그런가요? 근데 어쩌지요. 지금 돈이 없는데 지난달 7일부터 한 아파트에서 경비업무를 시작했는데요. 월급이라고 쥐꼬리라서 그만, 으으으."

그러자 법사는 격분이 포화되어 얼굴이 붉어지며 "야야, 얼른 돈을 가져오질 못해? 돈 가져와 돈 돈!"이라며 펄쩍펄쩍 뛴다.

아무 말도 못 하며 침통해하는 그를 지긋이 바라보는 보라는 "야 영작아 걱정 마. 내가 아파트 3년 넘게 미화원으로 일하며 번 돈으로 해결해 줄게."라며 그의 어깨를 지그시 누르며 법사에게 말한다.

"법사님 제가 내드리겠습니다. 계좌를 알려주세요. 계좌이체를 할게요."

그는 소스라치게 놀라며 "어어, 안 돼, 안 돼요. 보라 누나 절대 그러면 안 되지 그게 뭐야? 으흑."라며 그녀의 손을 꽉 잡았다. 무당이 계좌를 알려주자 보라는 폰뱅킹으로 바로 이체하였다. 그 돈을 받자 흐뭇한 표정을 지으며 무당은 "자, 돈이 들어왔다. 우후후후 이봐 아가씨? 댁의 영원한 남자는 바로 이 남자다. 알겠나."라고 알려준다.

"하하하 네, 알겠습니다. 이 남자는 연하인데 너무 마음에 들어요. 그럼 곧 합치겠습니다."

이 순간 문득 영작은 지난번에 왔을 때 자신이 다음 대권에서 승자가 누구냐고 물었을 때 법사가 내년 2024년 5월에 뽑는 새로운 대통령 선거에서 당선자가 국민밖에 모르는당 조씨 성을 가진 직업은 기획부동산 사장이었고 주경야독으로 악착같이 공부하여 서울대 부동산학과에 수석 입학한 성은 조, 이름은 혜란이라고 예언한 부분에 대해 다시금 확인차 묻고 싶은 충동에 사로잡혔다. 그때 그 기억으론 그 기획부동산은 현재 남동생이 운영하고 있고 그 남동생도 곧 정계에 진출하려고 몸을 풀고 있다고 했던 게 떠올라 궁금증 내지 호기심이 생겨 다시 묻는다. 그러자 법사는 "그래 그때 내가 말한 그대로야! 국민밖에 모르는당 국회의원 조혜란이야. 그 여자가 대통령이 될 거야! 그때 한번 가봐. 그럼 내 예언의 위력을 알게 될 것이다. 흐흠."라며 바짝 목에 힘을 줬다. 이 말에 영작, 보라는 진짜 그럴까 하는 매우 궁금한 표정이 역력했다. 보라는 "뭐 우리와 아무 상관도 없는 것들이지 뭐! 걔가 되든 쟤가 되든 다 그놈이 그놈이고 저놈이 저놈이지 뭐! 우리 극빈층의 삶은 별 영향도 없어! 또 야당 청렴맑은당이 서민정당이라고 한참 떠들어도 막상 지들이 돼도 별 영향은 없다고 정권 바뀌면 또다시 지들 이권 사업에 끼어들어 돈 빼돌릴 궁리나 하지! 나 같은 사람 챙기려고는 안 한다고. 난 뭐가 뭔지 모르겠고……."라며 몹시 푸념 섞인 반응을 내뱉는다.

"아니 보라 누나 여기 법사님이 여자가 대통령 된다고 했으니 다 그놈이 그놈은 아니고 다른 말이 맞네! 그 표현을 내가 여기서 쓰긴 조금 그렇긴 한데 으으……."

법사는 "이젠 조만간에 그 조혜란이 여기 왔다 갈 것이다. 내가 대한민국 넘버원 족집게라는 건 정치권에 다 퍼졌거든! 낄낄낄 그땐 복채 좀 엄청 뜯어야지 뭐."라며 재물에 욕심을 드러냈다. "너무 신기하네요. 그런 세계가 있다는 게 말이에요? 미래를 내다본다는 게 말이에요."

이 말에 깜짝 놀라는 법사는 "어어! 그렇긴 그런데 지금 내가 너무 많은 걸 다 말하면 완전 천기누설이 되어 버리는데 그럼 내가 모시는 신령님에게 혼나는데 아아, 이젠 그만 그런 정치 얘긴 그만하자고 딴 얘기로 돌려."라며 몹시 난감한 얼굴빛을 보였다.

"네, 알겠습니다. 법사님."

지금 얘기가 오고 간 조혜란이란 인물은 벌써 8선 의원이 된 여성 최다선 의원이기도 하다. 현재 당내 지지율만 보면 불과 2%밖에 되지 않아 힘들 것 같은데 그래도 법사는 혜란이 된다고 강력히 예언하는 것이었다. 마지막으로 법사는 "그래 이젠 그만 가봐. 댁들은 하늘이 내려준 천생연분 원앙이니 알뜰살뜰 행복하게 잘 살라고. 내가 응원할게 우하하하."라며 열띤 격려의 응원까지 해줬다. 두 사람이 나가자 무당은 혼잣말로 "으하하 조혜란은 바로 내 친동생이다. 이것들아 내가 걔를 위해 매일매일 치성을 드리는데 걔가 보위에 오르지 않으면 그게 말이 되나."라며 자신의 법력의 우월감을 스스로 드러내며 두 주먹을 불끈 쥐었다.

나온 둘은 썩은 캐스퍼를 타고 수원으로 돌아온다.

도착한 후 "배가 고프지 누나? 우리 집에 가서 밥을 먹을까? 사 먹을까? 내가 사줄게."라고 영작이 말한다.

"그래 네 집으로 가자." 이들은 그의 집 수원역 부근 매산동 단칸방으로 들어갔다.

"가만히 앉아 있어. 내가 차릴게." 그녀는 그를 주저앉혔다. 찌개를 끓여 놓고 먹기 시작하였다. 아까 보라가 2천만 원을 해결해 준 게 꽤나 부담스러웠는지 "아니 누나가 그렇게 큰돈을 내 대신 내주니 내가 찔리잖아! 기다려 내가 서서히 갚을 테니까."라고 그가 말했다.

"야, 너와 난 그 족집게가 말한 대로 합칠 운명적 사인데 그런 걸 뭘 갚을게 있어? 그냥 넘어가! 우린 부부가 될 거잖아."

그녀를 수지 풍덕천동 집에 바래다주고 돌아오며 그는 매우 신기하다는 생각 속에 빠졌다. '미래를 내려다보는 그 무언가가 있는 것인가!'에 대해 그랬다. 서로가 극빈이라 아주 조촐한 결혼식을 올려야겠다는 생각을 갖고 있다.

한편 며칠간 경비원에 대해 해고조치를 취하려고 잔뜩 벼르던 장배는 주말을 기해 자신은 뒤로 쓱 빠지고 동대표들을 조종하여 경비원을 자르는 구상을 하다가 끝내 그들에게 연락을 취해 은밀히 만났다.

자신과 스캔들에 휘말린 정동 동대표 빈나는 제외했다. 자칫 또다시 구설수에 휘말릴 수가 있어서 몸을 사리는 보신주의가 작동되고 있었다.

갑동, 을동, 병동 3명의 동대표만 만났다. "아 네, 내가 여러분들을 만나자고 한 이유는 다름이 아닙니다. 바로 아주 시건방진 경비원이 하나 있어서입니다. 그놈은 감히 나 같이 높은 동대표 회장에게 대들고 또 인사도 하지 않습니다. 이해할 수가 없습니다. 그러니 잘라야겠으니 각동의 동대표님들의 고견을 듣고자 합니다."

3명의 동대표들은 속으로 정동 여성 동대표가 이 자리에 불참한 이유에 대해 어느 정도 감을 잡는다. 그러자 그중 갑동 여성 동대표가 "네, 그런데 말입니다. 그 경비가 어떻게 대들었는지 모르지만 저희는 구체적인 내용을 모르니 뭐라 말하긴 어렵습니다만 국회의원님이 알아서 하십시오. 뭐! 그런 경비 하나 자르는 거야 일도 아니잖아요."라는 의견을 밝혔다.

듣던 을동 남성 동대표는 "자를 만한 구체적 사유가 있어야지 그냥 막무가내로 자르면 부당 해고가 될 수도 있잖아요."라며 의문을 제기한다. 듣던 병동 남성 동대표는 "회장님이자 국회의원님 그 경비가 무슨 짓을 했습니까? 근무 태만인가요? 아니면 뭘 훔쳐 갔나요?" 라 물었다.

장배는 차마 자신이 요즘 마음에 두는 여성 미화원에게 그 경비가 가까워진 대목에 대해 도저히 말할 수가 없었다. 최근 정동 여성 동대표와도 음험한 문제로 홍역을 치러서이다.

잠시 그들의 시선을 딴 데로 돌리게 하려고 그는 갑자기 스마트폰을 꺼내어 유튜브로 들어가 정글의 세계로 들어가 표범이 사슴, 노루를 잡아먹는 장면을 그들에게 보여주며 "어어, 여기 여기 좀 보세요. 표범이 사슴이나 노루를 막 쫓아가 잡아먹는 걸 보세요. 참 나, 힘 있는 동물이 힘없는 동물을 마구 잡아먹어 버리잖아요? 약육강식이랄까요? 이게 어찌 보면 이런 동물의 세계나 인간들의 세계나 똑같죠. 과점시장이란 게 있잖아요. 독점시장도 있고요. 저렇게 표범처럼 소수의 대기업이 시장을 점령하여 지배합니다. 자동차도 그렇고 통신도 그렇지요. 그러다가 경쟁이 치열해지면 상대를 흠집 내고 깎아내리는 방식으로 경쟁이 격해지죠. 호랑이와 사자가 격돌하는 원리이지요. 스포츠 같은 데서도 이성을 잃으면 벤치클리어링이 벌어지니까요. 치킨게임은 위험하고 무섭기도 하지요."라며 약간 뜬금없는 것을 보여준다.

한 을동 남성 동대표가 "으하하하. 그렇긴 한데 그런 독점이나 과점처럼 정글도 표범이나 호랑이, 사자 같은 게 독식하긴 하는데 그러다가 정글의 집단 깡패 하이에나 무리에 걸리면 협공 당해 밥이 돼버리기도 합니다. 그래서 뭐든지 절대 강자는 없는 법인 것 같습니다."라며 호응한다.

결국 발톱을 감춘 그는 술만 홀짝홀짝 마셨다.

속내를 다 털어놔 버리면 자신이 완전히 난봉꾼으로 비춰지기 때문이다. 끝내 사유를 밝히지 않자 그들은 궁금증만 증폭될 뿐이다. 그들은 속으로 혹시 경비가 정동 여대표에게 눈독을 들였나! 하는 억측성 추측만이 가능했다. 장배는 일단 핵심사항은 접어두고 이 자리에서 또 다른 무슨 객기가 발동됐는지 갑동 여성 대표를 바라보는 눈빛이 예사롭지 않았다. 눈치가 꽤 빠른 그녀도 화답이라도 하듯 그렇게 바라봤다. 평소 그녀를 짝사랑하던 을동, 병동 남대표가 몹시 짜증난 기분에 장배를 날카롭게 주시한다. 장배는 이런 살벌한 현실도 모르고 마냥 그녀를 바라보며 황홀경에 빠져든다. 그녀는 장배보다 무려 15살이나 더 먹은 56살이나 된다. 그래도 둘의 눈빛은 달아오르기 시작하였다. 평소 뭐라 표현은 하지 않았지만 그녀도 장배를 보며 호감을 느끼긴 했다.

"아! 그만 동대표단 회의를 마칩니다. 다음에 다시 회의를 열겠습니다."

결론을 내질 못하고 물러섰다. 이로써 동대표 3명은 회장의 속내를 어느 정도 간파하게 됐다.

을동, 병동 남대표는 각자 집에 들어가 부글부글 끓기 시작하였다. 자신들은 나름의 위신이 있어서 갑동 여대표에게 표현을 못 하고 있었던 차에 회장이 선수를 쳤기 때문이다.

을동, 병동 동대표는 도무지 이해가 가질 않았다. 회장의 속내가 사뭇 궁금하기만 하였다. 게다가 구체적으로 어느 동의 경비원인지 자세히 말하지 않았기에 더더욱 궁금증은 증폭될 수밖에 없었다. 갑동, 을동, 병동, 정동 4개 동에 경비가 총 4명이니 하나하나 직접 만나 자초지종을 탐색해 보리라! 마음먹었다. 둘은 정문으로 가 갑동 경비에게 넌지시 물어봤다. 갑동 경비가 경비반장직을 맡고 있다.

"아니 경비반장님 회장이 경비 하나를 자르고 싶다고 하는데 그게 무슨 일일까요? 말로는 시건방지다 자신에게 인사도 하지 않는다 이런 이유라고 하는데요."

"어! 그렇습니까? 아아, 그 그 그런 버릇없는 경비가 있단 말입니까? 대충 어느 놈인지 짚이는 데가 있긴 있습니다만 참! 어이가 없군요. 그래도 회장님이면 우리 리버힐의 오너인데 오너에게 그런단 거지요. 으으." 갑동 경비반장은 당연히 회장 편을 들었다.

"그게 누굽니까." 둘이 물었다.

"정동 경비 같아요." 갑동 경비가 답했다. 둘은 재빨리 정동 경비초소로 달려가 자초지종을 밝혔다.

"경비 아저씨를 자르려고 한다는 그런 말을 들었는데 왜 그렇지요? 사유는 정확히 말을 하진 않는데요."

깜짝 놀라며 영작은 "으으 그 회장이란 놈이 결국 일을 저지르는군요. 저와 결혼 약속된 여기 병동 정동 두 동을 청소하는 미화원에게 회장이 추근거렸습니다. 그래서 제가 뭐라고 따끔하게 경고를 날렸습니다. 우리 직장동료끼리 일하는데 방해하지 말라고요. 직장 내 괴롭힘이라고요. 그 놈이 나를 자르겠다는 것은 결국 나하고 한번 해보자는 거로군요."라고 실체를 밝혔다.

둘은 화들짝 놀라 "회장이 그런 짓까지 했단 말입니까." 물으며 뭔가 결정적 약점을 잡아낸 듯한 달콤한 표정을 지으며 돌아서 갔다. 가뜩이나 이들은 속으로 갑동 여대표를 좋아하는데 그녀를 회장이 흑심을 품고 있는 것 같아 내심 불쾌한 감정이었는데 지금 방금 전에 들은 정보는 그에게 물을 먹일 수 있는 절호의 기회일 수도 있어서 좋았다.

웃긴 건 을동, 병동 동대표 둘도 서로가 서로에 대해 경계심이 드리워지고 있다. 모두 다 갑동 여대표를 좋아하고 있어서이다. 즉 각자 각자가 회장에게 치명상을 입혀도 다시 둘만의 리그가 펼쳐질 수 있어서다. 어쨌든 섣불리 그녀에게 덤벼들기엔 다소 조심스러운 측면도 도사리고 있다. 왜냐면 그녀의 남편은 꽤 악명 높은 이천 건달로 알려졌기 때문이다. 인상착의도 그렇고 덩치도 그렇고 얼굴에 온갖 칼자국이 보여 아파트 단지를 한 번만 지나가도 다들 무서워 벌벌 떨 정도이다. 지난번 상현역 인근한 24시 사우나에 갔는데 갑동 여대표의 남편이 들어온 적이 있었는데 온몸에 굉장히 요란한 꽃그림 및 칼 그림, 동물 그림의 문신이 그득했다.

금세 주말도 다 지나가는 일요일 저녁이 되자 장배는 더더욱 갑갑함이 몰려왔다. 집구석에 박힌 아내 화미는 아예 대화를 거부한 채 무슨 미친 듯이 잡지책만 쳐다보고 있어서다.

게다가 서울대 영문과 교수라 영문으로 된 잡지만 골라본다. 자신이 영어에 자신이 있다 보니 영어로 이러쿵저러쿵 말하며 보고 있다.

그는 답답한 나머지 혼자 나가버린다.

단지 내 놀이터에 잠시 가 바람을 쐴 생각이다. 갑동 쪽을 지나가는데 얼마 전 정동 분리수거장에서 불법 촬영을 한 여자와 친구가 둘이 갑동 분리수거장에서 음식물 쓰레기를 전용 통에 버리고 있었다. 속이 부글부글 끓어오르는 그는 그냥 지나칠 수가 없어 그녀들을 잡아먹을 듯이 매섭게 노려봤다. 한참 동안 그러자 그녀들은 조금 당황스러운 기분이 역력했다. 뭐라도 증거를 잡았나! 낌새를 챘나! 하는 두려움이 밀려들었다.

"안녕하세요. 저는 이 아파트 회장 최장배라고 합니다. 여기 리버힐 아파트 입주민 되세요." 그는 이렇듯 증오를 감추고 겉으론 반갑게 예의를 갖추는 척했다.

"아 네네, 그렇지요." 얼떨결에 대답하는 그녀들이다.

"아니 그런데 얼마 전 여사님들을 광교호수공원 어느 한 호프 앞에서 뵌 것 같은데요? 혹시 그때 오신 거 맞죠? 지난주 토요일 저녁때쯤 말이에요."라며 한 차례 더 떠보는 그였다.

다급한 그녀들은 "아아, 네네, 그런 것 같기도 해요. 네네, 저희들은 그만 들어가겠습니다." 하고 황급히 피하려는데 문득 그는 지난달 길고양이 사체 문제로 자신과 아주 맹렬히 언쟁을 벌인 상대방 여자라는 게 떠올랐다. 그 당시 그녀가 모자를 깊게 눌러쓰고 있었고 너무 흥분되어 정신이 하나도 없어 망각하고 지냈지만 지금 잘 보니 생생히 기억나기 시작하였다. "잠시 잠시만요. 혹시 입주민님은 지난달 그 길고양이 문제로 저를 물어뜯고 모독하려고 인스타 페이스북에다가 퍼뜨린 장본인 맞죠? 저를 야만적인 인간이라고 낙인찍은 분이죠." 그가 물었다.

"아니 아니에요. 저는 그런 기억이 나질 않아요. 모르는 일입니다."라며 재빨리 도망치듯 달아나 버린다. 그는 더욱더 불쾌한 게 이번 자신이 당 윤리위에 회부되어 개망신을 당한 빈나와 데이트 하는 장면을 찍어 퍼뜨린 여자와 지난번 길고양이 사체문제로 다툰 여자가 저렇게 둘이 어울려 다니는 것 자체였다.

"으으으 내 저년들을 그냥 가만 두지 않으리라! 다 죽여버릴 거야."라고 혼잣말로 울분을 토한다. 그러다가 "어! 그럼 저들이 무슨 연결된 건가! 이상하다."란 의구심이 많이 들었다. 저들이 다 자신에게 치명상을 안겨준 여자들이라서 그렇다. 저들의 정체를 좀 더 파악해 보리라! 다짐한다. 그 이전에 대략 저들이 저렇게 어울리는 걸 볼 때 서로 주고받은 게 있으리라! 짐작한다. 방금 전 도망친 여자들은 그가 관리사무소에 의뢰하여 몰래 불법 촬영한 영란의 모습을 파악한 살 떨리는 현실은 전혀 모르고 있다.

장배는 잠시 놀이터 벤치에 앉아 골똘히 상념 속에 빠져든다. '아! 그 길고양이 때문에 그런 것 같다. 저들이 매우 가까운 사이인데 고양이 문제로 나와 부딪친 여자의 지령을 받고 옆의 친구가 날 골탕 먹인 거야!

뭐! 이렇게밖에 달리 해석할 길이 없다.' 속으로 곱씹으며 점점 더 날카로운 복수의 칼날을 간다.

'이참에 그냥 확 저 여자들을 불법 촬영죄를 사주한 공범과 실행에 옮긴 주범으로 법적조치를 취할까!'라는 온갖 저주의 마음이 싹텄다. 고민에 휩싸이자 속전속결로 결단하기가 어려워 평소 즐겨 피우던 프랑스산 담배를 꺼내어 계속 연거푸 피워댄다. 벤치 아래에 놓인 재떨이가 있는데도 불구하고 그냥 거침없이 바닥에 막 던져버린다. 벌써 10개비나 피워댔다. 지나가던 입주민들이 그 장면을 보고 조금 놀라는 분위기이다. 왜냐하면 이 아파트 회장이란 사실과 또 국민밖에 모르는당 국회의원이란 사실을 알고 있어서다. 한 노파는 "하하하 회장님 무슨 고민거리가 있으신가 봐요? 너무 걱정하진 마세요."라며 지긋이 미소를 짓고 지나간다. 그는 마음의 결심을 마쳤다. 내일 당장 그 CCTV를 토대로 그 여자들을 불법 촬영죄로 집어넣는다는 방안이다.

날이 밝자 그는 어제 마음먹었던 그대로 112에 신고하는 강수를 뒀다. 경찰은 피의자 신분으로 영란에게 출석하라고 통보하자 그녀가 상현파출소에 도착했다. 다짜고짜 영란은 "그 영상물을 찍은 건 그 남자가 이 아파트 회장으로서 제대로 역할을 못 하고 제 친구가 고양이 사체를 그렇게 처리하는 게 아니라고 했는데도 아예 말을 안 듣고 방치하여 불법을 저지른 잘못도 있고 회장으로서 아파트 봉사활동을 빙자하여 동대표와 밀월을 즐기러 다닌 점을 알리려는 공익적 목적입니다. 이런 동물 사체를 보호하는 동물보호법을 지키려는 마음과 아파트 회장과 정치인으로서 지켜야 할 윤리를 저버린 점을 알린 공익적 폭로도 죄가 됩니까."라며 눈을 부릅뜨며 맞섰다. 하지만 경찰은 그녀의 주장을 배척했다. "아아, 그건 그게 아닙니다. 그 자체로 그러니까 동물 사체문제는 해당 법에 따라 하는 거고, 밀월문제도 관련된 피해자가 나서는 문제입니다. 당신은 명백히 불법 촬영죄를 저지른 겁니다. 공익적 차원이라 볼 여지가 없습니다."

영란은 화가 치밀어 올랐다. 하지만 너무 오버하여 법을 제대로 모르고 오해하여 빚은 참사였다. 위기에 몰리자 얼른 미란에게 전화를 넣었다.

"야 미란아 회장이 내가 찍은 영상을 퍼뜨린 걸 알아내어 날 신고했어! 관리사무소에 가서 CCTV를 확인한 것 같다. 이를 어쩌지 빼박으로 걸렸어."

"야 영란아 기다려 일단 내가 거기로 갈게."

진미란은 자신의 아우디 에이 8을 몰고 황급히 상현파출소로 달려갔다. 고개를 푹 숙이고 있는 영란이었다. 미란은 경찰에게 열변을 토해가며 상황설명을 하였다.

그러자 경찰은 "아아, 그 그건 이미 우리가 다 말을 들어 압니다. 그건 그렇게 되는 게 아닙니다. 정당행위가 될 수가 없습니다."라며 단호한 입장을 밝혔다.

불과 몇 분 지나자 피해자인 장배가 들어온다.

"아 네, 경찰관님 이건 절대로 그냥 넘길 수가 없는 중대사건입니다. 이 파렴치한 여잘 엄벌에 처해 주십시오. 나의 명예가 이만저만 실추된 게 아닙니다. 예상컨대 재판까지 가면 최소 징역 4년은 나올 것 같습니다. 검찰도 최소 그 정도 구형할 것으로 보이니까요. 으흑."

의리가 철철 넘치는 미란은 "내 친구 영란이 그 영상을 찍은 건 다 내가 하라고 하는 바람에 한 겁니다. 이 모든 책임은 다 내 책임입니다. 그러니 내 친구는 그냥 풀어주고 날 검찰로 송치하시오."라며 경찰에게 토로하였다.

그러자 경찰은 고개를 옆으로 절레절레 흔든다.

그녀 못지않게 의리로 똘똘 뭉쳐진 영란은 "아니 아닙니다. 그런 적 없습니다. 내가 그냥 단독으로 저 기고만장한 아파트 회장이자 국민밖에 모르는당 국회의원 최장배를 골탕 먹이려고 그랬어요. 지금 내 친구는 그냥 자기가 미안하니까 그런 거죠. 왜냐면 너무 날뛰는 게 내 눈에 보였기 때문이지요. 나만 송치하고 나만 감방으로 들어갈 수 있게 조서를 꾸며 주세요. 그렇게 콩밥 좀 먹고 싶습니다."라며 절개를 보였다.

일단 피의자 자백이 중요한 거라 경찰로선 영란의 말에 신빙성이 있다고 여길 수밖에 없었다.

하지만 피해자 장배는 왠지 미란이 사주했을 것 같은 의심을 잔뜩 품는다.

왜냐하면 미란이 자신과 길고양이 사체 문제로 언쟁을 벌인 후에 영란이 불법 촬영하는 행동이 일어났기 때문이다. 정확한 내막은 알 순 없는 노릇이다. 일단 피의자 영란이 완강하게 자기 자신의 단독범행이라고 주장하고 있어서 실제로 그녀들이 몰래 단둘이서 말하는 모습까지 포착하긴 역부족이라 장배로선 어떻게 대응하기가 어려웠다. 상황을 정리하고자 경찰이 "아니 지금은 무슨 친구 간 의리나 그런 게 중요한 게 아닙니다. 확실하게 말하세요. 도대체 이게 어떻게 된 겁니까."라고 다그쳤다. 그랬으나 끝까지 영란은 미란을 엄호했다. 결국 미란은 그냥 돌아갔고 영란만 남아 계속 조사를 받는다. 돌아간 미란은 황급히 대자보를 만들어 리버힐 아파트 곳곳에 부착하고 플래카드까지 제작하여 걸어놓고 회장의 만행을 알렸다. 이 의도는 단지 내 고양이를 좋아하는 사람들의 결속을 노리며 잠시 잠잠해진 당 차원의 윤리위 회부 문제가 또다시 불거지게 하려는 이참에 회장을 몰아내려는 최종 목표이다. 내용은 이랬다.

〈길고양이 동물 학대 주범 최장배는 물러나라! 고양이 사체를 짓밟은 장배는 각성하라! 아파트 회장직에서 물러나고 국민밖에 모르는당은 이 파렴치한 국회의원 최장배를 다시 윤리위를 열어 얘를 출당 및 파면하라! 얘는 자신의 은사에게도 밀월을 나눈 추악한 불륜을 일삼은 자다. 당장 꺼져라!〉

삽시간에 다 퍼져 입주민들은 심한 동요를 일으키기 시작하였다. 평소 고양이를 별로 좋아하지 않는 사람들과 정치에 관심 없는 사람들은 그냥 지나쳤지만, 개나 고양이를 무척이나 좋아하는 사람들과 정치에 조예가 깊은 사람들은 날카롭게 반응을 보이기 시작한 것이었다.

리버힐 아파트 관리사무소는 여간 난감한 일이 아닐 수가 없었다. 핵심문구 2종은 엄밀히 따지면 아파트 회장직에서 물러나야 할 사안은 아니라서다. 그렇다고 썩 좋은 내용도 아니지만 말이다.

장배는 뒤늦게 아파트에 들어오다가 마치 무당 굿하듯 도배된 현수막들을 보며 너무 놀라 허겁지겁 관리사무소로 달려가 "아니 밖에 저런 불온물들이 잔뜩 부착되어 있는데 왜 떼어내질 않습니까? 빨리 가서 떼어내요. 당신들 뭐 하는 사람들이야? 소장 어디 있어? 어휴~~"라며 잔뜩 혈압이 올라 격분을 일으켰다.

소장이 소장실에서 달려나오며 "아아 저희가 보질 못했습니다. 과장님 주임님 떼러 갑시다." 하고 뛰쳐나간다.

"어휴 진짜 이 사람들을 다 잘라버릴까." 계속 격정을 내는 그였다. 낫을 들고 떼어내고 있는데 개나 고양이를 좋아하는 반려동물 애호가들은 몰려들어 떼지 말라며 저항하였고 여당 국민밖에 모르는당 국회의원 최장배를 싫어하는 야당 청렴맑은당 지지자들도 결사반대하고 나섰다.

"아니 우리같이 반려동물을 좋아하는 사람들 입장으론 길고양이 사체를 그냥 산에다 묻는 걸 방조한 행동은 천벌감이라고 생각한다. 그리고 사제지간의 그런 은밀한 밀담을 분리수거장에서 나눈 것도 절대 있어선 안 될 일이다. 절대 용납할 수가 없다."

떼어내려고 하는 관리사무소 직원들과 그러지 못하게 막는 사람들 간의 벤치클리어링이 일어나고 말았다. 사무소 한 직원이 황급히 경찰을 부르자 금세 출동하여 가라앉게 됐다. 진위여부를 파악하기 시작하였다.

"갑시다. 이 현수막을 건 사람이 누구인지 알아내고 봅시다."

관리사무소로 가 CCTV를 돌려 확인하자 입주민 진미란으로 밝혀졌다. 아까 파출소에서 자신이 공범이라며 소란을 일으킨 여성이라서 경찰들도 매우 놀라는 표정이다.

문제는 현수막에 걸린 내용이 명예훼손이 될 수 있는지 공익 차원의 제보가 될 수가 있는지 하는 점이었다.

경찰을 사이에 두고 양쪽에서 장배를 엄호하는 사람들과 고양이를 사랑하는 반려동물 애호가들이 엄청난 고성과 비난을 쏟아내며 설전을 벌였다. 미란을 두둔하는 사람들이 여럿 나타나기 시작하였다.

"이런 현수막은 조금 문제가 있어 보이기도 하지만 그때 그 문제가 된 길고양이 사체 사건과 회장의 사제지간 밀담 사건이라면 분명 더 큰 문제가 있긴 합니다. 우리 동물사체 보호를 위한 폐기물 관리법에 의하면

제8조 제68조 생활폐기물에 당연히 동물사체가 포함됩니다. 길고양이 사체를 지정된 장소나 방법으로 하지 않고 함부로 버리거나 허가 승인 신고된 처리시설이 아닌 곳에서 매립 또는 소각한 자에게 100만 원 이하의 과태료를 부과한다는 법규가 있습니다. 이 점을 저 여성분이 강조한 것으로 보입니다. 사제지간 불륜 의심 밀담도 그렇고요."라며 이 아파트에 사는 동물을 사랑하는 한 변호사가 주장하고 나섰다. 이를 지켜본 많은 사람들 중 동물 애호가들은 그의 주장을 동조하며 "그럼 우리도 동물사체 보호를 위한 폐기물 관리법 위반으로 저 회장을 고발 조치하겠습니다."라고 적극 호응한다.

지켜보던 장배도 조금 주춤주춤거렸다. "참 나, 내가 지난번에 저 여자와 저기서 저 문제로 싸우긴 했지만 난 지금껏 저런 법이 있다는 건 몰랐어! 무슨 저런 법규도 다 있나 모르겠어! 참 기가 막힌다. 이러다가 내가 명예훼손죄로 걸면 저들은 저걸로 걸긴 걸 것 같은데……. 으으 참 더럽다. 더러워." 그는 자신의 대의를 위하여 하는 수 없이 일단 뒤로 물러서리라! 마음먹는다. 현수막은 다 떼어냈고 양측은 마치 모종의 합의라도 한 듯이 서서히 물러섰다.

장배는 물러난 뒤 온갖 궁리의 궁리를 다 한다. 어떻게든 영란만이라도 옭아 넣어야겠다는 야욕이 가득했다. 불법 촬영죄는 명백하기 때문이다.

영란은 얼마 후 빠져나올 수가 없어서 그대로 구속될 수밖에 없었다. 장배는 자신의 권위가 올라가는 듯했다. 자신에게 대든 자들은 가차 없이 보내버린다는 위엄을 보인 대목이었기 때문이다. 그 후 탄력을 받아 정동 경비원 영작마저 자르려는 야심을 드러낸다. 명분은 직무 태만 이런 걸로 잘라보려고 궁리한다. 실제론 자기에게 대들고 특히 실내미화원

보라를 놓고 서로 차지하려고 날카롭게 부딪치는 형국이라서 그렇다. 그러기 위해선 다른 경비원 3명과 실내미화원이나 외곽미화원까지 끌어들여 〈그 젊은 경비는 일을 너무 못한다.〉 이런 여론을 만들려고 머릴 짠다. 특히 그중 갑동 경비담당인 경비반장과 미화반장은 자신에게 매우 굽신굽신거리는 편이라 잘 포섭하면 밑밥을 깔 수 있으리라! 판단한다.

이젠 9월도 점점 중순을 지나가고 있었다. 계속되는 경비원 영작의 꼿꼿한 자세가 회장 장배의 자존심을 굉장히 자극하고야 말았다. 그래도 명색이 회장이고 현직 국회의원이라 이런 아파트에서 이렇게 소소한 일로 경비와 부딪치면 대외적으로 알려지면 여간 부끄러운 일이 아닐 수가 없었지만 워낙 그는 허황된 야욕을 지닌 사람이라 끝내 관리사무소로 쳐들어가 정동 경비원을 자르라고 압박을 가한다.

"이봐요. 당장 경비업체에 전화하여 쟤 좀 잘라버리라고 하세요. 아 씨, 이거 자존심 상해 회장직 못해 먹겠네."

"아, 네네, 알겠습니다. 그렇게 하도록 하겠습니다."

관리소장은 곧바로 경비업체로 전화하여 그를 자르라고 통보하자 업체에선 "네, 아파트 회장님이 그러시다면 바로 그렇게 하겠습니다. 지금 자르겠습니다. 네네."라며 끊고 곧장 김영작에게 전화하여 "아저씨 내일부터 나오지 마세요. 회장님의 통보입니다. 나오지 마세요. 그동안 수고 많으셨습니다."라고 최종 해고 통보를 가했다.

영작은 가슴이 쿵 내려앉았다. 가뜩이나 괴로운데 이런 어처구니없는 갑질 횡포 및 직장 내 괴롭힘을 당해서다. "아 네, 이사님 대충 알겠습니다. 회장이 하는 짓인 것 같은데 내가 불법 부당 해고로 노동청에 제소하겠습니다. 아니 내가 뭐 별거 있나요? 나는 한참 초소에서 열심히 근무하고 있는데 걔 보좌관이 나보고 나와 최장배 국회의원에게 인사하라고 하고 또 걔 장배는 나하고 결혼 약속된 실내미화원 보라 누나에게 성추행이나 하고 찝쩍거리고 걔가 더 잘못한 거 아닙니까? 내가 부당 해고와 또 걔 장배의 성추행까지 다 걸어서 법적 조치할 겁니다. 그렇게 아세요. 나는 지금 이 시간부로 직장동료와 혈투를 치르겠습니다. 회장이 바로 나의 직장동료입니다."

꿋꿋한 자세를 유지했다. 그는 곧바로 보라에게 이 사실을 알렸다.

"어머머 뭐야 그 회장 놈이 너를 자른다고? 이젠 별별 짓을 다 하네! 참 나, 야 네가 잘리면 나도 그냥 관두고 나간다. 에잇! 걔 회장이란 놈 내가 지 비위를 맞추지 않아서 그러는 거야."

오후가 되자 장배가 국회의원 사무실에 가기 위해 나오자 정동 초소에서 이를 지켜보던 영작이 확 뛰쳐나와 "야 네가 뭔데 나처럼 하루 벌어 하루 먹는 하루살이 같은 사람을 자르려고 그래? 너 내가 그냥 넘어가진 않을 거다. 이런 그냥 팍 어휴~~ 지금부터 제대로 너 같은 직장동료와 혈투 한번 해보자."라며 길을 가로막았다. 마포걸레와 빗자루를 들고 가던 보라도 그 장면을 보고 달려들기 시작하였다. "야 회장 나도 지금 이 시간부로 너와 직장동료와 혈투 한번 해보자? 너 그때 내 손 잡고 성추행 했잖아? 그거 다 CCTV 돌리면 다 나와! 넌 이젠 끝났어! 네가 뭔데 내 손을 잡냐고."

오늘 직장에 연가를 내고 쉬며 잠시 광교호수공원에 가서 바람을 쐬러 나오던 화미는 이 장면을 목격하고 상당한 충격 속으로 빠져든다. 이미 남편이 여성 동대표 빈나와 그렇다는 건 알고 있었지만 저렇게 또 실내미화원에게까지 그렇단 것은 어마어마한 충격 그 자체였다. 한시도 그저 조신이 가만히 있질 못하는 바람을 일으키는 부채 같아서 그렇다.

"으으악 여기서 또 무슨 해괴한 일이 일어난 거야? 나 정말 치사하고 더러워서 더 이상 못 살겠다. 내 저번에 한 번은 큰맘 먹고 그냥 넘어가 준 건데 또 다른 여자에게 또 그랬어? 어휴~~ 안 돼, 안 돼, 진짜 더 이상은 안 돼! 야 당신 말이야! 지금 당장 가서 이혼하러 가자! 그전부터 내가 반지는 빼놓고 있긴 있었다고."

화미도 이젠 한계에 부딪쳤다.

"왜 자기가 뭔데 저 경비원을 자르고 지랄이야? 참 나, 불쌍하다. 불쌍해! 저 미화원은 무슨 일로 저러는지 몰라도 지금 성추행 당했다고 난리 치고 있잖아! 어휴~~ 진짜 쪽팔려서 더 이상 내가 자기와 같이 있으면 정말 큰일 나겠네! 빨리 당장 이혼하러 가자고."

5. 직장동료와 격투

　급기야 분노가 치솟던 아내는 장배와 이혼절차로 들어가 일주일이 지나자 결국 갈라서고 말았다. 화미는 짐을 챙겨 친정으로 들어가 버렸다. 그는 줄곧 리버힐 아파트에 남아 다른 곳으로 이사를 떠나지 않는 이유는 정동 동대표 빈나가 있기 때문이다. 그도 엉뚱한 분노가 치솟아 경비원을 잘라버렸다. 보라는 홧김에 사표를 던지고 장배를 성범죄로 고소하게 된다.
　장배는 유명한 로펌 변호사들에게 찾아가 그날 미화원에게 손을 잡은 것은 성추행이 아니라 회장으로서 직원에 대한 격려 차원이었다고 변론 준비를 해달라고 간청하기도 하였다.
　결국 이 문제는 그녀가 합의금을 조금 받고 그냥 넘겨버리겠다고 마음 먹었다.
　아내와 이혼했고 정신적 위로 차원으로 마음을 뒀던 보라마저도 나갔고 이제 그나마 기댈 수 있는 대상은 정동 여성 동대표 빈나였지만 지난번 살 떨리는 일이 한차례 일어나는 바람에 여의치 않은 상황에 직면한 그였다. 급격히 우울증이 나타나기 시작하였다. 밤마다 매일매일 소주 한 병을 먹지 않으면 좀체 잠을 이루기가 어려울 지경까지 됐다. 얼마 남지 않은 9월을 그렇게 술고래가 되어 시간을 채우고 있다. 며칠 전 경비원 영작이 해고된 뒤 잠잠할 것 같았지만 그가 그렇게 나가게 된 사유가 그렇단 것이 여기저기 알려지면서 후폭풍이 불기 시작하였다.

입주민들 사이에선 회장도 나가야 한다는 여론이 급격히 확산됐다. 특히 현직 국회의원이 회장직을 맡고 있단 것 자체도 해괴하다는 여론도 만만찮았다.

그는 이런 위기를 맞아도 마음을 다잡을 수 있었던 것은 이래 봤자 끓는 냄비가 곧 식는다는 엉뚱한 생각을 하며 버텼다.

9월 말일 올 역대급 무더위가 이어진 탓에 다들 지쳤을 테니 위로 차원이라면서 갑동, 을동, 병동, 정동 동대표를 한자리에 모이게 하였다. 이날은 토요일이라 시원하게 생맥주 한잔한다는 발상이었다. 지난 10일에 모일 땐 정동 대표 빈나를 제외했지만 이젠 어느 정도 희석됐을 거라고 판단하고 그녀를 오게 한 것이다. 이것도 그녀의 남편이 지금 이 시각 잠시 외출했기에 가능한 일이었다. 아파트 단지 정문 바로 앞에 있는 생맥줏집이었다. 갑동 여대표는 지난번 만날 때 회장이 자신에게 보내준 야릇한 시선 때문에 벌써부터 들떠 의식하기 시작한다. 바로 옆에 그때 장배와 밀담 문제로 홍역을 치른 빈나가 있는데도 그렇다.

빈나는 이들의 묘한 시선을 당연히 알 리가 만무하다. 을동, 병동 남대표들은 정동 대표가 참석한 것에 대해 머릿속이 상당히 복잡하기만 하다.

"자자, 여러분 동대표 여러분 올 여름 정말 우리 아파트 발전을 위하여 고생 많으셨습니다. 그래도 우리 리버힐이 이 주변 더킨스 아파트나 아울렛 아파트나 로또 아파트보단 우리 리버힐이 훨씬 낫죠. 디자인도 그렇고 편의시설 및 살기 좋은 아파트이긴 해요. 갑을 병정 4개 동이라 더 좋아요. 돈 많고 잘 배운 엘리트들이 많이 입주하여 살고 있기도 하지요."

"하하하 네, 그렇습니다. 그래도 우리 리버힐이 인근 로또 아파트, 아울렛 아파트, 더킨스 아파트보단 훨씬 낫긴 낫죠. 저쪽에 가 보면 완전 엉망입니다. 주차시설도 이상하고 단지 내에 쓰레기들이 천지입니다. 우리 리버힐은 너무 깨끗하잖아요."

"자자 우리 다 함께 건배합시다. 우후후."

쨍그랑 쨍그랑.

장배가 "참 나, 얼마 전 정말 버릇없는 경비원 하나를 자르니 내가 속이 다 시원합니다. 그 인간이 나가니 여자 미화원도 하나 따라서 관두고 나가버리더군요. 둘이 여기 아파트에서 눈이 맞은 사이인가 봐요. 무슨 지들이 부당 해고로 나를 지방노동위원회에 제소한다 어쩐다 하고 뭐 그 여잔 나를 성추행으로 고소한다 어쩐다 하는데 아니 세상에 손 한번 잡은 게 무슨 추행인가요? 그것들이 부당 해고의 정의도 모르는 정말 못 배운 무식한 인간들 같습니다. 그러니 이런데 와서 그 젊은 나이에 경비나 하고 미화나 하고 그렇지요! 어휴~~"라며 막 헐뜯어 버린다.

들이부은 맥주 때문인지 어느 정도 취기가 몰려오기 시작하였다.

장배는 올해가 역대급 무더위라 힘들었던 지난 시간들을 떠올리며 "아 여러분 우리 리버힐을 주도해 나가시는 동대표 선생님들 그래도 내일부턴 10월이 시작되는 날이라 그래도 10월은 9월보단 조금 나아지리라 생각합니다. 정말 올해 2023년 여름은 그야말로 역대급 무더위였습니다. 너무 고생 많으셨습니다. 가을을 맞이하니 너무 기분이 좋습니다. 앞으론 좋은 일만 생길 것으로 생각합니다. 자자, 한 잔씩 더 쭉쭉 드십시오. 우후후." 하고 마냥 들떠 있다.

이런 배경은 자신을 좋아하는 여자가 이 자리에 둘이나 앉아 있어서이다.

더 마시자 취기는 더더욱 달아오를 수밖에 없었는데 순간 그의 보좌관에게서 전화가 걸려온다.

장배가 전화를 받자 "어! 의원님 큰일 났습니다. 얼마 전 의원님이 아파트에서 해고한 그 경비원이 지방노동위원회에 구제신청 하는 바람에 문제가 시끄러워지고 있는 것 같습니다. 의원님이 자칫 법원 재판을 받아야 할 상황이 올 수도 있습니다. 골치가 아픕니다."라고 보좌관의 목이 멘 소리가 들렸다.

"으악 그래요? 그놈이 일을 저지르는구나! 잠잠할 것 같았는데 으으."

을동, 병동 남대표는 속으로 환호성을 터뜨렸다. 회장을 그리 탐탁지 않게 여기기 때문이다.

까닭은 갑동 여대표 때문이다.

점점 만취되자 그는 객기가 발동되기 시작하여 갑자기 갑동 여대표의 손을 세게 꽉 잡았다. 을동, 병동 남대표는 혈압이 올라 순간 가슴이 쿵 내려앉았다. 정동 대표 빈나도 마찬가지였다.

갑동 여대표 방화란은 이미 예상하고 있던 터라 그리 놀랍다기보단 황홀경에 빠져든다. 을동, 병동 남대표 둘은 동시에 분노를 일으켰다.

"이봐요. 회장님 여기가 아무리 우리 리버힐을 이끌고 나가는 동대표단 술자리이고 화기애애한 분위기라지만 이거 너무하는 거 아닙니까? 그리고 우리나라는 또 동방예의지국인데 우리가 회장님보다 나이는 훨씬 더 먹지 않았습니까? 회장님은 41세잖아요? 우린 다 50대 후반입니다. 그럼 어느 정도는 예의를 지켜야 하지 않겠습니까? 국회의원이라고 너무 우쭐대는 것 같습니다."

"아니 감히 동대표들이 하늘같이 높은 회장에게 대들다니? 우리 리버힐 아파트가 언제부터 이렇게 위계질서가 엉망이 됐습니까? 나 원 참."

"뭐가 엉망입니까? 엉망은? 바로 당신이 엉망입니다. 나는 을동을 대표하는 한 사람으로서 당신 같은 회장에게 오늘 이 시간부로 직장동료와 혈투를 펼치겠다. 이렇게 경고하겠다. 똑바로 들어라."

그러자 옆에서 지켜보던 병동 남성 동대표도 가세하며 "우하하하 우리 직장동료 회장님의 권위가 이렇게 짓밟히니 자존심의 상처가 이만저만이 아니겠는데……. 그럼 나도 우리 병동을 대표하는 한 사람으로서 너 같은 어린 망아지 회장과 지금 이 순간부터 직장동료와 격투를 펼치겠다."라며 삿대질을 해댔다.

"뭐야? 직장동료와 혈투! 뭐! 직장동료와 격투." 장배는 얼굴이 경색되며 몹시 놀랐다. 얼마 전 경비와 미화가 잘리던 날도 그들이 자신을 가리키며 "직장동료와 혈투를 펼친다."라는 말을 한 일이 있어서이다. '이들이 다 연결된 것들인가! 어떻게 이렇게 똑같은 표현을 사용할까!'라고 속으로 느낀다.

"나는 당신들보다 나이는 어리지만 이 아파트 회장이기도 하지만 집권여당의 국회의원이기도 하다. 그럼 내가 어찌 당신들과 직장동료란 말인가? 세상천지에 이런 직장동료는 처음 봤다. 난 당신들을 다 해고할 것이다. 지금 당장이다."

"그래 어디 한번 해보자는 거지? 그래 한번 붙어보자? 우릴 자르려면 실컷 잘라봐."라고 둘은 고래고래 소릴 지르며 밖으로 나가버린다.

이제 남은 건 장배와 여자 둘이다. 빈나도 점점 속이 부글부글 끓어오르기 시작한다. 자신의 남편에게서 온갖 핍박을 받으면서도 꿋꿋이 버티며 연인 사이인 장배를 향한 애정은 흔들림 없이 이어가는 중인데 그가 지금 보인 행동은 충격적일 수밖에 없었다. 울화가 치밀어 오른 그녀는 더 이상 이 자리에 앉아 있을 수가 없었다. 벌떡 일어나 나가버린다.

이제 남은 건 장배와 갑동 여대표 방화란이다. 화란은 "아니 회장님 회장님은 나하고 나이차이도 엄청나게 나는 것 같은데 어떻게 날 좋아할 생각을 다 했습니까? 그것이 궁금합니다."라고 물었다.

"동대표님 너무 그런 건 궁금해하실 것 없습니다. 사랑은 나이 차이도 없고 국경도 없습니다. 얼마 전 이혼한 제 아내는 너무 말투가 텁텁하고 걸쭉합니다. 애교가 없어요. 도도하고요. 그 모든 게 싫었던 것입니다."

"아니 그럼 방금 전 나가버린 정동 동대표와 이상한 소문이 이 단지 내에 파다한데 왜 갑자기 뜬금없이 그 여잘 버리고 내게로 들어오려고 합니까? 그것이 알고 싶습니다."

"그분은 남편이 있습니다. 그래서…."

"아니 회장님 나는 그럼 남편이 없는 줄 압니까? 나도 남편이 있습니다. 앞뒤가 안 맞는군요."

잠시 침묵을 지키는 그였다. 그러다가 슬며시 그녀의 손을 잡고 "아아 동대표님 사랑은 너무 그렇게 이것저것 따지는 건 아닙니다. 그냥 좋으면 좋은 거고 사랑하면 사랑하는 것입니다. 아니면 아닌 거고요."라고 사랑의 정의를 내려주고 느닷없이 자신의 입술을 그녀의 입술에 대고 꾹꾹 눌렀다.

깜짝 놀란 그녀였지만 속으론 환호성을 터뜨렸다. 화란은 다소 화를

내는 듯한 표정을 지으며 확 뿌리치며 그의 허벅지를 한 대 팍 내리찍고 나가버린다,

그는 곧장 나가 아까 그 을동, 병동 동대표를 자른다는 내용을 리버힐 공지 창에 띄운다.

그러자 그들은 〈우리를 아껴주신 리버힐 입주민 여러분 방금 전 회장의 만행에 경악을 금치 못하고 있습니다. 그가 무도하게 우릴 잘랐지만 이에 조금도 굴하지 않고 맞서 나갈 것입니다. 우린 지금 이 시간부로 극악무도한 회장과 직장동료와 혈투를 펼쳐나가도록 하겠습니다.〉이런 댓글을 날렸다.

그러나 그들은 얼마 전 잘린 경비 영작처럼 지방노동위원회에 구제신청 같은 절차는 밟을 생각은 없다. 아파트 동대표는 그런 차원이 아니라서이다.

문제는 정문 앞 호프집 사장이 아까 그들의 대화를 다 듣고 영상도 확보하고 있다는 점이다. 고객들의 사생활이라 누설하면 안 되긴 하지만 사장이 을동, 병동 동대표들과 친하기 때문에 어떤 문제가 불거질지 알 수가 없다. 분명 그들이 뭔가 약점을 잡기 위해 들어올 거라 한 치 앞을 내다볼 수가 없는 상황이다. 아닌 게 아니라 이날 밤 자정이 되기 전 그들이 또 들어오고 있었다. "하하하 사장님 우리가 또 옵니다. 맥주가 생각나서요."

"아! 네네, 어서 오세요. 앉으시지요."

앉자마자 그들은 "아까 우리가 나간 후 그 회장이 우릴 잘라버렸습니다. 혹시 우리가 나간 후에 그 회장이 여기 있던 여자 둘과 무슨 일이 있

없는지 알려주십시오. 우리도 그냥 넘길 수가 없습니다. 너무 어린 회장이 버릇이 하나도 없습니다."라고 의뢰를 한다.

호프 사장은 그들이 평소 단골이었고 다른 손님들도 꽤 많이 데리고 들어와 매상을 많이 올려준 것도 있어서 그 밀월증거 정보를 알려주고픈 충동에 사로잡혔다.

"저어 잠시 잠시만요. 여긴 손님들이 있어서 다 들릴 수도 있으니 저쪽 화장실로 갑시다."

"아 네."

들어가자 "네, 그 회장이 아까 갑동 여대표에게 뭐라고 뭐라고 하다가 갑자기 키스를 퍼붓고 난리를 치더군요. 네, 여기까지가 팩트입니다. 필요하시면 CCTV를 보여드리겠습니다."라고 사장이 말한다. "아! 그래요. 참 나 그 회장이란 놈 그때 정동 대표와도 그래서 국회의원 배지도 날아갈 뻔했는데 또 정욕이 재발하여 또 그랬군요. 그거 참 그놈의 정욕이란 무섭긴 무서운 거로군요."

이들은 그 증거물까지 포착하여 가지고 간다. 이젠 이들은 자신들이 아까 공언한 그대로 회장과의 혈투, 직장동료와 혈투, 제대로 된 혈투를 펼치려는 야심을 드러낸다.

이들은 다음 날 날이 밝기가 무섭게 그 영상을 바로 리버힐 창에 올려버렸다. 일요일 아침부터 올라온 그 글은 수많은 입주민들 사이에선 충격이 아닐 수가 없었다. 게다가 그는 지난번 당 윤리위에 회부되어 하마터면 출당 처분을 당할 수도 있었지만 위원장 및 위원회 위원들도 특별히 용서가 된 부분인데 이번 또 재발되는 문제는 어떤 결과가 날지 그로선 큰 타격이 예상된다. 이날 해 질 녘까지도 이 사실을 모르던 장배는 어제 저녁 그 호프에서 그녀에게 키스를 퍼부은 그 달콤한 기억을 못 잊어 그다음 절차를 꿈에 그리며 성큼 다가온 가을의 정취를 맛보고자 광교호수공원 쪽으로 산책을 나갔다. 한참 걷고 있는데 어디선가 전화가 와 받아보자 보좌관이다.

"의원님 아직 그거 난리난 거 모르십니까? 의원님이 어제 저녁 한 호프에서 아파트 동대표에게 키스를 한 게 알려져 이번엔 저희 당 윤리위에서도 그냥 묵과할 수만은 없을 거라고 방금 전 대변인에게서 전화가 왔습니다. 이를 어찌지요? 얼마 전 잘린 경비는 지방노동위원회에 부당 해고 구제신청을 한다고 하고 또 다른 건이 터졌으니까요."

"뭐요? 그런 일이 터졌다고요. 이건 또 뭐야! 이걸 어떻게 알았지."

신나게 걷던 발걸음이 한순간에 퍽 쓰러질 것만 같았다. 신대저수지에 다다라 물을 바라보자 다 새카맣게 보였다. 술을 먹으면 정욕이 발동된다는 위험과 이런 부작용이 많아 술을 가급적 먹지 않아야 된다는 것을 알면서도 마구 먹게 되고 통제 불능 상태가 되어 그랬으니 큰 화근이 됐다. 이 사실이 그녀의 남편에게까지 삽시간에 퍼졌다. 그는 완전 피가 거꾸로 솟는 느낌이 들었다. 발끈하며 아내에게 쏘아붙였다.

"이봐 자기야 이게 뭐야? 어제 그 호프에서 그 자식이 자기에게 이게 뭐야? 이게 뭐 하는 짓이냐고? 어서 바른대로 말해 봐."

"아니 그 자식 회장이 무슨 동대표 모임을 한다고 하여 갔지! 갔더니 맥주 좀 먹자고 하더니 다른 남성 동대표들이 있는 자리에서 날 그래 버린 거야."

"그럼 재빨리 피했어야지."

"아니 그 상황은 그럴 수 있는 상황이 아니었다고…….."
"아니 그럼 성추행이란 말이야."
 지금 그녀는 시치미를 뗀다. 사실은 자신이 슬쩍슬쩍 꼬리를 친 부분이 많긴 하다. 다혈질 남편에게서 빠져나오려는 발로였다. 남편은 이천 조폭 두목이기도 하다. 성미가 거칠고 뭐든 못마땅한 게 있으면 다 뒤집어엎는 성질이 있다. 이번 자신의 아내를 향해 입술을 부딪친 그를 그냥 놔둘 것 같진 않아 보인다.
 갑자기 탁자를 주먹으로 '꽝' 하며 내리친다.
 당장이라도 달려가 죽여버릴 듯이 벌떡 일어나 나가려고 하자 그녀가 벌떡 일어나 가로막는다.
"지금 지금은 너무 늦은 시간이야! 내일 처리하자고."
"좋아! 내일 강행 처리한다."
 그는 이날 밤 계속 화가 치밀어 올라 몸에 식은땀이 흘러 잠을 제대로 이룰 수가 없었다.

 날이 밝자 장배는 곧바로 당 윤리위에 회부되어 심사를 받는 상황에 몰렸다. 오후 2시부터 시작된 심사에서 위원장은 "아! 우리가 조속히 이 문제를 해결하지 않으면 우리 당의 이미지가 완전히 엉망진창이 되어 버릴 것 같습니다. 지난번 최장배 의원이 한차례 추문이 불거졌을 때 우리가 천신만고 끝에 한 번 참아준 건데 이번 재차 또 그랬단 것은 우리 당의 윤리위를 너무 깔보고 우습게 아는 처사로도 보입니다. 바로 의결합니다. 최장배 의원을 출당 처분을 내리겠습니다."라고 결정하며 의사봉을 들고 세 번 탕탕탕 내리쳤다.

"안 돼요. 안 돼! 위원장님 한 번만 한 번만 더 선처해 주십시오."라며 애절히 간청하는 그였지만 회의장 내 당사직원들이 강제로 끌고 나간다.

그는 이 순간 출당 당하자 급격히 불안하고 우울해지기 시작하였다. 이 정치 관련기사는 메인방송 및 종편채널에 다 일제히 보도됐다. 〈연거푸 스캔들에 휘말린 국민밖에 모르는당 국회의원 최장배는 결국 당 윤리위에 회부되어 심사결과 심각한 결격사유로 판정되어 출당 처분을 당했다. 이번 스캔들은 리버힐 아파트 회장으로서 동대표단 회식자리에서 한 여성 동대표의 입술을 강제로 빼앗은 행위이다. 일단 피해자는 강제라고 하는데 이 부분은 더 자세한 증거자료가 나와 봐야 알 것이다. 강제가 아닐 수도 있다는 반증도 존재하기 때문이다.〉

이런 기사들이 줄줄이 이어졌다. 이 보도가 나가자 정동 동대표 김빈나는 자신이 지난번에 밟은 전철을 타인이 밟는 현실이 여간 민감하게 다가오는 게 아니었다.

즉 자기 자신의 지난날 문제도 회자될 수 있기 때문이다. 나름으로 자존심과 명예의식이 강한 그녀는 이참에 딴 아파트로 이사할 궁리를 하게 된다. 그 이면에는 그가 엊그제 저녁 그 호프에서 갑동 대표에게 접근한 것에 대한 배신감 같은 게 더 세게 다가오기 때문에 충격을 받아 그런 게 더더욱 크다. 그녀는 '내 곁에서 마음이 떠난 놈 곁에 머물러 있을 존재가치가 없다. 날 나오게 해놓고 다른 여자의 손을 잡고 입술까지 그랬단 말이야! 빌어먹을 놈.'이라 속으로 곱씹었다. 저녁때 남편이 들어오자 난데없이 아내가 "자기야 딴 아파트로 이사 가자."라고 말하자 점찬은 "왜 그래? 뭣 때문이야."라고 물었다.

속으론 어느 정도 눈치를 챘다. '그놈의 장배란 놈 때문이구나!'라고 추측한다. 그런데 구체적으론 무슨 이유인지 감은 오진 않았다.

"자기 혹시 그놈 때문에 그렇지."

"……."

아내가 침묵을 지키자 답답하여 그냥 나가버린다.

장배는 이날 출당 처분을 받아 어두워진 시간이 되자 더더욱 심히 괴로웠다. 무소속으로 정치 생명을 이어간다는 것은 그리 쉽진 않기 때문이다. 이번 출당 사유는 다른 당에서도 그리 쉽게 받아들일 수도 없는 사안이라 고립무원 상황으로 치달았다. 흑바위 동네에서 나와 상현역 쪽으로 무심코 걸어간다. 혼술이라도 하고 싶은 마음에서였다. 술집이 쭉 늘어선 지점이 한눈에 들어왔다. 한 아늑하게 생긴 호프집이 하나 보여 들어섰다.

누가 자신의 얼굴을 아는 사람들이 있을까 봐! 자리에 앉으며 여간 신경 쓰이는 게 아니었다.

아직 없는 것 같아 보여 한숨을 푹 쉬며 앉았다. 맥주와 과일 안주를 주문하여 먹고 있을 즈음 남자손님들이 우르르 몰려 들어오는데 기억이 날 듯 말 듯 했다. 오늘 출당을 당해 그런지 그는 최근 들어 건망증도 매우 심해졌다. 한 달 전에 자신의 아파트에 기습적으로 들어와 귀싸대기를 후려쳤던 점찬의 얼굴을 까맣게 잊고 있었다.

난데없이 장배의 바로 앞으로 점찬이 다가오더니 "당신 말이야 고양이를 우습게 생각하진 말라고. 고양이가 한번 원한을 품으면 그 집안을 패가망신 당하게 할 수도 있어."라며 매섭게 잡아먹을 듯이 쳐다봤다.

가만히 생각해 보니 그 당시 자신의 귀싸대기를 후려친 빈나의 남편이란 게 기억났다. 더더욱 당혹스러운 대목은 다른 얘긴 없고 갑자기 고양이 얘길 꺼내든 게 괴상하기만 했다.

　점찬도 그때 그 일은 이미 다 지난 일이라 더 이상 거론하지 않겠다고 한 터라 지금에 와 새삼스레 또 그럴 순 없고 아내가 뜬금없이 이사 간다고 운운하자 속내가 궁금하여 지금 이렇게 한번 우회적으로 장배를 떠보는 것이었다.

　점찬은 또 그가 오늘 당 윤리위 회부되어 출당 당한 것에 대해 저주의 메시지를 던지는 것이었다.

　장배는 그를 상대하고 싶지 않아서 고개를 다른 데로 돌려버린다. 장배가 계속 상대를 하지 않자 점찬은 돌아서 가 일행들의 자리에 앉아 맥주를 먹는다.

　고양이의 저주란 말을 들은 장배는 더더욱 기분이 불쾌하고 술맛이 뚝 떨어졌고 몹시 껄끄러운 사람이 정면에 앉아 있는 것 자체로도 더 이상 견디기가 힘들어 빠져나가려고 밖으로 나가자 누군가 굉장히 덩치가 큰 남자가 서 있다. 화란의 남편이다.

　"잠시 나 좀 봅시다. 국회의원님이자 회장님? 피하지 마세요. 당신은 내 얼음 주먹을 맛 좀 봐야 합니다."

　"뭐야? 당신은."

　동대표나 입주민들 사이에선 갑동 대표의 남편이 이천 건달이란 게 다 알려졌지만 회장은 이런 사실도 아직 모르고 있었다. 눈에 잘 띄지 않아 그랬을 수도 있다.

　"내 이름은 차덕강, 직업은 이천 제일 건달이라고도 하지! 넌 주제넘게 내 아내의 입술을 강제로 훔친 파렴치한이다. 나는 이 세상에서 가장 싫은 게 모든 일을 법으로 처리하는 것이다. 즉 사적 제재를 선호한다. 넌 나보다 한참 아래다. 너무 어린 자식이다. 그런데 너무 까불었다. 자 가자? 아무도 보이지 않는 곳으로."

60세로 보이는 남자의 협박에 조금 비웃기 시작한 그였으나 갑자기 덕강이 갑자기 팔을 걷어붙이자 칼자국이며 문신이 요란하게 드러나는 바람에 움찔하며 순간 닭살이 돋았다.

멱살을 움켜잡고 그를 막 끌고 갔다. "놔아 놔아."라고 비명을 질렀지만 아무런 소용이 없었다. 끌려간 뒤 "누구입니까."라고 묻자 덕강은 "난 갑동 대표 방화란의 남편이다. 이젠 설명은 다 끝난 거지."라며 왼쪽 오른쪽 번갈아가며 귀싸대기를 셀 수 없이 막 휘갈긴다.

정신없이 얻어맞고 자리에 퍽 쓰러졌다. 정말 죽지 않을 정도로만 폭행을 가한 것이었다. 그 후 그는 가까스로 일어나긴 했지만 충격은 이만저만이 아니었다.

112에 신고한다는 생각도 잠시 간신히 집에 들어가 쉬며 회복하는데 더 어두워진 시간으로 들어가자 아파트 단지 군데군데에서 요란한 고성이 들리기 시작하였다.

"회장 물러가라, 회장 물러가라."

그간 참고 참았던 입주민들이었지만 드디어 분노가 표출되며 제대로 터진 것이었다. 게다가 더더욱 신기한 일은 "우린 직장동료와 혈투를 펼칠 것이다. 우리의 직장동료를 정리해고할 때가 됐다."라는 구호까지 울려 퍼진 것이었다. 가뜩이나 폭행을 당해 몸이 얼얼한 상태에서 단지 내에서 들리는 이 함성은 그야말로 공포 그 자체였다.

마치 탄핵을 외치는 듯한 느낌마저 들었다. 불안한 나머지 베란다 창문을 열자 진짜 무슨 대통령 탄핵할 때처럼 촛불을 든 사람들도 여럿 보였다.

일부 입주민들은 촛불을 들기도 했다. 촛불세력은 지난번 9월 초 길고양이 학대에 충격을 받고 대모를 일으켰던 멤버들이다.

촛불을 들지 않은 사람들은 오늘 뉴스보도를 통해 그가 당 윤리위에서 결정한 출당 소식을 접했기에 그런 것이었다. 이젠 그도 피하려야 피할 수도 없는 사면초가에 놓였다.

무슨 대통령 같은 군국통수권자이면 계엄령이라도 발포하겠지만 아파트 회장의 권한이란 아무런 권한도 없는 추풍낙엽 같았다.

가을로 접어든 10월 2일 월요일 온갖 다사다난함을 하루에 다 겪는다.

당 윤리위에서 출당 당하고 갑동 대표 남편에게 폭행을 당하고 입주민들이 다 몰려들어 탄핵집회를 여니 말이다. 이 불법집회를 112에 신고하고 아까 그에게서 폭행당한 것까지 싸잡아 신고를 할까 순간 고민에 휩싸였지만 그런다고 이 문제가 해결될 것 같진 않았다.

하는 수 없이 관리사무소로 전화하여 "이젠 회장직에서 물러납니다." 라고 사퇴의사를 밝혔다.

그러자 직원이 황급히 밖으로 나와 "입주민 여러분 방금 전 회장님이 직책을 떠나겠다고 밝혔습니다. 그러니 그만 집회를 중단해 주시길 바랍니다."라고 간청하기 시작하였다.

"와아아아아." 여기저기에서 큰 환호성이 터졌다. 회장이 물러난다는 소식이 그토록 기뻤기 때문이다.

그는 가련한 건지 뭔지 모르지만 오늘 이처럼 잔혹한 일을 겪고도 좀체 이사하려는 생각까진 절대 하지 않는다. 까닭은 아직까지 마음에서 완전 놓을 수 없는 김빈나와 방화란 때문이다.

오늘 점찬에게서 의도를 알 수 없는 고양이 저주에 대한 얘길 들었고, 덕강에게서 귀싸대기 연타를 얻어맞아 이젠 좀 정신 차리고 철이 들 만한데도 끝까지 두 여인에 대한 갈망의 끈을 놓지 못하고 허덕이고 있다.

날이 밝자 그는 기댈 곳이라곤 유일하게 같은 당 여성최고령 8선 의원 조혜란밖에 없다고 느꼈다. 그녀가 평소 초선 장배를 무척이나 귀여워했기 때문이다. 정치입문 배경도 그녀의 영향이 컸다.

전화를 넣었다. "아! 왜 그래? 장배야."

"의원님 이를 어쩌지요? 당적을 옮길 환경도 못 됩니다. 무소속으로 고립무원이 됐습니다. 의원님이 어떻게 저를 구제해 주십시오. 의원님은 여성 최다선 의원님이시라 영향력이 있으시잖아요."

"야 장배 씨 그런 건 내 맘대로 되는 게 아니야! 우리 여당 국민밖에 모르는당의 내부 정강정책대로 되는 거야! 지금이 무슨 독재시대냐? 쓸데없는 소린 하지 말고 얼른 끊어."

그는 그녀에게 아주 썰렁한 거절을 당해 여간 침통한 게 아니었다. 당적을 잃어 무소속으로 혈혈단신 정치생명을 이어가야만 하는 어려움에 직면했다.

수지구청역 4번 출구 앞 빌딩에 걸린 국회의원 사무소 당 간판을 내리는 순간을 맞는다. 추풍낙엽 같았다. 하루는 아무런 일도 못 하고 이리저리 배회할 뿐이었다.

다음 날이 되자 조혜란이 마음이 약해져 그에게 위로차 전화를 넣었다. "야 장배 씨 너 그러니까 너무 까불다가 그렇게 된 거잖아? 야 옛말에 음주와 여색을 멀리하라고 나온 게 그냥 폼으로 그런 게 아니다. 넌 내가 아꼈던 정치 후배이긴 하지만 너무 뭘 몰라! 그렇긴 한데 그래도 내가 널 정치에 발을 들여놓게 했던 장본인이고 그 누구보다 널 아끼는 한 사람이자 정치인으로서 마지막으로 널 구제해 줄 길을 안내하겠다. 하하."

"우아! 그게 뭡니까? 미래에 대통령 되실 의원님."

"야 그렇다고 너무 그렇게 막 날 띄우면 안 되지."

잠시 숨을 고르던 그녀는 결국 자신의 전국 족집게 무당 넘버원 언니를 알려줬다. "야 거기에 한번 가봐! 네 이리저리 꼬인 정치인생이 조금 풀릴지 누가 아니? 거기 가서 하라는 대로 해! 그럼 술술 풀린다. 내가 귀띔은 해놓을 테니 말이야."

"약도를 알려주시면 바로 찾아가겠습니다. 액운을 떼어내야겠습니다."

끊자 그녀는 카톡으로 향적산 족집게 넘버원 친언니 조혜미의 명함을 보내줬다. 명함엔 향적산 입구 전국 족집게 넘버원 조혜미라고 새겨있고 아래 번호가 새겨져 있었다. 다급한 마음에 곧바로 전화를 넣었다.

"네, 뭡니까." 힘없는 노파의 목소리였다.

"아! 네 저는 국민밖에 모르는당 조혜란 의원님의 소개로 문의드리는 최장배 의원이라고 합니다. 제 신세가 이리저리 꼬여 사주를 보려고 합니다. 어떻게 해야 할까요."

"언제 오실 겁니까."

"지금 당장 이 시각이라도 가겠습니다."

"네, 그럼 지금 오시죠."

그는 끊자마자 기사를 불러 쏜살같이 향적산 입구로 내달렸다. 정오쯤에 도착하여 법당에 들어가 사주팔자를 보게 된다. 법사 혜미는 그의 얼굴을 뚫어지게 쳐다봤다. 그러자 그는 다소 긴장됐다. 약 2분간 그렇게 보더니 서서히 입을 연다.

"댁은 관운이 있고 다 좋은데 죽은 고양이 영혼의 저주가 좀처럼 끊이질 않는다. 이게 문제다. 그때부터 시작하여 계속 꼬였다. 패가망신 당했다."

너무 기가 막힌 족집게라 깜짝 놀라며 굉장히 불안한 얼굴로 "그럼 이를 어쩌지요? 그런 일이 있긴 있었습니다. 아파트 단지 내에서 고양이 사체 문제로 다툼이 벌어지긴 했는데 시간이 지나 별것 아닌 일이라고 생각했는데 그게 액운이 꼈군요."라고 물었다.

"그거 뭐! 이럴 땐 우리 방법으론 유일한 건 굿밖에 없다. 그 구천을 떠도는 고양이 영혼을 신심으로 위로해 주면 된다. 그럼 그때부터 액을 몰아낼 수가 있다."

둘은 굿을 하기로 약속하고 날짜가 잡히는 대로 그녀가 통보해 주기로 하였다. 그는 돌아서 가며 '정말 대단한 족집게는 족집게다!'라고 되새겼다. 고양이 사체 건을 정확히 적중했기 때문이다. 집에 돌아가자 곧바로 무당에게서 전화가 왔다. 다음 주 수요일 오후 4시로 잡혔다.

장배는 그때까지 조금 긴장된 채로 지낼 수밖에 없었다. 하루 빨리 고양이 저주 풀이 굿을 하고픈 마음만 간절했다.

하지만 옛말에 선무당이 사람 잡는다는 말도 있듯이 돌다리도 두드리고 건너가야만 할 것 같다는 마음도 들었다. 이런 굿 같은 거 잘못했다간 이리저리 많은 사람들에게 알려지면 약점이 될 수도 있어서이다.

늘 꼬리표처럼 굿을 한 정치인이라고 붙어 다니면 여간 짜증나는 게 아니기 때문이다. 또 미래 장기적으로 정치를 하는 데 있어서도 이미지 실추는 불 보듯 뻔하기 때문이다.

불완전한 지식과 정보로 자신의 인생을 설계한다는 두려움도 내재해

5. 직장동료와 격투

있다. 그렇다면 그가 생각하는 순리는 무엇일까!

사실 사회는 순리대로만 굴러가진 않는다.

인생의 독과점, 공공재, 외부경제, 외부불경제, 도덕적 해이, 이런 게 시장을 불완전하게 할뿐더러 효율적으로 배분되질 않다 보니 한 개인의 삶에도 심각한 타격을 주곤 한다.

무격신앙을 믿는다는 건 그야말로 불완전한 지식과 정보에 의존하는 나약함 그 자체였다. 그렇지만 다른 사람도 아닌 무려 8선이나 한 정치인이고 5월 21일 벚꽃 대선을 준비하는 대한민국 최고 여성 정치인이 소개하는 무속인이라 자꾸만 마음이 쏠려가고 있었기에 의구심을 지우려고 애를 썼다.

한 시간 한 시간 그날 굿하는 날까지 기다린다는 것 자체가 힘들어도 느긋이 기다리는 마음으로 임하고 있었다. 한편 지방노동위원회에 제소하여 불법 해고에 대해 재판을 통해 갑질 가해자 장배를 처단하려는 계획을 세우며 기일을 기다리던 영작은 현재 다른 로또 아파트에 경비원으로 일하고 있는 중이다. 리버힐 아파트 주변이다. 그는 지난번 향적산 족집게 넘버원에게 갔을 때 보라와 행복한 원앙이 되고 행복하게 잘 살 거라고 했는데 그 뒤로 직장에서 잘리고 보라와 동반하여 나오게 되는 비극이 일어나 매우 의아한 차에 다시 한번 그곳에 찾아가 얽힌 운명을 풀어볼 마음을 품게 된다.

현재 보라는 상현역 주변 다이소에서 직원으로 일하는 중인데 하루 연가를 내고 함께 향적산으로 향했다. 아직 정식결혼도 안 했기에 좋은 날짜를 잡는 의미도 있었다. 이틀 전 문의하자 무당이 이번 주 일요일 오후 2시에 오라고 알렸다. 그날이 와 제시간에 도착했다. "왜 이번엔 무슨 일로?

물론 댁들이 왜 온지는 나는 다 알긴 알고 있다. 그렇지만 일단 말해 봐."

"네, 제가 다녔던 아파트에 회장이 최장배 국회의원인데 저희를 불법 해고로 잘랐습니다. 그래서 지방노동위원회에 제소하였는데 아직 재판이 진행되진 않고 있습니다. 걔를 혼 좀 내고 싶습니다. 하루 벌어먹고 사는 우릴 이렇게 만들어 버렸습니다. 그리고 다음으로 중요한 건 저희들의 아주 좋은 결혼 날짜가 궁금합니다. 그냥 적당히 조촐하게 할 겁니다. 나이도 중년이나 됐고요."

이 말에 족집게 혜미는 상당한 충격을 받는다. 장배가 가련한 노동자들을 잘랐다는 대목 때문이다. 게다가 장배는 글피가 되면 여기서 고양이 저주 풀이 굿이 예정되어 있는 사람이다. 제아무리 친동생의 소개로 한다지만 하루 벌어 살기 힘든 하루살이 같은 노동자들의 벌이의 싹을 잘라낸 행동은 도저히 용서할 순 없는 노릇이었다. 게다가 만인의 평화와 백성을 이롭게 하고 어두운 부분을 환하게 비추는 업을 하는 그녀로선 그의 그런 굿을 응해줄 순 없고 깊은 깨우침을 줘야겠다는 마음이 앞섰다. 한숨을 푹 쉬며 영작은 "여기 보십시오. 법사님 저는 이렇게 오른 팔을 제대로 쓸 수가 없을 지경입니다. 그래서 8월부터 일을 한 리버힐에서 1년을 버텨 퇴직금이라도 받으면 조금 낫죠. 그런데 그 꼴을 당했습니다. 제가 지방노동위원회에 제소한 건이 제대로 절차가 진행될까요? 그 녀석을 한 방 먹여야겠는데요. 다음으론 저희들이 합치는 날짜를 잡고 싶습니다."라며 두 가지 사항을 물었다.

지난번 이들이 왔을 때 좋은 일만 있을 거라는 말만 했던 법사로선 조금 겸연쩍은 기분도 들었다. 조금씩 고개를 끄덕이며 "그래그래, 그게 다 좋은 일이 있으려고 그러는 것이다. 새옹지마란 말도 있지 않은가? 우후후."라며 격려하는 느낌을 줬다.

"네, 그렇겠지요."

"댁들의 결혼은 다음 달 11월 25일 토요일이 좋다. 최고의 기가 몰려올 날이다. 그날로 하라! 그리고 지방노동위원회 그 건은 너무 기대하진 마라. 그것은 그렇게 쉽지가 않다. 그냥 없었던 일로 넘겨라. 그 녀석은 나름의 빽이 많다. 그래서 그렇다. 하지만 그 녀석에게도 앞으로 다른 아픔은 찾아올 것이다. 됐다. 댁들이 한 그 굿이 그냥 굿은 아니란 걸 알게 될 것이다. 그래 그만 가봐."

"네, 그만 가겠습니다. 복채는…."

"아니야 됐다. 오늘은 그냥 넘겨 그냥 가. 내가 하나 댁들에게 인생의 교훈을 주겠다. 혹시 옛말에 돈만 많으면 귀신도 부릴 수 있다. 이런 말이 있다. 이것은 곧 현대사회 황금만능주의를 뜻하는 것이기도 하다. 또 돈만 많으면 지옥문도 연다란 말도 있다. 다 같은 말이긴 한데 이것도 신의 가호 앞에 허물어지기도 한다. 왜냐하면 신이 이런 부분을 그냥 용납하질 않기 때문이다. 누구는 배가 고파서 빵 하나 훔쳤어도 절도죄로 엄벌에 처해지는데 어떤 돈 많은 놈들은 살인 같은 중죄를 짓고도 쉽게 불과 몇 년 살다 나와 버린다. 그래서 무전유죄 유전무죄란 말이 생겼다. 관계기관에 뭉칫돈을 던져주고 집행유예, 훈방, 보석 같은 걸로 나와 버리기 때문이다. 하지만 앞서 말한 대로 인간사에선 그리 불공정하게 불균형으로 황금만능주의로 제멋대로 굴었어도 신이 그 행위를 똑똑히 지켜보았기에 저승에선 그냥 묵과하지 않고 반드시 천벌을 내린다. 두고 봐라 장배는 가련하게 하루살이같이 먹고사는 댁들을 부당 해고 한 처사는 신의 엄벌이 뒤따를 것이다."라며 그들에게 위로의 말을 전한다.

둘이서 나가자 법사는 마음먹는다. '나는 돈밖에 모르는 그런 무당이 아니다. 난 이 세상에서 가장 정의롭고 의협심이 강한 무당이다. 그러니 글피 장배가 하는 고양이 한풀이 굿은 백지화가 된다. 일단 그 녀석이 오게 그냥 둘 것이다. 미리 못 오게 할 필요는 없다. 그날 그가 오면 이 대목을 단단히 혼내줄 것이다.' 이렇게 속으로 되새겼다.

며칠 뒤 장배는 단단히 준비하고 죽은 고양이의 한을 풀 절호의 기회로 여기며 향적산으로 내달렸다. 차량기사와 둘이서 왔다. 들어서자마자 "야 이 양반아 왜 쓸데없이 하루살이 같은 노동자를 자르고 지랄이야? 네가 그렇게 잘났어."라고 다그치는 법사였다.

깜짝 놀라며 당혹감을 감추지 못하는 장배는 "아니 어어, 아니 법사님 그 그 그런 일을 어떻게 알고 있었습니까."라며 입술이 부르르르르 떨렸다.

그러자 버럭버럭 화를 내며 "야 이 양반아 그럼 내가 명색이 대한민국 넘버원 족집게인데 그런 것도 모르나? 그냥 척하면 척 아는 거지 뭐! 으으." 하며 인상을 확 쓰는 법사였다.

매우 소스라치게 놀란 그는 그저 아무 말도 못 하고 그녀의 법력에 눌려 온몸이 완전히 굳어 옴짝달싹 못 하는 전기에 감전된 듯한 기분이 들었다.

"야 이 양반아 당신은 집권여당의 국민밖에 모르는당의 국회의원이면서 무슨 꼴에 아파트 동대표단 회장직을 맡아 그 난리를 치고 고양이 사건을 저지르고 난리인가."

문득 그는 혹시 법사가 자신의 당 윤리위 징계 건에 대해 뉴스를 보고 때려 맞추기 식으로 말하는 게 아닌가! 의심도 해본다. 그렇지만 자신이 아파트 회장직을 맡은 사실과 경비원을 자른 사실까지 꿰뚫어 보는 법사의 법력은 가히 경악스러울 수밖에 없었다. 무당이 막 뭐라고 하는 거라 괜히 맞받아치기가 매우 껄끄럽기도 하여 아무 말도 못 한다. 자칫 신령의 재앙이 뒤따를 수가 있어서이다.

"그나저나 일단 오늘 고양이 한풀이 굿을 하기로 했으니 굿이나 합시다. 법사님."

"으흠 흠흠 웃기는 소린 그만하라! 굿은 완전 물 건너갔다. 나는 당신 같은 탐관오리나 포악한 권력자를 위해 굿하는 그런 소인배 돈벌이 무당이 아니다. 됐다. 모든 설명은 끝났다. 가봐."

6. 빗나갈 무속 세계

 문전박대를 당하자 그는 속이 부글부글 끓어올랐다. 신에 관련된 영역이라 꽤나 신경이 쓰여 그냥 침묵하며 참아내려고 하였으나 도저히 그냥 넘길 수 없다고 느껴 "아니 할머니 이 세상이 할머니 같은 무당이 어디 하나밖에 없는 줄 압니까? 딴 데 가서 더 좋은 굿을 하겠습니다. 에잇, 근데 법사님을 소개해 준 조혜란 의원님과는 무슨 사이입니까."라며 쏘아붙였다.
 "야 이 양반아 이게 이젠 막말을 하지? 이런 버릇없는 놈아! 그 의원과 나는 아무런 사이도 아니다. 그냥 그렇게 알게 됐다. 자 됐어 됐다. 그만 가."
 인상을 확 쓰며 일어나 나가버리는 그였다. 법사는 혜란이 자신의 친동생이란 사실을 철저히 숨겼다. 장배는 조혜란, 조혜미라는 이름이 비슷하여 자매 사이 같다는 추측은 하고 있다.
 그가 완전히 빠져나간 뒤 혜미는 혜란에게 전화를 건다.
 "언니 잘 지냈지."
 "야 혜란아 그놈이 굿하러 왔는데 내가 그냥 따돌려 버렸다. 걔는 앞으로 계속 고양이 저주가 뒤따를 것이다. 애는 봐주려야 봐줄 수가 없는 안하무인이다."

다소 놀라는 혜란이 "어! 왜 그냥 해주지? 왜 그냥 돌려보냈는데."라며 의아한 반응을 보였다.

"음 그건 네가 내 친동생이라도 다 말해줄 순 없다. 그럼 자칫 천기누설이 되기도 하지! 대충 그렇게 알고 있거라."

혜란은 그저 말없이 뚝 끊었다. 우두커니 뭔가 골똘히 상념 속에 빠진 사이에 장배로부터 전화가 걸려온다. 그는 지금 용인 수지구 상현동으로 올라가는 차 안에서 그녀에게 전화하는 것이었다.

"의원님 의원님이 알려주신 그 법사님에게 갔는데 오늘이 굿하는 날인데 그걸 못 하겠다고 거부하는데요. 이를 어쩌지요? 혹시 의원님과 그 법사님과 무슨 사이인지 알려주실 수 있어요."

"그것은 알려줄 순 없어! 그냥 아는 분이야! 네가 안쓰러워 한번 알려줬을 뿐이야."

"의원님과 성함이 비슷하신데요."

"아하! 그냥 그래. 이젠 그만 끊는다."

그는 끝없이 궁금증이 증폭되어 가고 있었다. 잠시 차 안에서 이런저런 신경을 너무 많이 쓰는 바람에 잠이 들어버렸다. 차량기사가 운전을 잘하니 문제될 것은 없었다. 돌아오자 저녁시간이 되어 배가 고파 얼른 밥을 먹는다.

"갔다오느라 고생 많으셨습니다. 기사님."

"아니 아닙니다. 그나저나 의원님 굿을 못 하여 상심이 크시겠습니다."

저녁식사 후 그는 다시 혜란에게 전화를 넣는다. "왜 또? 조금 늦은 시간엔 이렇게 마구 전화하진 마라. 난 나이가 많이 들었어도 남편이 있는 여성이다. 일단 전화했으니 용건은 밝혀라."

"네, 제가 정치적으로 살아날 수 있는 묘책을 알려주십시오."

"야 장배 씨, 옛말에 산중 놈은 도끼질, 야지 놈은 괭이질이라는 말을 들어봤는가."

"의원님 그게 무슨 말씀인지 모르겠는데요. 못 들어본 내용입니다."

"야 장배 씨, 명색이 넘버투 대학 연세대 영문과씩이나 나온 놈이 그것도 모르나? 이 말은 산에 사는 인간은 나무를 찍는 도끼질에 능하고, 들에 사는 인간은 땅을 파는 괭이질에 능하다는 말이다. 이것은 각자 자신의 환경이나 성격과 능력, 재능 이런 게 다르다는 말이다. 그러니까 네가 예전에 그런 불미스러운 일로 완전히 정치 생명이 끝난다는 건 아니다."

"출당을 당했는데 복구가 될까요? KO를 당한 기분입니다."

"참 불쌍한 인간이다. 내구력이 강한 정치인이라면 무소속으로 독고다이로 살아날 수가 있다. 일단 그렇게 버티며 기다려 봐. 내가 다음에 구상하는 게 있다. 그만 끊어. 남편이 밥 먹으러 나온다."

지금 그녀가 구상하는 정치계획은 알다가도 모를 전략이다. 그녀가 구상하는 건 자신이 내년에 치러지는 대선에서 최초 여성 대통령으로 뽑히는 것이었다. 그렇지만 현재 당내에서 자신의 지지율이 고작 2%밖에 나오질 않아 고심이 깊어만 간다. 세력을 규합하는 문제, 당을 깨고 나가 신당을 창당하는 문제, 이런 절차들이 진행될 가능성이 높아 보였다.

그때가 되면 자신이 그토록 아끼고 아끼던 정치 후배, 자신의 권유로 입문하게 된 장배를 다시 복귀, 복당절차를 통해 들어오게 하는 수를 모색하고 있다.

내년 2024년 3월 초 여당 국민밖에 모르는당이 5월에 치러지는 대통령 선거 후보를 뽑는 경선이 치러지는데 조혜란이 현재 2023년 10월 11일 기준하여 당내 지지율이 2%밖에 나오질 않아 힘든데 이를 타개하고자 탈당하고 나가 신당을 창당할 가능성도 농후하다.

그녀는 워낙 정치적 야망과 야심이 그득하기에 충분히 그리고도 남을 성격이다.

바로 그때 얼마 전 당 윤리위에서 출당 처분을 당한 최장배를 끌어들일 구상도 하는 중이다.

며칠 전 영작, 보라는 향적산 넘버원 족집게 무당에게 갔다가 댁들의 결혼은 다음 달 11월 25일 토요일이 좋다는 말을 들은 터라 이젠 서둘러 준비해야겠다는 마음이 앞섰다. 영작 나이 48세, 보라 나이 52세 중년에 치르는 결혼이라 아주 조촐히 하리라! 다짐한다.

"보라 누나 우린 중년이라 너무 요란하게 할 필요는 없어! 간단히 하면 돼! 그냥 아무도 없는 곳에서 우리 단둘이서 촛불을 밝히고 올리면 그걸로 끝이야! 우린 그런 쓸데없는 절차보단 진정한 마음이 중요하지! 하하하."

"그래 그렇긴 한데 어디서 그렇게 단둘이서 촛불을 켜고 한단 말이니."

"우리에게 신비스러운 인연의 길을 밝혀준 곳! 거기 갔다 온 향적산 정상에서 하기로 해? 촛불을 켜고 그렇게 우리 둘만이 하면 돼."

"으음 그것도 너무 좋아! 우리 상처가 한 번씩 있는 사람들끼리 그날 상처를 치유하는 날이 될 거야! 호호호."

그녀는 지금껏 밝히지 않던 과거사를 털어놨다.

"내가 널 처음 만났을 때 말하진 않았지만 이젠 다 말할 수 있을 것 같다. 나도 재작년에 사랑했던 직장동료 남자가 있었지, 둘이 여름 피서를 갔다가 늦은 밤 갑자기 불어난 급류에 쓸려 그 남잔 사라졌어. 난 그때 발만 동동 구르고 있었지. 간발의 차였어! 내가 조금 뒤에 있어서 살았지만 끔찍한 모습을 보며 내 정신은 이상해졌다. 이름은 이동작이야."

그저 우두커니 그녀의 말을 듣는 그였다. 뭐라고 할 말이 없었다. 이윽고 넘버원 족집게 무당이 지정해 준 기일 11월 25일이 내일로 다가왔다.

이들은 하루 전날 24일 그의 차 썩은 캐스퍼를 타고 계룡시 엄사면 쪽에 모텔을 얻어 들어갔다. 날이 밝으면 향적산 입구로 가 정상에 올라 촛불을 켜리라! 그리고 둘만의 조촐하면서 오붓한 뜻깊은 결혼식을 올리리라! 다짐하며 잠을 이룬다. 너무너무 기이한 일은 둘 다 무슨 꿈을 꾸기 시작하였다. 이보라의 꿈엔 재작년에 영작의 결혼 예정자였던 그 당시 그와 함께 향적산 산행을 하다 빙판에 미끄러져 사망한 동명이인 이보라가 나타났고, 김영작의 꿈엔 재작년에 보라의 결혼 예정자였던 그 당시 그녀와 함께 여름 피서를 갔다가 급류에 쓸려 사망한 이동작이 나타난 것이었다. 이보라의 꿈에 등장한 동명이인 이보라는 향적산 입구에 천천히 걸어와 "우후후후 저와 이름이 똑같은 이보라 씨! 당신과 내 남자였던 김영작이 내일 합치는 날이지요? 그래요. 매우 잘됐어요. 내가 못다 한 사랑을 당신이 가득 채우길 바랍니다. 나보다 당신이 저 남자와 더 잘 어울립니다. 이히히히."라 웃으며 유유히 하늘로 떠 올라가는 광경이 그려졌다.

김영작의 꿈에 등장한 이동작은 향적산 정상에 유유히 날아와 "우하하하 난 당신이 참으로 부럽습니다. 내가 그토록 좋아하고 사랑하는 이보라와 한 몸을 이루니 말이에요. 이히히히 시샘이 나지만 그래도 축하합니다. 내가 보라를 지켜줄 수 없었던 의무를 당신이 대신 그 의무를 이행해 주시죠. 당신은 보라와 제법 잘 어울리는 한 쌍입니다. 푸하하하."라 웃으며 힘차게 날갯짓하며 하늘로 날아 올라가는 광경이 그려진다.

또 너무 기이하게도 둘은 동시에 꿈에서 깨어나며 그것도 똑같은 말로 "거기 거기에 서, 서란 말이야."라며 아주 크게 소릴 지른다. 둘은 너무 이상해 서로가 얼굴을 빤히 쳐다본다.

"무슨 안 좋은 꿈을 꿨는가 봐."

"아니 아니야! 그렇게 나쁜 꿈은 아닌데."

서로는 허심탄회하게 꿈 얘길 털어놓자 너무너무 기이하여 서로는 우두커니 바라봤다.

"지금은 볼 수 없는 사람들이지만 꿈에라도 나타나 격려해 줬다는 것은 서로에게 앞으로 좋은 일들이 일어날 것 같다."

"음 그런 것 같다."

다시 잠이 들어 눈을 뜨자 아침이 밝았다. 밖에 나가 해장국을 먹고 썩은 캐스퍼를 몰고 향적산에 다다라 주차한 후 이들은 정상 국사봉으로 오르기 시작하였다. 다 오르자 정오쯤 되어 그야말로 둘만의 조촐한 오붓한 결혼식을 올리기 시작하였다. 이곳은 중년의 남녀에게 절대적인 축복의 장이었다. 아까 산 입구에 도착했을 때 오늘 기일을 잡아준 넘버원 족집게 법사의 집이 있지만 들르진 않았다. 번개같이 빠르게 둘만이 진행한 결혼식에 하객이 전혀 없었으니 다소 썰렁한 기운이 감돌았지만 주위를 날아다니는 까마귀들이 여러 마리가 날아들어 빙빙 돌며 축하하여 주는 듯하여 분위기는 한껏 달아올랐다.

"야 영작아 저기 저기 봐봐, 까마귀 까마귀들이 날아와 빙빙 돌며 까아 까아 거리고 있어. 우리의 결혼을 축복해 주는 것 같다."

"맞아 보라 누나 많은 사람들은 까치가 길조고 까마귀가 흉조로 알지만, 사실은 반대이니까 말이야! 우리에게 앞으로 좋은 일만 일어날 조짐이야."

길조를 알리는 새들의 요란한 합창이 잠시 소강상태로 들어가면서 둘만의 조촐하고 오붓한 결혼식은 마무리가 되고 있다. 물건들을 챙겨 내려오는데 산 입구에 닿자 그 노파 넘버원 족집게 법사가 서서 둘을 빤히 바라본다. 실은 둘이 아까 이곳을 지나 올라가는 장면을 다 지켜봤다.

"댁들이 오늘 저 위에 갔다가 내려올 거라는 것을 나의 직관과 영감으로 다 알고 있었다. 우후후. 축하한다. 댁들의 결혼을."

"네, 감사합니다. 그렇지 않아도 법사님 댁에 들르려고 했습니다."

"아니야 그렇게 하지 않아도 된다. 이런 날은 그냥 지나치는 게 더 좋은 거다. 얼른 가봐. 결혼이 끝났으면 그만 갈 길을 가야지."

"네, 그럼 저흰 그만 수원으로 돌아가겠습니다."

이날은 그녀의 집으로 가지 않고 그의 집 팔달구 매산동 쪽방으로 들어갔다. "영작아 우리 이젠 둘이 살아야 하니 이런 쪽방은 어째 좀 그렇다. 이 방은 빼고 우리 내 집 풍덕천동 투룸으로 들어가자."

"그런 건 다 좋은데 누나의 집에 있는 애완견 한 마리와 애완고양이 한 마리가 엄청 신경 쓰인다. 나는 그런 동물들을 좋아하질 않아서 말이야."

"야 그게 뭔 소리야? 네가 날 좋아해 나와 같이 살 생각이면 내가 좋아하는 개와 고양이도 좋아해 줘야지! 그리고 지금부턴 애완견 애완고양이라고 부르지 말고 반려견 반려고양이라고 부르라고 나의 애틋한 반려동물 가족들이야."

"으으으."

결혼식을 올린 첫날부터 이런 애완동물 문제로 약간의 실랑이와 탄식을 쏟는 순간을 맞는다. "야 영작 너 아까 결혼식을 올리던 향적산 국사봉에 까마귀가 길조라며 좋다고 했지? 넌 웃기는 남자다. 왜 까마귀는 좋아하면서 애완동물은 싫어하는지 말이야."

"으으으. 그건 각자의 취향이지 뭐."

계속 탄식을 쏟는 그였다.

"우린 나이가 중년이라 자녀 계획을 짤 수가 없잖아? 그러니 그런 반려동물들을 우리 가족처럼 아끼고 사랑하며 살아야 돼."

"으으으."

또다시 탄식만 연발한다.

"야 너 죽는 소리 좀 그만해라! 오늘이 무슨 날인지 알아? 우리의 뜻깊은 결혼식이잖아."

"나가서 외식을 합시다. 보라 누나."

둘은 나가 가을 별미 전어회와 소주를 먹기 시작하였다. "그래도 우리들의 신혼여행만이라도 뜻깊고 멋진 곳으로 떠나야지."

"그렇긴 한데 어디가 좋을까? 참! 근데 내가 얼마 전에 향적산에 올라가 촛불을 켜면 그걸로 끝이라고 했잖아? 근데 금세 마음이 바뀌어 또 어딜 가고 싶어서 그래 누나."

보라도 원래 성격은 매우 현실적이고 검소한 편이라 그때 그렇게 호응해 주긴 했지만 지금 시점에 다시 마음이 흔들거려 오늘 같은 결혼식 날은 멋진 곳으로 가고픈 충동에 사로잡혔다.

"참! 결혼식을 향적산 꼭대기에서 하고 신혼여행은 생략하고 참! 인생이란 게 중년 결혼치고는 참! 너무 중년스럽고 초라하기 짝이 없다. 너무 중년스러움을 닮아가다가 찌그러질 판이다. 현대사회에 이럴 수도 있다는 게 나도 지금 정신이 멍멍하다. 21세기를 역행한 짓이다."

"다 그런 거야! 누나, 원래 인생은 중년이란 말도 있다고……."

"야 우리같이 중년에 결혼하는 인간들도 얼마나 화려하게 하는지 알아? 중년이나 뭐나 다 결혼은 똑같은 거다. 에잇! 그래 그럼 네 말대로 중년스럽게 그런 치사한 여행은 생략해! 돈이 문제가 되긴 해! 대신 약속한다. 나의 반려동물 둘을 네가 받아들여 아주 애틋하게 사랑해 주는 전제조건이 깔렸다. 됐냐? 동물들을 사랑하겠는가? 이게 바로 현대사회 새로운 부부 간 패러다임이라 생각한다."

"으으으."

또다시 탄식하곤 있지만 가뜩이나 그런 여행을 기피하는 성향인 그라서 "그럴게."라고 항복하고 만다. 이로써 이들은 반려동물 두 마리와 가족이 되는 순간을 맞는다.

만취된 채로 나와 쪽방으로 들어가 누웠으나 만취한 탓에 결혼식 첫날 감미로운 섹스는 이루지 못한 채 곯아떨어져 버렸다.

어떻게 날이 밝았는지 모르게 밝아 이들은 곧장 이곳 방을 빼고 짐을 챙겨 이삿짐센터를 불러 풍덕천동 그녀의 집으로 옮겼다. 예고됐던 반려동물들의 기습적인 소리는 완전히 하늘을 찔렀다. 그러나 이를 다 받아들이겠다고 공언한 상태라 피할 수도 없는 사면초가에 몰린 그였다.

미친 척하고 아내가 된 그녀와의 약속대로 털썩 주저앉아 강아지를 끌어안았다. 평소 패나 싫었던 느낌보단 그래도 이겨낼 만한 듯했다.

그러는 사이 난데없이 고양이가 달려와 뛰어 올라온다. 이 또한 약속대로 피하지 않고 반겼다. 그는 자신의 생애 최초로 애완동물들을 끌어안는 순간을 맞이하고 있었다. 이로써 두 사람은 그녀의 집 풍덕천동 투룸에서 새로운 삶을 살게 되는 순간을 맞이한다.

내일부턴 그는 이곳에서 상현동 로또 아파트 경비 일을 하러 다니게 된다. 기이하게 11월 말 가까이 따뜻한 날씨가 이어지다가 마지막 주 월요일 27일이 되자 갑자기 추워지기 시작하였다.

리버힐 아파트에도 찬바람이 휭휭 불기도 했다. 다들 두툼한 옷차림으로 바뀌고 있었다. 여기 아파트 회장직에서 물러난 지 벌써 두 달 가까이 된 장배도 갑자기 바뀐 날씨에 정신을 차리기 힘들 정도로 당황스러워했다. 끈질기게 두 여인에 대한 악착같고 집요한 마음을 품었던 그도 이젠 추위 때문인지 그녀들의 남편들의 경계벽에 한계를 느껴서인지 점점 포기 쪽으로 선회하기 시작하였다. 그러다가 여기저기 광교호수공원이나 광교산 같은 곳을 돌아다니며 이제 겨우 41세밖에 되지 않은 자신의 나이를 생각하며 정치적 재기도 꿈꾸며 좋은 여자를 만나 재혼하는 꿈도 꿔 본다. 그렇다고 지나가는 마음에 드는 여성 아무에게나 말을 걸 수도 없는 노릇이라 군침만 삼키고 만다.

해 질 녘 집으로 돌아오다가 리버힐 아파트 주변 아파트 벽에 로또라는 글자가 새겨진 아파트를 보며 은근히 마음에 들었다. 자신의 인생이 로또가 된다는 것을 의미 깊게 여겼다.

자신의 정치적 호프이자 스승인 여성 최다 8선 의원 조혜란이 내년 대선에 보위에 오르면 그야말로 그에게도 로또에 당첨되는 인생이 되는 격이었다. 왜냐하면 그녀가 그를 무척이나 아끼고 사랑하기 때문이다.

인생의 로또, 정치의 로또를 꿈꾸며 그는 리버힐 아파트에서 로또 아파트로 이사를 준비한다.

그는 며칠 뒤 기분 좋게 12월 1일을 기해 로또를 꿈꾸며 주변 로또 아파트로 이사를 떠났다.

로또 아파트로 이사 오자 관리사무소에선 이렇든 저렇든 현직 무소속 최장배 국회의원을 반기는 분위기가 역력했다.

그는 관리사무소에 들러 "으하하하 이곳으로 이사 오니 너무 기분이 상쾌하고 좋아요. 리버힐에서 살 때 너무 좋지 않은 일들이 많아서요. 여기 로또는 좋은 일만 생길 것만 같습니다. 혹시 동대표단 회장 선거할 때 알려주시죠. 출마하려고요. 내가 되면 이 아파트는 말 그대로 로또를 맞는 것입니다. 내가 지금 소속을 잃긴 했지만 다음 대선에서 메가톤급 역할을 하게 될 것입니다."라며 매우 호기로운 기를 과시했다.

"네, 크리스마스이브 날에 10개동 동대표 선거가 있고 회장 선거도 있습니다. 의원님은 당연히 되실 겁니다. 저희 아파트에 많은 도움이 되실 것이고요."

"당연하죠."

평수는 33평이라 그렇게 큰 편은 아니지만 시설이 좋아 생활하긴 아주 좋았다. 지인들을 집들이 차원으로 부르고 싶었지만 자신이 최근 불미스러운 일로 이사 온 거나 마찬가지라 자제하려는 쪽으로 급선회했다. 다이소에 들러 새로운 액세서리를 구입하여 비치해 놓고 싶은 충동에 사로잡혀 나갔다. 상현역 인근 전체 4층 규모의 대형 다이소가 들어와 있어서 없는 것 빼곤 다 있을 것만 같았다. 오후에 들어섰는데 굉장히 넓은 공간이었다. 그는 무엇보다 거울과 향수를 사고 싶었다. 거울로 자신의 얼굴을 정리하고 싶었고 향수를 뿌려 여성들에게 매력을 끌고 싶어서였다.

자신도 더 늦기 전에 재혼하고픈 열정이 드리워지고 있었다. 한 바퀴 돌자 그의 얼굴을 알아보는 점원들이나 고객들의 시선은 그리 곱진 않았다. 왜냐하면 두 달 전 출당 조치를 받을 때 그 기사가 요란하게 떴기 때문이다. 하지만 그는 조금도 개의치 않고 태연하게 아이쇼핑을 이어갔다.

거울들이 늘어선 지점에 닿자 유난히 마음에 드는 거울이 하나 놓여 있어 그것을 집어 들고 얼굴을 바라봤는데 순간 그 작은 거울 뒤로 스쳐 지나가는 한 여자가 거울 안으로 다 들어와 보였다. "어어어 이 이 여잔…….."

생생한 기억이 스쳤다. '리버힐에 있을 때 그 실내미화원 하던 그 여자 잖아! 내가 손으로 잡았던 그때 그 여자!'라고 속으로 되짚었다. 그 당시 저 여잔 나를 성추행으로 옭아 넣는다고 발악했던 사람이 아닌가! 지금 이 시간부로 나와 직장동료와 혈투를 펼치겠다며 고래고래 소릴 지른 인물이 아닌가! 하지만 내가 그토록 마음에 들 수밖에 없는 타입일 수밖에 없었던 대상이기도 했다. 아주 말투가 짜증 섞였고 걸쭉하고 텁텁한 이혼한 아내에게서 느낄 수 없었던 나릇나릇함을 지녔던 그녀에 대한 향수가 또다시 재현되는 순간을 맞는다.

그 당시 골칫거리 경비원을 자르자 같이 따라서 관뒀다는 소문이 자자했는데 지금 어떻게 여기에 와 점원을 하고 있다니!

또다시 그때 그 당시 충동에 사로잡혀 방금 전에 지나간 그녀의 뒤를 따라갔는데 어디로 갔는지 보이질 않았다. 이리저리 왔다 갔다 하다 보니 인형들이 늘어선 지점에 가 정리하고 있었다.

잰걸음으로 가 말을 붙인다. "잠시만요. 제가 누군지 알아요."

그녀는 그를 쳐다봤다. "어." 깜짝 놀라는 그녀였다. 놀랐을 뿐 불쾌한 감정에 사로잡혀 더 뭐라고 말은 하지 않았다. 그러자 그는 괴로워 그녀의 어깨에 손을 올렸다.

"아! 이게 뭐 하는 짓이야."라고 고함을 치자 주변 사람들이 일제히 그쪽을 바라보게 된다.

꽤나 덩치가 큰 다이소 남자 직원이 다가와 "뭡니까? 이게."라며 인상을 확 썼다.

"뭐라니? 뭐가 뭔데? 내가 누군지 보이지 않나? 난 소장파 국회의원이다."

그는 자신의 신분을 밝히면 점원이 주춤주춤거릴 줄 알았는데 실제는 달랐다. "그래 내가 당신을 어디선가 많이 본 것 같긴 해! 근데 그럼 명색이 국회의원이면 국회의원답게 놀아야지 지금 이게 뭐야? 왜 우리 다이소 직원을 괴롭히냐고? 어휴~~ 이걸 그냥 팍. 당 윤리위에서 출당 당한 놈 같은데 난 정치에 관심은 하나도 없지만 하도 요란하게 방송 도배돼 이건 알 것 같다."

그야말로 메가톤급이었다.

남자 직원은 "이 사람을 성추행으로 신고하세요."라고 보라에게 제안하였으나 그녀는 고개를 옆으로 흔들었다.

대신 그에게 "얼른 꺼져주세요."라고 아주 짧게 쏘아붙였다. 공연히 객기를 부렸다가 추한 모습만 연출하고 뒤돌아서서 나간다. 사려던 거울과 향수는 생략하고 만다.

이사 온 첫날부터 체면을 구긴 그는 홀로 로또 아파트에 들어가 또다시 인생의 로또, 정치의 로또를 꿈꾸며 침대에 쓰러져 누웠다. 잠시 잠이 든 채로 있다가 괴이한 꿈을 꾸고 깨나게 된다. 창밖을 보니 함박눈이 펑

펑 쏟아지기 시작하였다.

　방금 전에 꾼 꿈은 괴상했지만 이사 온 첫날 일기예보에도 없던 대형 눈이 내리는 것은 이 아파트 이름 그대로 로또가 터질 것 같다는 기대감이 싹텄다. 하얀 눈이 그렇게 느껴졌다.

　이변을 일으킨 날씨가 궁금한 나머지 속보를 보자 이번 내리는 눈은 300년 만의 최고로 많이 내리는 역대급일 거라고 관련 기사가 떴다. 즉 1.5미터 이상이 온단 것이었다. 자칫 아동들이나 노약자들은 파묻힐 정도일 수도 있다는 것이었다. 문득 조혜란 의원이 걱정되는 마음이 들었다. 그녀의 나이가 75세 고령자라서이다. 전화를 걸어 안부 차 안전에 유의해 주시길 바란다는 말을 전하려고 번호를 눌렀다. 그녀가 받았다.

　"존경하는 의원님, 별일 없으시지요? 눈이 너무 많이 내려 걱정돼서 전화 드렸습니다."

　"그래그래, 이런 날 내게 안부 전화하는 사람은 최 의원밖에 없네! 네, 그렇습니다. 이런 날은 그저 집콕 하고 가만히 있는 게 상책이지요. 다음에 연락해."

　"네."

　이렇듯 지금 이 시각 그가 그녀에게 안부전화를 한 까닭은 그녀가 내년 대선에 나올 가능성이 높기에 미리 눈도장을 찍어 그 안으로 들어가려는 마음에서이다.

　곧 있을 연말을 맞아 내년 대선 지지율 여론조사가 벌어질 예정인데 그녀가 그간 얼마나 선전했을지 모를 일이었다. 며칠 지나자 역대급 내린 눈도 다시 찾아든 온화한 기온에 눌려 서서히 녹기 시작하였다.

　ZZK 채널에서 내년 5월 대선 후보들의 지지율을 발표하기 시작하였다.

여당 국민밖에 모르는당 조혜란 의원은 불과 0.4% 오른 2.4%밖에 나오질 않았다. 그녀는 이미 예상된 보도라 그리 큰 실망감도 없었다. 이젠 서서히 당을 깨고 나가 신당을 창당하여 새로운 개혁보수신당이라는 이미지를 앞세워 승리를 거두는 방안을 세우려고 한다.

그즈음 장배를 끌어들여 젊은 층 공략을 해보리라! 연구도 해본다. 그가 추문으로 비록 출당을 당했지만 그래도 41세 젊은이라 20, 30, 40대를 공략하기엔 적임자라고 판단하기 때문이다.

특히 언변이 뛰어나 선거전에 돌입하면 기세 싸움에선 한몫할 것으로 내다보고 있다.

그녀는 긴급 기자회견을 열고 "아 네, 이번 잠룡들을 대상으로 한 대선 지지율 조사는 별 의미가 없고 저로선 별로 신경 쓰지도 않습니다.

이젠 진짜 싸움은 제가 탈당한 후 신당을 창당한 뒤 벌어질 판이 진검승부가 될 것입니다. 고로 저는 이 시간 부로 저희 당에서 탈당할 것임을 선언합니다. 좀 더 개혁적인 보수신당을 창당하여 국민들의 눈높이에 걸맞은 수준 높은 정치를 펼쳐나갈 것입니다.

그런 의미에서 지난번에 해당행위로 출당 처분 당한 최장배 소장파 의원을 제1호로 영입할 뜻을 분명히 밝힙니다. 그는 비록 그런 일로 그리 됐지만 정치적 센스는 가히 가공할 만하기 때문입니다. 제 미래의 역동적이고 혁명적인 새로운 보수정치를 지켜봐 주시고 응원해 주시길 바랍니다."라며 자신의 새로운 정치계획을 피력하였다.

특히 10월 초 자신의 소속됐던 당에서 출당 당한 인물을 영입 1호로 여긴다는 것 자체는 굉장한 모험이자 도발에 가까운 발언이었다.

이 보도가 속보로 뜨자 가장 기뻐한 사람은 단연 현재 무소속으로 배회 중인 최장배였다. '아! 날 배반하진 않는구나! 이젠 나도 기회가 왔다!' 라고 혼잣말로 중얼거렸다. 그녀가 기자회견이 끝나고 넉넉히 1시간쯤 지난 오전 11시가 되자 그는 그녀에게 〈고맙습니다.〉라고 카톡으로 인사말을 보냈다. 이에 그녀는 〈그럴 것도 없다. 너와 난 이 세상에 떼려야 뗄 수가 없는 운명적인 사이가 아닌가?〉란 회신을 보냈다. 조혜란이 나감으로써 향후 대선정국은 그야말로 급격한 회오리가 칠 것 같다. 그녀가 아무리 현재 2%라 하더라도 요란하게 선거전에 참전하면 혹시 모를 일이기 때문이다.

다크호스로 분류될 수도 있다.

게다가 무서운 건 그녀의 친언니이자 향적산 넘버원 족집게가 친동생이 보위에 오를 거라는 예언을 이미 한 상황이라 이런 법력의 운이 작동될지도 의문이 든다. 최근에는 족집게 조혜미가 유튜브 채널을 개설하고 이런 내용을 본격적으로 퍼뜨리기 시작하였다. 조혜란, 조혜미 이름이 비슷하여 구독자들의 많은 오해가 불거졌으나 끝까지 아무런 관계가 아니라고 버럭버럭 우겨댔다.

이때부터 혜미는 최근 동생이 아직 선거캠프도 차리지 않은 상황이긴 하지만 고양이 사체 사건과 추문 건으로 출당된 장배를 영입하겠다고 발표하는 기자회견 보도를 본 터라 혜란에게 장배를 받아들이지 말라고 충고를 가했다. 고양이 저주가 뒤따를 수가 있고 이미지가 추락된 사람을 받아들였을 때 나타날 액운도 있고 그러면 자칫 다된 대운이 사라져 보위에 오르는 과정에 먹구름이 드리워질 수도 있다는 것이었다.

한 맺힌 고양이 영혼은 그저 단순한 동물이 아니라 아주 요사스럽기도 하고 하늘의 신과 맞닿아 있어서 해코지를 가할 수도 있다는 것이었다.

혜란은 그냥 무시하고 정치는 현실이라며 그런 무속은 절대성은 없을 거라고 일축해 버렸다. 자매는 통화가 이어졌다.

"야 너 고양이는 우리 무속세계에선 가장 조심스러운 존재이다. 구렁이도 그렇지만 말이야! 특히 고양이 영혼이 저주를 뿜기 시작하면 패가망신 당해 그러니 고양이와 얽혔던 걔는 받지 마! 또 걔는 안 좋은 추문도 있잖아? 여자나 밝히고 말이야."

"아니 언니의 조언은 고맙지만 미신이라 다 믿을 순 없을 것 같아."

"뭐야! 미신이라고 네가 날 무시하는 것인가? 어휴~~ 이 시발. 미신이라니 이건 절대 신앙인데."

이때부터 자매간의 묘한 마찰과 갈등이 빚어지기 시작하였다. 하지만 혜미는 끊임없이 이 부분을 혜란에게 조언하면 그 언젠가는 수긍하리라! 판단하고 있다. 혜란은 여성정치인으로써 8선 최다선 의원이라 입지는 대단하지만 2% 지지율을 어떻게 극복할지가 관건이었다. 그녀는 족집게 친언니의 결사만류에도 불구하고 장배를 좋아하기 때문에 다시 끌어들이려는 것인데 내심 불안요소가 약간 드리워지는 것도 현실이다.

혜란이 장배를 좋아하기 때문이다. 75세나 된 여자가 41세 먹은 남자를 좋아하는 건 무슨 남녀 간의 이성적인 감정으로 그렇단 게 아니라 그의 이념과 성격을 좋아하고 있어서이다. 그렇긴 한데 때론 그녀의 남편은 나이가 더 먹은 노인인 점을 떠나 사사건건 이래라저래라 하는 타입이라 가증스럽고 괴로울 땐 아들뻘인 장배에게 정신적으로 기대고 싶은 충동을 느끼곤 한다.

구체적인 신당 창당식 일정은 국민들이 매우 들뜨는 시기인 연말 29일 불금으로 정하려고 한다. 그녀의 머릿속에 당명은 미래보수당이라고 하고 싶은 마음을 지니고 있는 중인데 장배와 의논하여 정할 생각이다. 벌써 보수 분열 책동을 중단하라며 원조 보수당인 국민밖에 모르는당 쪽에서 온갖 협박성 멘트들이 줄줄이 이어지고 있지만 혜란은 꿈쩍도 하지 않고 오로지 앞만 보고 직진하리라! 다짐한다.

웃긴 건 가칭 미래보수당의 창당에 온통 집중해도 모자랄 판에 장배는 크리스마스이브 24일에 로또 아파트 회장선거에 출마하려는 계획도 갖고 있어 복잡해지고 있다.

정치인으로서 불필요한 이력을 하나 더 추가하려고 꿈틀거린다. 리버힐 아파트 회장할 때 빚은 명예 실추를 이사 온 로또 아파트에서 회장직을 맡아 회복하려는 것이었다. 항간에는 구태여 이걸 하려는 또 다른 노림수가 있다는 소문도 감지되고 있다.

기존 10개동 동대표들은 이렇든 저렇든 구관이 명관이라는 말 그대로 그를 추대하고 싶긴 하지만 그래도 입주민들의 민의를 백분 반영하는 슬로건을 걸고 투표로 결정한다는 데에 입을 모았다. 그렇지만 벌써부터 그가 될 수 있게끔 하려고 수작을 부리는 분위기도 감지됐다.

일종의 드루킹을 시도하여 그를 회장으로 앉히고 싶은 것이었다. 10개동 동대표단은 8일에 회장선거를 공지하고 9일 토요일부터 드루킹이 시작됐다. 기존에 하던 회장이 다시 연임하려는 상황이고, 장배가 도전장을 낸 상황인데 로또 아파트 사이트 창에 실시간 여론조사에서 장배가 2% 앞서는 것으로 나가게 하였다. 이 아파트는 기이하게도 회장 선거할 때 입주민을 상대로 한 여론조사도 실시한다. 문제는 드루킹이 가동됐다.

10개 각동의 동대표들이 수시로 자신의 동에 사는 입주민들에게 장배가 압도적 지지를 받고 있다고 허위로 떠벌리고 다니는 절차이다. 인적 드루킹인 셈이다. 입주민들은 아연실색하지 않을 수 없었다. 그의 실정을 다 알고 있어서이다. 그러나 워낙 바람몰이에 약하고 이 로또 아파트 문제와 무관한 일이라는 생각도 들기 시작하면서 점점 그에게로 기울기 시작하였다. 이윽고 로또 아파트 회장직을 뽑는 투표 날이 왔다.

관리사무소에 설치된 투표함에 모든 입주민들이 나와 투표용지에 도장을 찍어 함에 넣는 절차이다. 다른 아파트에 비해 굉장히 특이한 방식임엔 분명했다. 대개 동대표들이 회장을 뽑는 간단 절차가 대세라서 그렇다. 무지막지한 드루킹에 힘입어 그가 압도적으로 당선되는 순간을 맞았다. 관리사무소 앞 광장에 모인 수많은 입주민들을 상대로 그는 당선 소감을 말하고 있다.

"이곳에 모인 10개동 입주민 여러분 이사 온 지도 얼마 되지 않은 저 최장배를 회장으로 뽑아주셔서 너무너무 감사합니다. 저는 정치적 반대 진영으로부터 온갖 가짜뉴스로 시달려 출당도 당했고 시련의 연속이긴 하지만 여기 새로운 로또 아파트로 이사 오게 되어 심신이 맑아지고 거듭나고 있습니다. 무엇보다 오늘 지금 이 순간 회장으로 선출된 게 더더욱 그렇습니다. 앞으로 로또 아파트를 그야말로 로또에 당첨될 수 있도록 여기서 말하는 로또란 입주민 모두가 로또 인생이 되는 것을 뜻합니다. 이렇게 황금알을 낳을 수 있게 최선을 다하도록 하겠습니다."

우아아아아 짝짝 짝짝짝. 여기저기에서 우레와 같은 함성과 박수 소리들.

그는 속으로 지금 이 환호의 기세를 몰아 며칠 뒤 조혜란이 이끄는 새로운 신당 미래보수당 창당식을 거점으로 당의 지지율은 물론 조 후보의 지지도 급속도로 올라 내년 6월 대선에서 그녀가 보위에 오르길 염원하고 있다.

김영작은 경비초소에서 나와 관리사무소 쪽으로 천천히 걸어온다. 누가 회장으로 선출됐는지 궁금한 마음이 들었다. 눈에 뜨인 사람은 바로 최장배였다. 영작은 장배가 이날 1일 이 아파트로 이사 온 사실도 몰랐고 새로운 회장직에 출마한 사실도 몰랐다. 이제서 알게 되는 순간을 맞으며 몹시 불쾌한 감정이 감돌았다. 자신을 자른 장본인이란 게 문득 떠오르자 분노가 치밀어 오르기 시작하여 이성을 통제할 수가 없었다.

영작은 방금 전 당선 소감을 밝히고 기쁨에 젖어 있는 장배에게 달려든다.

"야 이 자식아, 너 리버힐에서 회장할 때 내게 직장 내 괴롭힘 갑질 횡포를 가하고 날 잘라 난 죽도록 마음고생이 심했다. 지방노동위원회에 구제신청 했지만 아직 답이 없어 죽겠는데 넌 어떻게 날 또 따라와 여기 로또에서 회장이 됐냐? 아예 네가 날 죽이려고 작정을 한 거지? 왜 내가 가는 곳마다 따라 다니냐고? 또 여기 로또에서 내게 직장 내 괴롭힘 갑질로 날 자르려고? 시발 자식아."

"어어 이건 뭐야! 아아, 아니 저게 또 여기서 경비를 하고 있네."

자신의 치부가 드러난 거라 얼른 피하고 싶단 마음만 들 뿐이었다. 지금 이 상황에서 이렇다 저렇다 해명하긴 피곤하기에 얼른 피하는 게 상책이라 판단하고 마이크를 내던지고 내빼기 시작한다.

로또 아파트 입주민들은 충격 그 자체에 빠져든다. 회장이 당선 소감을 말하다가 경비의 전진 압박으로 황급히 도망친다는 것은 완전 블랙코미디나 다름없기 때문이다.

더 큰 문제는 경비원 영작이 방금 전에 분노하며 고성을 지른 대목을 다시 반복하여 소릴 질렀다.

"난 여기 경비로 오기 전에 저 자식이 살던 리버힐의 경비였습니다. 그런데 온갖 갑질과 추태로 내가 저 인간에게서 별것도 아닌 일로 해고당했습니다. 저 인간 거기 아파트에서 고양이 학대 문제도 그렇고 이런저런 추문들로 난리도 아닙니다. 저런 인간을 또 여기 로또에서 회장으로 뽑아줘야만 되겠습니까? 이건 말도 안 됩니다."

이미 언론 보도된 내용도 있어서 익히 아는 사람들도 있고 추가로 경비노동자를 불법 해고한 새로운 내용도 알게 된다.

덧붙여 그는 "난 여기 로또 아파트 경비원으로 석 달 가까이 됩니다. 바로 저 장배란 녀석이 회장으로 있던 리버힐에서 온갖 고통을 받았지만 로또에 와서 지금껏 안정되고 평온을 찾았는데 어떻게 또 저 녀석이 여기로 왔는지 화가 치밀어 오릅니다. 로또 입주민 여러분 여러분이 힘을 모아 갑질의 원흉 최장배를 몰아내 주십시오. 간절히 간청드립니다. 저 경비원 김영작이 마음 편히 여기 로또에서 근무할 수 있도록 도와주시길 바랍니다. 로또 인생은 마음 편히 그저 조용히 잘리지 않고 최저임금이라도 받는 게 바로 로또입니다. 네? 나의 생계를 지켜주십시오."라며 절규를 이어갔다.

로또 입주민들이 침묵을 지키며 뭐가 뭔지 몰라 우왕좌왕거리고 있을 때 "아니 여러분 제 말씀이 이해가 안 됩니까? 이대로 저 자를 방치하면 저는 또 갑질 횡포로 잘리게 됩니다. 여러분이 도와주지 않는다면 제가 지금 이 시간부로 저 자와 직장동료와 혈투를 펼쳐나가도록 하겠습니다. 자 지금부터 직장동료와 혈투는 시작됐습니다."라며 다시 반복적인 절규

6. 빗나갈 무속 세계

를 내뿜었다.

그래도 입주민들이 아무런 반응이 없자 그는 맥없이 돌아서 경비초소로 돌아갔다. 그들이 있어 보이는 자에게 귀의하고, 없어 보이는 자에게 외면하는 현실이 괴로워 쓰디쓴 밀크커피를 한잔 타서 쭉 마시다가 아내에게 전화를 넣는다. 지금 다이소에서 일하던 그녀는 평소 때 같으면 지금 이 시각에 전화하지 않는 그의 전화가 이상하다 싶어 무슨 문제라도 있나 싶어 황급히 받아 본다.

"야 영작아 왜."

"보라 누나 여기 로또에 기가 막힌 일이 생겼어! 으으. 또 직장동료와 혈투를 해야 할 판이야."

"아니 웬 엉뚱한 소리야? 그게 뭐야? 또 그 아파트도 누가 널 직장 내 괴롭히며 갑질을 하냐."

"또 그 자식이 회장으로 왔어! 우릴 업신여겼던 그 인간 말이야."

"야 나 바쁘니까 말 빙빙 돌리지 말고 얼른 쉽게 말을 해."

"그래 걔 최장배."

"뭐? 걔가 어떻게 거기로 갔지. 야 일단 알았으니까 우리 이따가 집에서 얘길 하자고."

퇴근 시간이 가까이 오자 그녀는 다급히 정리하고 퇴근길에 올라 풍덕천동으로 향했다. 영작도 비슷한 시간대에 퇴근하고 들어왔다. 아까 벌어진 로또에서의 회장 선거에 대한 자초지종을 그대로 다 털어놨다. 이들은 그가 리버힐에서 온갖 추문으로 자신 스스로 더 이상 견디지 못하고 도망치듯 이사 왔을 거라는 추측도 해본다.

"아니 누나 리버힐처럼 로또 사람들은 아직 그렇게 크게 인식하질 못

하고 있는 것 같아! 거기 리버힐은 고양이 사체 사건으로 걔를 궁지로 몬 여자가 둘이 있어서 그게 굉장히 컸지! 근데 여기 로또는 그런 메가톤급이 없어서 이것도 저것도 아니야."

7. 신당 창당

그녀도 이달 초 다이소에서 일하다가 그가 들어와 행패를 부린 기억이 떠올라 사뭇 이상한 감정도 들었다.

"야 영작아 너 9월 19일부터 거기서 일했으니 내년 9월 18일돼야 퇴직금을 받을 수가 있으니 일단 여기 눌러있어야 될 텐데 그놈의 장배란 새끼가 회장이 됐으니 여간 골치 아픈 문제가 아니다. 잠시 잠시만 내가 다이소 관두고 거기 로또 아파트로 들어가 너와 함께 힘을 모아 장배를 처단하는 길을 찾자! 우리 둘이 힘을 모으면 뭐 못 할 게 뭐가 있겠니? 우후후 파이팅."

"그래 누나가 그렇게까지 해야 하나? 아니야 나 혼자서 이겨낼 거야."

"야 다 그런 거야! 우리 부부가 한번 그와 붙어보자. 이번엔 제대로 직장동료와 혈투 2차대전을 치르자? 승전국은 바로 우리 부부야."

"음 걔를 내몬다는 거지."

"그래 그거야."

이들은 다시 맞붙을 직장동료와 혈투 2차대전을 그려보며 후레쉬 소주를 꺼내어 닭갈비와 먹기 시작하였다.

　이들은 오늘 크리스마스이브를 맞아 오붓하고 낭만 넘치는 감미로운 섹스를 위해 소주는 한 병을 반으로 나눠 각자 반병 정도만 마셨다. 더 마시면 취기가 올라 정욕이 제대로 살아나질 않기 때문이다. 다 먹자 이들은 이불에 누워 장렬히 몸을 섞으며 내일 성탄절을 맞이한다. 영작은 국경일 쉬는 날이었지만 보라는 다이소라 일하러 가야 하는데 가자마자 관둔다는 의사를 표했다. 앞으로 로또 아파트로 가 혈투를 펼치기 위해 당분간 절대 휴식이 필요했기 때문이다. 보라는 영작에게 "거기 로또에 미화반장에게 여성 실내미화원을 채용하는지 알아볼래."라고 부탁하자 "그래 알겠어 누나."라고 답하는 그였다.

　그는 이날 출근하자마자 미화반장에게 찾아가 그렇게 묻자 다행히 "그래요. 그렇지 않아도 업체에서 교차로를 냈다고 하는데 아직 오지 않아서 걱정인데 올 사람 있으면 소개해 줘요."라 답하였다.

　"네, 제 아내입니다. 제 아내가 이 일을 하고 싶어 합니다."

　"아니 상당히 젊을 것 같은데 할 수 있을까요."

　"아아! 다른 아파트에서 경험이 있습니다."

　"네, 좋아요. 내일부터라도 올 수 있으면 오라고 하세요."

　그는 곧바로 보라에게 이 사실을 전화로 알렸다. 그러자 "그래 알겠다. 내일 같이 가자."라고 답하는 아내였다.

　날이 밝자 부부는 썩은 캐스퍼를 타고 로또 아파트로 출근길에 오른다. 그녀는 이 주변 리버힐에서 일했던 경험이 있어서 로또에서 하는 것은 별 어려움은 없었다.

　시간이 빨리 끝나기에 야간엔 종합병원 같은데 가서 간병사를 하며 투잡을 해보려는 생각도 해본다. 젊었을 때 한 푼이라도 더 벌어야겠다는 의지가 돋보였다. 돈을 빨리빨리 서둘러 벌지 않으면 어디서 거저 뚝 떨어지는 것이 아니라 본인들만 죽는 것이라서 그렇다.

며칠 전 회장이 된 장배는 이젠 며칠 후에 조혜란이 이끄는 보수신당 미래보수당 창당식에 참석하여 선대위장직을 받게 될 예정이다. 5동 701호에 사는 장배는 설레는 기분으로 엘리베이터에서 내려와 산책로 따라 미래 자신의 정치의 청사진을 그리며 산책하러 나왔다.

정문을 빠져나가려고 걷는데 보라가 마포걸레를 들고 오고 있는 게 보였다. 그는 가슴이 쿵쿵 덜컹덜컹거렸다.

"어! 이건 뭐야! 이게 어떻게 된 일이야! 여기서 또 보게 되다니." 혼잣말로 중얼거렸다.

그녀는 이미 대비 태세를 갖춘 상태라 의연히 그를 쳐다보며 "호호호 우리 회장님이자 국회의원님을 여기서 또 보게 됩니다. 우린 이달 초 다이소에서 한번 마주한 적이 있지요. 그런데 지금은 또 다른 분위기가 나는 곳에서 또 봅니다. 너무 반가워요. 나는 오늘부로 이곳에서 일하게 됐습니다. 우린 직장동료이니까 앞으로 서로 티격태격하지 말고 사이좋게 지내야 할 텐데요. 그게 잘될까요? 잘 부탁드립니다. 열심히 최선을 다해 노력하겠습니다."라며 비꽈버린다.

멍하니 먼 산만을 바라보는 그에게 그녀는 의미심장한 쐐기를 박는 듯한 독침을 쏜다.

"오호호호 회장님 나는 회장님이 날 그렇게 좋아한다는 것을 잘 알고 있습니다. 그나저나 어쩌지요. 좋아하고 싫어하고가 문제가 아니라 앞으로 곧 회장님은 고양이의 저주가 뒤따를 것 같은데요. 정말 큰일이긴 해요."

이 말을 듣자마자 그는 완전 소스라치듯 놀라 기겁할 정도였다. "아니 그런 말을 하다니."

그에게 고양이의 저주가 뒤따를 것이라는 공포의 극언을 쏟은 사람은 한둘이 아니었다. 빈나 남편 점찬도 그랬고, 향적산 무당도 그랬고, 고양이 사체 건으로 언쟁을 벌인 미란도 비슷한 일이 있었다. 지금 이 시각 보라마저 그러니 무엇인가 한 대 세게 얻어맞은 듯한 얼떨떨한 느낌이 들었다. 아무런 말도 못 하고 우두커니 서 있자 그녀는 한술 더 떠 "이 세상에서 가장 무서운 게 바로 고양이의 영혼의 한이라고 합니다. 고양이가 한을 품으면 한 가정을 풍비박산 내기도 합니다. 오호호호 나는 그만 일하러 갑니다. 우리 회장님 파이팅."라며 의기양양한 기세를 보였다.

그는 빠져나가며 노심초사로 이어졌다. 며칠 뒤 있을 미래보수당 창당식을 하기에 무척 들뜬 상태였는데 엊그제에 이어 심란한 일이 연속적으로 벌어졌기 때문이다.

장배는 그 경비원과 미화원이 부부사이란 것 까진 모르고 있다. 예전에 그들이 수지구청역 5번 출구에서 차에 동승하는 걸 본 일만 있다. 일단 그녀가 여기 로또로 일하러 온 사실은 그리 간단한 문제는 아닌 것 같았다. 머릿속을 다 비워내려고 애를 썼다. 우선 며칠 뒤 치러질 미래보수당 창당식이 더더욱 중요하기 때문이다.

광교호수공원 쪽으로 걸어가며 새로운 보수당 미래보수당 대선후보 조혜란을 내년 5월 대통령으로 만들 궁리에 궁리를 이어가는 시간으로 채웠다. 이윽고 대망의 2023년 12월 29일 오후 2시 정각 불금 미래보수당 창당식이 거행되었다. 장소는 신도림테크노마트였다.

이날 너무 기이한 일은 향적산 넘버원 족집게 법사이자 조혜란의 친언니인 조혜미가 노년의 힘든 몸을 이끌고 이곳으로 온 것이었다. 유튜브로 실시간 나가게 하려고 작업하러 오는 지극정성을 보였다. 12월 1일부터 혜미는 유튜브 채널을 만들어 다음 대선은 조혜란이 대운을 받아 보위에 오를 거라고 무지막지한 세뇌작업인 마케팅을 시작하였다. 꽤 이름난 무속인이 하는 말이라 솔깃하게 여기는 독자들도 많았고 좋아요와 구독자가 급증하기도 하였다.

문제는 조혜란, 조혜미 이름이 비슷하여 누가 보면 오해의 소지가 다분한데도 혜미는 전혀 아랑곳하지 않았다. 최장배가 이날 조혜란 당 대표 추대식에 인사말 하러 왔을 때 혜미가 고래고래 소릴 질렀다. "장배는 물러가라! 넌 고양이의 저주가 뒤따를 것이다."

특이한 건 미래보수당은 당 대표 경선 같은 걸 생략하고 곧바로 추대하는 형태로 진행됐다.

대의원 및 당원 수가 얼마 되지 않아 그럴 수도 있다. 당 대표가 모든 권한을 쥐고 흔들기 때문에 내년 봄에 대선후보로 선출될 것은 기정사실이나 다름없다. 하지만 내년 3월에 5월 21일 대선에 나갈 후보를 뽑을 땐 경선을 치른다는 정강 정책을 만들기도 했다.

바로 추대되어 당 대표가 된 조혜란의 인사말이 이어졌다.

"아아, 네네, 저를 대표로 추대하여 주셔서 너무너무 감사합니다. 저는 국민밖에 모르는당에서 한평생 8선을 할 정도로 헌신을 했는데도 불구하고 온갖 갑질 횡포로 쫓겨나 천신만고 끝에 지금 이렇게 새로운 미래보수당을 창당하게 되었습니다. 정치꾼 간 갑질은 그야말로 하늘을 찌를 지경입니다. 저희 미래보수당은 국민 누구나 불만이 없는 공정한 나라, 모든 게 능력과 실력으로 결과가 나타나는 공정한 분배를 실현하는 것을 기치로 내건 혁신정당입니다. 여러분 옛말에 콩 심은 데 콩 나고 팥 심은 데 팥 난다. 이런 말 들어보셨지요? 국민 모두가 이에 대해 어떤 불만이나 이의를 달지는 않을 것입니다. 자, 그렇다면 그런 불만이 없는 공정분배를 위해서는 어떤 점을 갖추어야만 할까요? 국민 모두에게 정당한 권리가 보장되어야 합니다. 만약 어떤 개인의 정당한 권리가 무시된 상태에서 각자의 몫이 정해진다면 그것은 결코 정의로운 분배가 될 수가 없을 것입니다. 남의 재산을 빼앗아 부자가 되고, 남에게 자신의 재산을 빼앗겼기 때문에 가난해지는 분배질서는 정당성을 인정받을 수 없을 겁니다. 그리고 모든 사람에게 공정한 규칙이 적용되어야 합니다. 어떤 사람은 무슨 불법을 저질러도 눈감아 주는 반면, 다른 사람은 조금만 트집잡힐 일을 해도 벌을 내리는 불공정한 사회질서를 어느 누가 정의롭다고 하겠습니까? 편파적인 운영을 한 게임의 결과에 아무도 승복하지 않겠지요. 국민 모두가 자신의 자격에 합당한 몫을 차지하는 분배가 되어야 합니다. 우리 미래보수당이 그렇게 될 수 있도록 노력하는 정당이 되겠습니다."

"우아아아아, 짝짝짝짝."

"조혜란, 조혜란, 조혜란."

조혜란을 연호하는 함성소리가 여기저기에서 울려 퍼졌다.

"저를 보필할 원내대표는 제가 그토록 아끼는 정치 후배 최장배로 임명하겠습니다."

아까 맹비난을 가한 혜미가 또다시 고함을 친다.

"야 너 장배 어서 나가지 못해? 넌 이 자리에 껴선 안 돼, 안 된단 말이야! 넌 고양이 영혼의 한으로 망할 놈이야! 너 때문에 우리 미래보수당 진짜 망한다. 망해! 우아아아아." 그러자 당사직원들이 달려들어 제재하려 들자 "아니 이것들이 어딜 와서 막고 지랄이야? 너희들 다 신령님의 힘으로 다 쓸어버려 어휴~~ 이걸 그냥 팍."이라며 저주의 멘트를 이어가는 그녀였다.

신도림테크노마트에 와서 행사진행을 하던 당 사무처 직원들은 황급히 달려들어 제재하며 "아니 어르신 어르신 그러지 마세요. 여긴 그러시면 안 되는 자리입니다. 나가 주세요."라며 막아섰다.

그러자 그녀는 더더욱 분개하며 "왜 내가 뭐가 어때서 그래? 장배 같은 것들이 이렇게 신성한 보수신당에 원내대표가 된단 것은 너무너무 큰 수치이고 하늘의 노여움을 받을 수가 있다. 으으으." 하고 비탄을 쏟았다.

장배는 속이 부글부글 끓어올랐다. 지난번 향적산에 굿하러 갔을 때도 문전박대하며 거부했던 무당이 오늘 또 여기까지 쳐들어와 좋은 분위기에 먹칠하며 훼방을 놓고 있어서다.

사회자가 다급히 "진행요원 여러분 저 어르신을 내보내세요. 어서요." 라며 긴장된 얼굴로 얼굴을 붉혔다.

그러자 요원들이 달려들어 내보려고 안간힘을 다 썼지만 그녀가 완강히 저항하는 바람에 그리 쉽진 않았다.

"놔아 놔아 이 새끼들아 이것들이 어느 안전에 날 잡아당겨. 너희들 다 천벌을 받을 것이다. 내가 모시는 신령님께서 너희들을 그냥 두지 않을 것이다. 이런 호래자식들."

그러면서 아주 요란하게 방울을 흔들었다. 딸랑 딸랑 딸랑.

"이놈들아 이놈들아 어서 빨리 장배를 몰아내라 오호 오호 우우우 고양이 저주가 몰려온다."라며 일어나 껑충껑충 뛴다.

  무속인 복장을 한 노파가 여기에 와 장비를 설치하여 유튜브 생중계하는 것도 그렇고 방울을 흔드는 것도 그렇고 당 이미지가 완전 말이 아니었다. 보다 못한 요원들은 그녀의 입을 손으로 막고 방울을 빼앗으려고 잡아당겼다.

  오늘 당 대표로 뽑힌 혜란은 너무 괴로워 몸을 가눌 수가 없었다. 혜미는 바로 자신의 친언니이기 때문이다.

  혜란은 더 이상 침묵할 수가 없었다.

  안 좋은 역풍이 불 수도 있겠지만 언니를 구해야겠다는 일념이 앞서 "진행자님 안 돼, 그 손을 놓아요. 그분은 저희 언니입니다. 언니가 제가 대통령이 되라고 응원 온 것입니다. 으윽."이라며 제재를 풀 것을 요청하고 나섰다.

  오늘 당 대표로 뽑힌 혜란의 방금 전 이 말은 그야말로 경악 그 자체였다. 장내에 모인 당 대의원 및 당원들은 얼떨떨한 기분에 사로잡혀 뭔가에 홀린 듯한 멘붕 상태로 빠져든다.

  장내는 갑자기 고요한 적막이 흘렀다.

  혜란이 "그분을 정중히 그 자리에 앉아 있게 하세요."라고 언니를 엄호하자 장배는 그들이 자매로 드러난 사실이 충격적이다. 지난날 혜란의 소개로 혜미에게 갔을 때 받았던 문전박대 같은 일들이 괴상하게 느껴졌다.

  그 속에 일어난 내막을 모르기 때문이다. 급기야 혜란은 황급히 언니가 있는 곳으로 달려와 귓속말로 "언니 장배 얘긴 일단 그만해! 다음에 내가 알아서 처리할 테니까! 일단 오늘 재가 원내대표가 됐으니 말이야!

다음에 적당히 내쳐버릴 거니까."라며 제재하기 시작하였다.

이에 혜미는 끄덕였다.

미래보수당은 창당식 날 풍파를 겪긴 했지만 가까스로 넘어가 마칠 수 있게 됐다. 마친 뒤 만찬을 열기 위해 간 자리에서 혜미는 혜란에게 "야 혜란아 너와 내가 자매로 알려졌다고 신경 쓸 것 하나도 없다. 넌 어차피 될 사람이다. 넌 보위에 오를 것이다. 네 언니인 내가 무당이라고 알려졌어도 개의치 말라! 운이 좋은 사람은 이래도 되고 저래도 된다. 운이 안 좋은 사람은 이래도 안 되고 저래도 안 된다. 이래서 될 사람과 안 될 사람은 희비가 교차하며 웃고 우는 것이다. 실력이고 능력이고 뭐고 다 필요 없다. 그저 하늘의 운으로 되는 것이다. 우후후후."라며 안도할 수 있게 해준다. 장배는 이 자리에 불참해 버렸다. 혜미에 대한 악감정이 하늘을 찔렀기 때문이다.

어찌 됐건 장배는 이날 새로운 당의 사실상 선대위원장 및 원내대표가 되면서 정치적 힘을 얻었지만 혜미라는 무당의 저주의 극언은 여간 신경 쓰이는 게 아니었고 혜란, 혜미가 자매였다는 것도 몹시 신경을 사납게 만들었다.

심지어 자신이 그때 고양이 저주풀이 굿하러 갔을 때 혜란이 혜미에게 거부하라고 사주한 게 아닐까! 하는 극심한 오해와 억측도 하게 된다.

심기가 불편한 채로 조용히 자신의 집 로또 아파트 5동 701호로 들어가 이런저런 망상을 이어간다. 내일 토요일엔 조용히 혜란에게 전화하여 자초지종을 물어볼 생각도 해본다.

늦은 시각까지 만찬을 이어가던 자매는 술에 취하게 되자 이런저런 말들이 많아지고 있었다.

"아니 언니? 언니가 아까 전당대회장에서 어서 빨리 장배를 몰아내라고 하면서 고양이 저주가 몰려온다고 했는데 그건 무슨 말이야? 걔가 그때 국민밖에 모르는당에 있을 땐 이성 간의 추문 같은 거였는데 고양이 저주 사건은 금시초문인데 그게 뭐야? 참! 궁금하다."

"야 혜란아 내가 그땐 말을 아꼈지만 쟤가 수지구 상현동에 무슨 아파트 회장을 맡고 있었나 봐! 근데 웃긴 건 거기 경비로 근무하던 남자와 미화로 근무하던 여자가 내가 도를 닦는 향적산으로 왔었어! 최장배라는 회장에게 잘렸다며 죽겠다고 하더라고 자기들은 하루 벌어먹고 사는 사람들인데 말이야! 그래서 내가 충분히 위로를 해줬지! 고양이 저주 사건은 걔가 사는 곳에서 고양이 사체를 하찮게 여겨 일어난 쟤 팔자야."

"아니 그걸 언니가 어떻게 알아."

버럭 화를 내며 "야 그럼 내가 넘버원 족집게인데 그것도 모르나? 척하면 다 알지 뭐! 우후후." 웃으며 과시한다.

이제야 혜란은 그 당시 앞뒤 관련성이 조금씩 보이기 시작하였다.

자신이 언니에게 장배를 소개한 것은 전의 일이고, 언니가 그를 문전박대한 것은 후의 일이기 때문이다. 그 중간에 그 경비원과 미화원이 그곳에 왔었다는 점이었다.

새로운 보수당이자 군소정당이라 아직은 국민적 관심이 미비한 편이었다. 이젠 올해도 이틀밖에 남지 않았다. 다음 날 장배는 혜란에게 전화하여 그 연유를 캐볼 생각이었지만 그냥 접기로 하였다. 그녀가 이젠 미래보수당 당 대표로서 내년 5월 21일 대선을 치러 보위에 오르는 것만 지극정성으로 도와야겠다는 일념만 먹기로 하였다.

한 해도 속절없이 훌쩍 지나가 2024년이 밝았다.

1월 1일은 신정 휴일이라 장배는 특별히 할 일 없이 빈둥빈둥거렸다. 연세대 영문과를 나와 온갖 배경을 바탕으로 서울대 영문과 교수가 된 친구 허동식에게 전화를 건다.

한참 국회의원이라고 어깨와 얼굴에 힘을 주며 허세와 권위에 절어 대학 동기들을 기피했던 그의 전화는 동식으로선 의아할 따름이었다.

"왜 전화했냐? 넌 국회의원이라고 뻐기고 다녔잖아? 국민밖에 모르는 당에서 출당 당하고 새롭게 미래보수당에 가니 내 생각도 났나 보네? 아니면 소주가 그리운가."

"아니다. 특별한 것도 없다. 넌 국회의원이란 업종이 되게 뻐기는 걸로 여길지 모르지만 실제로 한번 해보니 너무 고달프다. 그냥 아무것도 아니야! 차라리 너처럼 고요하고 신성한 교수가 더 좋다. 편하잖아! 우후후."

"이것도 그렇게 고요하고 신성한 것도 아니야! 어느 직업이든 다 말도 많고 탈도 많아! 사람 사는 곳은 다 그래! 그래 한번 만나야지? 의원님."

"오늘 이따가 저녁때 상현역 4번 출구에서 만나."

"좋다."

성복역 주변 아라리오 아파트 2차에 사는 동식은 만남 시간인 저녁 6시를 기해 그곳으로 나갔다. 갈빗집이었는데 보자마자 소주와 갈비를 들이붓기 시작하였다.

동식은 유부남이었지만 장배는 혼자 사는 남자라 외로운 시간이 지속될 거라는 걸 깊게 인식하고 있다. "장배 의원님 들리는 소문엔 너 혼자 사는 고독한 남자라고 하던데."

"우후후 다 좋은데 의원님이란 호칭은 빼! 농담인 걸 알지만 말이야!

그래 혼자다. 왜? 그 고독을 해결해 줄 어디 좋은 여자가 있나."

"있긴 있는데 교수야 아프리카학과 교수라고 내가 그 여자에게 널 만나라고 하면 만날 거야."

동식의 소개로 다음 날 장배는 성복역 4번 출구에서 저녁 6시에 그 여자를 만나게 된다. 동식이 보여준 사진과는 실제 실물 이미지가 전혀 다른 여자였다. 그 여성은 제법 큰 가방을 메고 들어섰다.

여자는 막 웃으며 "안녕하세요. 저는 서울대 아프리카학과 교수 하영지라고 합니다. 뵙게 되어 영광입니다. 국회의원님과 맞선을 본다는 것은 영광 중의 특급영광에 해당됩니다. 호호호."라며 싱그러운 웃음꽃을 보였다.

그러더니 갑자기 가방에서 새끼 고양이 한 마리를 꺼내 든다. 소스라치게 깜짝 놀라는 그는 "어어 이 이 이건 고양이잖아! 으으윽." 하며 기겁할 지경이었다.

"아니 의원님 왜 이렇게 귀엽고 예쁜 고양이를 보고 그렇게 놀라세요? 얼마나 귀엽고 예쁜가요."

작년 2023년에 이 사람 저 사람에게서 고양이 저주에 대한 말을 수도 없이 들었던 터라 여간 불쾌하고 불결하게 느껴지는 게 아니었다.

굉장히 기분이 상한 그는 "이봐요. 최고 대학 교수님 그래도 최고 지성을 갖춘 최고 대학의 교수님이면 최소한 지성과 예의를 갖춰야지 이게 뭡니까? 어떻게 맞선을 보는 자리에 새끼 고양이를 가져와 그렇게 안고 있습니까? 어휴~~"라며 역정을 냈다.

"아니 의원님 요즘은 그렇지 않습니다. 이런 고양이는 가족이나 같은 반려동물입니다. 어어, 이거 너무 시대에 뒤떨어진 정치인이네! 젊은 꼰대구나."

"뭐야."

속이 부글부글 끓어오르기 시작한 그는 확 내팽개치고 나가버리고 싶은 격한 충동에 사로잡혔지만 끝까지 교양을 유지하리라! 다짐한다.

이왕 왔으니 그래도 최소 한 시간은 때우고 가리라! 곱씹었다. 그런데 새끼 고양이를 안고 있는 그 여성의 얼굴이 마치 고양이와 꼭 빼다박은 듯하게 닮아 보였다.

"아아악. 이 여잔 얼굴이 고양이처럼 생겼다."라고 비명을 지르자 그녀는 "아니 의원님 이거 해도 해도 너무하는 거 아닙니까? 뭐라고 나보고 고양이처럼 생겼다고? 당신은 너무 고리타분한 극우 같습니다. 그래서 미래보수당으로 갔습니까."

"아니 그쪽이 그렇게 고양이를 좋아한다고 하지 않았습니까? 가족이나 같다고 했잖아요. 귀엽고 예쁘다고도 하고 그럼 그쪽 얼굴이 고양이처럼 생겼다는 말도 그렇게 나쁜 말도 아닌 것 아닙니까? 왜 이런 말에 대해선 싫어하죠? 이 말도 좋아해야지? 고양이와 가족인데……."

이 말은 그녀에겐 엄청나게 충격적인 기분으로 빠뜨리는 표현이었다.

"뭐야? 완전 생 보수다. 극우 중 왕 극우다."

"뭐야? 고양이 호불호를 이념에 갖다 붙이다니 나 원 참 어이가 없네." 라고 황당해한다.

심기를 건드렸다고 판단한 그는 "교수님 웬만하면 이런 자리에선 정치 얘긴 자제합시다. 정치 얘기와 종교 얘긴 원래 하는 게 아니에요. 서로 생각이 맞지 않으면 자칫 칼부림으로 이어지기도 합니다."라며 순간 하필 예를 든다는 게 엉뚱한 예를 들어 맞선녀에게 경악스러움과 충격을 안기고 말았다.

"뭐요? 칼부림이라고……."

그녀는 눈을 부릅뜨며 손이 벌벌벌 떨리고 만다. 그는 그냥 무심결에 예를 든 건데 듣는 입장에선 충격적이기 때문이다.

파르르르르 떨리는 손에 든 새끼 고양이도 주인이 그러자 어리둥절해하며 여기저기 두리번거린다. 급기야 격분이 포화된 그녀는 순간 이성을 잃어 손에 든 새끼 고양이를 그의 얼굴을 향해 확 집어던져 버린다. 몹시 격정적인 성격이라 그랬다.

"아아악."이라 격한 비명을 지르며 "이러다가 심장마비 걸리겠네! 이 여자가 동물을 이용한 폭행을 저지르네! 어휴~~ 이런 못 배운 여자야 못 배운 인간아! 가만 있어봐 이거 112를 눌러버려. 동물을 이용한 폭행범으로."라며 극언을 쏟는다.

고양이는 바닥으로 뚝 떨어지며 화들짝 놀라 정신없이 이리저리 뛰어다닌다. 그녀는 자신이 저질러놓고도 너무 놀라 고양이를 주워 들고 "어휴~~ 우리 고양이 어디 다친 데 없나 모르겠네! 오우우우 우리 고양아? 어디 아프지 않니? 미안하다. 미안해! 내가 갑자기 널 저놈에게 집어던져서 말이야."라며 그를 죽일 듯이 노려본다.

"어어! 나보고 저놈이라고 이걸 진짜 112를 눌러 버릴까! 이걸 그냥 확."

"그래 실컷 112를 눌러라 눌러. 당신 같은 사람에게 신고당해 경찰서 구경 좀 하게 우후후후. 난 당신 같은 남자와는 더 이상 맞선을 볼 수가 없어! 당신은 앞으로 고양이 저주가 뒤따를 것이다. 왜냐 남들이 다 귀여워하고 사랑하는 동물을 우습게 여긴 죄명이다. 두고 봐."라며 잡아먹을 듯이 매섭게 쳐다본 뒤 나가버린다.

멍하니 무엇인가에 한 대 세게 얻어맞은 듯한 정신적 충격이 몰려오는 그였다. 문득 주마등처럼 스쳐 지나간 것은 작년 여러 사람들이 내뱉은 고양이 저주에 대한 것이었다.

"아 그 여잔 너무너무 고양이를 그대로 빼다박은 여자 같아! 다신 생각도 하고 싶지 않다. 어휴 징그럽다."

그는 이런 어처구니없는 맞선을 주선한 허동식에게 항의전화를 넣었다. 동식은 "어어! 그래 내가 소개한 여잘 잘 만났어? 마음에 들지 너무 예쁘고 우아하지? 그 여자 교수가 심성도 굉장히 선하다고 교수사회에서 칭찬이 자자해! 최고 대학 서울대 아프리카학과 교수이니 지식은 더 말할 것도 없지 뭐! 다들 괜찮다고 하는 여자야! 소감을 말해 봐? 하하." 환하게 웃었다.

"야 동식 그게 뭐야? 그 여자는 세상에 새끼 고양이를 안고 있고 그 여자 얼굴은 완전 고양이를 빼다박았다. 내게 고양이상 여잘 소개한 저의가 뭔가."

"뭐? 그 아프리카학과 교수가 고양이를 닮았다고 이건 말도 안 되는 얘기 같은데! 또 고양이를 안고 있다는 것도 괴상한 일이다. 그 예의 바르고 지적 능력을 갖춘 교수가 왜 그랬을까! 이해할 수가 없네."

계속되는 장배의 항의가 이어지자 허동식은 서울대 강당에서 교수들이 참석하여 문화행사를 진행했던 동영상을 하나 검색하여 장배에게 전송하여 주며 "이게 무슨 고양이상이란 말인가? 이렇게 여성스럽고 우아하며 지적으로 생긴 교수님인데 말이야."라고 짤막한 글을 덧붙였다.

그러다가 더더욱 어처구니가 없는 행동도 서슴없이 저지르는 서울대 영문과 교수 허동식이었다. 추가로 서울대 아프리카학과 교수 하영지가 서울대 교수협의회와 주관한 〈성장과 분배를 논한다〉라는 포럼에 참석하여 토론하는 동영상을 재차 보내주며 "이렇게 뛰어난 지적으로 생긴 절세미인을 고양이상이라 말한다면 이 세상에 사는 모든 여성들은 다들 접시 물에 코 박고 죽으란 말인가."라고 글도 전하였다.

그 동영상에는 그녀가 발언권을 얻어 "자, 저는 아프리카학과 하영지 교수라고 합니다. 성장이 먼저입니까? 분배가 먼저입니까? 무엇이 먼저일 것 같습니까? 계란이 먼저일까요? 닭이 먼저일까요? 이것과 같은 논리가 될까요."라고 운을 뗐다.

그러자 경제학과 남자 교수가 "아이! 네네, 세상에는 답이 없는 문제와 아직 답이 밝혀지지 않은 문제가 많습니다. 경제에 관련된 문제 역시 마찬가지로 답이 없거나 아직 답을 찾지 못한 문제가 엄청나게 많습니다. 성장이 먼저냐, 분배가 먼저냐 하는 문제 역시 마찬가지입니다. 우리는 주입식 교육과 빠른 시간에 정답을 찾는 방식에 익숙하기에 당연하듯이 성장만이 정답이라고 생각하거나 대답할 수도 있습니다."라고 아주 지극히 원론적인 말로 시작하였다.

그러자 하영지가 "물론 성장은 꼭 필요합니다만 성장만이 정답인 시대는 지났다는 것입니다. 과거 우리는 높은 경제성장률을 기록했고 GDP의 30% 이상을 투자해서 외적으로 엄청 빠르게 성장한 것입니다. 1980년대에는 경제성장률이 10% 전후로 집계되었고 당시의 고속 성장 시대를 경험한 세대들은 성장과 분배 가운데 성장이 우선되어야 된다고 생각할 수도 있을 것입니다. 하지만 2000년에는 경제성장률은 올라갈 기미가 전혀 보이지 않습니다."라며 우려를 나타냈다.

그러자 한 법대 여자 교수가 "네, 그렇습니다. 투자는 과거와 비슷하게 하는데 성장은 과거에 비해 많이 떨어집니다. 고도성장을 느껴보지 못한 세대는 밑 빠진 독에 물 붓기처럼 느껴질 것입니다. 그래서 3% 경제성장률도 안 나오는 곳에 무리해서 투자하지 말고 다른 곳에 골고루 쓰는 것이 좋다고 생각할 수 있습니다."고 밝혔다.

그러자 한 포르투갈 학과 여자 교수가 "네네, 그렇지요. 우리나라는 GDP 대비 투자 비율이 다른 국가에 비해 월등히 높은 편입니다만 여기에 함정도 있지요. 바로 부동산에 투자한다는 것입니다. 다른 것은 대부분이 건설 투자와 설비 투자에 집중되어 있지요. 당연히 투자는 해야 합니다만 도시화율이 80%가 넘는 상황에서 건설 투자만으로 지속적인 경제 성장이 이루어질지 모를 일입니다."라 말한다.

그러자 사회자가 "그동안 해왔던, 투자를 통한 외적인 성장은 한계를 맞이한 것이 분명한 것으로 보입니다."라 덧붙인다.

이 동영상을 그에게 보내주며 "이런 토론에서 나타난 인상만 봐도 이게 무슨 고양이상인가? 이렇게 미인 교수가 어디 있나."라고 계속 묻는다.

장배는 너무 웃기고 한심하여 뭐라 대꾸하지 않고 침묵 속에 고요히 집으로 들어가 버렸다.

어느덧 여기 로또 아파트로 이사 온 지도 한 달이나 됐다. 건물이며 주변 분위기에 어느 정도 친숙해지기 시작하였다.

잠이 들 만하다가 갑자기 깨났다. 이혼한 지 석 달 하고도 조금 더 지나자 재혼의 꿈을 꾸긴 하는데 좀처럼 쉽게 되는 게 아니란 걸 실감한다.

고독 속에 냉장고 안의 위스키를 꺼내어 홀짝홀짝 마시며 TV를 켜자 외국영화 한편이 나오는데 한 전기엔지니어가 빌딩 전기점검 하러 가는 장면이 나온다.

온갖 연장이며 수리하는 도구가 가득 든 가방을 메고 지하창고로 들어가고 있었다. 형광등을 켜자 들어오질 않았다.

조금 당황한 엔지니어는 플래시를 켜고 한 발 한 발 내디뎠다. 갑자기 배경음악이 음산한 듯하게 나오더니 천장 조각의 피스가 하나 풀려 덜컹하는 소리와 함께 굉장히 큰 고양이 한 마리가 바닥으로 뚝 떨어졌다.

"으으으악악!" 가슴을 움켜쥐고 비명을 지르며 심장이 멎는 듯하게 놀라 바닥에 퍽 쓰러진다. 영화 속의 한 장면이긴 하지만 시청하던 그도 가슴이 쿵 내려앉았다.

아까 저녁 맞선볼 때 고양이를 안고 자신을 빤히 쳐다보며 화를 내다가 자신에게 고양이를 집어 던진 매우 시건방진 여 교수가 떠올랐기 때문이다.

힐링차 보려 했던 영화마저도 자신을 괴롭혔다. 안 되겠다 싶어 그냥 꺼버렸다. 과일을 안주 삼아 마신 술이 금세 반이나 다 마셨다. 유튜브가 낫겠다 싶어 틀자 이번엔 난데없이 비단구렁이가 꽤 큰 고양이를 꽉 움켜쥐고 옆으로 비틀어 돌려 숨지게 하는 장면이 나와 그를 다시 한번 혼비백산을 만들었다.

이상하고 괴상한 일들이 줄줄이 이어지는 것 같았다. 반병 남은 위스키를 과일 안주로 해결하긴 버거워 치킨집에 후라이드를 하나 주문하였다. 약 15분가량 지나자 초인종 소리가 울려 열자 배달원이 도착하였는데 이게 웬일인가! 배달원의 옆구리에 흰 애완고양이가 보였다.

"어어 이건 뭐야! 으으."

그러자 배달원은 "아니 고객님 왜 그리 놀라세요? 혹시 고양이를 보고 그러시나요? 이 고양이는 사람의 말을 다 알아듣는 매우 영악한 종입니다. 자 그럼 맛있게 드십시오."라며 후라이드를 놓고 나간다.

배달원의 옆구리에 낀 고양이가 순간 그를 쳐다보는 눈빛이 예사롭진 않았다. 마치 살벌한 눈싸움을 펼치는 듯했다. 장배는 갑자기 소름이 돋아 얼른 눈을 피하고 옆으로 돌려버린다.

후라이드를 뜯었으나 먹을 맛이 뚝 떨어졌다. 그래도 남은 위스키를 해결하고자 후라이드를 식탁 위에 올렸다. 한잔 따라 마시고 고기를 먹으려는 찰나에 후라이드 한조각의 모양이 아까 맞선 본 그 고양이상을 한 그 여자의 얼굴과 비슷한 모양인 것을 보는 듯했다. "어어! 닭고기 맛이 다 떨어졌다."라고 투덜거렸다.

그저 아무 생각 없이 먹는 것만 집중하리라! 마음먹고 막 따라 마셨다. 위스키가 다 비워지자 이게 또 무슨 난리인지 바로 위층 801호에서 아주 요란한 고양이 우는 소리가 진동하기 시작하였다. 이사 온지 한 달간 층간소음은 단 한 차례도 없었는데 이 시각 처음으로 고양이 울음소리가 최초였다.

"어어 이것은 또 뭐지! 신경이 사납다. 아직 초저녁이라 잠들 시간이 아니라 괜찮긴 하지만 저 소린 나의 심장을 뒤흔든다. 최근 이어진 고양이 저주의 소릴 연거푸 들어서 그렇고 아까 일어난 맞선 사태 때문에 그렇다." 이렇듯 또 혼잣말로 중얼거렸다.

저 소리가 지속되면 쳐들어가 강력히 항의하리라! 곱씹었다. 잠시 그 소린 그쳤다. 다행이다 싶어 이젠 독일산 담배를 하나 꺼내 들고 서서히 피워댄다.

이윽고 자정 시간이 다 되어 슬며시 잠이 든다.

아침에 일어나 새해 의정활동에 대해 구상을 해본다. 그 무엇보다 3월 미래보수당 대통령 후보 경선전이 중요하리라! 믿는다. 조혜란 당대표가 될 것은 기정사실이나 다름없다.

항간의 조혜미 족집게가 말하는 5월 대망의 보위에 오를 사람은 조혜란일 것인가! 사뭇 기대감이 싹텄다. 그렇다면 자신에게도 적잖은 큰 떡이 떨어질 것이기 때문이다.

어젯밤에 먹은 위스키병과 후라이드 먹고 난 쓰레기가 베란다에 있어 좋지 않아 빨리 버리려고 들고 나간다. 그의 집이 5동 701호라 위치상 7동 분리수거장으로 가 버리면 된다. 터벅터벅 그곳으로 걸어간다. 병을 버리는 마대자루에 병을 넣는 순간 지붕에서 검은색 고양이 한 마리가 퍽 떨어져 머리에 떨어진다.

"으으악악." 비명을 지르며 기절하여 그 자리에 퍽 쓰러졌다. 경비초소에 있던 경비가 CCTV로 보고 놀라 황급히 달려온다. "어이! 이게 어떻게 된 일입니까? 이 이 이를 어쩌지 빨리 119를 불러야겠는데……." 신고하자 약 10분 뒤 119가 와 그를 태우고 인근 슬기샘종합병원 응급실로 향했다.

인공호흡기를 꽂고 응급조치 후 신경안정제를 놓자 서서히 깨어날 수 있었다. 깊은 숨을 쉬며

"어휴~~ 숨이 멎는 것 같았어요. 그놈의 고양이 때문에 완전히 다 죽다 살아났네요. 이게 무슨 악몽인가요? 죽겠어요! 뭔가 이상한 세계가 있는 것 같습니다."

"아이고 국회의원님이 의정활동에 너무 지치셔서 그런 것 같습니다. 안정제를 놓았으니 많이 나아질 겁니다."라며 담당의사가 안정을 줬다.

7. 신당 창당   163

정오가 되기 전 병원에서 나올 수 있었다. 뭔가 모를 이상세계에 단단히 홀리긴 홀렸다 싶어 이런 액운을 떨쳐내기 위해 혜란을 통해 혜미 무당에게 간청하여 고양이 살풀이굿이라도 해야겠다고 마음먹었다. 혹시 지난번에 혜란이 혜미에게 자신의 굿을 거부하라고 사주했는지는 모를 일이지만 말이다. 그랬으니 연말 전당대회 때 혜미가 와서 자신을 비방하며 물러나라고 생난리를 친 게 아닐까! 추측이 가능하긴 하다. 모든 것들은 제쳐두고 얼른 혜란에게 전화를 넣었다.

"그래 왜 그래? 장배야."

"당 대표님 제가 최근에 연이은 고양이 저주 때문에 정신이 빠져나가 혼이 사라지려고 합니다. 그러니 대표님의 언니 되시는 넘버원 법사님이신 조 여사님에게 제 살풀이굿을 해주라고 부탁 말씀 좀 드려 주세요."

익히 그녀는 그의 과오가 뭔지 알기에 조금 멈칫거렸다. 언니 혜미가 판단컨대 고양이 저주의 한과 그가 무고한 경비원과 미화원을 자른 것 때문에 분노하여 예약된 굿을 거부했기 때문이다. 혜란도 문득 지금 이 상황에서 자신이 장배의 간청을 거부하면 자신이 지난날 혜미에게 그의 굿을 하지 말라고 훼방 부렸을지도 모른다고 그가 오해할 수도 있으리란 판단도 조심스레 해본다.

"그래 해보긴 해볼 건데 안 되더라도 실망하진 마라? 모든 건 내 맘대로 되는 건 아니지."

"그래요. 감사합니다."

끊고 곧바로 그녀는 언니에게 전화하여 이 사실을 알렸다. 그러자 언니는 거부의 뜻을 분명히 밝혔다. 망연자실 상태로 빠져드는 그였다. 앞으로 그 언제까지 고양이의 저주 늪에 빠져 있을 것인가! 하루 한시라도 빨리 그 지긋지긋한 고양이의 그림자를 지워내고 싶다.

그는 넘버원 족집게에게서 거부당했으니 다른 넘버투, 넘버쓰리라도 찾아서 고양이 살풀이굿을 하고픈 마음이 간절했다. 여기저기 지인들에게 알아보리라! 마음먹는다.

보좌관이 수원 광교산자락에 17세 갓 신 내린 여자가 무지막지한 신기가 있다고 정보를 줬다.

장배는 그와 함께 그곳으로 내달렸다.

연무동 쪽에 위치한 곳인데 들어가는 문에 빨간 깃발이 나부끼고 있었다. "안녕하세요. 잘 봐주세요. 용하다고 하여 찾아왔습니다."

그러자 무당은 "이히히히 댁은 작년에 죽은 고양이의 혼이 자꾸만 방해하고 있습니다. 지극정성으로 묻어줬어야죠. 그렇게 막 쓰레기 버리듯이 버리고 방치했으니 그렇습니다. 방법은 단 하나입니다. 버린 사람을 찾아내 버린 그 지점에 가서 혼을 달래주는 굿을 해야만 합니다. 그럼 다 해결되고 당신의 앞날도 순탄대로가 됩니다."라며 완전 그야말로 족집게였다.

완벽히 정곡을 찌르자 그는 너무 놀라 "와아 법사님은 진짜 최고입니다. 넘버원입니다. 완전히 정확히 꿰뚫어 보시는군요. 당장 굿을 하겠습니다. 비용은 얼마입니까."라며 적극적인 반응을 보였다.

"네, 3천은 들죠. 그 정도 해야 아주 깨끗해집니다. 이히히히."

"네, 좋아요. 그건 돈도 아닙니다."

그는 당장 선불을 주고 날짜를 잡기에 이른다. 아주 요란하게 방울을 흔든 무당은 "네, 이번 주 일요일 7일로 합시다. 아주 좋은 기일이 됩니다. 가능합니까."라 물었다.

"네, 좋아요. 얼른 그 버린 사람을 찾아내어 그날 오전에 이곳으로 오겠습니다."

이젠 그는 리버힐 아파트에 가서 작년 그 당시 고양이 사체를 버린 외곽미화원을 만나 이런 사실을 밝히고 협조요청을 해야만 한다.

보좌관과 장배는 오후 2시경 집으로 돌아왔다. 둘은 대책회의를 하고 곧바로 리버힐 아파트로 향하였다. 장배는 명색이 국회의원이라 전면에 나서긴 조금 그렇고 보좌관이 슬며시 나서서 외곽미화원을 찾았다.

8. 고양이 살풀이굿

    단지 내 이곳저곳을 돌아다녀 보았으나 보이지 않아 그는 관리사무소에 들러 작년 8월에 근무하던 외곽미화원을 찾았다. 그러자 한 과장이 "아아, 그 아저씨는 작년 11월까지 하고 관뒀습니다."라고 답했다.
    "연락처를 알 수 있을까요."
    연락처를 건네받아 밖으로 나와 장배에게 알려줬다. 장배는 곧장 그에게 전화하자 받았다.
    "네, 여보세요."
    "아! 작년에 리버힐에서 회장을 했던 최장배라고 합니다. 전화상으론 조금 그렇고 일단 한번 만나실 수 있습니까."
    "네."
    보좌관, 장배, 그 외곽미화원은 상현역 부근 한 카페에서 저녁 시간에 만나게 됐다. 식사를 마친 뒤 이들은 부근 한 카페에 가서 장배가 이 내용을 상세히 설명하였다.
    그러자 외곽미화원은 깜짝 놀라며 "아아, 네, 그런 것도 해야 하는 건가요? 어휴~~ 무슨 고양이 하나 죽은 거 가지고 그 난리입니까? 난 지금 껏 살면서 무슨 그런 고양이를 그렇게 끔찍하게 위하는 사람들 보면 정말 이해가 되질 않습니다. 뭐! 그 정도로 산에다 묻어줬으면 됐지 뭘 더 바라는지 나 원 참! 한심한 것들이 너무 많아요. 진짜 짜증 납니다." 하고 고개를 절레절레 흔들었다.

다급한 장배는 더 거듭하며 그래 달라고 열변을 토했다. 그래도 꺼리는 듯하자 그는 결국 슬며시 돈을 제시하며 다시 해달라고 설득하기 시작하였다. 돈을 제시하자 외곽미화원은 흥분되어 넘어가고 말았다. "선생님 제가 2천을 드리겠습니다. 그 위치에 함께 가서서 굿을 도와주십시오. 네."

"아이 뭐! 제가 뭐 그런 걸 그렇게 하고 싶진 않지만 의원님이 꼭 그런 절차가 필요하시다면 마다할 수가 있겠어요. 한번 해보겠습니다. 그 위치가 정확히 기억나진 않지만 대충 그 지점 정도면 맞긴 맞을 겁니다. 흠흠."

협상이 타결되자 장배는 너무 기쁜 나머지 곧바로 광교산자락 갓 신내린 17세 무당에게 전화를 하였다.

"네, 의원님 알겠습니다. 모든 게 순조롭게 진행되어 가는군요. 7일 일요일 오전 10시까지 여기 법당으로 오십시오. 저희 굿을 도와줄 저와 동행할 남자들도 있습니다. 일단 그날 그렇게 오시면 됩니다."

"네, 그렇게 하겠습니다."

그는 벌써부터 들뜨기 시작하였다. 그것만 마치면 모든 게 일사천리로 해결될 거라고 부푼 기대에 빠져들었기 때문이다. 즐겁고 행복한 기분에 취해 잠이 들었다. 오밤중이 되자 무슨 꿈을 하나 꾸게 된다. 아까 그 일로 그런 생각에 심취되어 그런지 무당과 함께 그 기일 날 그곳에 가 고양이 저주 살풀이굿을 하는 광경이 그려졌다. 아주 요란하게 방울을 딸랑거리며 칼도 마구 집어던지며 모든 절차를 다 하였으나 궁극엔 말짱 도루묵이 되어 버려 그 후로도 계속 고양이의 저주가 뒤따라 하는 모든 일들이 이리저리 꼬여 풍비박산 나는 그림이 그려지다가 식은땀을 줄줄 줄 흘리며 "아아아, 악악."이라 비명을 지르며 가까스로 잠에서 깨나게 된다.

"에잇 꿈이다. 꿈……. 세상에 이런 재수 없는 꿈을 꾸다니 아아! 그런데 꿈은 생시와 반대라고 하지 않았던가."라고 혼잣말로 중얼거렸다. 불길한 기운을 떨쳐내고자 냉장고로 가 위스키를 꺼내어 홀짝홀짝 마셔본다. 취기가 살짝 몰려오자 다시 슬며시 잠이 들었다.

자고 일어나 보니 아침이 됐다. 어젯밤 꿈이 하도 희한한 기분이 들어 그 무당에게 전화로 물어봤다.

"어젯밤에 꿈에 그 기일 날 굿을 했는데도 불구하고 또 계속 고양이 저주가 뒤따르는 내용을 꿨는데 이건 뭘까요."

"아 네, 그런 것은 너무 염두에 두지 마십시오. 원래 꿈은 안 맞는 것입니다. 기일 날 뵙겠습니다."

꿈은 안 맞는 것이라는 한마디에 조금 안도의 한숨을 쉴 수가 있었다. 하루하루가 정말 지긋지긋하게 지나가는 듯했다. 제발 그날까지만이라도 고양이와 얽혀 부딪치는 일만은 일어나지 않길 간절히 고대할 따름이었다. 그런 트라우마인지 아파트 단지나 길거리에 고양이가 지나가는 것만 보여도 가슴이 찌릿찌릿했다.

이윽고 자신의 악몽을 떨칠 수 있는 그날이 찾아왔다. 차량 기사, 보좌관, 장배, 외곽미화원 4명은 기사가 운전하는 카니발을 타고 광교저수지

지나 광교산 기슭 그 갓 신 내린 17세 무당에게 내달렸다.

오전 10시에 만나기로 했는데 그들은 9시 40분에 도착하였다. 법당엔 무당과 보조 역할 남자들이 3명 더 있었고 여자들도 3명이나 있었다.

"자! 오셨으니 차 한 잔씩 하고 그곳으로 갑시다. 오호."

무당 일행은 다들 관상이 예사롭지 않았다. 다들 신의 기운이 꽉 들어찬 사람들로 보였다.

무당이 준비한 미니버스를 타고 그 문제가 된 리버힐 아파트 뒷산 고양이 사체가 묻힌 지점을 찾아 길을 나섰다.

묻은 장본인이 그 지점을 찾으려 애를 썼으나 정확한 지점을 찾긴 쉽진 않았고 대략 그쯤이라는 것을 느껴 "아아! 여기 여깁니다. 여기 정도 될 겁니다."라고 외곽미화원이 말했다.

"좋아요. 좋습니다."라며 무당이 웃으며 가까이 다가가 뚫어지게 그 지점을 바라보며 갑자기 웃음기가 사라지고 표정이 굳어져 일그러지며 눈물을 보이기 시작하였다.

"으으으으흑흑. 얘가 눈을 제대로 감질 못하고 잠들었구나! 아아악 원통하고 비통하고 절통하다. 얘를 누가 이렇게 만들었는가? 그놈은 나와 봐라! 어서 나오지 못해? 나오란 말이야."

절규하며 결국 손가락으로 이 사건을 묵인했던 장배와 묻은 청소원 둘을 가리켰다.

뭔가 신령스러운 기운이 느껴진 두 사람은 가슴이 뜨끔거리며 그 지점으로 더 가까이 다가갔다. 그러자 무당은 "이 인간들아 여기 고양이가 눈을 못 감고 죽어 한이 맺혀 당신에게 자꾸만 저주를 퍼붓는 거라고…….어서 뭐 해! 지금 당장 빨리 여기다가 깊이 사죄하고 뉘우치는 마음으로 삼배를 올려라? 삼배 실시."라며 마치 훈련소 조교가 호통치는 듯하였다.

두 사람은 엎드려 삼배를 올렸다. 마친 뒤 "법사님 그럼 저 고양이 사체를 이장이라도 해야 하나요."라고 장배가 물었다.

"아닙니다. 그럴 것까진 없고 오늘 이 자리에서 살풀이 한풀이 굿을 하면 다 풀립니다. 자 그럼 지금부터 시작해 보겠습니다. 이봐요. 옛말에 염불에는 맘이 없고 젯밥에만 관심이 간다라는 말이 있습니다. 조상에 그만큼 잘해야 한다는 뜻이기도 합니다. 그래서 조상에는 관심이 없고 팥죽에만 정신이 간다는 말도 있는 것입니다. 정치를 하는 인간들이 국민들의 아픔과 상처를 치유하려는 고민은 아예 없고 지들 돈 빼먹을 궁리나 하는 것이지요. 사리사욕에 눈이 먼 것입니다. 이번 고양이 문제도 마찬가지입니다. 도대체 왜 고양이 사체를 우습게 안 겁니까? 이 세상에 생명이라고 붙어있는 것들은 다 똑같은 것이지요. 다 소중한 생명체입니다. 또 돈 없고 불의의 불행을 당해 힘들어 하는 사람들을 우습게 알면 안 되는 것과 같이 힘없는 고양이도 우습게 알면 안 됩니다. 천벌이 기다립니다. 자, 지금부턴 지극정성으로 고양이 영혼을 위하여 기도를 하고 좋은 곳으로 가라고 빌어주는 의식을 거행할 것입니다. 자, 시작하겠습니다."

두 사람은 뒤로 가서 경건히 서 있었다.

보조 무속 요원으로 따라온 6명 중 남자들은 아주 요란하게 북, 꽹과리, 장구를 쳤고 여자들은 피리를 불기도 하고 무슨 구구절절한 민요도 부르기도 하였다. 막걸리를 사발에 따라 막 뿌리며 무당은 현란한 춤을 추며 열을 올렸다.

지켜보던 의뢰인 4명은 완전히 혼이 빠져나갈 정도로 넋을 잃고 서 있을 뿐이었다. 바로 그때 약 20미터쯤 떨어진 곳에서 흰 고양이 한 마리와 검정고양이 한 마리가 막 달려오며 서로 엉켜 이리저리 뒹굴고 난리가 났다. 굉장히 시끄러운 북소리에 도망칠 만도 한데 전혀 그렇지 않고 이 광경을 물끄러미 지켜보고 있는 게 희한하게 느껴졌다.

그 고양이 두 마리는 마치 이 행사의 주체가 된 듯한 기운도 감돌았다. 몹시 의아하게 느낀 장배가 현란한 춤을 추는 무당에게 달려들어 "아니 법사님 저기 저기에 고양이 두 마리가 와서 이 엄청난 북소리에도 도망가질 않고 어떻게 저렇게 빤히 뚫어지게 이걸 쳐다보고 있을 수가 있을까요."라며 어리둥절한 표정이 역력했다.

춤을 멈춘 그녀는 두 마리 고양이들을 집중하여 쳐다본다. 마치 그녀와 고양이가 눈싸움을 펼치는 전쟁 같았다.

갑자기 그녀는 펄쩍펄쩍 뛰며 "야야야, 얘들아 너희들이 저 한을 품고 죽은 고양이와 식구들이었구나! 오호호호호."라며 무슨 위안을 주는 듯한 몸짓을 취하자 고양이들은 눈을 밑으로 내리며 놀라울 정도로 경건하고 엄숙한 얼굴빛이 감돌았다.

잠시 후 고양이들은 어디론가 달아났다.

이제서 무당은 "이젠 저 한을 품고 죽은 고양이의 맺힌 한이 완전히 풀려나가는 순간을 맞습니다. 이젠 곤히 잠들 수 있게 됐습니다. 우후후후후."라며 완전 살판나 축제 분위기를 방불케 했다. 의뢰자들도 화기애애한 표정이 역력하며 뭔가 앓던 이가 속 시원히 쏙 빠져나간 기분에 사로잡혔다.

누가 하라고 하지도 않았는데 그들은 일제히 벌떡 일어나 북소리에 맞춰 덩실덩실 춤을 추기 시작하였다.

순간 이들의 살풀이굿을 축복이라도 하듯 예보에도 없던 함박눈이 펑펑 내리기 시작하였다.

북을 치던 보조요원들은 더더욱 세게 북, 장구, 징, 꽹과리를 치며 "와아아아아 올 게 온다. 오고 있다."라며 한껏 흥을 돋웠다.

점심때가 훌쩍 더 지나고 끝나 간단히 술 한 잔씩 따라 마시며 서로서로 덕담을 이어갔다. 내려오며 장배는 속으로 환호성을 터뜨렸다. 이젠 모든 악몽 같은 고양이 저주가 사라졌다고 확신하고 있어서이다.

모든 절차가 끝난 뒤 장배는 이 기쁨을 함께하고자 혜란에게 전화로 알렸다. 그녀는 다소 겸연쩍은 감정에 사로잡혔다. 족집게 친언니가 거부하는 바람에 좋지 않은 상태였는데 다른 무당을 찾아 아주 훌륭하게 저주풀이 굿을 마쳤다니 더더욱 바랄 게 없었다.

"수고 많았어! 장배 씨 앞으론 우리에게 너무 좋은 일들이 줄줄이 이어질 거야! 우리의 성공적인 정치 앞날을 위해서 파이팅."

"네."

"장배 씨, 이 세상에 독불장군이란 존재할 수가 없는 거야! 서로 서로 상호의존하며 사는 거지 뭐! 왜냐하면 인간은 사회적 동물이기 때문이야! 정치라는 건 혼자 하는 게 아니지! 우리가 서로 힘을 모아서 하는 것이지! 때론 남의 말을 잘 경청해야 할 때도 많다. 남의 말에 귀 기울이지 않고 자기고집대로 일을 처리하는 융통성 없고 독선적인 정치인은 존립할 수가 없다. 네가 이번 고양이 살풀이굿을 한 것도 어쩌면 그런 독불장군에서 벗어나 이 세상에 융화해 가며 상호의존하며 살아가겠다는 폭넓은 혜안이라고 볼 수도 있을 것 같아! 위대한 고양이 살풀이굿을 훌륭하게 마친 것에 대해 진심으로 축하한다. 앞으론 우리의 정치적 앞날에 서

광이 깃들길 기원하고 염원하겠다."

"네, 감사합니다. 저와 의원님은 정치적 한배를 탄 영원한 아군이자 우군입니다. 열심히 달려보겠습니다. 대통령 되실 의원님."

"우리 장배 씨가 날 열성적으로 도와주면 난 대한민국 최초 여성 대통령이 될 것이다. 하하."

"네, 당연하죠. 당 대표님의 친언니께서 절 그토록 미워하셔도 저는 그저 묵직이 앞만 보고 달리겠습니다. 그분도 언젠가는 저의 충절을 알아주실 것입니다. 제가 당 대표님을 잘 보필하여 최초로 여성 대통령을 만들면 그분도 그 노여움을 풀고 절 어여쁘게 여기실 것으로 사료됩니다."

"그나저나 널 그토록 괴롭혔던 고양이 저주가 사라졌다니 너무너무 축하해! 우후후 파이팅."

"네."

이렇게 끊고 혜란은 또 무슨 노파심이 싹텄는지 자신의 친언니 족집게에게 이 사실을 알렸다.

그러자 혜미는 "야야야, 걔는 절대 그 고양이 저주의 한에서 벗어날 수가 없다. 그런 수준 떨어지는 선무당에게 무지막지한 돈 들여 굿해 봤자 소용없어! 한번 지켜봐. 걔 또 꼬여."라며 힐난해 버린다.

모든 절차가 끝나고 집으로 돌아간 장배는 이젠 자신의 모든 액운은 소멸됐을 거라고 자축하며 기쁨의 멋진 혼술을 이어갔다.

지긋지긋한 고양이 저주의 액을 떨쳤으니 앞으로 벚꽃 대선도 김혜란이 이끄는 새로운 신당 미래보수당이 승리하게 되면 잘하면 자신에게 최소 큼직한 문화관광부 장관 자리나, 김칫국물을 미리 떠먹는 일인지 모르나 더 크게 국무총리 자리를 선사 받을 수도 있지 않을까! 매우 고무되어 있다. 추가로 자신의 고독을 해결해 줄 낮이면 낮마다 밤이면 밤마다 얼굴을 맞댈 수 있는 짝이 생겨날지도 모른다는 기대감 또한 가슴속 깊이 아주 깊숙이 드리워지고 있다.

게다가 자신에게 고양이 악담을 퍼부은 인간들도 앞으론 그런 엉뚱한 소린 수그러들 것으로 기대하고 있다. 지금 현재 그의 머릿속을 강타해 들어오는 여자는 로또 아파트에 실내미화원 보라인데 그녀는 현재 유부녀 신분이라 자칫 괜한 접근으로 패가망신 당할 수도 있는 조심스러운 존재이다.

그도 리버힐에 있을 때 그녀가 젊은 경비와 직장동료로 가까운 사이였다는 것과 수지구청역에서 둘이 동승하는 것을 본 일이 있어서 왠지 연인 사이일지도 모른다는 추측은 하고 있지만 더 자세한 것은 모르기에 또다시 슬슬 접근하고픈 충동에 사로잡힌다.

과거의 이혼했던 아내 화미는 말투가 텁텁하고 답답했지만 남편에게 훈계하듯 깐족거리며 가르치는 느낌 때문에 여간 피곤한 게 아니었지만, 미화원은 나긋나긋 살랑거려 듣기만 해도 온갖 피로가 다 풀리는 듯하기 때문이다.

내일 월요일이라 그녀가 로또 아파트에 미화 일 하러 올 거라, 내심 기다려지는 마음이 든다.

두 번이나 그녀에게 성추행을 가해 굉장히 좋지 않은 오명에 사로잡힌 상태이지만 끝없는 객기가 발동되고 있었다.

오늘 고양이 살풀이굿을 하여 자신의 모든 액운이 소멸됐고 거기에 더해 미래엔 모든 것들이 행운이 몰려올 거라고 확신하고 있어서 그렇다.

오늘 그 무당이 그의 앞으로 앞날이 너무 행복한 장밋빛 그림들만 있을 거라고 확신을 불어넣어 준 것도 한몫하고 있다.

굉장히 들뜬 채로 잠이 들고 말았다. 자정이 되기 전 잠들었는데 평소 전혀 없던 극심한 가위에 눌려버리고 만다. 온몸이 완전히 꽁꽁 얼어붙은 듯한 도저히 움직일 수조차 없는 느낌이었고 꿈속에서 무엇인가 검은 괴상하게 생긴 물체가 나타나 목을 조르는 것이었다. 피하려고 몸부림쳐도 좀체 빠져나오질 못하고 숨이 멎는 듯했다. 좀처럼 움직여지질 않았지만 어떻게든 움직여 깨어나려고 몸을 이리저리 움직이며 발악을 떨자 드디어 가까스로 깨어날 수가 있었다.

"으으윽 아아악."

아주 큰 비명을 지르며 식은땀을 줄줄 흘린다. 한숨만 절로 났다. 어제 굿을 하여 앞으로 좋은 일만 일어날 거라는 말을 들은 터라 이 꿈은 굉장히 기분 나쁠 수밖에 없었다. 냉장고로 가서 냉수를 꺼내어 벌컥벌컥 마시며 정신을 차리려고 애를 썼다. 굿하기 며칠 전 꿈에도 굉장히 좋지 않은 꿈을 꾼 적이 있었는데 바로 다음 날 전화하여 해몽을 요청하자 "원래 꿈은 안 맞는 것입니다."라고 무당이 말한 게 떠올라 그 말을 전적으로 믿고 귀의하며 안심하려 애를 썼다.

편안한 마음으로 다시 잠을 잘 수 있었다. 더 이상 가위에 눌리거나 악몽을 꾸진 않았다.

눈 깜짝할 사이에 날이 밝아 일어나게 되는데 어제보다 더더욱 추워진 것 같았다.

제일 먼저 떠오른 건 미화원이었다. 어떤 계기로 또 여기 로또 아파트로 일하러 오게 됐는지는 모르겠지만 꽤나 그리워지는 마음과 서둘러 마주해 보고픈 마음도 그득하다. 그녀에게 두 번이나 불미스러운 짓을 저질러 껄끄러운 기분이 가득하긴 해도 좀처럼 마음을 떨쳐버릴 수가 없는 지경이었다.

작년 연말 29일 신도림테크노마트에서 미래보수당 신당 창당식을 했기 때문에 오늘은 현재 수지구청역 4번 출구에 위치한 국회의원 사무소 간판을 새로운 당명에 맞게 달려고 계획하고 있다. 며칠 전 주문 제작에 들어갔는데 오늘 오전에 나온다는 전갈을 받은 상태이다.

그래도 가슴이 벅차오르는 이유는 지난번에 비록 전국 넘버원 족집게에게서 굿을 거부당했지만 그 무당이 다음 벚꽃 대선의 보위에 오를 사람이 조혜란이라고 예언했기 때문이다.

추가로 어제 넘버투인지, 쓰리인지는 모르지만 아주 호쾌하고 멋진 굿을 거행했기 때문에 이제 웬만한 액운은 소멸됐으리라! 확신하고 있다.

장배의 기대치는 완전 하늘을 찌르는 듯했다. 그는 현재 그녀가 작년 연말에 여기 로또 아파트에 첫 출근했을 땐 7동을 맡아 일했었지만, 그의 집이 5동이란 걸 알아내고 이 주변에서 이리저리 꼬리를 치며 유인구를 던져 함정에 빠뜨리려고 지금 현재 일터를 5동으로 옮겨 일하는 삼엄한 현실을 전혀 눈치채질 못하고 있다.

그녀가 첫 출근한 날 그에게 굉장히 험한 말을 쏟아부었는데도 이런 감정마저도 오로지 어제 그 멋진 굿을 한 걸로 다 소멸된 거라고 확신하는 우를 일으키고 있는 중이었다.

그런 흥분된 기분에 사로잡혀 출근길에 오르기 위해 엘리베이터에 몸을 싣는다. 시간대가 일치됐기에 엘리베이터가 1층에 다다라 밖으로 나오자 바로 앞 현관문을 그 미화원이 쓸고 있었다. 장배가 "하하하 여기

계시네요? 오늘은 그때처럼 너무 그렇게 날 향해 쏘아붙이진 마세요. 난 그래도 착한 국회의원입니다. 동대표 회장이기도 하고요. 그런데 혹시 여사님 지금 싱글? 솔로? 돌싱? 어디에 속합니까? 나이로 볼 땐 돌싱일 가능성이 높겠죠."라며 매우 의기양양한 기세를 뽐낸다. 갑자기 야릇한 미소를 띠며 보라는 "에잇 무슨 세 번째는 절대 아니다. 난 첫 번째나 두 번째인데 싱글이나 솔로나 같은 말 아닌가? 난 너무 외로운 여자입니다. 이히히히."라며 엄청 애교스럽게 말한다.

"그런데 왜 그땐 내게 말을 막으며 싫단 반응을 보였습니까."

"네, 그것은 여자라서 그렇습니다."

"네, 그럼 지금은 괜찮단 것이지요. 그럼 내게 번호라도 알려주시죠."

"네, 여기 있습니다."

그녀는 호기롭게 자신의 전화번호를 알려줘 버린다.

"우아! 근데 좋긴 한데 여기 경비하는 남자와 그리 가벼운 사이는 아닌 것 같기도 하던데요."

"에잇! 그냥 아무것도 아닙니다. 그 아저씨는 지난 리버힐 아파트에서 본 사람인데 어떻게 내가 여기에 와보니 또 있더군요. 이런 일은 여기저기 돌아다니다 보면 이렇게 같이 또 보게 되기도 합니다. 뭐! 별것도 아닙니다. 그 경비 아저씨가 날 좋아하는 눈치인데 난 그런 남자는 질색이에요. 생긴 거 봐요. 그게 어디 남자인가요? 어휴~~"

"하하하하 그래요. 너무 반가운 말입니다. 난 돌싱남입니다. 어쨌든 번호를 알려준 것만으로도 영광으로 알고 오늘은 이만 볼일 보러 가겠습니다."

그는 밖으로 나가 약 2분가량 서 있자 의전용 차량 카니발이 서서히 들어오고 있다. 문이 저절로 스르르르 열리며 그는 뒷좌석으로 들어가며 힐끔 한참 청소하는 그녀를 바라본다.

차가 돌아서 빠져나갈 때 그녀는 차 안에 탄 그의 얼굴을 바라보며 야릇한 웃음을 보이며 애교 넘치듯 손까지 흔들어줬다. 이런 몸짓만으로도 그가 생각할 땐 자신에게 무한한 관심을 품는다고 느낄 수 있기에 충분했다. 아파트 정문을 빠져나가자 그는 번개같이 조금 전 그녀가 알려준 번호에다가 뭐라고 글자는 생략한 채 빨간색 하트 문양을 하나 날렸다.

곧바로 날아온 문자에 그녀는 이젠 그를 때려잡을 올가미에 그가 걸려든 것에 대해 들뜨기 시작하였다.

그러는 사이 3동 경비원 영작이 천천히 걸어오며 "아이 누나 뭣 때문에 그렇게 웃고 난리야."라며 지나간다.

주변에 누가 볼까, 엿들을까! 두려워 그녀는 남편 영작을 데리고 5동에서 옆으로 돌아 아무도 없는 놀이터로 간다.

"야야, 영작아 내가 지금 머릴 굴려 저 회장의 함정을 파려고 내가 싱글, 솔로라고 했어. 그래 놓고 쟤가 접근해 오면 골탕을 먹이는 거야."

"그때 내가 나타나 쟤를 공격하란 말이지."

"그래 그런 건데, 일단 더 연구해 보자."

영작은 문득 더 좋은 아이디어가 떠올라 지난번 리버힐 아파트에 있을 때 장배가 곤욕을 치렀던 고양이 사체 사건을 한 번 더 써먹어 볼까! 생각해 본다.

"아니 누나 쟤는 예전에 리버힐에 있을 때 성 추문도 그렇지만 고양이 문제로 거기 입주민들에게 쫓겨나다시피 했는데 그럼 그런 비슷한 것 뭐 없나."

문득 보라가 아주 기가 막힌 묘수가 떠올라 "야 자기야 그때 거기서 걔

하고 고양이 문제로 심하게 다툰 여자들이 있는데 그 여자들을 여기로 데려와 다시 맞부딪치게 하는 게 어때."라며 나름의 묘수를 제안하였다.

영작도 굉장히 좋다는 표정을 짓는다.

"누나 그때 내가 거기서 잘릴 때 그 아파트에서 그 고양이 문제와 그 사람 성 추문 문제로 아파트 곳곳에 대자보 붙이고 투쟁한 여자들 둘이 있었던 걸로 알고 있어. 그중 하나는 불법 촬영죄로 구속됐다고 소문이 파다해! 대자보 붙인 친구는 지금도 회장에 대한 앙금이 엄청날 게 뻔해! 그 여잘 잘 포섭해 보면 쉽게 답이 나올 것 같다. 리버힐 아파트 회장이 여기 로또 아파트로 이사 와 또 회장직을 맡은 걸 알면 속이 뒤집혀 가만 있진 않을 거야."

듣던 중 굉장히 반가운 말이라 그녀도 웃음꽃이 활짝 피며 "그래 우리 그 방법을 써보자! 쟤를 그냥 둘 순 없으니까."라며 기쁨을 감추질 못했다.

이들은 이곳에서 너무 지체하면 일을 안 한다고 잘릴 수가 있다고 느껴 얼른 각자 일터로 돌아간다. 일이 다 끝난 시각이 되자 풍덕천동 집으로 가질 않고 리버힐로 가서 혹시 그녀를 만날 수 있을지 궁리를 이어간다.

하지만 무작정 그곳에 간다고 그녀를 볼 수 있다는 것은 가능성이 없었다. 예전에 이곳에서 일할 때 여기 아파트 특성상 입소문이 유난히 많이 돌았던 지점이 피트니스라고 판단되어 거기에 가보기로 하였다.

또 여기에 여자 입주민들이 많이 몰리는 곳이라서 그렇기도 하다. 오랜만에 가는 예전 일했던 곳이라 감회가 새로웠다.

저녁때가 되기 전 예전처럼 여자 입주민들이 제법 많이 들어와 운동하고 있었다. 경쾌한 음악소리도 들렸다. 둘은 여기저기 쳐다보자 운동하던 사람들 중 1명이 둘을 보고 어렴풋이 기억이 나는지 계속 힐끔힐끔 바라봤다.

그녀는 이젠 운동을 마치려는지 기구에서 내려와 물을 마시기 위해 정수기 쪽으로 간다. 물을 다 마신 그녀가 먼저 그들에게 살짝 웃음을 보이며 "하하 많이 본 분 같아요."라며 가볍게 고개를 숙인다. 때는 이때다 싶어 영작이 "안녕하세요. 맞습니다. 저흰 작년에 이 아파트에서 일했던 사람들입니다. 그렇게 기억해 주시니 너무 반갑습니다."라고 인사를 건넨다.

박자를 맞추듯 보라는 "호호호 입주민님 저어 잠시 제가 여쭤볼 말씀이 있는데요." 하며 지그시 미소를 띤다.

"네, 무슨…."

실내가 음악소리로 시끄럽고 다른 입주민들이 있어서 말하기 곤란하다고 느낀 보라는 그녀를 데리고 밖으로 나가자 영작도 뒤따라 나온다.

사람들이 눈에 띄지 않는 놀이터로 가 작년에 벌어진 고양이 사건과 관련하여 결사항전을 한 사람들을 볼 수 있는지 묻는다.

이 말을 들은 아줌마는 문득 오래전에 대자보를 부착하며 회장과 투쟁했던 여자가 떠올랐다.

"그때 그 회장은 그 후로 이 아파트에서 이사 갔다고 소문이 자자합니다. 음…… 그리고 회장과 다툰 사람들. 아 네, 누군지 알 것 같은데 그건 왜 그러시죠? 그 여자는 여기 피트니스에 자주 옵니다. 저녁때 오는 것 같던데요."

이 말에 둘은 매우 반색하며 "아 네, 일단 알겠습니다. 알려주셔서 감사합니다."라고 답했다.

이 아파트에 입주민들은 그 당시 회장이 경비원과 미화원을 자른 사실까진 모르고 있다.

영작, 보라는 조금 더 기다려보면 그 여자가 혹시 오늘 저녁에 이 피트니스에 올지도 모른다는 추측하고 있다. 이들에겐 운이 좋았는지 이들이 찾는 진미란이 저녁식사를 마친 후 몸을 풀기 위해 들어오고 있었다.

그녀도 이들을 보자마자 어디서 많이 본 듯한 느낌이 들었는지 멈칫거렸다. "안녕하세요."라며 먼저 인사하는 영작이다.

"아 네, 안녕하세요."라며 인사를 받는 미란이다. 이들은 다른 사람들을 의식하여 안 되겠다 싶어 그녀를 밖으로 데리고 밖으로 나가 충동질을 가하기 시작하였다.

"입주민님 입주민님이 그 사실을 아는지 모르시는지 모르지만 저희 부부는 리버힐에서 일하다가 그 극악무도한 회장에게 잘려 지금 로또에 가서 일하고 있는데 참! 희한하게도 그 회장이란 놈이 또 로또로 이사 왔습니다. 거기다가 로또에서 또 회장이 됐습니다. 또 앞으로 우릴 얼마나 갈굴지 두렵습니다. 혹시 예전에 입주민님 친구분이 억울하게 구속됐다고 들었던 것 같은데 지금도 그렇습니까."

깜짝 놀란 그녀는 "어! 그 망나니 같은 놈이 로또로 갔어요? 어쩐지 여기에 안 보이더니 그랬군요. 네, 제 친구는 그때 불법 촬영죄로 구속되어 지금도 옥살이를 하고 있습니다. 조만간 풀려날 수도 있다는 말은 있어요."라고 답했다.

그는 문득 이 정도로 알렸으면 이젠 충분히 목적 달성은 됐을 거라고 판단한다. 그녀에게 이래라저래라 할 순 없는 노릇이다. 이젠 해를 끼친 인간이 어디에 있는지 충분한 정보를 줬으므로 그녀가 지난날 고양이 한과 친구의 부당한 구속에 대한 한을 풀 것인지 지켜볼 수밖에 달리 방법은 없다.

그녀는 중요한 정보를 알게 된 것도 있지만 그가 지금 왜 이런 걸 알리는지 사뭇 의아하기도 하고 궁금했다. 하지만 그건 묻진 않았다.

이들은 돌아서 갔다. 그녀는 집에 들어가 잠시 잠잠했던 불쾌감이 또다시 증폭되기 시작하였다.

그녀는 영작, 보라의 낚시 그물에 걸려 몸을 가눌 수가 없었다. 급기야 그녀는 남편에게 그 사실을 알렸다. 남편은 "아! 그놈이 로또로 갔다고? 어쩐지 안 보이더라고……." 끄덕끄덕거린다.

별안간 남편은 갑자기 삼천포로 흐르듯 예전에 구속된 아내의 친구를 걱정하고 나선다. "자기야 자기 친구 영란 씨라고 말이야. 그때 구속됐는데 지금 어떻게 된 거야? 참! 걱정된다. 너무 안쓰러워 죽겠다. 쯧쯧."

그때도 엉뚱한 소릴 했는데 지금 또 그러자 미란은 화가 치밀어 올라 느닷없이 남편의 얼굴을 향해 귀싸대기를 한 대 후려칠 듯이 손을 번쩍 들고 "야 까불지 마."라며 괴성을 질렀다.

"야야야, 내가 뭘 까불어? 까불기는 난 자기 친구에게 무슨 이성적인 그런 마음은 추호도 없다. 난 단지 감방에서 썩는 게 안타까워서 그렇다. 왜."

"곧 나온대! 면회 갔다 왔어."

미란은 영란이 곧 석방되어 나오면 합심하여 로또로 쳐들어가 장배를 완전 수렁에 빠뜨릴 궁리를 이어간다. 친구의 억울한 감옥살이에 대한 응분의 대가를 치르게 하는 수순으로 들어간다.

영작, 보라는 미란에게 충동질을 일으키는 소기의 목적을 이루고 풍덩 천둥 집으로 향했다.

아까 친구 영란이 곧 석방되어 나온다는 소식으로 들뜬 기분에 사로잡힌 미란의 남편은 벌써부터 흑심을 품기 시작한다.

　미란은 이달 중순쯤 영란이 석방되어 나오면 로또로 쳐들어가 그곳에서도 회장직을 하지 못하게 할뿐더러 영구히 정계에 발을 붙이지 못하게 하려고 단단히 벼르며 슬며시 잠이 든다.

　날이 밝자 장배는 한껏 고무된 상태로 콧노래를 부르며 엘리베이터에 몸을 싣고 1층으로 향하며 오늘 또 보게 될 것만 같은 미화원을 떠올린다.
　오늘은 이름을 물어보리라! 마음먹는다. 어제 너무 정신없이 나가다 보니 번호만 받고 이름을 묻질 못했다. 1층으로 나오자 운이 좋아서인지 그녀가 어제처럼 바닥을 쓸고 있었다.
　"우아! 오늘 또 보게 되네요! 야아 진짜 저는 행운의 사나이입니다. 어제 너무 정신없이 빠져나가는 바람에 여사님 성함도 묻질 못했습니다. 성함이 뭔가요."
　어제는 상당히 좋은 반응을 보였던 그녀가 오늘은 완전 돌변하여 나이를 들먹이며 뒤로 빠진다. "아니 회장님 회장님은 나이도 나보다 한참 아래인 것 같은데 왜 나이 든 날 좋아합니까? 또 학력, 직업도 엄청나게 좋으면서 말이죠? 이런 으으! 어휴~~"라며 고개를 옆으로 쓱 돌린다.
　갑자기 태도가 바뀐 그녀의 행동에 그는 몹시 당황스러움을 감추질 못한다. 그래도 어제 좋은 반응을 보였기에 오늘 보이는 반응은 여자로서 몸값을 올리기 위해 튕기는 것이라고 판단하고 있다. "아아 여사님 너무 그러지 말고 그냥 성함을 알려주시죠? 번호까지 알려줘 놓고 이름을 알려주지 않는단 것은 뭔가 앞뒤가 맞질 않네요. 어서요."
　인상을 확 쓰고 "그래 국회의원님 회장님 내 이름은 보라다. 보라야. 보라라고 됐어? 성은 이."라며 앙칼을 부리는 듯한 표정을 드러낸다.

신경질을 내며 결국 이름을 밝히는 교묘한 전술을 폈다. "오우! 성함이 너무 예쁩니다. 영화배우 중에 이보라라는 여자가 있던 것 같은데요. 네, 알겠습니다. 이보라 여사님 이젠 그대와 난 명실공히 애인으로 거듭나는 것입니다. 저는 국회의원 사무소에 갑니다. 이따 전화를 드리도록 하겠습니다. 오늘은 같이 식사라도 합시다. 아무튼 이따 저녁때 전화할 테니 그렇게 아세요."

"네."

의전용 검정 카니발이 들어오고 있어서 그는 스르르르 자동으로 열리는 뒷좌석에 올라타며 살며시 그녀를 바라본다. 그 방향을 보자 그녀가 손을 흔든다.

그녀가 퇴근할 시간이 되자 기다렸다는 듯이 그는 전화 버튼을 눌렀다. "아니 내가 3시에 퇴근하는 걸 어떻게 알고 칼같이 전화를 합니까? 이히히히."

"아하하 제가 보라 여사님에게 뜨거운 관심을 갖고 있으니 그 정도 여사님의 퇴근 시간 정도는 당연히 알고 있지요. 오늘은 제가 제 개인용 차 제네시스 G90으로 모시겠습니다."

평소 남편 영작의 썩은 캐스퍼를 함께 타고 다녔던 그녀로선 갑자기 G90이란 소릴 듣자 눈이 번쩍 뜨였다. 그런 차는 길거리 지나가는 건 수도 없이 봤지만 실제 타본 적은 없어서다. "여기 로또로 올 건가요."

"네, 여사님 로또 정문 앞 횡단보도 쪽에 서 계세요."

"그럼 정문 밖 횡단보도에서 기다리겠습니다."

그는 수지구청역 주변 국회의원 사무소 옆 주차장으로 내려가 그 개인용 차를 몰고 신나게 상현동 쪽으로 내달렸다.

그녀가 겨냥하는 노림수는 그를 골탕 먹이는 것인데 아직 구체적으로 어떤 식으로 골탕 먹일지 아이디어가 떠오른 것은 아니었다. 남편 영작이 달려들어 맹폭을 날리는 수순인데 그럼 자칫 그녀가 애당초 처녀라고 속인 꼴이 돼버리기 때문에 그것도 난감하다.

그러다가 더 큰 관계로 치달으면 자칫 그녀가 꽃뱀으로 몰릴 수도 있는 악재로 변할 수도 있다. 이런저런 고민 속에 빠진 채 그 차가 어느새 횡단보도에 다다라 클랙슨을 눌렀다.

유리문을 열고 "타세요. 보라 여사님."이라며 환한 웃음을 보였다.

그녀는 동서남북을 훑어보며 재빨리 옆자리로 올라탔다. 그 차를 몰고 오리역 쪽으로 내뺐다.

아주 근사한 레스토랑이 있어서다. 보라는 차 안의 에로틱한 향수에서 나는 향기 때문인지 또 다른 무엇인지 모르지만 그의 옆자리에 동승한 것 자체가 굉장히 묘한 황홀경에 빠져들고 있었다. '나도 이렇게 돈 있는 남잘 만났었더라면 얼마나 편하고 행복하게 살아갈 수 있었을 텐데!'라며 속으로 많은 상념들이 스쳐갔다.

장배는 갑자기 아주 감미로운 클래식을 틀어 더더욱 그녀를 유혹하려고 궁리를 이어간다. 감미로운 음악도 잠시 금세 도착되어 내렸다. "이히히히 여기 이렇게 좋은 데가 있었군요."

"네, 그렇습니다. 근데 아직 식사할 시간이 아니라 일단 들어가서 커피나 한잔하면서 얘길 나누어요. 하하."

들어갔다. 그를 예전 리버힐에서 볼 때나, 요즘 로또에서 볼 때 같은 느낌보단 지금 여기에서 보는 느낌은 아주 묘한 분위기로 치닫는 그녀였다. "저는 어제도 말했지만 돌싱남입니다. 제가 그렇단 것은 여기저기 매체에서 떠드는 바람에 다 아시겠지요."

"에잇 돌싱남이면 어떻고 아니면 어때요. 유부남이면서 총각이라고 속이는 놈들보단 훨씬 낫죠. 이히히히."

"아니 그래요. 그런 인간들도 있어요? 에잇 완전히 천벌감이군요."

보라는 그가 작년 리버힐에 있을 때 고양이 사건, 사제지간 성 추문 사건으로 궁지에 몰렸었다는 걸 익히 잘 알고 있기에 조금 하찮게 보이기도 하였지만, 아까부터 도대체 무슨 망령인지 몰라도 오늘따라 그저 편하게 느껴지는 이상심리가 작동되는 중이다.

그의 재력 때문에 은근히 느껴지는 대리만족 비슷한 심리이다. 자신의 남편도 아닌데도 그런 대리심리가 꿈틀거렸다.

그녀에게서 그런 기운이 느껴졌는지 그는 나름의 눈치가 빨라 그녀가 현직 미화원이란 걸 최대한 직시하여 돈이 없을 것이라는 상황 판단이 섰기에 그는 돈에 관한 말로 어필하고 나섰다.

"음하하하. 저는 가진 건 돈밖에 없는 남자입니다. 그러니까 정치를 하지요. 돈 없으면 정치를 할 수가 없습니다. 정치란 건 돈 놓고 돈을 가져가는 직업입니다. 그러니까 무지막지한 이권사업에 끼어드는 것이기도 합니다. 돈을 받을 땐 의원들이 직접 받진 않고 다른 제4, 제5의 인물이 받습니다. 그리고 원래 이권 사업이란 비리로 걸리는 확률이 0.3%도 안 됩니다. 왜냐하면 주는 쪽이나 받는 쪽이 서로서로 이권, 말 그대로 이로운 것이었기 때문에 뒤에 가서 쓸데없는 소릴 할 이유가 전혀 없다고 볼 수도 있습니다. 저보다 나이가 한참 위 같은데 몇입니까? 하하."

"네, 그게 그런 것인가요? 그렇게 이권으로 많은 돈을 챙겨서 너무 좋겠네요. 그래서 매우 행복하실 것으로 생각되네요. 아하! 나도 그런 이권 좀 챙겨보고 싶네요. 나는 53세 돈이 하나도 없는 여자 싱글, 솔로입니다. 회장님같이 돈 많은 남자를 만나 보는 게 소원입니다. 이히히히. 대리만족이지요."

"우아! 저보다 11살이나 더 드셨군요. 하지만 나이는 중요한 게 아닙니다. 사랑엔 가림막이 있을 수가 없습니다. 느낌이 중요합니다. 작년에 이혼했던 여자는 너무 말투가 텁텁하고 늘어져 죽을 지경이었어요. 꼴에 한참 서울대 교수라고 학생들에게 가르치는 듯한 꼰대 같은 느낌도 그렇고 말끝마다 계속 깐족거리는 바람에 그런 집요한 성격 때문에 제가 완전 몸살 났었습니다. 남편에게도 가르치는 듯이 말합니다. 그러니 그런 말을 들으면 살면 어디 한시라도 제대로 살 수가 있겠습니까? 보라 여사님처럼 살랑살랑 나긋나긋한 여성미가 하나도 없습니다. 여자의 매력은 여기 보라 여사님같이 나긋나긋하고 애교스러운 느낌과 부드러운 목소리가 물씬 풍겨야지요. 하하하."

9. 돈 대박이냐? 인간 대박이냐?

 그러더니 난데없이 그는 지갑을 꺼내어 여러 종류의 카드를 보여주며 "보라 여사님 여성의 매력은 학력과 직업과 학식 및 지식이 아니란 걸 진짜 뼈저리게 느꼈습니다. 여기 이 카드 좀 보세요. 이게 다 무지막지한 카드들입니다. 그야말로 돈통이지요. 보라 여사님을 즐겁고 행복하게 해줄 수 있는 방패막이이자 총알이기도 합니다."라고 여간 자랑을 늘어놓는 게 아니었다.
 "우아 돈통이다. 같이 있으면 덩달아 초대박인데……. 나 같은 싱글에겐 이런 돈방석에 앉은 남잘 만나 돈복이 넝쿨째 굴러 들어오는 돈 대박이 터지는 팔자구나! 이젠 미화 빗자루 쓰레받기 작업복까지 다 벗어 성복천에 흘러가는 물에 확 집어 던져버려."
 "그래 누나, 그렇게 미화 도구나 옷들을 다 흐르는 물에 다 던져도 돼! 다 줄줄 줄 흘러가 신갈 저수지로 떠내려가 평택 쪽으로 흘러가 서해 바다로 떠내려가 버리게. 그리고 내게로 오라고."
 "와아! 신난다. 우하하하. 돈 대박이 터졌다. 넝쿨째 들어온 돈 줄기. 돈

소나기! 돈 벼락 우후후후."

"누나 가는 떡이 두꺼워야 오는 떡도 두껍다란 말이 있어. 세상에는 공짜가 없다는 말이기도 하지! 이것은 원래 시장경제이론에서 나오는 말인데 수요와 공급에 의해 가격이 결정되고 이 가격으로 소비자와 생산자가 원활한 경제행위를 하는 것이지. 소비자와 생산자는 외부의 힘이나 정부의 지시나 간섭을 받지 않고 오로지 가격의 움직임에 따라 경제활동을 하는 거야! 무엇을 얼마만큼 생산하고 얼마만큼 구매할 것인가는 가격의 움직임을 보고 소비자와 생산자의 자발적 교환활동에 의해 형성돼! 세상살이는 공짜가 없다는 것은 나는 남녀관계도 똑같다고 생각해! 내 전 아내처럼 텁텁하고 무슨 말투가 가르치는 듯한 압박하는 느낌이나 말끝마다 깐족거리면 그걸 이 세상 어떤 남자가 좋아하겠냐고? 완전히 질색으로 정떨어져 다 도망가지! 가는 말이 고와야 오늘 말도 곱다. 덕은 덕으로 대하고 원수는 원수로 대한다. 이런 겁니다. 난 지금도 전 와이프만 생각하면 너무 끔찍하여 완전히 치가 떨립니다. 으으 그 훈계하는 듯한 무슨 심야토론 패널이 교육하는 손아랫사람에게 혼내며 가르치는 말투나 갑질 같은 꼰대 짓! 어휴~~ 하여간 나는 가진 건 돈밖에 없는 사람이라 누나를 이 세상에서 가장 행복하게 해줄 수가 있는 멋진 남자에 해당됩니다. 나의 아버지가 수도권 여기저기 땅을 가지고 있었는데 여기저기 펄쩍펄쩍 뛰어 돈 되는 땅들이 무지막지하지요."

돈이 없어 남편과 좁아터진 투룸에 살며 궁핍한 삶과 찌든 시간 속에 허우적거리는 그녀로선 가슴이 벌렁벌렁하고 눈이 완전 뒤집히는 순간이었다. 그러던 중 그녀에게 어디선가 전화가 걸려오고 있다. 확인하자 아직 퇴근할 시간은 아니지만 지금 한창 로또에서 일하고 있는 남편 영작이다.

　아내가 회장에게 유인구를 던져 골탕 먹인단 것은 알긴 알지만 지금 이 시각 만나고 있단 것은 모른다. 신호가 계속 가도 받질 않자 그냥 끊는다.

　"아니 그냥 받아보시지요. 보라 누나."

　"아닙니다. 받을 필요 없는 전화입니다."

　'받을 필요 없는 전화입니다'란 말속엔 어마어마한 심경 변화가 출렁거리고 있다고도 볼 수 있다.

　더 오버된 생각으로 속으로 "아! 영작과 급조하여 결혼식을 올리지 말걸! 무슨 향적산 국사봉 같은 추잡한 곳에 올라가 그 궁상을 떨며 둘만의 결혼식을 올리다니! 무슨 그런 노인네 무당이 하는 말을 듣고 절대 진리 명언이라고 믿고 믿은 게 바보다. 바보! 으윽. 여기 회장과 결혼식을 올렸다면 으리으리한 하얏트호텔 같은 데서 결혼식을 올릴 수 있었고 현재 일하러 다니는 로또 아파트 같은 곳에서 행복하게 살 수 있었을 텐데 물론 그땐 이 남잔 추문도 심했고 유부남이었지만 말이야." 하고 탄식을 쏟는다.

　그녀의 이 마음을 어떻게 눈치챘는지 "아하! 보라 누나, 제가 리버힐에 있을 때 이런저런 추문과 고양이 문제 또 이혼 문제, 뭐! 이런 복잡하고 어지러운 일들이 있었습니다만 이게 다 이렇게 뒤늦게 보라 누나를 만나게 되려고 다 그런 험난한 산들을 넘어간 것 같습니다. 지금은 다 깨끗이 정리됐습니다. 보라 누나만 내게 온다면 저는 오로지 일편단심 해바라기가 되겠습니다."라며 중요사항을 밝혔다.

　평소 매우 우직한 현모양처였던 그녀였지만 빈부의 현실과 재력의 유혹에 휩싸이기 시작하였다. 이리저리 흔들리는 갈대를 닮았다.

망설이는 듯한 표정이 이어지자 그는 또 눈치가 빨라 최대한 물질과 이력과 간판을 내세워 흔들려고 "아하! 누나 이번 벚꽃 대선에서 만약 신당 미래보수당 조혜란 대표가 보위에 오르면 저는 곧바로 국무총리가 됩니다. 왜냐하면 그렇게 서로 내정 내지 약조가 되어 있어서요."라고 더더욱 세게 어필하며 재력에다가 명예, 권력까지 들먹이며 그녀의 욕망과 야망을 뒤흔들려고 애를 쓰며 구애의 끈을 강하게 조인다.

"뭐라고요. 회장님이 국무총리가 돼? 어어어, 이 이럴 수가 으으." 매우 달콤한 충격 그 자체였다.

어려서부터 지금껏 궁핍에 찌든 삶을 살아온 그녀로선 실제로 영혼이 뒤흔들렸다.

금세 한 시간이 훌쩍 지나가 5시가 조금 넘어서고 있다. 남편 영작의 퇴근 시간이 한 시간밖에 남지 않았다.

아까 아내가 전화를 받질 않아 몹시 궁금한 나머지 영작이 또다시 전화를 걸고 있다. 또 안 받자 장배가 "어! 왜 또 안 받아요." 묻자 "에잇 쓸데없는 전화야." 하며 조금 짜증 섞인 투로 말한다.

'쓸데없는 전화야'라는 표현은 어쩌면 그냥 무심결에 나온 듯해도 그만큼 영작에 대해 비록 남편이긴 하지만 돈이 없는 남자라 하찮게 여기는 발로일 수도 있다.

두 번이나 안 받자 영작은 이상한 기분에 사로잡혔다. 물론 어제 아침 황급히 자신을 놀이터로 데리고 가 회장을 수렁에 빠뜨릴 역적모의 차원의 말을 한 일은 있어서 혹시 그런 시간인가! 하는 추측은 가능하지만 말이다. 혹시 그렇다면 긴밀히 문자라도 날릴 텐데 아무런 반응을 보이지 않는단 게 좀처럼 이해가 가질 않았다. 퇴근 시간이 약 50분가량 남은 상태이다.

일단 퇴근 후 집에 들어가 보면 알 수 있으리라! 여기며 느긋이 기다려 보기로 하였다.

잠시 라디오를 틀어 시사뉴스를 듣다가 꾸벅 졸았는데 그사이 토막잠을 잤는데 희한한 꿈인지 뭔지 하나를 꿨다. 보라와 회장이 연인이 되어 가평으로 밀월여행을 떠나는 장면이 그려졌다.

자신의 차 썩은 캐스퍼로 뒤따라가며 "안 돼, 안 된단 말이야! 야야야, 보라 누나 그게 뭐야? 지금 미쳤어? 미친 거야? 돌은 거야? 실성한 거야? 으으."라고 울먹이다가 눈이 번쩍 떠지며 잠에서 깼다. "어어, 이게 뭐야! 꿈이네, 꿈치곤 참! 더럽다. 더러워! 말도 안 되는 일, 재수 없는 일이 참."

이렇듯 우습게 넘기는 기분이었지만 두 번이나 전화를 안 받은 대목이 왠지 모를 불길한 기운과 스산한 기운이 슬며시 밀려오는 듯했다.

벽시계를 보자 5시 55분이다. 이제 퇴근 시간 5분 남았다. 경비복을 벗고 사복으로 갈아입고 지하주차장으로 내려가 썩은 캐스퍼에 몸을 싣는다.

풍덕천동 집에 가면 아내가 있을 거라고 생각하여 다시 전화를 하진 않았다. 도착되어 들어갔어도 없다. 평소 같으면 전화도 바로바로 받고 퇴근 후 들어가면 남편의 밥을 차려주려고 국도 끓이고 반찬을 만들고 있을 아내가 보이지 않았다. 이날은 도저히 이해가 안 되는 일이 일어났다.

이제 세 번째 전화를 넣는다. 뚜르르르 신호가 가자 이번엔 "그래 나야! 왜 그래."라며 약간 퉁명스러운 투로 받았다.

지금 저녁 6시 반 가까이 되는 시간대에 그들은 양식을 다 먹고 일어나 나오려던 찰나였다.

 짧게 말하고 끊자 장배가 "누구신데 그렇게 짧게 말하고 끊어요. 그냥 천천히 말하세요. 그냥 느긋하게 통화하셔도 됩니다."라며 여유로움을 줬지만 전혀 아랑곳하지 않고 끊은 것이다.

 보라가 장배를 함정에 빠뜨리려 탐색차 나온 시간이 되레 그를 보고 물질과 권력에 흔들려 엉뚱하게 매력을 느껴버리는 희한한 굴레 속으로 빠져든 것이었다.

 "집이 어디세요? 바래다드리겠습니다. 보라 누나."

 "네, 수지구청역 가기 조금 전 하나 아파트 앞에서 내려주시죠."

 "그 아파트에 삽니까? 제가 있는 국회의원 사무소와도 가까운 거리로군요."

 "그렇진 않아요."

 "아! 네."

 밖으로 나가 주차장에 세워진 제네시스 G90쪽으로 가까이 가자 그녀의 가슴은 더더욱 짓눌리기 시작하였다. 실내로 들어가자 난생처음 느껴본 차종의 분위기는 그야말로 가공할 만했다.

 "보라 누나 제가 작년에 누나의 몸을 댄 것은 그 당시 누나는 성추행이라고 펄쩍펄쩍 뛰었지만 그것은 그런 게 아닙니다. 제가 누나에게 드러낸 관심의 표명이라고 하는 겁니다. 관심도 없는 대상에겐 그렇게 하지 않지요. 다 지난 일이지만 이젠 다 이해하세요."

 "아니 그렇긴 한데 상대가 싫으면 추행이긴 하지 뭐! 일단 이성에게 손을 대는 건 관심이 있으니까 그런다는 것은 당연하긴 해요. 문제는 상대의 감정이 중요하지요. 암튼 그때 내 감정은 별로였지요."

"아하! 그럼 지금의 감정이 중요합니다. 지금의 감정은 어떻습니까? 누나."

"……."

잠시 침묵 속으로 빠져드는 그녀였다. 그 사이 그는 또다시 무슨 객기가 발동되어 느닷없이 그녀에게 기습적으로 키스를 퍼붓기 시작하였다. 문제는 이런 행동에 대해 그녀가 조금도 피하지 않았다는 것이다. 급격히 쏠려 들어가는 그녀였다. 조금 시간이 지나 운전대를 잡고 운전하며 하나 아파트 앞에 가 내려준다. 내리자마자 그가 손키스를 퍼붓자 그녀는 막 웃으며 횡단보도 쪽으로 달려간다. 그녀는 풍덕천동 투룸 집으로 들어가자 영작이 "어! 누나 오늘은 왜 그렇게 늦은 거야? 어딜 갔다 왔나." 묻는다.

"그래 죽전역 쪽에 갔다 왔어! 바람 좀 쐬러 아파트 청소 일이 너무 힘들고 답답해서……. 쪽팔리기도 하고."라고 거짓말을 한다.

"아니 날씨도 추운데 그렇게 돌아다녀도 돼? 그러다가 감기 걸리면 골치 아프잖아."

"그래 감기라도 걸려봤으면 좋겠다."

"뭐야."

평소답지 않은 아내의 태도에 매우 의아하게 느끼는 영작이다.

"야, 자기야 내가 죽전역에 왜 간 줄 알아? 거기 신세계백화점에 들러 난 왜 이런 고급스러운 옷을 입질 못하나! 한탄하고 왔다." 또 재차 거짓말을 한다.

결혼하기 전과 후에 나타나지 않던 아내의 태도에 매우 당황스러운 그는 몸이 순간 굳기 시작했다. "아니 보라 누나 작년 우리가 리버힐에서 처음 만나 11월 25일 향적산 국사봉에 올라가 결혼하고 내려와 지금껏 꿀 같은 시간을 보냈잖아? 그런데 벌써 그런 옷 같은 거 가지고 권태 비슷한 현상이 나타나는 거야."

"야 이런 게 무슨 권태야 권태는. 그냥 그렇단 것이지 뭐."라며 버럭버럭 소릴 지른다.

"누나 그런 걸 보고 한탄하고 그러지 마! 우리가 결혼하기 전에 향적산 넘버원 족집게에게 갔을 때 무당이 한 말을 잊었어? 우린 최고로 행복하게 살 원앙이라고 했잖아! 그런데 오늘 따라 누나의 행동이 뭔가 이상해."

"오늘 갑자기 날씨가 더 추워지니까 옛날의 그 남자. 나와 결혼 예정됐던 지금은 고인이지만 이동작이 떠오른다. 하늘나라에서 잘 지내고 있을까! 으으."

영작으로선 몹시 불쾌한 말이었다.

"아니 누나 왜 지금 시점에 그런 쓸데없는 소릴 하는 거야? 그 이동작이란 고인은 우리가 결혼하는 전날 내 꿈에도 나타나 나보고 부럽다느니 어쩌느니 그러다가 누나를 잘 지켜달라느니 뭐 그러다가 마지막엔 나보고 결혼을 축하한다고 말하고 날갯짓하며 하늘로 날아갔는데……."

그로선 아까 아내가 장배를 만나고 온 후유증이란 걸 간파할 순 없다. 만약 그녀가 장배를 만나 함정을 팠다면 그 실체를 말할 거라고 믿고 있기 때문이다.

그런 걸 떠나 아무튼 궁핍한 삶으로 인해 나타나는 권태가 굉장히 빠르게 나타났을 거라는 막연한 추측은 가능했다.

지금 문제는 솔로, 싱글이라고 밝혔기에 장배가 더 강력히 밀어붙일 공산이 크고, 게다가 그녀 자신이 오늘부로 그에게 막 쏠려들어 가는 나약한 심리가 발동됐다는 게 심각하다. 게다가 아까 최고급 차량 안에서 그가 퍼부은 기습키스에 아직도 몽롱한 상태이다. 핵심은 무지막지한 수많은 돈통 같은 카드들과 벚꽃 대선 결과에 따라 국무총리가 될 수 있다는 장밋빛 청사진이 더더욱 정신을 혼란스럽게 하는 것이었다. 영작은 문득 아내가 어제 아침 놀이터에 가 회장을 함정에 빠뜨릴 복안을 알린 대목이 떠올라 "아참 누나 그 회장은 언제 골탕 먹일 건데? 걔가 우리가 일하는 로또에 회장으로 계속 있으면 또 그때 리버힐 때처럼 갑질하고 난리 치면 우리가 골치 아프니까 그렇게 조치를 취하긴 취해야 될 텐데 말이야? 무슨 좋은 아이디어는 있어."

이 말에 그녀는 가슴이 쿵 내려앉으며 마치 놀란 토끼처럼 "어어, 어 그 그 그건."이라며 눈이 휘둥그레진다. 엄청나게 놀라는 아내를 본 영작은 더더욱 이상한 기분에 사로잡혔다.

그러더니 난데없이 그는 "우리 사이가 결혼한 지 얼마 되지 않아 권태가 왔으니 이를 타계하는 차원에서 내가 황당한 아주 재밌는 얘길 하나 해줄까! 그래야 웃음이 나와 서로 스트레스가 확확 풀리지! 아까 경비초소에서 너무 희한한 정말 말도 안 되는 꿈을 하나 꿨는데 누나와 그 갑질 악독한 회장이란 놈이 연인이 되어 가평으로 밀월여행을 떠나는 거였어! 그래서 내가 열받아 썩은 캐스퍼를 타고 악착같이 그 뒤를 쫓아가다가 막 돌았냐고 미쳤냐고 실성했냐고 소릴 지르다가 깨어났지 참! 진짜 재수 없는 꿈이긴 해! 말도 안 되는 꿈이고 뭐! 꿈이니까 그럴 수도 있지 뭐! 원래 꿈은 말도 안 되는 꿈도 꾸는 거니까 그렇지 뭐! 이 얘길 들으니까 우리 권태가 완전 한 방에 날아가는 것 같지? 너무 재밌는 얘기지."라고 꿈 내용을 여과 없이 그대로 밝혔다.

그러자 그녀는 "어어, 어 뭐 뭐야? 그 그 그런 꿈이……."라며 온몸이 부르르르르 떨렸다. 혹시 영작이 뒤를 밟았나! 하는 의심도 갖는다.

보라의 이런 현상에 대해 영작은 이해할 수 없다는 표정으로 멍하니 보라를 빤히 쳐다만 본다.

"아니 누나 왜 그래? 꿈이 재밌지 않아? 이 내용을 말하면 누나가 웃긴다고 막 웃을 줄 알았는데 아니네."

밥을 장배와 먹고 들어왔기에 보라는 "자기야 너 혼자서 차려서 좀 먹어. 난 혼자 먹고 들어왔다."라며 들어가 누워버렸다.

평소 때 같지 않고 별것도 아닌 말로 화들짝 놀라는 아내의 행동에 의아하기도 하고 자못 의구심을 품기 시작하는 남편이다.

지금 이 시각 장배는 한참 고무되어 보라를 자기의 여자로 다 만들었다고 자축하며 유쾌 상쾌 통쾌한 기분에 사로잡혀 냉장고 안의 위스키를 꺼내어 마시려다가 안주가 없어 통닭집에 치킨을 하나 주문한다.

내일은 아침에 아예 실내미화원을 관두라고 말하려고 단단히 준비하고 있다. 왜냐하면 자신이 충분히 경제적인 능력이 되기에 그럴 수 있는 패기가 넘치는 것이었다.

굉장히 심각한 상황으로 치닫는 영작, 보라, 장배 3인이다. 그녀는 몸은 피곤한 데다가 정신이 심란하여 잠을 제대로 이룰 수가 없었다. 영작이 섹스를 하려고 끌어안으려고 하자 옆으로 확 밀어버렸다.

"야야, 저리 비켜 비켜. 피곤하다. 피곤해! 으으."

더더욱 놀라는 그였다. 결혼하고 나서 하루도 거르지 않고 몸을 섞었던 부부였는데 오늘따라 그녀가 보이는 행동은 예사롭지 않다고 느꼈다.

오밤중이 다 되어 슬며시 잠이 드는 두 사람이다.

날이 밝자 또 반복된 일상으로 상현동 로또 아파트로 일하러 가야만

한다.

밖으로 나가 썩은 캐스퍼에 올라타자 그녀의 가슴 한구석엔 어제 그 제네시스 G90와 비교되는 느낌이 세게 들어 속이 부글부글 끓어올랐다. 게다가 어제 그 제네시스 G90에선 야릇하고 로맨틱한 향수 냄새도 났는데, 이 썩은 캐스퍼에선 진짜 시큰한 무엇인가 썩은 냄새 비슷한 냄새가 진동했다.

"야야, 너 말이야. 이 차는 썩은 소형이지만 그래도 이상한 시큰한 썩은 냄새가 나니까 향수 좀 사다가 놔라 이게 뭐야? 무슨 김치 계란 썩는 냄새가 진동하잖아? 어휴~~ 진짜 재수 없다."

평소에 이 차 실내에서 나는 냄새에 대해 아무런 반응을 보이지 않던 아내가 오늘따라 유난히 신경질적인 반응을 보이자 그는 도저히 이해하기가 어려웠다.

그래서 그가 그 냄새를 맡아보려고 코를 막 움직이며 맡아보았다.

"흠흠, 아니 그렇게 그 정도 냄새는 아닌 것 같은데, 원래 향수는 갖다 놓지 않았으니 향기가 날리는 없고 그렇다고 그런 음식 썩는 냄새는 전혀 없는데. 그냥 아무런 냄새도 없어."

뭔지 모를 껄끄러운 분위기 속에 부부는 일터에 출근하였다.

오늘도 어김없이 그녀는 구역 5동을 청소하기 위해 빗자루와 마포걸레를 들고 1층 계단을 쓸고 닦는다. 내심 속으론 이 시각 회장 장배가 내려갈 거라는 기대심이 싹텄다.

어제 국내 최고급 세단 안에서 빼긴 입술이 황홀경을 일으켰기 때문이다. 그녀는 아침 8시부터 시작하여 오후 3시에 끝나는 일이라 지금 시각 8시가 조금 넘어간 시간은 한참 몸이 풀려가는 시간일 수 있다. 시작하기 전엔 조금 그렇지만 일단 움직이면 슬슬 풀리기 때문이다.

때마침 장배가 엘리베이터 문이 열리며 나온다. 그도 이 시각 그녀가 이 지점에 있을 거라는 기대감이 엄청났다.

"어머머 나오셨네요." 이렇듯 매우 다정하게 먼저 인사하는 그녀였다. 문제는 이 시각 3동 경비 영작이 뭔가 짚이는 데가 있는지 5동 쪽으로 천천히 걸어오고 있다. 염탐 차원이다.

장배가 갑자기 "어제 너무 즐거웠어요. 보라 누나 이따 전화를 할게요. 하하."라며 또다시 데이트 신청을 한다.

먼발치에서 영작의 귀에 미세하게 들렸다. 순간 그는 당혹스러웠지만 침착해지려고 애를 썼다. 그래서 재빨리 화단 위 큰 소나무 뒤에 몸을 숨겼다.

그러면서 집중하며 엿듣기 시작하였다. 장배는 성미가 급해 "아! 누나 리버힐에 있을 때 제가 여성 동대표와 있었던 추문은 별거 아닙니다. 지금은 다 지난 일이고 후회하고 있고 또 그분은 제 대학 은사이긴 한데 제가 실수한 거죠. 결론은 그런 걸 다 말끔히 정리하는 차원에서 작년 12월 1일 여기 로또로 이사 온 겁니다. 또 다 아시겠지만 제가 고양이를 우습게 알아 무슨 동물 학대 야만자로 낙인찍힌 건 있지만 뭐! 사실 고양이 사체가 뭐 별거라고 그렇게 의미가 있을까요? 한심하고 희한한 사람들이 일부 있다 보니까 그렇게 난리를 치는 거죠. 에잇 웃긴 것들."이라며 작년에 리버힐에서 문제가 됐던 걸 마치 해명하듯 늘어놓는다. 그녀가 이 대목 때문에 꺼릴지도 모른다는 판단하에 미리 알리는 차원이다. 그녀는 그가 여성 동대표와 불륜이 벌어졌든 말든 그런 건 신경 쓰고 싶진 않고 고양이 학대 건은 꽤나 신경이 거슬렸다.

왜냐하면 자신이 그런 애완강아지, 애완고양이를 한 마리씩 키울 정도로 매우 좋아하고 있어서이다.

"호호호 그러신가요? 딴 건 모르겠지만 난 그 강아지나 고양이를 어마어마하게 좋아합니다. 사체라도 그렇게 막 다루면 안 되지요. 참! 그 고양이 영혼이 너무 불쌍해요. 으으."라며 그녀가 반론을 제기하자 그는 갑자기 "음하하하 네네, 그렇습니다. 제가 그때 한 발언은 순간 너무 바빠서 얼른 다른 데를 가야 하는데 길이 막혀 그냥 대충 말한 것이지요. 뭐! 별다른 뜻은 없습니다. 그래서 며칠 전에 그 액운을 없애려고 고양이가 묻힌 지점에 가서 고양이 사체 영혼 한풀이 굿을 했습니다. 광교 넘버원 족집게 무당과 함께 성황리에 거행했지요. 이젠 그런 문제는 없을 것입니다. 저도 앞으론 그런 동물들을 좋아해 보려고 합니다. 너무 귀엽잖아요. 우후후."라며 굿을 한 내막과 그녀가 좋아하는 동물을 긍정적으로 평하는 쇼를 한다.

둘이 매우 화기애애한 분위기가 이어지자 영작은 충격 속으로 빠져들며 미칠 지경이었다.

시계를 보자 약간 늦는듯하여 "네네, 그럼 이따 또 전화할게요. 보라 누나."라며 그녀의 옆구리를 손으로 막 비비며 황홀한 표정을 지으며 의전용 차량이 오는 지점 쪽으로 빠른 걸음으로 간다.

그녀도 매우 좋은 반응을 보이는 듯했다. 약 20초가 지나자 의전용 차량 검정 카니발이 들어오자 뒷문이 스르르르 열리며 그는 안으로 들어갔다. 차가 돌아서 정문으로 빠져나갔다.

다 나간 뒤 영작은 천천히 걸어와 보라에게 "아니 누나 내가 여기 가까이서 다 봤는데 우리가 말한 그런 염탐 차원이 아닌 것 같은데 혹시 누나 쟤를 좋아하는 거 아냐? 분위기가 심상찮은 것 같은데…….”라며 의심하는 시선을 던졌다.

"야 영작아 아니 무슨 그런 엉뚱한 소릴 하는 거야? 내가 무슨 저런 놈을 좋아해 좋아하긴……. 야 얼른 저리 가 일이나 해."

"뭐야? 일이나 하라고."

최근 아내의 말투나 태도가 이상하다는 느낌이 세게 들어 여간 신경이 사나운 게 아니었지만 일단 일을 해야 하니 물러서기로 하였다.

그녀로선 그야말로 위태위태한 시간들일 수밖에 없다. 너무 큰 화를 불러들인 것 같다. 그녀는 오전 내내 일하며 어차피 이렇게 된 마당에 솔직 담백하게 영작에게 털어놓고 그만 갈라서자고 할까! 고민도 하게 된다.

하지만 장배의 정확한 속내를 알아야 하니 조금 더 탐색해 보리라! 되새겼다. 진정으로 자신을 좋아서 그런 건지 괜한 그때 리버힐에서 동대표에게 그런 것 같은 바람기 객기인지 관찰이 필요한 영역이었다. 만약 진정이라면 영작 같은 돈 없고 무능하고 비전도 없는 몸도 안 좋은 젊은 경비를 때려치우고, 돈이 넘쳐흐르고 앞으로 요행으로 국무총리도 될 수도 있는 장배에게 가면 아파트 같은 데서 일하는 사람들에게 괜히 속에도 없이 형식적으로 하는 여사님이란 호칭이 아닌 명실상부한 영부인까진 아니지만 그래도 그에 준하는 총리 아내 여사님 소릴 들을 수 있는 신분 상승이 눈앞에 아른거렸다.

우선 장배의 행동을 더 눈여겨볼 여지가 있었다. 아파트 세대 청소 및 계단 청소를 하며 계속 이것만 생각하고 또 되새겨 생각하는 시간이 이어졌다.

점심식사 전 11시경이 되자 그녀의 마음은 점점 빈자 남편보다는 부자 회장 쪽으로 막 쏠려 가고 있었다.

더군다나 영작과 결혼 전 향적산에 들러 사주팔자를 보러 갔을 때 그가 치른 굿 비용 2천만 원도 그녀가 모두 다 부담한 현실이 씁쓸하다는 심정마저 든다. 이젠 점점 그에게서 마음이 떠나기 시작하니 그런 거 하나 하나가 다 아깝다는 생각이 드는 그녀였다.

대기실로 내려가 점심을 먹는다.

오늘 저녁때 장배와 만나 대화하다 보면 더더욱 입체적인 상황을 엿볼 수도 있으리란 판단이 든다.

지금 이 시각 영작은 같은 아파트에서 아내와 일하는 것도 그렇지만 아까 그 상황의 실체가 궁금하여 밥이 제대로 넘어가질 않았다. 급기야 이따가 아내를 염탐해 보리라! 결심한다.

오후 3시에 아내는 일이 끝나는데 남편은 6시까지이지만 염탐 차원으로 "엄청 중요한 일이 있으니 일찍 들어가겠습니다."라고 경비반장에게 말하고 아내의 뒤를 밟는다.

3시 20분쯤 되자 정문 앞 횡단보도 건너편에 제네시스 G90가 스르르 오더니 아내를 태우고 돌아서 수지구청역 방향으로 가는 것이었다.

때는 이때다 싶어 그는 썩은 캐스퍼를 몰고 그 뒤를 악착같이 따라갔다. 성능 면에선 앞차를 따라붙기가 버겁고 상당한 차이가 나긴 하지만 다른 차들이 막히고 횡단보도가 많고 신호대기도 많기에 소기를 목적을 이루는 데는 조금도 부족함이 없었다.

죽전역을 지나 오리역 쪽으로 빠져나가는 차량을 줄기차게 따라붙어 웬만하면 실체를 알아낼 수 있을 것 같았다.

장배는 어제 보라와 오리역 주변 레스토랑에서 데이트를 즐길 때 그 장소가 꽤나 그윽하고 좋았기에 또 그곳으로 가는 것이었다.

상가주차장으로 장배의 차가 들어가자 영작은 그곳을 피하고 다른 상가주차장을 택했다. 같으면 문제가 될 수가 있어서다.

꽤 오랜 시간을 염탐하는 것도 보통 일은 아니었다. 기다리고 기다리자 드디어 둘이 나오고 있다.

그의 가슴을 완전히 도려내는 아픔을 겪는 건 그들은 나오면서 서로 다정하게 손을 잡고 있었다는 것이다. 그렇다면 아내가 회장을 염탐한 후 물먹이겠다는 발로는 새빨간 거짓말이 되는 것이었다. 더더욱 충격 속으로 몰려 들어가는 대목은 그들은 걸어서 약 5분 거리의 무인텔로 들어가고 있다. 레스토랑 안에서 다 얘기가 오고 간 듯했다.

영작은 분노가 치밀어 올랐다. 격정적인 감정에 사로잡혀 차 안에서 벌떡 뛰쳐나와 입구 쪽으로 거칠게 "거기 서지 못해! 들어가지 마."라고 괴성을 질렀다.

그들은 그를 보자 온몸이 완전히 얼린 동태처럼 변했다. 특히 보라가 더욱더 그랬다. 장배는 이해할 수가 없는 노릇이라고 느꼈다. 왜냐하면 보라 누나가 본인이 솔로, 싱글이라고 밝혔기 때문이다. 영작은 거친 숨을 들이쉬며 "야야, 이런 미친 회장 새끼야 왜 남의 여잘 데리고 어딜 들어가? 이것들이 다 죽고 싶냐."라며 협박을 가한다.

그러자 장배는 너무 어이가 없어 보라에게 "아니 누나 누나가 솔로, 싱글이라고 했잖아요? 이 경비는 그냥 아무것도 아닌 사람이라고요."라고 묻는다.

"……."

너무 당황한 나머지 아무런 말도 못 하는 그녀이다.

영작이 "아니 누나 지금 뭐 하러 다니는 거야? 나 참 진짜 기가 막힌다. 기가 막혀! 이게 무슨 짓이야."라고 아내에게 쏘아붙였다.

위기에 봉착하자 그녀는 아예 속내를 깨끗이 털어놓고 이참에 그와 갈라서 버리는 게 낫겠다고 판단하기에 이른다. "야 영작아 뭐! 더 긴말이 필요 없다. 난 너와 안 맞는 것 같다. 그래서 우리 헤어지자? 난 여기 회장과 사귀고 싶다. 그리고 내가 널 위해 굿 비용을 대준 거는 내가 그냥 희생한 걸로 하겠다. 그냥 그렇게 잘 살아라! 됐나."

장배는 이들이 하는 말이 도무지 무슨 말인지 감이 오질 않았다. 부부 사이란 걸 모르기 때문이다.

장배는 현역 국회의원이라 대로변에 지나가는 수많은 행인들의 눈에 띄면 치명타라 "자자, 지금 여기서 무슨 말을 할 상황이 아닌 것 같아요. 일단 다른 데로 갑시다. 저기 저 공터로라도 갑시다. 일단 무슨 말인지 들어봐야겠어요." 하고 그들을 데리고 공터로 갔다.

동절기라 그리 환하진 않았다. 주변 가로등도 멀리 있어서 지나가는 행인들이 알아보긴 쉽지 않아 그에겐 좋았다. 보라가 아예 뿌리를 뽑기 시작하였다. "난 영작 너와 결혼생활을 끝내고 싶다. 자! 끝내자고."

영작도 무지하게 놀라 얼굴이 굳어졌지만 장배도 마찬가지였다.

"난 여기 회장과 사귀고 싶어."라고 거듭 자신의 입장을 밝혔다.

"아니 이게 어떻게 된 일이지."

장배는 "아니 두 분이 부부 사이입니까? 아니 보라 누나 이런 사실은 제게 말하질 않았나요."라며 매우 답답한 표정을 짓는다.

"뭐! 더 길게 말할 게 없고 다 그 말이 그 말이고 이 말이 이 말입니다. 이젠 솔직히 털어놨으니 이쯤해서 난 남편 영작과 이혼하고 회장에게 가겠어요."

영작이 아내의 팔을 잡아당기며 "가자 누나 집으로."라고 압박하자 장배가 그의 손을 비틀며 "아아, 이젠 당신 혼자 가라고요. 여기 이 여자분이 당신과 같이 살고 싶지 않다고 하잖아요."라며 뜯어말린다.

화가 난 영작은 "그래그래 너희들끼리 알아서 잘 살아! 향적산 최고 족집게 말도 하나도 안 맞네! 으윽. 이게 무슨 원앙이야 원앙은."라고 푸념하고 돌아서 갔다.

지금 갑자기 그가 내뱉은 '향적산 최고 족집게 말도 하나도 안 맞네!'란 말이 장배로선 귀가 쫑긋거렸다.

왜냐하면 자신도 그곳에 갔다 온 일이 있어서이다. 같은 무당일지 아닐지는 모르지만 조금 이상한 느낌은 좀처럼 지울 수가 없었다.

"보라 누나 이 일이 어떻게 된 일입니까? 누나가 저 사람과 결혼한 사이였나요? 솔로, 싱글이라고 했잖아요."

"아! 그건 내가 당신을 좋아하긴 하지만 그런 상황이라 그래도 좋으니 그렇게 숨긴 것이지요."

"어! 그게 그런가요? 뭐! 어차피 이렇게 된 거 이젠 다 훌훌 털고 우리 정식으로 사귀기로 해요. 누나? 그런데 아까 향적산 최고 족집게 얘긴 뭔가요? 그게 이상해요."

"아! 그런 건 별것도 아니에요. 우리 부부가 결혼하기 전에 궁합 같은 걸 보러 간 일이 있는데 그런 얘길 쟤가 쓸데없이 떠든 겁니다."

장배는 향적산이란 위치가 너무 괴상하고 분명 뭔가가 있는 듯했지만 그 말은 지금 하기엔 적절치 않다고 느껴 침묵을 지켰다. 앞으로 차차 그녀와 교제가 진행되면 슬슬 떠보면 자연스레 알게 될 거라고 판단하고 있다. 이젠 장배, 보라는 마음을 다잡고 정식교제를 꿈꾼다. "누나 내일 당장 우리 로또 아파트 미화 일은 관두고 저 남자와 갈라서. 내가 지켜줄 게! 그리고 오늘은 누나의 집에 들어가지 말고 들어가면 뭔가 좋지 않은 일이 일어날 것만 같아요. 그냥 우리 로또 아파트로 갑시다. 나 혼자 사는 집이니까."

"음 좋아요. 참 내가 일하는 아파트로 가게 되니 기분이 묘한데! 우후 일단 걔에게 전화는 넣어야지." 그녀는 영작에게 전화를 넣으려다가 말하기 싫어 그냥 문자를 넣었다.

〈오늘 들어가지 않는다.〉 이렇게 아주 짧게 넣었다.

영작은 홀로 풍덕천동 투룸에서 침통한 밤을 지새웠다. "아아 세상천지에 이런 일도 일어나는 구나! 세상사 너무 무섭다. 남녀관계가 너무너무 무섭고 두렵다. 그래 빠이 빠이 빠이야."라고 혼잣말로 곱씹으며 쓰디쓴 소주를 들이켰다. 무인텔로 들어가는 걸 생략하고 둘은 그의 차를 타고 로또로 향하였다. 5동 지하주차장에 다다르자 그녀의 기분은 더더욱 업그레이드가 되는 듯했다.

자신이 매일 매일 이곳을 돌아다니며 물탱크가 있는 지하 팬룸에 들어가 마포걸레를 빨아 통에 넣어 세대 청소를 하며 돈 많은 입주민들을 한없이 부러워만 했는데 이젠 자신이 이 남잘 만나면 이 아파트 입주민이 될 수도 있단 기대감에 부풀어 벌써부터 한껏 들뜨기 시작하였다.

엘리베이터로 가 5동으로 올라가는 버튼을 누르자 스르르르 내려와 둘은 올라가 5동 701호로 들어갔다. 그가 냉장고로 가 위스키와 치킨, 과일을 꺼내왔다.

"자 우리 집에 들어오니 기분이 어때요? 보라 누나."

"참 나, 내가 매일 일하던 일터의 동 세대에 내가 들어올 수 있다니! 희한하다. 정말 그림 같은 집이었는데."

"그럴 것도 없어요. 이거 술이나 먹고 아까 무인텔 들어가려다가 그 남편인가 경비인가 그 사람 때문에 하지 못한 우리의 섹스를 나눕시다. 우하하."

"그래야 될 것 같아."

이들은 몸을 섞기에 술을 너무 많이 먹으면 지장을 초래하므로 적당히 마시고 침대 위로 올라가 작렬한 섹스를 나누기 시작하였다. 벌써부터 그녀는 이 아파트의 입주민이 됐다고 느끼고 더더욱 오버하여 국무총리 부인이 됐다고도 느끼며 신분 상승이 다 된 걸로 여기는 자기애가 넘쳐 흘렀다.

시간이 제법 많이 흘렀어도 들어오지 않는 아내를 생각하며 아까 온 문자를 다시금 쳐다보며 더더욱 침통 속으로 빠져들며 비탄 속으로 들어가 내일은 이게 어찌된 일인지 향적산 족집게 무속인에게 전화하여 원앙부부, 현모양처의 정의가 무엇인지 질문해 볼 생각이다.

자다가 깨다 자다가 깨다를 반복하다 어떻게 눈을 떴는데 출근할 시간을 알리는 알람소리가 진동하여 깨어나, 중고 썩은 캐스퍼에 몸을 싣고 로또로 향한다. 오늘따라 유난히 자신의 일터 로또가 너무너무 재수 없다는 생각이 들었고 아파트 이름이 자신을 조롱하는 듯한 현상까지 나타났다.

일단 들어가 아내의 동태를 살펴야 하기에 5동 쪽으로 가본다. 왔다면 5동에 있을 것이기 때문이다. 보이지 않았다. '아! 올 게 왔구나! 단단히 홀렸구나! 완전 끝이다.' 속으로 곱씹었다.

이미 어젯밤 장배가 보라에게 당장 미화 일 관두라고 한 대로 그녀는 기습적으로 미화반장에게 관둔다는 의사를 표했고 간단한 절차인 사직서를 던졌다.

확인차 영작은 미화반장에게 가 아내의 상황을 묻자 관뒀다고 밝혔다. 너무 초광속으로 진행되는 아내의 행동에 경악을 금치 못할 지경이었다. 곧바로 향적산 족집게에게 전화를 걸어본다. "네네, 영작 씨 잘 지냅니까."

"아니 법사님 큰일 났습니다. 저희 아내가 사단이 났습니다. 바람이 나 저와 결혼생활을 끝내려고 합니다. 이를 어쩌면 좋을까요? 그때 법사님이 원앙부부, 천생연분, 현모양처라고 했잖아요."

그러자 잠시 침묵을 지킨 법사는 "근데 왜? 그걸 왜 내게 물어? 그럼 그냥 그런 거야! 사람 팔자는 아무도 몰라."라며 고함을 쳤다.

문득 영작은 더욱더 분노가 치밀어 올라 "내가 일하는 곳에 회장 최장배란 놈과 눈이 맞은 것이었습니다. 정말 이해할 수 없는 일이 일어났습니다. 그놈은 리버힐에 있다가 로또란 아파트로 와 또 회장이 됐는데 여기서 그렇게 된 것이지요. 으으."라고 넋두리를 늘어놨다. 깜짝 놀란 무당은 "뭐야? 그렇다고……."라며 몹시 당황스러운 기분이었다.

"그래 일단 알겠다. 자네 일단 진정하게 세상사 뭐든지 새옹지마라고 운이란 건 왔다 갔다 하는 거야! 그래 한번 들러 살풀이를 해야겠다."

"네, 알겠습니다."

영작은 끊은 뒤 속 시원한 해법도 찾지 못하고 뭐든지 굿으로만 해결하려 하는 이런 무속신앙에 대해 불신하는 마음이 꽉 들어찼다.

말을 이랬다저랬다 하기 때문이다. 이로써 무당이 느낄 때 장배란 인간에 대해 굉장히 안 좋은 인식이 지배하게 됐다. 물론 지난번 리버힐에서 영작을 해고한 것도 그렇지만 이번엔 영작의 아내마저 빼앗아 갔다는 것은 그야말로 천벌감이라고 판단하고 있다.

　문제는 그녀가 이곳 로또에 머물다 보면 영작을 보게 된다는 게 심각하다. 그것은 앞으로 차차 해결하려고 마음먹는다. 며칠 후 둘은 이혼절차를 밟아 결국 파경을 맞았다.

　문제는 영작이 갈라선 후로도 로또를 다닌다는 점이었다. 보라입장에선 여간 신경 쓰이는 게 아니었다.

　동절기인데도 1월 말로 접어들자 하루는 다소 온기가 감도는 날이 찾아왔다. 보라는 "자기야 난 쟤 영작이 때문에 신경 쓰여 도저히 이 로또 아파트에서 못 살 것 같아! 우리 딴 데로 이사 가면 안 될까? 쟤 지금도 내가 배신자라고 이를 바득바득 갈고 있는 것 같다. 어제는 내가 내 귀염둥이 반려견 예솔이를 데리고 산책을 나가는데 어떻게 재수 없게 걔를 부딪쳤어. 걔가 날 쳐다보는 눈빛이 예사롭지 않았어! 완전히 날 죽일 것만 같은 눈이었다고……. 아니 배신자라는 건 정치 같은 쪽에서나 있는 거지. 이 당 저 당 옮겨 다니고 왔다 갔다 하는 게 배신이지. 남녀 간에 벌어지는 건 이게 무슨 배신이야? 그냥 사랑의 감정이지 뭐! 안 그래? 자기야."라고 장배에게 묻는다.

10. 국무총리가 뭐길래

"그래 맞다. 맞아! 나는 현역 국회의원이긴 하지만 내가 생각할 때도 그렇긴 해! 사실 나도 당적을 한번 옮긴 적은 있지만 내가 그러고 싶어 그런 게 아니고 출당 당한 거지! 그렇기에 난 엄밀히 보면 배신자는 아니야! 우리 당이 날 배신한 거지! 뭐! 별것도 아닌 것 가지고 말이야! 지금 미래보수당이 군소정당이긴 하지만 여기가 더 마음에 들어! 그리고 우리 당 대표 조혜란 대표가 5월 벚꽃 대선에서 대통령이 되면 난 국무총리가 될 거야! 그래서 내가 지금 원내대표를 맡고 있는 거라고 우후후후."

보라는 올 53세란 나이인데도 42세 연하남을 남편으로 맞은 것도 행운이라 여기고 어마어마하게 가난하여 어린 시절 중졸로 학력이 마감된 아픔이 있는데 연세대란 일류대 출신 정치인을 만난 것도 그렇고 그가 국무총리까지 꿈꾸고 있고 잘하면 될 수도 있는 일이라 여간 들뜬 게 아니다.

"내가 자기가 국무총리가 되게 옆에서 지극정성으로 내조할게."

"그래 너무 고마워 누나."

"그건 그렇고 옛 남편 경비원 때문에 마음 놓고 산책을 할 수가 없어 우리 딴 데로 이사 가자."

"어디가 좋을까."

"저쪽 원천동 쪽이 어떨까? 조금 더 떨어져야 좋을 것 같다."

"그럼 다음 달 2월 초에 그곳으로 이사를 떠나자고."

며칠 더 지나 2월 초가 되자 이들은 경비원 영작을 피해 광교호수공원 주변 너무너무 경치가 좋고 원천저수지가 한눈에 들어오는 쥴리나 아파트로 이사를 떠났다.

지난달 이혼을 하고도 영작이 아랑곳하지 않고 로또에서 꿋꿋이 경비원 근무를 하는 것은 속으론 당장이라도 다른 일자리를 찾아 떠나고 싶긴 한데 보라에 대한 앙금, 증오심이 싹터 보란 듯이 버티고 있었던 것이었다. 옛 아내였던 보라를 정신적으로 괴롭히고 싶단 것이었다.

어느 날 갑자기 그녀가 보이지 않자 영작은 이상하다 싶어 그 주변을 두리번거리기도 했지만 그 후로 더 시간이 지났어도 안 보이자 사실 실제로 떠났구나! 생각도 한다. 그래서 관리사무소에 회장이 바뀌었나 묻자 그렇다고 하자 실감하게 된다.

원천동 쥴리나 아파트 주변은 광교호수공원과 원천저수지를 끼고 있어 아늑하고 좋았다.

이들은 아직 정식결혼도 하지 않고 동거를 하고 있다. 장배는 정식결혼을 하고픈 마음이 들어 예전에 자신에게 행운의 소식을 전해줬고 고양이 영혼 살풀이굿을 멋지게 하여 복을 안긴 광교산 무당에게 찾아가 사주도 보고 결혼 기일을 알아보고픈 마음이 앞섰다.

며칠 지나 보좌관을 통해 그때 그 수원 광교산자락에 17세 갓 신 내린 여자 무당에게 전화하게 하였다. 그러자 보좌관이 무당에게 전화하여 날짜를 잡았는데 한 가지 문제가 일어나고 있었다. 보라가 "자기야 그런 거 믿을 게 못 되는 거 같아! 나도 예전 경비원 영작이와 향적산 엄청난 족집게라고 하는 무당에게 가서 사주풀이했는데 원앙이니 뭐니 백년해로니 뭐니 궁합이 찰떡이니 뭐니 하더니 하나도 맞지도 않잖아. 그냥 깨져 버린 거 아냐! 그냥 그런 데는 가지 말자! 우리끼리 잘 살기만 하면 돼. 네가 내게 돈이나 펑펑 주고 내가 너 국무총리 되라고 내조만 잘하면 그걸로 끝나는 거야."라며 갈 의사가 없음을 내비쳤다. 장배는 재차 향적산이란 말에 여러 생각이 떠올랐다. 자기 자신도 예전에 향적산에 간 일이 있는데 혹시 그곳과 같은 곳인지 아닌지가 궁금증이 증폭됐다.

"아니 누나 그 향적산이란 데는 어디야? 내가 아는 어떤 사람도 향적산인가 어딘가 가서 그런 거 보고 왔다고 하던데."

"음, 거기 나이가 많이 든 할머니 무당이야."

장배도 그 무속인이 자신이 지난번에 갔던 그곳이란 느낌이 많이 들었다.

"혹시 간판이나 이름 같은 거 알아?"

"아니 정확히 기억은 안 나고 향적산 입구 쪽에 있는 거야."

그는 그곳이 확실히 일치됨을 느꼈다.

그는 향적산 조혜미 무속인임을 알게 됐고 굉장히 안 좋은 기억이 스쳐 갑자기 침묵을 지켰다. 지난번에 자신에게 고양이 영혼의 저주가 뒤따를 거라고 온갖 악담을 퍼부은 무당이라서 그렇다.

"누나 그런 엉뚱한 선무당들도 많긴 한데 내가 갔던 광교산자락은 정말 대단한 신기야! 우리 같이 가서 확실하게 보자고? 내가 거기 갔다 온 후로 다 좋은 일만 생기고 있어."

처음엔 불신하던 보라도 장배의 재촉으로 조금 흔들리기 시작하였다. 왜냐하면 자신이 국무총리 아내가 될 수 있는지 굉장히 궁금한 마음이 싹텄다. 야욕 때문이다.

"그래 못 갈 것도 없지! 그래 한번 가자고. 언제 갈까."

다시 보좌관을 통해 무당에게 전화하자 2월 9일 금요일 오후 2시로 정해졌다. 이윽고 그날이 되어 그곳에 가자 "아하! 그거 봐요. 그때 내가 뭐라고 했나요. 그 고양이 영혼 한만 풀면 만사가 태평해진다고 했잖아요? 그러니까 이렇게 좋은 여성을 만나게 된 겁니다. 둘은 진짜 원앙입니다. 백년해로입니다. 우후후후."라며 무당은 엄지척을 세웠다.

너무 좋은 운세를 듣자 두 사람은 들뜨기 시작했고 앞으로 정식으로 결혼날짜만 잡는 것만 생각한다. "그런데 법사님 우리 결혼을 하고 싶은데 기일은 언제가 좋을까요? 하라는 대로 하겠습니다."

"네, 다음 달 중순이 좋아요. 천복이 내리는 날이 될 것입니다. 우후후후."

장배는 다음 달이면 미래보수당 대통령 후보 당내 경선이 있는 날이라 더군다나 자신이 원내대표라 온갖 역할로 바쁠 것 같아 갑자기 얼굴 표정이 어두워진다.

"아아 그 기간엔 저희 미래보수당 대통령 후보자 경선이 있어서 제가 원내대표로서 무지무지하게 바쁠 텐데요. 그 후로 쭉 5월 21일까진 엄청나게 바쁠 것입니다. 5월 21일은 대선이잖아요. 하는 수 없이 우리의 결혼은 가을로 미뤄야 할 것 같습니다."

"음, 원래 3월 중순이 최고 천복이 내릴 날이라 많이 아쉽긴 한데 그래도 어쩌겠어요? 그럼 차후로 미루어야지요. 당신의 숙원은 정치적으로 성공하는 거니까 귀당의 후보가 대권을 잡을 것입니다. 기대하세요. 오호 오호 오호. 그럼 당신은 곧바로 국무총리 자리를 꿰찹니다."

"어! 정말 그런가요? 제가 총리가 된다고요. 와아! 살다 보니 이런 날도 오는구나! 너무너무 영광이고 반가운 소식이군요. 와우! 네, 잘 알겠습니다. 그럼 물러가겠습니다. 어쩔 수 없이 가을로 미루고 결혼식 날짜 잡을 때 또 오겠습니다. 저희 당대표이신 조혜란 대표에게도 이 소식을 알려 드리겠습니다. 엄청나게 좋아하실 것 같습니다."

"네, 이왕이면 한번 들르라고 하시죠. 더 정확히 운세를 보면 나오겠지요."

"네."

이들은 매우 기쁜 말을 듣고 돌아서 갔다. 그래도 동거생활도 매우 흡족하게 생각하며 하루하루 지내고 있다.

집에 들어온 이들은 불금을 맞아 저녁 외식을 하기로 하였다. "아! 3월 중순이 더 좋긴 한데 다음 달 우리 미래보수당 대선후보 경선으로 한창 바쁜데 우리가 결혼을 할 수가 있겠어? 그렇다고 5월 21일 대선 끝나고 더워죽겠는데 여름에 할 순 없잖아."

"그래."

그는 원래 성격상 애완동물들을 좋아하진 않는데 그녀가 그런 동물들을 굉장히 좋아하고 있고 이 아파트로 애완강아지 한 마리, 애완고양이 한 마리를 데리고 오는 바람에 그녀와의 사랑을 위해 마지못해 좋아해 주는 척하고 있는 중이었다.

원천저수지가 내려다보이는 한 멋진 갈빗집이었다. 고기가 나오고 술도 나와 막 먹고 있는데 난데없이 그녀가 "내가 아주 기가 막힌 아이디어가 떠올랐어. 너희 당 후보가 보위에 올라 장배 네가 국무총리가 될 수 있는 묘수다. 묘수."라며 환하게 웃는다.

"그게 뭔데."

"음 너희 당 대표에게 말해 이번 대선에서 개 식용 금지법을 만드는 걸 공약으로 내걸라고 해! 그럼 전국의 상당히 많은 반려동물 애호가들이 몰표를 줄 거야."

"……."

잠시 아무런 말 없이 침묵을 지키던 그는 "글쎄, 그렇기도 하지만 부작용도 만만찮을 것 같은데 기존의 보신탕을 즐겨 먹던 사람들은 굉장히 싫어할 것 같아! 이들이 등을 돌려버리면 쉽지 않은 선거가 될 수도 있지 않을까."라며 상당히 우려를 나타냈다.

그러자 그녀는 "아니 사랑하는 여자가 하라면 해야지! 뭔 말이 그렇게 많아? 어휴~~"라며 느닷없이 그의 가슴을 꽉 꼬집어 버렸다. 그 후 계속 죽일 듯이 노려봤다.

소주가 제법 들어가자 그는 몽롱해지며 정신 집중력이 굉장히 흐려져 흔들리기 시작하였다.

너무 지나칠 정도로 반려동물들을 좋아하는 그녀는 갑자기 고함을 치며 "자기야 만약 이번 대선에서 자기의 당 후보가 개 식용 금지법을 공약으로 걸지 않는다면 난 자기와 헤어져 버릴 거야! 왜 원내대표나 하면서 후보로 나올 사람에게 그런 거 하나 설득을 못 하냐."라고 두 눈을 부릅떴다.

"뭐야? 그런 거 가지고 헤어져." 몹시 어이없다는 표정을 짓는다. 화가 치밀어 오른 그녀는 벌떡 일어나 밖으로 나가 버렸다.

그 뒤를 그가 따라 나갔다. "그래그래 누나 알았어. 알았다고……. 내가 그 후보에게 그런 거 공약으로 내걸라고 할 테니 걱정하지 말라고……."

그러겠다고 하자 그녀의 격분은 조금 누그러지기 시작하였다. 지금 마음에도 없는 반려동물들을 좋아하는 척하며 그녀와 교제하는 그로선 여간 난감한 일이 아닐 수 없었다.

그래도 헤어질 수도 있단 엄포로 겁에 질려 하는 수 없이 그러겠다고 했으니 약속은 지켜야 할 판이다.

장배는 자신의 생각만으로 되는 건 아니고 후보가 될 조혜란 당대표의 생각을 알아야만 하는데 짐작컨대 그녀도 평소 반려동물들을 좋아한다는 말을 하지 않았던 기억은 있지만 개 식용 금지는 조금 별개 차원이라 어떻게 생각할지 궁금하긴 한데 그래도 좀처럼 쉽진 않겠다고 느꼈다. 선거 전략상 어느 정도 효과가 나타날지 가늠하기가 어렵기 때문이다. 일단 한번 만나 진지하게 이 문제를 의논해 봐야겠다고 판단한다.

어느 정도 취기가 돌자 더 이상 먹으면 안 되겠다고 느껴 일어나 원천동 쥴리나 아파트로 향했다.

희한하게도 쥴리나 아파트도 로또에 있을 때와 같이 5동 701호이다.

이렇게 일치되기도 쉬운 일도 아닌데 예전에 살았던 아파트와 지금 현재 사는 아파트가 동과 호가 똑같다는 것도 이들은 자신들에게 큰 행운을 불러일으킬 것이라고 굳게 믿고 있다.

보라가 소파에 앉아 쉬고 있을 때 그는 그 틈을 타 베란다로 가 당 대표에게 전화를 건다. "조 대표님 혹시 이번 벚꽃 대선에서 개 식용 금지 법안을 공약할 생각이 있습니까? 표가 될까요? 새로 만난 미래의 와이프가 제안한 것입니다."

"글쎄, 일단 난 반려동물들도 안 좋아하고 또 개 식용 금지 이런 것도 별 관심은 없는데 일단 그렇긴 하지만 이게 표가 될지 아닐지는 좀 더 따져봐야겠다. 표가 된다면 한번 공약으로 세워보는 것도 나름 괜찮을 수도 있지 뭐! 그랬다가 반대 여론이 더 많으면 취소하면 되는 거고."

"네, 알겠습니다. 편히 쉬십시오."

이미 어느 정도 예상됐던 말이었다. 그러나 혜란은 혼자 골똘히 이 문제를 분석해 보는 시간을 갖는다. 표가 더 된다면 무엇이든 하려는 발로이다.

이런저런 고민을 이어가던 시간 속에 세월은 유수와 같아 금세 3월로 접어들며 각 당은 경선전에 돌입하고 있었다.

여당 국민밖에 모르는당, 야당 청렴맑은당, 신당 미래보수당 3당 체제였다. 전국 넘버원 향적산 족집게, 광교산 족집게가 미래보수당 조혜란이 대통령이 된다고 예언한 상황이라 앞으로 결과가 주목된다.

기존 정통 보수당 국민밖에 모르는당은 혹시 보수신당 미래보수당이 보수표를 갉아먹지 않을까! 여간 신경 쓰이는 게 아니었다. 그래도 조혜란의 지지율이 2.4%밖에 안 되기에 그렇게 크게 신경 쓰진 않는다. 신당 미래보수당은 조혜란이 워낙 막강하여 후보가 될 게 100%이긴 하지만 그렇다고 경선을 하지 않으면 이미지상 좋지 않아 그저 형식적으로라도 둘이서 토론이라도 진행하는 스케줄을 세웠다.

조혜란과 남자 후보 방호식이 참가하기로 정해졌다.

호식은 용인대 격투기학과를 졸업했고 올해 53세이고 전직 킥복싱 및 가라테 선수였다. 가라테는 일본 전통 무술인데 그는 고수 중의 최고수이다. 원래는 혜란이 8선 의원이 되기까지 선거운동 할 때 경호요원으로 주로 활동하였으나 그녀의 뒷받침으로 정계에 입문했고 줄곧 국민밖에 모르는당에 당적을 두고 있었지만 작년 연말 신당 창당식 할 때 그녀를 따라 나와 미래보수당으로 당적을 변경하게 됐다.

사실 이번 경선 전에 나온 게 후보가 되려고 나온다기보단 혜란을 경호하려고 나오는 느낌을 좀처럼 지울 길이 없다.

굉장히 특이한 건 이번 미래보수당은 경선 토론이라기보단 유력후보와 경호원이 대화를 나누는 수준으로 이뤄지는 진풍경이 벌어질 판이다.

타당보다 상당히 빠른 시기인 3월 초에 경선을 시작하였다. 3월 4일 월요일 미래보수당 당사 신도림역 3번 출구 앞 럭키빌딩 3층에서 오후 2시에 진행됐다. 총 2차 토론으로 진행될 예정이라고 당 게시판에 공지가 떴다. 올 76세 노익장을 과시하는 여성슈퍼우먼 조혜란과, 53세 현역 의원 방호식의 토론전이 벌어졌다.

신당 미래보수당은 현역의원이 그녀를 포함하여 5명밖에 되지 않는다. 아주 작은 보잘것없는 정당인데 향적산 넘버원 족집게, 광교산 넘버투 족집게가 어떻게 그녀가 대권을 잡는다는 것인지 세상사 정말 알다가도 모를 일이다.

진행자의 간단한 개요 인사말을 끝으로 곧바로 시작됐다. 방송 3사가 생중계하고 온갖 정치 유튜버들이 실시간으로 내보내는 자리에서 그녀는 개 식용 금지 공약이 표가 될지 안 될지 그간 엄청난 고민을 거듭한 결과 충분히 승산이 있을 거라고 확신해서인지 갑자기 토론 시작부터 "자, 저는 동물보호와 생명권을 지켜주는 의미와 또 개 식용이라는 미개한 관행을 차단하는 의미에서 이번에 개 식용 금지 법안을 만들 것을 공약으로 밝힙니다. 이 부분에 대해 방호식 후보의 생각은 어떻습니까."라며 포문을 연다.

그는 시작부터 예상치도 않은 질문이 날아오자 다소 당황스러운 표정이 역력했다. "어! 그래요. 조 후보님 글쎄요. 저는 솔직히 개인적으로 개고기를 엄청나게 좋아하긴 합니다. 그걸 먹어야 힘을 쓸 수가 있거든요. 그래서 보신탕이라고 하는 것 아닙니까? 또 힘쓰는 노동자들 그걸 제대로 먹어야 힘을 쓰죠. 그래서 그런 식용을 막는 법안 같은 건 반대하고 싶습니다. 말이 안 돼요. 그런데 저는 집에 반려견을 기르긴 해요. 개 종류가 다르니까요."라며 반대의 뜻을 분명히 밝혔다.

 이 프로를 시청하던 보라는 자신이 장배에게 부탁한 내용을 그가 조 후보에게 잘 전달하여 이렇게 공론화가 되는 것 자체가 너무 기쁘고 짜릿했다.

 이 토론을 지켜보던 당원들과 관심이 많은 국민들은 개 식용에 대해 급격히 호불호가 갈리기 시작하였다. 이 문제는 그저 단순히 반려견의 호불호와 반드시 비례되는 영역도 아니었다. 대체로 사람들은 반려견을 좋아하는 사람들은 개 식용을 반대하고, 그렇지 않은 사람들은 찬성할 거라고 짐작할 소지도 있긴 하지만 꼭 그렇게 귀결되는 심리는 아니었다.

 반려견을 안 좋아하는 사람들 중에도 개 식용을 반대하는 숫자도 만만찮은 게 현실이다.

 반대로 반려견을 좋아하는 사람인데도 개 식용을 좋아하는 숫자도 많게 나타난다.

 개고기 판매에 관련된 도축산 관련자들은 부글부글 끓기 시작하였다. 다른 사회면 토론들은 대충하고 마무리가 됐다.

 그녀가 토론이 끝난 직후 로비로 나오자 장배는 "아이고 대표님 토론 잘 봤습니다. 토론 첫날부터 너무 고생 많으셨는데 여기 신도림역 근처에 개고기를 아주 맛있게 하는 사철탕 집이 하나 있는데 가셔서 한 그릇

하실까요? 저어, 방호식 의원님도 같이 가시죠."라며 당사 안 로비에서 말했다.

"야 장배야 다 좋긴 한데 그러다가 누가 보면 난 개망신 당해! 내가 방금 전에 토론회에서 식용 금지 공약을 밝혔는데 바로 보신탕집에 가서 개고기를 먹어버리면 이건 진짜 말이 안 된다. 에잇! 사실 나도 개고기를 엄청나게 좋아하긴 해! 그냥 표 때문에 그러는 거지 뭐! 이히히히."

옆에서 지켜보던 호식도 "아아, 원내대표님 우리 당대표님 말씀이 맞습니다. 경선이나 끝나고 조금 한가할 때 우리끼리 쥐도 새도 모르게 어디 조용한 보신탕집에 가서 먹으면 몰라도……."라며 혜란을 동조하고 나섰다.

그러자 장배는 "아니 그런데 거기 사철탕 집은 간판이나 실내에 보신탕이라고 써놓진 않고 그냥 영양탕이라고 해 놨습니다. 거기 가는 손님들도 자세히 모르는 경우가 더 많습니다. 단골들이나 조금 알지요. 그냥 괜찮습니다. 오늘 열띠게 토론하시느라 수고 많으셨으니까 몸보신하러 가시죠."라고 거듭 제안하였다. 이 말에 둘은 흔들려 "그럽시다."라고 말한 뒤 그의 안내를 받으며 사철탕 집으로 향하였다.

저녁식사 시간보다 조금 이른 시간이긴 하지만 그래도 토론하며 에너지가 고갈됐기에 지금 먹는 것도 그런대로 괜찮은 시간이었다. 도보로 약 15분 거리에 위치한 곳이었다.

다행히 그 시간에 손님들이 없어서 이들은 한결 마음은 편했다. 자칫 위선적인 이미지로 낙인찍히면 골치가 아프기 때문이다.

주인이 다가와 "무엇을 드릴까요." 말하자 장배가 "네, 보신탕 특 3개와 개고기 무침과 소주 3병입니다."라고 주문한다. 주인은 "네."라며 주문을 받으며 표정은 약간 갸웃거리는 듯하였다. 얼굴이 미래보수당 관계자들인 것 같아서 그렇다. 주인은 정통 보수당 국민밖에 모르는당 당원이기도 하다.

주인은 음식을 차리며 저들이 분명 자신이 생각한 사람들이 맞을 거라고 느껴 스마트폰을 꺼내어 확인해 보자 아까 신당 미래보수당 후보 경선 참가자라는 걸 알게 됐다.

그런데 유튜브를 보자 놀라운 사실은 아까 주로 열띤 논쟁을 벌인 내용이 문화 사회 예술에 관한 것인데 특이하게도 개 식용 금지 법안을 골자로 공약을 발표하는 게 주였다.

조혜란 후보가 주장한 내용이란 게 드러났다.

"이런 이런 개고기 식용 금지법을 공약으로 세워놓고 아까 TV까지 나와서 열나게 말해놓고 바로 여기에 와 보신탕을 주문해! 이런 날벼락을 맞을 것들아! 참 나 내가 너희들 덕분에 보신탕 잘 팔아 돈을 벌긴 번다지만 어째 저런 이중적인 사람들에게 이런 고기를 팔아 돈 버는 것도 뭐! 기분이 썩 좋진 않다. 에잇."

주인은 이렇듯 혼잣말로 주방에서 중얼거린다. 더군다나 그는 정통 보수당 국민밖에 모르는당의 책임당원이기도 하였다. 매우 열성적인 당원이라 책임당원까지 된 건데 얼마 전 미래보수당이 국민밖에 모르는당에서 쪼개져 나가 신당을 창당한 보수 분열을 일으킨 세력이라고 판단하고 있어서 꽤나 못마땅하게 여기던 상황이라 불쾌감이 하늘을 찌르던 상황에서 방금 전에 일어난 일은 더욱 불쾌하게 느끼는 것이었다.

주인이 워낙 정치적 열성 팬이라 무슨 억하심정인지 손님에 대한 예우 차원에선 절대 해선 안 될 행동을 서슴없이 자행할 것만 같은 위기감이 감돈다.

몰래 주방 쪽에서 스마트폰을 켜 그들의 모습을 동영상을 촬영하기 시작하였다. 어느 정도 시간이 지나 요리가 다 되자 쟁반에 담아 갖다준다.

그 후 그들이 먹는 장면도 그대로 다 촬영해 버린다.

주인의 노림수는 이 사실을 다른 타인이 교묘히 퍼뜨리는 것으로 하여 지지율을 확 떨어뜨려 버려 힘을 쭉 빼 혹시 모를 보수표 갉아먹는 사태를 미연에 차단하는 포석이다.

어차피 당내 경선에선 조혜란이 될 것은 기정사실이긴 한데 그래도 박진감 있게 하려고 애를 쓰는 중이었다.

어느 정도 시간이 지나자 그들은 다 먹고 일어나 계산을 마치고 나가며 "우아아 보신탕이 너무 맛이 좋아요. 진짜 힘이 불끈불끈 생기는 것 같습니다. 다음에 또 오겠습니다."라며 환하게 웃는 표정까지 보였다.

이날 경선토론방송이 나간 후 전국적인 여론은 거의 반반으로 팽팽하게 갈렸다. 물론 개고기 도축산 관련자들은 결사반대 입장이었고, 이해관계를 떠나 국민들도 그렇게 갈렸다.

혜란은 이게 이번 선거에서 도움이 될지 안 될지 사뭇 신경 쓰이기 시작하였다. 이날 밤 조금 갑갑한 마음에 향적산 넘버원 족집게 친언니에게 전화를 넣어 이 문제가 향후 어떤 영향을 미칠지 묻는다.

그러자 언니는 "야야야, 넌 이렇게 해도 되고 저렇게 해도 된다. 넌 무조건 된다. 이번에 보위에 오를 사람은 바로 너다. 네가 보위에 오른다. 개 식용 금지 공약은 진짜 잘한 거야! 지난번 장배란 놈이 고양이를 우습게 여겨 뭇매를 맞기도 했지만 개도 마찬가지야, 이 세상천지에 개를 식용으로 먹는 나라가 어디에 있냐? 완전히 미개한 민족이나 야만적인 사람들이나 개고기를 먹지! 절대로 정상적인 민족이나 사람들은 그런 고기는 줘도 안 먹는다."라며 동생에게 사기를 북돋워 줬지만 아까 보신탕집에서 개고기를 먹고 온 동생으로선 순간 가슴이 찔려 뜨끔뜨끔거렸다.

"알았어! 내가 무조건 대통령이 된다니 이젠 아무것도 걱정할 게 없네! 그래 언니 다음에 연락하자고."

"그래."

조금 더 시간이 지나 이날 자정도 넘기기 전에 동생 혜란이 아까 당사 부근 보신탕집에서 개고기를 먹은 사실이 삽시간에 여기저기 온라인 커뮤니티나 사회관계망에 퍼져버렸다. 아까 전화통화를 한 혜미는 이 기사를 접하고 가슴이 철렁 내려앉았다. "어어! 내가 천하의 최고 무당인데 내 동생에게 이런 문제가 생길 줄은 미처 몰랐다니! 이건 완전히 자승자박이다. 아아! 내 신기에 한계가 오고 있단 말인가! 으으. 이 문제는 그리 가볍진 않을 것 같은데! 자신이 공약한 내용을 자신이 불과 몇 시간도 안 돼 저질러 버리면 참 나, 완전히 동네북이다. 웃음거리다. 얘가 왜 이리 경솔할까! 으으."라고 깊은 탄식 속에 빠졌다.

밤사이 온 세상에 거의 다 퍼져나갔다.

다음 날 아침이 되자 모든 언론에 어제 미래보수당 경선을 마친 조혜란 후보, 방호식 후보, 최장배 원내대표가 보신탕집에 들어가 개고기와 소주를 먹는 영상이 퍼져 난리가 났다.

그래도 어제 토론회 때 개 식용 금지 공약에 대해 반대 의사를 밝힌 방 후보는 본인이 솔직히 보신탕을 좋아한다고 밝혔으니 그나마 덜 구설수에 오를 수가 있겠지만, 식용 금지 공약을 내건 조혜란 후보는 부메랑으로 엄청난 직격탄을 맞는 순간을 맞았다.

밤사이 몰랐던 보라도 낮이 되자 언론에 도배된 걸 보고 알게 됐다. 오래전 피서 갔다 급류에 쓸려 사망한 약혼남 이동작을 생각하면 너무 괴로워 이를 잊으려고 반려견 한 마리, 반려고양이 한 마리를 키우며 정신적 지주로 버틴 삶이었다.

작년 직장동료로 만나 동병상련으로 영작과 급조된 결혼을 했다가 돌연 희한하게 얽혀 장배를 만나 그의 무지막지한 재력과 앞으로 국무총리 내정설까지 듣게 되어 현혹되어 파경을 맞고 현재 장배와 동거 중인데 믿었던 그가 별안간 개고기를 먹었단 것은 그녀로선 청천벽력 같은 소식이었다.

그녀는 분노가 치밀어 올라 장배에게 아예 밥을 차려주질 않는다.

"자기야 이게 뭐야? 자기가 개고기를 먹었단 말이야? 너무 충격적인 기사다. 으윽."

"누나 그런 건 너무 민감하게 생각할 건 없어! 난 그런 걸 좋아하진 않지만 어떻게 분위기에 휩쓸려 그냥 한 그릇 한 거야! 뭐! 별것도 없다. 에잇."

"아니야 이런 건 그냥 넘길 순 없는 사건이다. 난 다른 건 몰라도 개고기를 먹는 인간들은 도저히 용납할 순 없어! 네가 아무리 돈이 많고 앞으로 국무총리가 될지 모르지만 그래도 난 그런 것도 싫다. 왜냐하면 개고기를 먹었기 때문이다. 개라는 것은 신성스러운 영역이기 때문이다."

"안 돼, 안 된단 말이야! 나 잠시 경선 문제로 나간다."

장배는 일단 위기를 모면하고자 아침을 거르고 쏜살같이 빠져나간다. 경선 문제라고 둘러대긴 했지만 실은 말을 섞지 않고 시간을 흘려보내야 보라가 수그러들 거라고 판단해서 그렇다.

그는 자신의 개인용 승용차를 몰고 무작정 어디론가 빠져나간다. 혜란에게 전화하여 위기 대응책을 의논하기 시작하였다.

"야 장배야 어제 거기서 보신탕을 먹을 때 손님들이 없었던 것 같은데 이게 어떻게 온라인 커뮤니티에 알려진 거지? 진짜 알다가도 모를 일이다. 정말 귀신이 곡할 노릇이다. 어휴~~ 진짜 재수 없어 으으."

"네, 그러네요. 일단 엄청난 위기인데 국민적 여론이 문제가 되겠지요. 여론의 추이를 지켜봐야 될 것 같습니다. 며칠 지나면 그냥 흐지부지 술에 술 탄 듯 물에 물 탄 듯 넘어갈 수도 있습니다. 제가 얼마 전 갔던 광교 족집게에게 이 문제를 물어보겠습니다. 만약 굿이라도 해야 해결된다면 굿이라도 해서 다 풀어내야지요."

"그래 그러려면 그렇게라도 해 봐."

혜란은 전화를 끊고 자신도 친언니 향적산 넘버원 족집게에게 이 문제를 물어보려다가 자신의 어제 개고기를 먹은 행동이 부끄러워 멈칫거릴 뿐이었다.

그 순간 언니에게서 전화가 걸려온다.

"아! 언니 으으 내 실수다."

"야 네가 선거 문제로 몸이 쇠약해져 보신탕을 먹은 건 참 좋은 일이지만 이게 알려져 문제 중의 큰 문제다. 게다가 네가 어제 토론회에서 개 식용 금지 공약을 걸었으니 누가 보면 앞뒤가 안 맞는다고 생각할 테니 말이야! 그래서 이게 걱정이다. 이왕 이렇게 엎질러진 거라 어쩔 수가 없고 내가 이 문제가 더 크게 불거지지 않게 신령님 전에 빌고 빌어야지! 뭐! 달리 도리가 없다."

혜란은 전화를 끊고 나서 여간 불안한 게 아니었다. 장배도 차를 타고 여기저기 돌아다니며 배회하다 더 이상 안 되겠다 싶어 광교산자락 17세 족집게 무당에게 전화를 넣는다.

"네, 지금 오세요. 기다리고 있겠습니다."

"네, 얼른 가겠습니다."

가까운 거리라 금방 갈 수가 있었다. 도착하여 들어가자마자 "네, 법사님 혹시 뉴스 보셨나요? 개고기를 먹을 생각은 없었는데 요즘 선거 문제로 이것저것 신경 쓰다 보니 피곤해서 토론회 끝나고 근처에서 그냥 한 그릇 한 건데 이게 어떻게 요란하게 퍼졌는지 참으로 개탄스럽습니다. 저희 당 유력후보에게 피해가 올까요? 그리고 이 문제로 제 동거녀가 펄쩍펄쩍 뛰고 있습니다. 야만적이라고 그러면서 더 이상 같이 못 살겠다고 난리가 났습니다. 이를 어쩌지요."라며 몹시 불안한 기색이 역력했다. 지난번에 둘이서 왔을 땐 굉장히 좋은 운세가 나와 무척이나 고무됐을 정도였는데 지금 현재 일어나는 형국은 전혀 반대 경우가 속출하고 있어서 무속이라는 게 현실성은 없어 보였다. 무당은 방울을 들고 딸랑딸랑 막 흔들고 부채를 들고 막 흔들다가 뭔가 이상하다는 듯 내려놓고 "아아! 이건 나의 법력의 한계가 드러나고 있습니다. 솔직히 이것은 잘 모르겠으니 나의 무속신앙의 스승님을 찾아뵙고 한번 여쭤봐야 될 것 같습니다."라며 여운을 남겼다.

순간 굉장히 솔깃해진 그는 "혹시 그 스승님을 제가 찾아가 만나 뵙게 되면 안 될까요? 한시가 급합니다. 아니면 법사님이 그 스승님에게 가실 때 저도 같이 동행하면 어떨까요."라고 간청해 보았지만 무당은 "아아, 그 그건 아닙니다. 이런 건 내가 혼자 엄숙하고 경건하게 가는 것입니다."라며 제재하기에 이른다. "그럼 언제쯤 가실 건가요? 빨리 그 사항을 알고 싶은데요."

"네, 오늘 저녁이라도 가려고 합니다."

"그런데 혹시 거기가 어디입니까."

"네, 계룡산 끝자락 향적산입니다." 향적산이란 말에 그는 가슴이 쿵 내려앉으며 기겁할 정도로 놀라 눈을 휘둥그레 떴다.

"아아, 아어어어."

"왜 이리 놀라십니까? 국회의원님? 혹시 아시는 곳인가요."

"아니 몰라요. 저는 아는 게 아무것도 없습니다." 그는 짚이는 데는 많고 분명 그곳이라고 확신하고 있지만 이럴수록 침착해지려고 애를 썼다. 속을 감추는 것이었다. 그는 밖으로 나와 집으로 갔다. 시간이 어느 정도 지나자 광교 17세 무당은 자신의 무속신앙 스승인 향적산 조혜미 법사를 만나러 가기 위해 길을 나섰다. 해 질 녘 도착할 수 있었다.

"어서 와. 오느라 길 막히진 않았나."

"네."

들어가자 둘은 저녁식사를 하고 잠시 차를 마시며 휴식을 취하다가 광교무당이 "선생님 제가 두 달 전에 국회의원 한 명을 고양이 살풀이굿을 해준 적이 있는데 그때 굿은 성공적으로 잘 됐는데 또 무슨 액운이 몰려왔는지 아까 점심때 그가 또 찾아와 하소연을 하더군요. 그런데 제가 그걸 감당하긴 힘들어 이렇게 먼 길이지만 선생님께 왔습니다. 그 사람은 가진 건 돈밖에 없는 사람이라 이런 액운을 잘 떼어내 주기만 하면 제게 아주 큰 뭉칫돈을 쥐여줄 것으로 생각됩니다. 그런 큰돈 좀 벌고 싶어요. 저 같은 무당은 이럴 때 크게 한번 버는 거 아녜요." 하며 기대감에 젖은 눈빛을 보였다.

"그래 그 국회의원이 누군데."

"네, 용인 수지구 국회의원 최장배라고 하네요. 꽤 젊어요. 올 42세밖에 안 돼요."

이 말에 혜미는 깜짝 놀라며 "어! 야야야, 걔는 그게 뭔지 다 알겠다. 지난번에 걔 나하고도 이런 비슷한 문제로 여기까지 왔다 간 놈이야! 어휴~~ 그런 난봉꾼에 젊은 꼰대 새끼."라며 맹비난을 늘어놨다. 문득 혜미는 장배가 광교 제자에게 찾아가려고 하는 곳이 향적산 아니냐고 떠봤을 거라고 추측한다. 자신이 한번 굿을 거부했기에 앙금 차원으로 확인하려는 심리가 있을 것으로 내다봤다.

"야 혹시 걔가 찾아갈 스승이 있는 지역 같은 걸 물었지? 그랬을 것 같다. 걔가 날 의심할 거야."

이에 제자는 "네, 그렇습니다."라고 답했다.

"야야야, 너 말이야 걔가 갑갑하니까 분명 또 올 거야! 그땐 다 부정적으로 말해버려. 그래서 걔 기를 완전히 꺾어 놓으라고. 그럼 걔가 혹시 무슨 굿 같은 거나 값비싼 부적이니 뭐니 하겠다고 할지 몰라. 그럼 그렇게 말하라고 그런 거 해도 다 부질없고 소용없다고 말이야! 단호하게 거부해 버리라고, 그래서 완전히 멘붕 상태로 빠뜨려 버리라고……."

"아하! 그 사람이 선생님과도 그런 악연이 있었군요. 참! 세상은 좁고 좁지요. 네, 그렇게 하겠습니다."

"야, 걔는 고양이를 우습게 안 것뿐만이 아니라 리버힐이라는 아파트 회장으로 있을 때 무고한 경비원과 미화원을 쫓아내기까지 한 갑질 악랄한 놈이다. 그런 놈은 이 사회에서 매장시켜 버려야 해."

새로운 사실을 알게 된 제자는 깜짝 놀란다. 자신이 그 사람의 고양이 액운 액땜 굿을 한 일이 있어서 그렇기도 하지만 최저임금 노동자들을 잘랐다는 대목도 더더욱 그렇다. 제자는 최장배의 실체를 알게 되는 순간을 맞는다.

"네, 스승님 뜻대로 하겠습니다."

"야 오늘 여기서 자고 내일 올라가라. 그리고 혹시 그놈이 향적산 그 스승이 나라는 걸 눈치는 채고 있을 거야! 이 부분을 떠볼 수도 있어! 그럼 내가 아니라고 하든가 아니면 무조건 모른다고만 하면 돼! 됐나? 우리끼리 입을 맞춰놔야지."

"네."

제자는 향적산의 기를 받으며 이날 밤 지새우고 다음 날 아침이 되어 수원으로 올라갔다.

가자마자 장배에게 전화를 넣었다. "네, 의원님 내 스승님에게 갔다 왔습니다. 답을 찾았습니다. 한번 오시겠습니까."

"네, 지금 금방 가겠습니다."

기대와 부푼 기분에 젖어 금세 도착하였다. 들어가 앉자마자 광교무당은 "에잇 어쩌지요. 의원님이 이 문제가 굉장히 다급하다고 하시길래 어젯밤 부랴부랴 나의 스승님에게 가서 이 사항을 여쭤보았는데 앞으로 의원님은 아무것도 이뤄지는 게 없다고 합니다. 그러니까 의원님이 현재 가장 고대하는 게 소속 당의 후보가 대권을 잡고 의원님이 그 빽으로 국무총리도 되고 지금 동거하는 여자와 애틋한 결혼까지 하는 것 아닙니까? 이게 다 무산된다고 보면 됩니다."라며 비수를 꽂는 멘트를 내뿜었다.

이미 예상된 대로 그가 "혹시 조혜미 법사 아닙니까? 저희 미래보수당 조혜란 경선후보의 친언니라고 알려진 그분 맞죠."라며 정색한다.

이럴 거라고 예상됐고 이 부분에 대해 혜미에게서 코치까지 받은 상황이라 태연하게 "아닙니다. 존함이 다릅니다. 나의 스승님은 남자분입니다."라며 완벽히 감춘다.

"어! 그래요."

그로서도 대략 그런 추측만 들뿐 정확히 모르기 때문에 답답할 따름이었다. "아니 굿이나 부적 같은 걸로 막을 수 있지 않을까요? 무속신앙의 최후의 방파제 보루 아닙니까."

이것도 이미 철저한 코치가 된 부분이라 "아 네, 그것도 소용없다고 하셨습니다. 그 스승님은 대한민국 최고 넘버원이신데 다 부질없고 소용없다고도 덧붙였습니다. 의원님의 운명은 앞으로 계속 내리막길만 남았고 패가망신 당한다고도 했습니다. 끝났습니다." 하며 한숨을 깊게 푹 쉰다. 몹시 절망적인 답변을 들은 터라 갑자기 혈압이 오른 그는 "뭐야 겨우 그런 소릴 들으려고 거기까지 갔다 온 거야? 와아 진짜 웃긴다. 웃겨 거기 향적산 최고 넘버원 스승이 계신 곳이 어딥니까? 내가 직접 그곳에 찾아가 묻겠습니다. 네."라며 상당히 격앙된 반응을 보였다.

이에 조금도 당황하지 않고 제자는 "아니 의원님 그렇게 함부로 막 찾아가고 그러는 게 아닙니다. 그 스승님은 아무나 막 만나진 않습니다. 하늘에서 만나라고 하는 사람들만 만납니다. 또 여기 광교산의 기가 흐르는 신성한 곳에서 어느 안전이라고 그렇게 막말을 하십니까? 이렇게 신령스러운 곳에서 그렇게 막말하고 무례한 짓하면 천벌을 받습니다. 천벌받고 싶지 않으면 지금부터라도 입을 다물고 절대 침묵을 지키든가 아니면 그냥 조용히 퇴장해 주십시오."라고 엄포를 놨다.

갑자기 얼굴이 붉어진 그는 더 이상 이곳에 머무르면 안 되겠다 싶어 벌떡 일어나 밖으로 나가버린다. 그는 나간 후 계속 줄담배를 피우기 시작하였다.

이 사항을 당대표 조혜란에게 물으면 뭔가 해법이 나올 것만 같아서 스마트폰을 열고 번호를 눌렀다.

"그래 왜."

"네, 대표님 그 말이죠. 대표님이 언니 되시는 법사님에게 혹시 어젯밤에 광교 제자가 찾아왔었는지 확인 좀 해 주시죠."

"그래 알겠다."

그녀는 전화를 끊고 피식 웃는다. 이미 어젯밤 언니에게서 코치를 다 받은 상황이기 때문이다. 잠시 쉬며 평온해지기 위해 아메리카노를 한잔 쭉 마시고 그에게 답을 하기 위해 전화를 건다.

"야 내가 알아보니까 그런 일이 없다는데······."

"어어! 그래요. 아아! 그럼 알겠습니다."

사실 장배보다 더 굉장히 불안한 건 혜란이다. 이번에 개고기를 먹은 게 알려졌기 때문이다.

그녀는 갑자기 억울한 기분에 사로잡히기 시작하였다. 보신탕을 먹던 날 자신이 주도하여 보신탕집에 들어간 게 아니기 때문이다. 그런 고기를 좋아하긴 하지만 그날은 먹을 생각도 없었는데 장배의 유혹으로 들어갔기 때문이다.

"야, 네가 개고기 먹으러 가자고 말을 안 했어야지! 네가 그러는 바람에 괜히 그랬다가 내 이미지와 명예만 완전 절단 났다. 이거 정말 큰일 났다. 이걸 어떻게 막을 수 있을지 진짜 문제다. 문제! 으으."

심기가 매우 불편한 그도 이 부분에 대해 뭐라고 할 말이 없었다.

"대표님 죄송합니다. 그게 그러게요. 대표님은 이 문제로 지지율이 떨어지는 게 큰 문제이고 제 경우도 대표님 덕 좀 보려고 했는데 이리저리 꼬여 골치 아프고 또 지금 약혼녀가 저보고 무슨 개고기를 먹었다고 야만적이라고 같이 못 살겠다고 난리를 칩니다. 으윽 진짜 미치겠습니다. 정말 미치겠다. 혹시 그 보신탕집에서 그날 어느 누가 그렇게 촬영했는지 불법 촬영죄로 수사의뢰를 해보는 게 어떨까요."

"야야야, 괜히 불을 끄려다가 더 크게 휘발유를 뿌리는 격이 될 수도 있어! 그저 잠자코 있어! 그래 나도 미치겠다. 선거는 이런 소소한 것 하나로도 대세가 갈리고 판세가 뒤집히고 그러는 거야! 별거 아닌 말 한마디 가지고도 왔다 갔다 위태위태한 게 선거이기도 하고 또 사람의 인생이기도 해."

11. 보신탕이 뭐길래

이들은 전화를 끊고 심란해지기 시작하였다.

그녀는 결국 대국민 사과문을 열고 속죄하는 수밖에 달리 묘수가 없을 거라고 느꼈다. 점심때가 조금 지나 그녀는 자신의 사회관계망을 통해 〈엊그제 미래보수당 당사 주변 신도림역 인근에서 보신탕을 먹은 것을 후회하며 반성하고 있습니다. 개 식용을 반대하는 많은 국민들에게 심려를 끼쳐드려 대단히 죄송합니다. 앞으론 절대 그런 고기는 먹지 않겠습니다.〉라는 글을 게재하며 악재를 차단하려고 애를 썼다.

해 질 녘 장배는 집에 들어가자 보라가 단단히 틀어져 있어 아예 말을 하지 않고 있다.

"밥 먹어야지 누나."

"야, 장배 씨 난 다른 건 몰라도 개고기 먹는 사람은 용납할 수 없다. 내가 착한 경비원 영작을 버리고 돈과 혹시 국무총리가 될지도 모른다고 날 꼬드기는 바람에 국회의원인 너에게 온 게 어쩌면 내 실수다. 그래도 영작은 돈은 없는 보잘것없는 아파트 경비였지만 그래도 개고기는 먹진 않았다. 걔는 돼지고기, 닭고기, 소고기, 오리고기만 먹었다. 걔는 나랑 처음에 살 땐 반려견, 반려고양이를 좋아하진 않았지만 그래도 그런 고기를 먹진 않았다고……. 아! 오늘 따라 영작이 그립다. 다시 영작에게 가고 싶다."

오락가락하는 그녀를 보며 장배는 기가 막힐 지경이었다.

"참 나, 개고기가 뭐 별거라고 아니 개만 소중한 생명이야? 돼지, 닭, 소, 오리의 생명은 소중하지 않아? 왜? 동물들을 차별하지? 그렇게 개의 생명을 소중하게 생각하는 마음으로 돼지, 닭, 소, 오리도 소중하게 생각하고 이런 고기도 먹지 말라고."

장배는 반격에 나섰다.

"뭐야? 왜 하필 반려견과 그런 동물들과 비교를 해? 견은 우리 인간들과 아주 밀접한 관계를 이루잖아? 전혀 다른 차원이지! 개들이 사람의 말을 얼마나 잘 알아듣는데."

"그래 누나 말 잘했다. 돼지, 닭, 소는 밀접하지 않아? 돼지, 닭, 소도 사람 말 다 알아들어! 좋아. 그렇게 아주 밀접한 관계까진 좋지만 인간을 위협하는 맹견도 있잖아? 이건 뭐야? 또 맹견까진 아니더라도 일반 개들 중에도 사람을 위협하고 공격하는 개들도 굉장히 많아! 밀접한 관계가 아니라 피해를 준다고 개에게 물려 살이 뜯기고 피 나는 부상을 당하는 사건 사고가 얼마나 많은데 어린아이들은 개에게 물려 죽은 애들도 있다고……. 으으."

그가 끝없이 깐족거리자 보라는 화가 치밀어 올라 "야 장배 국회의원 그만 깐족거리고 우린 어차피 혼인신고도 안한 사람인데 여기서 끝내! 왜 그렇게 말끝마다 깐족거리는 거야? 넌 깐돌이야."라며 막 삿대질을 해댄다.

보라는 벌떡 일어나 더 이상 관계가 유지될 수 없음을 밝히고 나가 버린다. "야, 우리 이선에서 갈라서 버리자! 넌 정치를 해 봐서 알겠지만, 정치도 이념도 맞고 어느 정도 생각이 맞아야 함께 당적도 유지하고 연대도 하는 거고, 안 맞는 이념과 세력들과는 함께할 수 없는 것처럼 남녀 사이도 마찬가지야! 야 도저히 안 되겠다. 난 이 시각 이후로 떠나련다. 개고기 맛있게 먹으며 행복하게 잘 살아라! 네 앞으로 만날 여자는 개고기 먹는 여잘 만나라고. 그래야 이 같은 불상사가 없을 거야."

장배는 떠나는 그녀를 말리려 하지 않았다. 자신이 느낄 때도 상당히 힘들 것으로 판단됐기 때문이다. 결국 개고기 때문에 두 달도 채 안 되어 갈라서는 순간을 맞는다.

그녀는 이날 밤 홀로 술을 진탕 퍼붓고 난데없이 옛 남편 영작에게 전화를 넣었다. 영작은 지금도 예전에 보라와 살았던 풍덕천동 투룸에서 지내며 로또 아파트에 경비 일을 하러 다닌다.

그는 예상치도 못한 그녀의 전화에 화들짝 놀라 그저 멍하니 핸드폰을 쳐다만 봤다.

"이게 무슨 일이야, 이거 미친 거 아냐! 내가 돈 없고 무능하다고 날 떠난 배신자가 왜 내게 전화를 다 해! 돈방석에 앉겠다고 국회의원을 만난 여자가……. 참 나."라고 혼잣말로 중얼거렸다.

안 받자 그녀는 수지구청역 부근 성복천으로 내려가 유유히 흐르는 물을 바라보며 3년 전 여름철 급류에 쓸려 내려가 저승으로 떠난 약혼남이 었던 이동작이 떠올랐다. 동작은 보라처럼 반려동물들을 어마어마하게 좋아한 사람이었다. 돈은 그렇게 많진 않았지만 영작보다 성격도 좋았고 직업도 좋았다. 그리고 장배보다 성격도 더더욱 좋았다.

개천의 흐르는 물을 계속 바라보자 지난날 악몽이 떠오르기 시작하였다. 바로 늦은 밤 갑자기 불어난 급류에 약혼남 이동작이 휩쓸려 내려가 세상을 떠난 악몽이다. 보라는 물이 무섭게 느껴졌다. 계속 이곳에 앉아 있을 수가 없었다. 그래서 일어나려고 움직이는 찰나에 어디선가 전화가 오는데 보자 바로 영작이었다. 이번엔 그녀가 안 받는다.

뚝 끊긴 뒤 불과 1분이 지나 또다시 보라가 전화를 넣는다. 그러자 이번엔 그가 받았다.

"왜 그래? 아니 누나 이게 무슨 장난이야? 뭐야? 왜 딴 남자 만나 떠난 여자가 내게 전화를 해? 왜 나하고 바람 좀 피워 보려고."

아주 불량스럽게 받는 영작이었다.

그래도 태연히 침착해지려고 애를 쓰는 그녀였다.

"야, 영작아 그동안 잘 지냈나? 거기서 계속 일은 했고? 그냥 잘 지내나 해서 전화를 넣은 거다."

"그런 쓸데없는 소린 집어치우고 본론만 말해 봐! 나도 여기 로또에서 일하며 스트레스가 이만저만이 아니야! 어서 무슨 말이든 하라고."

"난 오늘부로 최장배와 끝났다. 지금 수지구청역 부근 개천 길에 와 있다. 지금 올 수 있니."

깜짝 놀란 영작은 "뭐야? 그놈과 끝났어? 참! 희한한 일이지만 일단 말이나 들어 보고 싶다. 거기 지금 정확한 위치가 어디야."라 묻는다.

"여긴 삼성 아파트 건너편 개천 길이다. 벤치에 앉아 있다."

그는 후다닥 옷을 갈아입고 그곳을 향해 전력질주로 달려갔다. 그 지점에 닿자 그녀는 벤치에 앉아 유튜브로 무슨 구슬픈 뽕짝을 듣고 있었다.

"여기 여기 나야 누나."

"여기다. 와서 앉아."

그가 앉자 보라는 최근 일어난 보신탕 사건을 그대로 다 밝혔다. 그러자 원래 삶의 세파에 찌들어 번민과 괴로움에 빠져 정치 같은 것에 전혀 관심이 없었던 영작은 그 사실을 확인차 핸드폰을 꺼내 실제 그런 기사가 떴는지 검색하여 봤다.

"어! 사실이네, 와아 진짜 징그러운 것들이다. 저 혜란이란 여자는 자기가 개 식용 금지 공약을 발표해 놓고 바로 그날 보신탕집에 가서 개고기를 먹으면 이게 뭐야! 쟤들 되게 웃기는 애들이다. 근데 누나는 어떻게 저런 사람들에게 홀려 사귄다고 갔다가 안 되겠으니 또 내게 오는 거야? 그럼 내가 완전 호구네 호구! 누나의 사랑의 호구! 아님 백업인가? 뭐야? 후보? 상비군?"

"야, 너무 그렇게 막 늘어놓을 건 없고 난 참 생각이 많아졌다. 우리 다시 재결합하길 바란다. 난 반려동물들을 사랑하는 사람이고 또 개고기를 식용하는 인간들은 야만인이 문제가 아니라 극악 흉악범이라고 생각하는 사람이다. 넌 그래도 내 마음을 잘 알잖아."

갑자기 그는 침묵을 지켰다. 이렇게 극적으로 다시 만나게 된 것에 대한 기쁨 차원도 있고 최근 로또 아파트에서 자신이 신입 경비에게 갑질을 가하여 문제가 된 일이 있어서 심란한 마음이 들었기 때문이다.

보라가 오랜만에 술을 제안하자 수지구청역 부근 먹거리 골목으로 간다. 술이 들어가자 끝내 그는 최근 자신이 신입 경비에게 갑질을 가한 대목을 털어놨다.

깜작 놀란 그녀는 "야야, 너도 예전에 리버힐에 있을 때 다른 경비들에게 갑질 당해 스트레스가 이만저만이 아니었고 내가 오늘 헤어진 최장배 회장에게도 갑질을 당해 죽겠다고 해놓고 이젠 네가 다른 경비에게 갑질을 하면 어떻게 해? 그럼 넌 갑질이 아니라 갑질을 당한 분풀이로 또 다른 타인에게 가한 을질을 한 거야! 넌 을질 가해자야! 또 너에게 을질을 당한 피해자가 또 다른 늦게 들어온 경비에게 이래라저래라 꼰대 짓하면 병질을 하는 거라고……. 또 그 병질을 당한 사람이 홧김에 딴 곳에 가서 또 다른 사람에게 똑같은 짓을 하면 정질을 가하는 정질 가해자가 되는 거야! 사람은 결국 사람을 지배하려는 심보가 있다고, 그렇긴 한데 너라도 그러면 안 되지! 네가 받은 고통과 똑같은 고통을 타인에게 전가하면 너도 입이 열 개라도 말할 자격이 없다. 정질 피해자가 또 다른 사람에게 고통을 주면 무질을 가한 거야! 무질."라며 장황하게 인간의 잔혹한 횡포에 대해 분석한 것을 말한다.

술이 더 들어가자 그는 문득 화가 치밀어 올라 "그래 누나 누나의 말은 참 훌륭한 이론이긴 한데 내가 돈 없고 무능하다고 하루아침에 그 돈 많은 놈의 감언이설에 놀아나 느닷없이 장배란 회장에게 달려간 건 남녀 간의 갑질이야? 을질이야? 병질이야? 정질이야? 뭐야? 무질이야? 무질? 자꾸 무슨 질이니 뭐니 하는데 우리는 결혼했던 사이였는데 보라 누나가 나의 무능을 이유로 회장에게 갈대처럼 흔들린 그 자체 그 행동으로 나를 괴롭힌 것은 직장 내 괴롭힘, 갑질보다 더 잔인한 거라고……! 뭐야? 누나도 똑같은 무슨무슨 질 가해자라고!"라며 핏대를 올렸다.

이들은 극적으로 다시 재회하며 분위기가 살아나는 듯했지만, 직장 내 갑질, 부부 간 갑질 문제로 격렬한 언쟁을 벌인 뒤 서로 혈압이 터질 것만 같아 이뤄지긴 쉽지 않았다.

"야 영작아 너와 난 생각과 성격 자체가 안 맞는 것 같다. 난 오늘부로 장배란 놈과 찢어지긴 했지만 다시 너와 재결합하긴 현실성이 없어 보인다. 그만 갈 길을 가자! 자! 난 그만 간다."

"그래 보라 누나. 누나와 난 천생연분이라고 향적산 넘버원 족집게가 그러긴 했지만 다 미신인 것 같다. 이게 뭔 천생연분이야? 말도 안 통하는데 말이야! 자! 나도 갈 길을 간다. 인간은 누구나 다 이기적인 동물들 같다."

"야 영작 이 세상에 이기적이지 않은 인간이 얼마나 되나? 너나 나나 똑같은 인간이다. 서로 서로 이기주의와 이기주의가 대형 충돌을 일으키는 거지 뭐! 잘 가."

그는 투룸으로 들어갔고 그녀는 길을 배회하며 갈피를 못 잡고 있을 때 그녀에게 어디선가 전화가 걸려오는데 쳐다보자 장배였다.

아까보다 더 혈압이 올라 터질 것만 같아 받지 않았다. 그랬더니 카톡이 날아온다.

〈보라 누나 내가 앞으론 절대로 개고기를 먹지 않을 테니 다시 합칩시다. 서약합니다.〉 굵고 짧은 한마디였다.

이에 그녀는 〈야 장배 씨 내가 얼마 전 상현도서관에 들러 요즘 한참 유행한다는 서양철학 책 『쇼펜하우어』를 보니 이런 말이 나오더라고. '인간은 고쳐 쓰는 게 아니다. 인간은 타고난 성질, 성격 그대로 생 마감할 때까지 간다. 그러니 싸운 사람과 화해하지 말라, 그러면 또 그런 문제가 생겨 더 불행으로 빠진다.' 난 그 말을 절대 진리로 믿는다. 끝.〉 이렇게 답장을 보냈다.

아무리 가진 게 없고 힘들어도 고달픈 생활을 하는 일상 속에도 자존심 하나로 버티는 그녀였다. 조만간 또 다른 일자리를 찾아 나설 생각을 하게 된다.

배회하던 그녀도 지쳐 주변 24시 사우나로 들어가 몸을 녹이고 찜질방으로 들어가 아무 생각 없이 잠이 들어버렸다.

날이 밝자 별안간 향적산 무당에게 이런 사항을 알아보고 싶은 충동에 사로잡혔다. 전화를 하자 받았다.

자초지종을 밝히자 무당은 "아하! 보라 씨 내가 그때 보라 씨와 영작 씨 둘이 왔을 때 천생연분이고 원앙이라고 분명히 말했지? 그럼 그렇게 눈이 오나 비가 오나 바람이 부나 오매불망 남편 영작만을 위해 살아야지, 왜 쓸데없이 그 회장 같은 악랄한 놈에게 가냐고? 개고기를 보란 듯이 먹는 놈은 천벌받을 거야. 오래전엔 고양이를 우습게 알더니 이번엔 개를 그러네! 사실 지난 1월에 그 남자 영작이가 내게 전화하여 아내가 달아났다고 미쳐 죽겠다고 하소연을 하더라고 그래 그럼 한번 들러 살풀이 좀 하자고 하니까 알았다고 하더니 아직도 오진 않네! 뭐! 안 오면 말고……. 모든 건 해결하는 방법은 굿밖에 없어! 이걸 어떻게 할 거야? 자네라도 혼자 올래?"라며 굿을 강조했다.

"네, 생각해 보고 가겠습니다."

보라도 끊은 뒤 속 시원한 해법을 듣지 못하고 뭐든 굿만 강조하는 무속신앙에 대해 불신하는 마음이 가슴속 깊이 들어찼다.

그녀는 곧바로 일자리를 알아보기 시작하였다. 일단 집은 풍덕천동 쪽에 얻을 계획이다. 자칫 이 동네를 돌아다니다 보면 영작과 부딪칠 수도 있긴 한데 하는 수가 없다고 느꼈다.

그래도 이 동네가 미운 정, 고운 정이 들어서이다.

어제 자로 신당 미래보수당 유력후보 조혜란이 개고기를 먹은 일에 대해 깊이 사죄하는 글을 올렸는데도 불구하고 좀처럼 들끓는 여론을 잠재울 순 없었다.

아직 당의 대선후보도 선출하지 못한 상태에서 맞은 혹독한 시련이었다. 그래도 이에 아랑곳하지 않고 원내대표 최장배는 다음 주 월요일 경선 2차 토론을 진행한다는 방침을 세웠다.

그 후 일주일 지나 50% 국민여론조사와 50% 당원투표에 붙인다는 것이었다. 합산하여 최종 후보자를 뽑는 방식인데 사실 하나 마나 조혜란이 될 것은 기정사실이라 볼 수가 있다.

이윽고 며칠 지나 월요일이 되자 2차 토론회가 열렸다.

이날도 신도림역 3번 출구에 있는 미래보수당 당사에서 개최됐다. 지난 1차 토론회에서 개고기 식용 금지 공약을 내걸었다가 토론회가 끝난 후 인근 보신탕집에 들어가 개고기를 먹은 게 알려져 언론의 뭇매를 맞고 국민적 지탄을 받은 터라 토론 시작부터 다시 한번 정중히 사죄하는 멘트를 한다.

다른 사회, 문화, 국방, 과학기술에 대한 토론도 이어졌다. 하지만 맥이 풀린 채로 진행됐다. 정신없이 하다 보니 금세 두 시간이 지나 끝났다.

마치고 밖으로 나오는데 당사 앞에 수많은 개 식용 반대 모임 회원들이 몰려와 피켓을 들고 시위를 하고 있었다. 가까스로 빠져나갈 수가 있었다. 그녀의 고민은 이리저리 깊어만 간다. '한순간의 실수가 이토록 큰 수렁에 빠진단 말인가!'라며 속으로 계속 곱씹었다. 그녀는 집에 들어가 갈피를 잡질 못하고 멍하니 벽만 바라보다가 갑갑한 나머지 타개책을 찾고자 족집게 친언니에게 다시 전화를 넣었다.

"야, 혜란아 내가 곰곰이 생각해 보니까 이런 문제는 내가 신령님 전에 싹싹 빈다고 해결되는 문제는 아닌 것 같다. 차라리 네가 역으로 정치적 초강수로 아예 개 식용을 권장하는 캠페인을 펼치며 정면 돌파를 시도하라! 이게 먹힐 수도 있는 건 전국에 많은 사람들 중 식용을 희망하는 숫자도 만만찮게 있기 때문이야! 이렇게 돌파해 봐! 파이팅."

혜란도 이 말에 솔깃해지기 시작하였다. 끊고 가만히 음미해 보니 어차피 앞만 보고 돌진 또 돌진이었다.

개 식용 반대론자들의 마음을 돌릴 수 없을 바엔 차라리 식용 권장을 주장하며 나가리라! 다짐해 본다. 그녀는 바로 다음 날 긴급 기자회견을 열고 〈지난 1차 토론회 때 개 식용 금지 공약을 밝히고 개고기를 먹는 사태가 벌어져 많은 물의를 빚은 것은 사실이지만 가만히 숙고해 보니 원래 개고기는 우리나라 전통적 보양식입니다. 복날 이런 고기를 잡아먹으며 선조들은 고된 일을 해 나갈 수가 있었습니다. 대한민국 전통 특급 영양식 요리에 해당됩니다. 그러니 많은 국민들께선 그 유구한 전통을 이어 앞으로 개고기를 많이 드시길 권장하겠습니다.〉라며 목소리를 높였다. 실시간 유튜브로도 나갔는데 그녀의 전략적 도발 내지 도박이 상당 부분 주효하는 분위기가 감돌았다. 그 후로 팽팽하게 반반 갈렸다. 하지만 험난한 길이 놓일 수밖에 없었다. 그래도 5월 21일 대통령 선거 날 이런 민감한 부분이 어떤 영향을 미칠지 긴장되는 마음 금할 길이 없었다.

이날 속보를 지켜본 전국 도축산 업자들은 일제히 환호성을 터뜨리긴 했지만 앞으로 여론이 어떻게 흘러갈지 이리저리 출렁거리기에 아무도 알 수가 없기 때문이다. 벌써부터 여당 국민밖에 모르는당은 아직 당론으로 정해진 것은 아니고 후보자와 의원들 간에도 이견이 상당히 많긴 하지만 글로벌 반려동물을 아끼는 분위기와 개고기 식용 금지 대세를 주장하며 그녀를 맹비난하기 시작했고, 야당 청렴맑은당도 이에 가세하며 야만적인 사상을 지닌 후보이고 미개한 정당이라며 맹폭을 날렸다. 가뜩이나 2.4% 지지율밖에 안 되는 상황에서 완전 사면초가에 몰렸다. 그렇지만 국민밖에 모르는당 방철환 후보는 개인적인 소견이라면서 개 식용을 찬성한다는 뜻을 분명히 밝혔다.

족집게 친언니의 훈수가 큰 자충수가 되어 대형 부메랑으로 돌아오긴 하는데 좀 더 지켜봐야 할 것 같았다.

타당은 아직 경선을 치르진 않고 조금 더 늦게 이번 달 말에 개최할 계획이다.

벌써부터 이 문제로 비판 수위가 하늘을 찌르는데 이달 말 경선이 시작되면 지금 드러난 허점을 집중적으로 파고들며 더 날카롭게 각을 세울 게 뻔해 보였다.

지금까지는 이 문제에 대해 줄곧 침묵을 지켰던 타당은 갑자기 당론으로 개 식용 금지 특별법을 이번 벚꽃 대선 공약으로 내건다는 기자회견까지 하고 나선다.

신당 미래보수당 조혜란 후보가 이중적인 실책을 범한 틈을 집중적으로 파고들어 대체로 반려동물을 좋아하는 인구가 많은 것을 최대한 선거 전략으로 활용해 보겠다는 것이었다.

선거라는 게 훌륭한 정책 공약이나 실천력, 후보자 검증 문제, 인성, 도덕성 이런 것들도 중요하지만 때론 워낙 단순한 사람들도 많기 때문에 어떤 좋지 않은 이미지, 혐오스러운 느낌, 야만적인 느낌 같은 걸로 낙인찍혀 대세가 갈리는 경우도 종종 일어나기 때문에 흠집 내기 전략을 세웠다.

국민밖에 모르는당 당적으로 무려 8선이나 한 어마어마한 중진인 그녀가 당을 깨고 나가 미래보수당을 창당하여 자칫 보수표를 갉아먹을 수도 있는 위기하에 초장에 그녀의 지지율이 오를 싹을 자르는 전략으로 상당히 좋고, 청렴맑은당 입장으론 그 나물에 그 밥이라는 식으로 그녀의 원뿌리를 거론하며 보수 양당을 공략하는 전략을 세우려고 계획하고 있다.

한편 리버힐에 살 때 장배에게 정신적 큰 데미지를 받았던 미란은 호시탐탐 영란이 석방되어 나오기를 기다리고 있었다.

영란이 나오기만 하면 곧바로 의기투합하여 로또로 쳐들어가 장배를 수렁에 빠뜨린다는 보복심을 지니고 있는 미란이다.

현재 그가 로또에 살고 있다고 생각하기 때문이다. 실제론 그곳에 있지 않고 2월 초에 광교지구 원천동 쥴리나 아파트로 이사 간 상태이다.

다음 주 보석으로 나온다는 소식을 영란의 가족으로부터 전해 들은 상태이다. 특히 미란은 최근 진행된 미래보수당 경선토론회를 보면서 굉장히 기가 막히고 불쾌한 감정 지울 길이 없었다. 장배가 그 당의 원내대표라서 그런 것도 있지만 후보자 간 토론을 보니 더더욱 그렇다.

혜란이 3월 4일 1차 토론회 할 때 개 식용 금지 공약을 들고 나오더니 바로 그날 보신탕집에 들어가 개고기를 먹은 사실이 알려졌고 사태가 심각해지자 사과문까지 발표하고 어제 2차 토론회 때도 거듭 사과의 뜻을 밝혀놓고 하루가 지나 되레 개고기 식용을 권장하는 캠페인을 열겠다고 나선 것이 충격적이었고 적개심마저 타올랐다.

왜냐하면 미란, 영란은 장배가 리버힐에 살 때도 고양이 사체를 짓밟은 사건으로 앙금이 증폭됐었고 하나 더 주말마다 동대표단들과 단지 내 쓰레기 줍기 봉사단을 꾸려 봉사활동을 하며 그 시간을 틈타 그가 대학 은사이자 동대표인 김빈나와 데이트를 즐기는 장으로 이용했기 때문이다.

그 무엇보다 고양이 사체 건이 컸다. 그만큼 그녀들은 반려동물이든 아니면 동물들을 엄청나게 좋아하고 있다. 친구가 석방되길 손꼽아 기다린 세월도 이젠 마침표를 찍듯 다음 주 월요일이 되자 나오게 됐다. 오후 1시 수원교도소에서 풀려나는데 미란이 가서 눈물을 흘리며 뜨겁게 반겼다. "으아아 영란아 이게 무슨 개고생이니? 그놈의 장배 자식 때문에 이렇게 된 거야! 우리 힘을 합쳐 그놈을 완전히 보내버리자고."

"그래, 그래, 오늘 풀려나는 장소에 나와서 맞이해 주는 사람은 너밖에 없다. 으으으."

"야, 가자고 풀려난 기쁨으로 소주와 해장국을 먹으러."

둘이 교도소 주변 해장국 집에 들어가 소주와 해장국을 먹는 시간은 오후 2시 반가량 됐는데 벽에 걸린 TV에서 뉴스 속보에 미래보수당이 전국 대의원 및 당원대회를 열며 5월 21일 벚꽃 대선 후보자를 선출하는 장면이 나오고 있었다.

조혜란이 될 게 기정사실이었는데 실제 결과로도 그녀가 그렇게 선출되는 순간을 맞았다.

원내대표 최장배가 단상에 올라 결과발표를 하고 있었다.

"아! 우리 미래보수당 대의원 및 당원 여러분 오늘 역사적인 미래보수당 대통령 후보는 압도적인 표차로 조혜란 후보가 선출되셨습니다. 자, 박수로 환영하여 주십시오."

혜란의 인사말이 이어지고 있었다.

이를 지켜본 영란, 미란은 속이 부글부글 끓어오르기 시작하였다. 장배에 대한 앙금이 가장 컸고 혜란에 대한 앙금도 적진 않았다.

방금 전 나온 후보자 선출 기사가 나온 후 타당 국민밖에 모르는당, 청렴맑은당 경선전에 대해서도 기사가 나오고 있었다.

여당 국민밖에 모르는당은 3월 22일 1차 토론회가 잡혀있단 보도였고, 야당 청렴맑은당은 3월 25일 1차 토론회가 잡혔다는 것이었다.

굉장히 특이한 일이 일어나고 있었던 것은 무슨 대세 교체 바람이 불어서 그런지 외국의 국가원수들이 청년층이 선출됐다는 해외토픽의 영향인지 국내도 많은 영향을 미쳐 국민밖에 모르는당은 42세 방철환이 현재 지지율이 선두로 나왔고, 청렴맑은당은 52세 정민식이 선두라는 조사가 나왔다.

최장배도 작년 9월 연거푸 스캔들에 휘말려 국민밖에 모르는당 윤리위에서 출당 처분만 당하지 않았다면 지금 경선전에 참전했을 가능성이 농후하다. 실제로 그런 야욕을 품었기 때문이다. 하지만 지금 현재 신당 미래보수당 원내대표를 맡고 있고 조혜란이 본선에 나가는 게 확정된 상태라 승리를 이끌 보좌 역할을 해야 할 판이다.

그는 내심 부러운 마음이 그득하다. 평소 소장파 라이벌 구도로 언론에 자주 조명됐기 때문이다. 특히 철환 같은 경우는 한때 장배와 같은 당 소속이었고 동갑이고 절친 동료 의원이기도 하고, 작년 8월 파충류 맹독 방지법이 통과될 때 협력한 사이였기에 만감이 교차한다. 하지만 정치든 세상살이든 현재는 냉혹한 승부 세계를 펼쳐야 하기에 인정사정이나 동정심 따윈 전혀 존재하진 않는다.

벌써부터 철환의 약점을 찾아내려고 온갖 자료를 다 뒤적거리고 채널을 다 돌리고 있는 중이다. 하나 문제는 민식은 그 당시 생태계 서식 체계 파충류 보호, 야생생물 보호, 이런 명분으로 파충류 맹독 방지법을 완강히 거부하며 뱀의 생명 유지 차원에서 자연 상태로 그대로 방치해야 한다고 강력히 주장했던 인물이다.

민식과 장배는 끝없는 공방이 일어났지만 결국 그 법이 통과된 까닭은 여당이 압도적으로 의석수가 많아 물리력으로 된 것이었다.

소주와 해장국을 다 먹은 그녀들은 밖으로 나와 인근 카페로 들어가 그간 못다 한 더 많은 얘길 나누기로 하였다.

"얘 영란아 지금 볼 땐 우리의 한을 풀 수 있는 길은 동물이든 야생생물이든 아끼는 마음이 있는 청렴맑은당 정민식이 돼야 될 것 같다. 그 국민밖에 모르는당 방철환이는 안 돼! 걔는 그때 장배가 파충류 맹독 방지법을 만들 때 도왔던 애야! 생각이 똑같아."

"그래 맞다. 맞다. 고양이를 사랑하는 모임을 결성하여 사람들을 최대한 끌어모으고 우린 민식이 당으로 입당을 하자고 그리고 이번 대선에서 민식이 대통령이 되게 한 다음에 다시 파충류 맹독 방지법도 폐지하게 하고 고양이 사체를 함부로 유기한 사람들에 대한 죗값도 더 높이게 운동을 하는 것이지."

둘은 의기투합을 이루는 시간을 가졌다.

하루가 지나자 이들은 곧장 청렴맑은당에 입당 절차를 밟았다. 어제 미래보수당 대통령 후보로 뽑힌 조혜란은 어떻게든 이번 대선에서 승리하기 위해 전략을 짜는 시간을 갖는다.

리버힐 아파트에 안착한 영란, 미란은 단지 내 반려동물 및 야생생물을 좋아하는 사람들을 끌어모으려고 여기저기 벽보를 부착하고 플래카드까지 설치하였다.

그 효과로 어느 정도 몰려들기 시작하였다. 또 인터넷 카페도 설치하여 모르려고 안간힘을 다 썼다.

특히 영란 같은 경우는 장배가 불법 촬영죄로 고소하는 바람에 구속된 상태에 있다가 나온 터라 증오심은 배가 되었다.

그녀가 아무 잘못 없는 상태로 구속된 것은 아니지만 나름으로 그의 사제지간 불륜을 파헤친다는 대의명분으로 한 행동이라 본인은 그래도 사명감 내지 정의감, 의협심이 두둑하다고 자부하고 있다. 미란과 공모하긴 했지만 절대 그 실체는 감추고 영란은 자신이 다 짊어지고 안고 들어간 것이었다.

청렴맑은당은 25일 1차 토론회 날이 며칠 앞으로 다가온 상황인데 벌써부터 동물보호단체 및 야생생물 애호가들이 당사 주변에 줄줄이 화환을 보내오고 당원 가입 숫자도 기하급수적으로 늘어난 굉장히 고무된 상태이다.

이에 앞서 22일 먼저 국민밖에 모르는당이 1차 토론회가 열렸고 주말 지나 25일 월요일에 청렴맑은당이 1차 토론회를 개최하였다.

영란, 미란이 주도하여 만든 동물보호 캠페인 및 선거운동은 빛을 발하기 시작하였다. 청렴맑은당 1차 토론회가 끝나고 아직 각 당의 후보자가 선출된 것은 아니지만 각종 여론조사에서 정민식 후보가 타 후보들보다 무려 15%나 앞서는 수치를 보였다.

아직 미온적이긴 하지만 그녀들이 진행하는 캠페인이 불씨가 되는 듯한 기운이 감돌았다.

각종 여론조사 결과가 이렇게 나오자 미래보수당 조혜란은 심각한 위기의식을 느꼈다. 아직 시간은 많이 남아 있긴 하지만 불안감은 여전하여 다시 족집게 언니에게 전화를 넣었다.

"언니 언니가 그때 차라리 역으로 개고기 식용을 권장하는 캠페인을 열어 정면 돌파하라고 했는데 아직 뭐 이렇다 하게 효과도 없고 지금은 정민식이가 대세로 떴는데 이거 진짜 큰일이다. 그래도 그냥 식용 권장으로 나가야 하나."

"야, 일단 걱정하지 마! 지금 전국에 식용 주의자들이 전면적으로 여론조사에 응답하진 않고 있는 거야! 이제 앞으로 제대로 응하기 시작하면 만만찮을 것이다. 야, 될 사람은 이래도 되고 저래도 된다. 안 될 사람은 이래도 안 되고 저래도 안 된다. 넌 될 사람이다. 묵직하게 기다려 봐."

"그래 알겠어! 언니."

"내가 널 위해 신령님 전에 지극정성으로 빌어줄게."

자매간의 통화가 끝나고 하룻밤이 지나자 신기할 정도로 전국의 개고기 식용 주의자들이 똘똘 뭉치기 시작하였다. 특히 모란시장 도축산업자들을 중심으로 다른 지역으로 확산되는 분위기였다. 혜란은 언니와 통화한 후로 이런 일이 벌어지자 언니의 법력을 정말 가공할 만한 수준이라 믿는 마음이 들기도 했다. 언론 보도를 통해 하루 만에 식용 주의자를 중심으로 여론이 몰리기 시작했다는 기사가 뜨자 그녀들과 식용 금지론자 및 인터넷 카페 회원들은 다시 긴장되기 시작하였다.

이 문제가 터지자 미란, 영란은 머릿속이 매우 혼란스러워지고 만다. 원래 조변석개이긴 하지만 너무 이상하기 때문이다. 그 이전에 지난 미래보수당 2차 토론회가 끝나고 조 후보가 급격히 금지론에서 권장론으로 급선회했기 때문이다.

혹시 원내대표인 장배가 뒤에서 코치했을 거라고 강력히 의심하는 마음이 앞섰다. 왜냐하면 그가 예전에 리버힐 회장할 때 고양이를 깔보기도 했고, 그 전에 뱀 잡는 걸 철저히 금지됐던 법안을 야생생물 뱀을 처단하는 땅꾼들이 뱀을 잡는 걸 자유롭게 허용하는 파충류 맹독 방지법, 즉 그런 파충류에게서 물리는 사고를 미연에 방지하는 법안을 통과시킨 전례가 있기에 그런 의심을 충분히 뒷받침할 수가 있었다.

그녀들은 이 점을 의심 차원으로 그치는 게 아니라 뒷배가 장배라는 걸 퍼뜨리려고 잔뜩 벼르고 있다.

그녀들은 1차적으론 장배에게 타격을 주고, 2차적으론 조 후보가 대선에서 고배를 마시게 하는 것이었다. 곧바로 자신들이 운영하는 인터넷 카페에다 조 후보가 2차 토론회가 끝난 직후 금지 공약을 철회하고 권장으로 선회한 것은 원내대표 최장배의 촉구로 이뤄진 것으로 보인다는 취지로 퍼뜨려 버렸다.

자칫 식용론자들의 여론이 거세져 미래보수당의 인기가 오를 수도 있는 걸 미연에 차단하려는 포석이었다. 이 이면에는 개를 사랑하는 식용을 반대하는 사람들의 결집을 도모하려는 꼼수이기도 하다. 그렇기에 우리는 그와 직장동료와 혈투를 펼쳐나가리라! 이런 내용이었다.

이 내용이 관계망에 요란하게 뜨자 당사자 장배는 속이 부글부글 끓어오르기 시작하였다. 그도 성향상 식용론자이긴 해도 본인이 후보에게 촉구한 적은 없는데도 인신공격성의 글이 퍼졌기 때문이다.

올린 사람들이 누군가 자세히 확인해 보니 리버힐에 있을 때 악연이 깊은 여성 입주민들이라는 게 드러나자 여간 불쾌하고 귀찮은 게 아니었다.

게다가 그중 한 여자는 자신을 불법 촬영한 혐의로 복역하고 나온 사람이었다. 악연의 고리가 끝없이 이어지는 불길함이 엄습했다.

그는 일단 자신을 모욕한 여자들을 사이버 명예훼손죄 및 허위사실 유포죄로 고소할까 말까 고민에 휩싸였다. 그래서 한 지인 변호사에게 이 사항에 대해 묻자 "글쎄요. 그 정도 가지고 그렇게 성립될지 아닐지 모르겠습니다. 선거기간에 나타날 수 있는 현상에 불과한 것 같은데요."라는 다소 허무한 답변이었다.

곰곰이 생각해 보니 득보다 실도 만만찮을 것 같은 기분이 들어 포기하기로 하고 대신 자신의 관계망을 통해 〈제가 저희 당 후보에게 그렇게 촉구한 적이 없습니다. 저희 당 후보께서 자체 판단컨대 전국의 보신탕을 좋아하고 또 노약자나 노동자들의 체력 증진 차원의 몸보신, 보양식으로 활용되길 바라는 마음에서 2차 토론회 끝나고 식용 권장으로 입장을 정리하신 것으로 생각됩니다.〉라고 해명을 내놨다.

조금 감정의 골이 가시는 듯해 보였지만 그녀들과 장배는 예전의 고양이 사체를 두고 격렬하게 다툰 악감정이 다시 재현되면서 직장동료와 혈투 2차대전이 발발할 기운이 감돌았다.

그녀들은 그가 지금 현재 로또 아파트에 살고 있다고 알고 있다. 이들은 다음 날 서둘러 로또로 쳐들어가 입주민들 중 동물 애호가들에게 그의 만행을 알려 세력화하고 또 극악무도한 사제지간 불륜 건도 알리고 그 아파트에서 경비로 일하는 남자도 만나고 그의 아내까지 만나 그 당시 부당하게 해고된 경위까지 전단지를 배포하여 다각도로 회장을 타도할 연구를 해볼 생각으로 길을 나섰다.

미란이 작년에 리버힐에 대자보를 붙이고 플래카드를 설치했던 그 방식으로 이날도 같았다.

 그곳에서 현재 경비로 일하는 영작의 눈에 그런 장면이 보였다. 그는 그렇게 부착하는 것은 금지된 거라 알리려고 가까이 다가오자 리버힐에 있을 때 아는 여자들이라 깜짝 놀랐다.

 "어! 어떻게 여길 오게 됐습니까."

 그녀들도 그를 보자 놀랄 수밖에 없었다.

 "아아, 아저씨 여기 계시네요. 네네, 알고는 있었습니다만…."

 이들은 그가 지금도 예전 리버힐에 같이 온 여자가 아내이고 현재 이곳 로또에서 일하고 있는 줄 안다.

 "혹시 아내분은 지금도 이곳에서 일하세요? 여기 우리 친구가 석방되어 나오게 되어 우리의 원흉 회장을 응징하러 같이 왔습니다."

 "아 네, 의협심이 대단하시군요. 저희 부부는 갈라서 깨졌습니다. 지금은 기가 막힌 게 그때 내 아내를 그 극악무도한 회장이 빼앗아 갔습니다. 물론 강제는 아니고요. 내 아내가 아마 그 회장의 돈을 보고 홀라당 넘어간 것 같습니다. 하루아침에 순식간에 그렇게 됐습니다. 으으윽."

 깜짝 놀라는 그녀들은 "어! 아내분이 그랬단 말이에요? 참 나, 진짜 있을 수 없는 일이 일어났군요. 명색이 국회의원이란 놈이 고양이를 무시하질 않나, 또 자기가 대학 다닐 때 교수와 연애질하고 또 아저씨 아내분을 빼앗아 갔단 말이지요. 진짜 해도 해도 너무 추잡하고 악랄한 인간이로군요. 우리 다 같이 힘을 합하여 그 자식을 완전 날려 버립시다."라고 격분을 감추질 않았다.

 이 순간 그는 말을 할까 말까 망설이다가 아차 하는 찰나에 실수 아닌 실수를 범하고 만다.

"아! 그런데 내 아내가 걔에게 가버렸는데 경선 토론회를 보셨으면 아시겠지만 개 식용 문제로 가정에서 지들끼리 말다툼을 하다가 헤어진 것 같아요. 그 여잔 개를 엄청 좋아하고 식용하는 건 절대 있을 수 없는 일이라고 생각하는 사람입니다. 얼마 전 그 여잔 나와 다시 재결합하려고 찾아왔었는데 처음 분위기는 잘될 것 같았는데 갑자기 내가 그 여자와 재회의 기쁨으로 술 한잔하자고 하고 여기 로또에서 나보다 늦게 들어온 경비들에게 갑질한 걸 말하게 됐죠. 그때 술을 많이 먹다 보니까 삶에 대해 이런저런 푸념을 늘어놓다가 그렇게 된 겁니다. 그랬더니 그 여잔 내게 너도 리버힐에 있을 때 회장에게 갑질 당해 죽겠다고 해놓고 너도 여기 와서 또 그러면 회장과 똑같은 놈이라면서 그럼 넌 을질, 병질, 정질, 무질 가해자라고 퍼붓고 깨지고 그 여잔 완전 떠나가 버렸습니다."

그녀들은 그래도 리버힐에 있을 때 이 젊은 경비를 꽤 좋게 생각했는데 지금 들은 내용은 충격적이었다. 그래도 장배와 끝없는 직장동료와 혈투를 펼쳐 승리해야 하고 고양이 영혼을 달래야 하고 이번 대선에서 그가 속한 당이 승리하는 걸 막아야만 하기에 말을 아꼈다.

그런 의미로 그저 이 대목엔 그저 침묵으로 일관한다.

"이거 붙여도 되죠? 이 아파트 회장이 리버힐에 있을 때 저지른 만행을 여기 로또 입주민들에게도 알려야죠."

"아! 그 그게 지금은 아닙니다. 그 회장은 지금 여기에 살진 않습니다. 어느 날 갑자기 보이지 않더군요. 이사 간 모양입니다. 그가 이사 가기 전 내 여잘 빼앗았고 그러다가 얼마 지나지 않아 완전히 떠나가 버렸습니다."

"그래요. 그놈이 어디에 사는지 모르시죠."

"네, 모릅니다. 그 여잔 알긴 알겠지만, 지금은 내가 그 여자와도 연락할 수 없는 상황이라 알 순 없죠."

"네, 그럼 그건 하는 수 없고 일단 여기 로또 입주민들도 반려동물을 좋아하는 사람들을 끌어모아 미래보수당이 무너지게 합시다. 절대로 그들이 집권하면 안 됩니다. 만약 그렇게 되면 개고기 식용 권장 정책을 펼쳐 세상을 완전 시궁창으로 빠뜨리고 말 것입니다. 결단코 막아야만 합니다. 결사항전입니다. 자, 인파이팅."

오전 내내 이곳 로또에도 미래보수당과 장배가 주장했던 야만적인 개식용 내용과 극악무도한 사제지간 불륜 건을 대자보와 플래카드를 통해 여기저기 부착하고야 말았다.

지나가던 입주민들이 지대한 관심을 드러내며 그녀들이 운영하는 인터넷 카페에 가입하는 사람들이 증가하는 분위기였다.

영란, 미란이 주도하는 인터넷 카페가 대성황을 이룬다는 소문이 여기저기에서 퍼지기 시작하였다.

앞서 리버힐 아파트를 접수했고, 이어 로또까지 접수됐고 추가로 현재 장배가 사는 아파트를 알아내어 그곳의 입주민들에게도 대대적으로 알려 십자포화를 날린다는 복안이다.

돌아서 가며 "아저씨 장배에게 융단포격을 날리게 그가 사는 아파트를 알아내어 저희에게 연락해 주세요? 그가 사는 곳의 입주민들도 알아야 걔가 얼굴을 들고 다니지 못할 거예요. 반려동물을 사랑하는 사람들을 최대한 결집해 보려고 합니다. 이게 요즘 대세가 될 것 같습니다."라고 영작에게 말한다.

"네, 알겠습니다."

12. 걷잡을 수 없이 출렁거리는 지지율

 이들의 광폭 행보에 청렴맑은당 정민식 후보는 매우 고무되어 하늘을 나는 기분처럼 붕붕 떴다. 여론몰이를 다 해주고 있어서이다.
 현재 대세도 민식이 타당의 후보들보다도 무려 15%나 앞서고 있을 정도인데 그녀들의 반려동물 애호가 결집 운동 및 카페활동으로 말미암아 더더욱 파괴력이 가공할 만한 수준으로 치솟는 중이다. 미래보수당은 타당보다 후보자를 최단기간에 뽑아놓고 열띤 여론몰이에 시동을 거는 시점에 엄청난 악재가 아닐 수가 없었다.
 며칠 지나 3월 말이 되자 혜란은 두려움이 싹트기 시작하였다. 그렇다고 지금에 와 다시 개 식용 금지로 돌변할 수도 없는 노릇이었다. 너무 경솔하게 오락가락 왔다 갔다 하는 느낌을 주기 때문이다.
 혜란은 장배와 몇몇 의원들과 만나 위기 극복 대책 회의를 연다. 3월 마지막 날이었다. 미래보수당이 열띤 회의를 하는 같은 시각에 오늘 일요일 쉬는 날인데 영작은 장배가 사는 곳을 알아내기 위해 보라에게 전화를 넣었다. 완전히 헤어진 상태에 뜬금없는 전화에 너무 기가 막힌다고 여긴 그녀는 받질 않았다.

그래도 악착같이 거듭 전화를 넣었다. 지겨운 기분이었지만 도대체 무슨 말을 할지 궁금하여 일단 받아보기로 하였다. "왜? 영작아? 너 갑질 당했던 애가 다른 사람에게 갑질했으니 넌 죽어도 할 말이 없는 애다. 그때 내가 그랬지? 넌 을질 가해자라고 갑질 피해자가 을에게 갑질을 하면 을질 가해자가 되는 거야! 왜? 무슨 말하려고."

그녀는 다짜고짜 그때 헤어지던 당시 쏘아붙인 그 말을 재차 반복하며 소릴 질렀다.

"그래 보라 누나 그건 누나의 말이 맞긴 한데, 우린 어차피 이런저런 이유로 깨진 거라 하는 수가 없고 내가 한 가지만 묻고 싶다: 그 장배란 회장은 지금 어디에 살아."

"왜? 그건 왜? 네가 그걸 알아야 할 이유가 뭔데? 뭐! 네가 거기 찾아가 네 여잘 빼앗아 갔다고 따지기라도 하려고? 이나저나 지금 난 혼자 사는 돌싱이 됐으니 난 그런 것 개의치 않는다."

"아니 아니야 그런 게 아니고 지금 한창 5월 21일 대선을 맞아 청렴맑은당 쪽에서 선거운동에 난리인데 누나도 아는지 모르겠지만 이쪽에서 장배가 소속된 당이 개 식용 권장 캠페인을 한 상태라 결사적으로 저항하는 차원이랄까! 그래서 걔가 사는 곳에다가도 공격을 퍼부으려고 하는 것 같아! 그때 그 여자들이 로또로 찾아와 그 사람 어디에 사느냐고 묻는데."

문득 보라도 그때 그 기억이 생생하게 떠올랐다.

보라도 반려동물을 굉장히 사랑하는 한 사람이기도 하고, 개 식용 이런 문제로 장배와 언쟁을 하다가 헤어진 일도 있었다. "음 걔는 지금은 원천동 쥴리나 아파트에 살고 있다."

"그럼 또 거기서도 아파트 회장을 해? 리버힐에서도 로또에서도 그랬으니까."

"아니 아니야, 거기에선 그런 거 하지 않아! 요즘 선거로 바쁘니까 그렇겠지."

새로 이사한 원천동 쥴리나 아파트에선 회장직을 맡지 않는다는 정보를 듣고 이에 맞춤형 공략을 세워야 할 판이다. 영작은 곧바로 어제 로또로 찾아와 장배의 거처를 알아내 달라고 의뢰한 영란에게 전화를 넣어 "내가 그 여자와 통화가 됐는데 원천동 쥴리나 아파트라고 하네요."라고 알렸다.

"아니 아저씨 그 인간 거기서도 회장을 해요."

"아닙니다. 물어보니 아마 선거로 바빠서 하지 않을 것 같다고 합니다."

"너무 유익한 정보를 알려주셔서 대단히 감사합니다. 곧바로 우리 개 식용 저지 투쟁본부와 연합하여 그곳으로 융단폭격을 날리러 가겠습니다."

"네, 나도 그 인간 때문에 엄청난 스트레스를 받았었는데 그렇게 대신 해결사 역할을 해주신다니 나로서도 감사할 따름이지요. 나는 솔직히 개 식용이니 금지니 이런 건 별 관심도 없는 사람이긴 한데 그래도 그놈은 당해야 됩니다. 리버힐에 있을 때 나를 여간 갑질하고 괴롭힌 게 아닙니다. 으으."

"조금만 기다리세요. 그 당은 선거에서도 참패할 것이고 그 후 궤멸될 것입니다. 그리고 개 식용은 절대 금지하는 법안이 생길 것입니다. 그래서 우리가 결사적으로 청렴맑은당 정민식 후보를 미는 것입니다."

"난 사실 피곤하고 지쳤을 때 개고기를 먹는 사람이긴 한데 이번에 그 당이 집권하여 그렇게 금지 법안을 만들어 아무도 개고기를 못 먹게 한다면 뭐! 그까짓 거 안 먹으면 그만이죠. 보신탕이 맛은 별로 없습니다. 보신용으로 조금 먹었던 거죠. 그거 말고 장어 같은 걸로 대체해도 그만입니다. 잘해보세요. 응원하겠습니다. 파이팅 우후 우후 우후."

"네, 고맙습니다."

영란은 전화를 끊고 곧장 미란과 같이 운영하는 개 식용 저지 투쟁본부 인터넷 카페 모든 회원들에게 공지를 날렸다. 〈우리의 숙적 최장배가 원천동 쥴리나 아파트에 살고 있습니다. 지금 곧장 그곳으로 집결하여 주십시오. 그곳의 반려동물 애호가들에게 이 사실을 알리고 세를 규합합시다.〉 이런 공지가 뜨자 전체회원들은 후끈 달아올라 일제히 쥴리나로 쇄도하기 시작하였다.

이때 시각은 정오가 조금 지나, 오후 1시 가까이 됐다.

삽시간에 수많은 사람들이 몰려들어 대자보를 붙이고 플래카드를 설치하고 지나가는 입주민들에게 유인물을 나눠주기도 하였다.

개 식용론자들은 별로 반응이 없었지만, 금지론자들은 더더욱 단합되는 분위기가 역력했다.

"여러분 이걸 보시고 뜨거운 관심 있는 분들은 저희 카페에 가입하여 주십시오. 기다립니다."

실제로 광폭 캠페인이 주효하며 이곳 입주민들도 대거 가입하고 청렴맑은당 당원으로도 가입하는 일이 속출하였다. 점점 대세가 정민식 후보 쪽으로 급격히 기울기 시작하였다.

4월로 접어들자 민식이 2%가 더 올라 17%로 더 벌어져 버렸다. 국민밖에 모르는당, 청렴맑은당은 곧 2차 토론회를 열 계획이다.

3일 국민밖에 모르는당 2차 토론회가 있고, 6일 청렴맑은당 2차 토론회가 예정되어 있다.

앞으로 40여 일 지나면 대선 날이 도래한다. 벌써부터 국민밖에 모르는당, 미래보수당은 심각한 위기의식을 느끼기 시작하며 긴장, 초조한 상황으로 몰렸다.

원조 보수당인 국민밖에 모르는당은 '아직 후보자가 정해진 것도 아닌데 미래보수당과 단일대오를 이뤄야 버틸 수 있지 않겠는가!'라며 볼멘소리를 낸다.

당 대변인의 논평이 이어졌다. "아! 네, 우리 정통 보수당을 깨고 나가 신당을 창당한 조혜란 후보님은 지금이라도 늦지 않았으니 저희 당으로 복당하여 주시길 간곡히 애원합니다. 그렇지 않으면 우리 보수세력의 붕괴가 눈앞에 훤히 보입니다. 큰일 났습니다. 어서요."

이 보도가 나가자 미래보수당 조혜란 후보는 속이 부글부글 끓어오르기 시작하였다.

작년 12월 5일 그녀가 국민밖에 모르는당에서 탈당을 선언하고 대권 도전을 선언하게 된 배경에는 당내 중진 여럿이 늙은 여우라느니, 불여우, 노욕의 결정판, 여성 꼰대 정치인 등 이런 온갖 악담을 퍼부었고 심지어 그들과 친밀관계를 유지하는 유튜버들에게 거의 매일 험담을 하게끔 조종하여 더 이상 못 버티고 자진하여 나가게끔 압박 협공을 가한 일이 있어서이다.

속을 잔뜩 죽여 놓을 때는 언제고 이젠 지들이 아쉬우니 달라붙어 함께하자는 식이었다. 자존심이 유난히 강한 그녀는 좀처럼 그들의 제안을 받아들이기가 쉽진 않았다. 일단 대변인은 그런 제안을 했지만 다른 사무총장이나 원내대표, 당대표 이런 사람들은 조금 꺼리는 기색이 역력했다. 왜냐하면 바로 최장배 때문이다. 작년 10월 초 윤리위 전체 회의를 열어 그를 출당 처분을 취했기 때문이다. 리버힐 아파트에서 사제지간 추문 건에 이어 그 후 여성 동대표까지 넘보려고 한두 차례에 걸친 정황이 드러났기 때문이다.

다시 단일화하기엔 그가 그리 쉽게 응하지 않을 거라는 추측이 지배적이라 그렇다. 이 점을 깊게 인식하기에 조 후보도 응하지 않을 가능성이 농후하다.

조혜란 후보도, 최장배 원내대표도 둘 다 국민밖에모르는당에 악감정이 그득하다. 병 주고 약 주는 처사를 바라보는 시선은 독이 바짝 오른 칠점사와 같다. 그녀는 장배에게 전화하여 이 사실을 알렸다.

"야, 원내대표야 오늘 아침 쟤들 떠드는 거 봤니."

"아 네, 후보님 봤습니다. 참 나, 정말 기가 막힐 노릇이지요. 아니 남자가 여자를 좀 좋아한 거 가지고 무슨 큰 전쟁이라도 난 것처럼 큰일 난 걸로 저렇게 생난리를 치고 호들갑을 떨고 뭐! 저것들이 진짜 당원들과 국민들을 위해서 그러겠어요? 저를 몰아낼 수단인 거겠지요. 꼬투리를 잡은 거죠. 풍기 문란이니 뭐니 그게 뭐 그렇게 대수라고 별것도 아닌 것 가지고 무슨 윤리위를 열어 생난리를 쳐 저를 쫓아내 놓고 또 후보님과 저를 그토록 약 올리고 속을 죽여놓고 이제 와서 단일화로 동거하자고 까불어 대니 말이에요. 진짜 저것들 다 쥐어패 버리고 싶습니다. 후보님 우린 조금도 대꾸하지 말고 우리 미래보수당의 가는 앞길만 보고 갑시다. 승리는 우리의 것이 될 것입니다."

"그래."

이들은 전화를 끊고 더더욱 분개하며 승리의 묘수를 탐구하는 시간을 채웠다. 바로 다음 날 국민밖에 모르는당 경선 2차 토론회가 열렸는데 방철환 후보가 어제 당 대변인이 밝힌 단일화 방안에 대해 동조하는 멘트를 이어갔다.

"아 네, 지금 현재 우리의 지지율이 너무 저조하여 이를 타개하려면 결국 보수 양당이 서로 합쳐야 될 것으로 확신합니다. 지금 야당 청렴맑은당 정민식 후보의 지지율이 고공비행 하고 있으니까요. 이걸 어떻게든 막아야만 하겠습니다."

하지만 다른 후보는 난색을 표하며 "방 후보님 그건 아닌 것 같은데요. 그 미래보수당의 일원들은 국민적으로도 낙인찍힌 상태라 괜히 합쳤다가 우리도 이미지가 실추되어 된통 꼬일 수가 있습니다. 요즘 그 개 식용 문제 때문에 우리가 조금 지지율이 떨어지긴 했지만 다른 대안을 모색해 보면 되겠습니다. 아니면 그 개 식용 문제를 입장을 바꿔 우리도 식용 금지론을 펴는 방법도 있겠습니다."라며 단일화에 대해 부정적인 주장을 폈다. 또 다른 정책대결을 펼친 뒤 이날 토론회는 끝났는데 여론조사 결과에 의하면 국민밖에 모르는당은 방철환 후보가 압도적으로 앞서 나가고 있었다. 토론회는 총 2회로 하기로 정한 상태였다.

이제 며칠 후 최종 결선투표를 진행할 예정인데 철환이 될 것은 기정사실이었다.

게다가 이 당의 대의원이나 당원들은 청렴맑은당을 꺾기 위해선 단일화가 되길 바라는 여론이 더욱 많았다. 이틀 더 지나 이번엔 청렴맑은당이 2차 토론회를 열었다. 정민식 후보는 기세가 바짝 오른 상태이다. 같은 당후보를 3배 이상 이기고 있었고, 타당 후보와도 무려 17% 차이로 압도하고 있다는 여론조사가 나왔기에 벌써 자신이 대통령이 다 된 것 같은 호기로운 기색이 역력했다. 이날 당사 앞에 미란, 영란이 주도하는 개 식용 금지 전국모임 회원들이 몰려들어 정 후보를 열렬히 응원하는 함성을 지르기도 하였다.

확실히 현재 압도적인 지지율 1위 후보의 면목을 여실히 드러내는 장이기도 하였다.

저녁 7시부터 진행된 토론회였는데 5시부터 지지자들 및 개 식용 금지를 염원하는 유권자들이 몰려들어 함성을 연발하고 있었다.

검정 카니발이 6시가 조금 넘어 들어오고 있었는데 그가 내리자마자 손을 잡기 위해 달려들었는데 인원이 너무 많아 안전상 경찰들이 가로막는 데 급급할 정도였다.

와우아아아아.

정민식 정민식 정민식 대통령. 정민식 대통령. 정민식 대통령.

그는 들뜨고 좋긴 하지만 52세 나이에 이런 과분한 높은 지지와 인기를 받는 것 자체가 황홀함마저 느껴졌다.

정민식 개고기를 완전히 봉쇄하라! 보신탕을 철저히 차단하라! 고양이 잡는 인간들도 처단하라! 반려동물은 우리 같은 가족이다. 개고기 식용은 있을 수 없는 일이다. 엄벌하라!

이렇게 목 놓아 외치고 또 외쳤다.

이에 이런 열광적인 분위기가 의식됐는지 그도 "네, 여러분의 뜻을 받들어 개고기 식용과 고양이 잡는 행위를 중대범죄로 취급하여 엄단하도록 하겠습니다. 도축산 업자뿐만 아니라 도소매업자 및 그리고 보신탕집에 들어가 한 그릇이라도 먹는 사람도 중형으로 다룰 수 있게 법을 만들겠습니다. 저는 뭐든지 확실히 한다면 하는 사람입니다. 그리고 깨끗한 사람입니다."라며 지지자들에게 답례의 인사말을 올렸다.

  전국의 반려동물을 사랑하는 수많은 국민들의 열띤 응원에 힘입어 어느새 2차 토론회를 마치게 됐다. 저녁 9시에 마치고 밖으로 나오는 데도 수많은 인파는 전혀 떠나지 않고 열띤 함성을 지르고 또 질렀다. 청렴맑은당도 총 2회로 토론회는 종결됐고 며칠 후 결선투표만 진행할 예정이다.

  다음 주 월요일은 국민밖에 모르는당이 결선투표가 있을 예정이고, 청렴맑은당은 목요일로 잡혀 있다.

  이윽고 월요일이 되어 국민밖에 모르는당이 결선투표를 진행한 결과 예상대로 방철환 후보가 뽑혔다. 42세에 정통 보수당의 후보로 선출된 것은 어마어마한 사건이라 볼 수가 있었다.

  그는 선출된 소감을 밝히는 자리에서 며칠 전 2차 토론회 때 제안했던 미래보수당과의 단일화를 다시 한번 강조하고 나섰다.

  "아 네, 제가 초선밖에 안 되는 데도 정통 보수당의 대통령 후보로 뽑힌 것에 대해 무한한 영광으로 생각합니다. 이번 5월 21일 대선은 우리 보수세력이 어떻게든 승리해야만 합니다. 문제는 현재 야당 청렴맑은당이 우리보다 17%나 더 앞서고 있는데 이를 극복하기 위해선 작년 12월 우리 당을 깨고 나가 신당 미래보수당을 창당한 조혜란 후보님과 합쳐 단일화를 이뤄내야만 그나마 조금 버텨볼 수 있을 것 같습니다. 또 문제는 어떻게 이번 대선은 너무 엉뚱하게 반려동물 문제 및 개 식용 문제가 이슈로 떠올라 잠식됐다는 게 갑갑할 따름입니다. 하여간 희한하게 이렇게 정말 말 같지도 않은 문제로 얽히고설킨 게 진짜 미칠 것 같지만 이를 어쩌겠습니까? 하는 수가 없지요. 우리는 우리 선조들의 보양식 보신탕을 드시고 싶은 국민들은 마음껏 드실 수 있게 해드리고 싶습니다.

그런데 저쪽 야당 청렴맑은당 쪽에 오래전 최장배 의원이 살던 리버힐 아파트에 최 의원과 고양이 문제로 치열한 싸움을 펼친 여자들이 주축이 되어 개 식용 금지를 위해 청렴맑은당 정민식 후보를 전방위적으로 지원하고 있는 것으로 드러났습니다. 최근 여기저기 여러 군데 아파트 단지에 캠페인도 펼치고 서명 운동 및 인터넷 카페 운동을 하여 엄청나게 세력화가 되었습니다. 우리가 최대한 똘똘 뭉쳐 이를 막아내야만 하겠습니다.

이젠 대선이 40일도 채 안 남은 시점이라 제가 17%를 극복하기 위해선 무슨 수를 써서라도 우리 당에서 쪼개져 나간 미래보수당 조 후보님과 단일화가 될 수 있게 사력을 다하겠습니다. 최근 각종 여론조사기관에서 실시한 여론을 보면 정민식 후보가 47%로 나오고, 저 방철환이 30%로 나오고, 조혜란 후보님이 2.4%로 나옵니다. 지금 제가 조 후보님과 보수 단일화를 하더라도 양당 지지율을 합쳐도 불과 32.4%밖에 안 됩니다. 정민식을 따라잡기엔 턱없이 부족하긴 합니다만 그래도 보수 양당이 합친 후 조 후보님이 저를 적극적으로 지원해 주시면 그야말로 시너지 효과가 연출될 수도 있을 것으로 확신합니다. 제 제안이 맞습니까."

의원들과 대의원 및 당원들은 뭐라고 의사를 표출하진 않고 속으로 이런저런 생각 속으로 빠져든다.

실시간으로 나가는 방송을 접한 최장배는 "이런 내가 쟤 철환이 생각하면 우리끼린 절친이고 사이가 좋으니까 그래 줄 수도 있긴 한데 그때 윤리위를 소집하여 날 쫓아낸 중진 꼰대 몇 놈들 생각하면 혈압이 터질 것만 같아 도저히 그럴 순 없다."라고 옆자리에 있던 혜란에게 토로한다.

"야 그 새끼들이 나보고도 늙은 여우니, 불여우니, 여자 꼰대니, 노인네니 뭐니 별 악담을 다한 것들이야! 우린 걔들과 다시 재결합하기엔 이미 너무 너무 멀고 먼 높고 높은 산을 건넜다. 돌아갈 수 없는 큰 강을 건넌 셈이기도 하지! 안 돼! 걔들과는 절대로 안 된다. 으으윽."

"아 네, 존경하는 후보님 그게 그렇긴 한데 후보님의 현재 지지율이 너무 저조하여 이를 어쩌지요? 단일화 문제를 떠나 이 문제는 심각한 문제이긴 합니다. 앞으로 얼마 남지 않았는데요."

"야, 여론이라는 것은 하루아침에 왔다갔다 출렁출렁하는 거야! 지금 나오는 거 가지고 너무 쫄아 버릴 거 없다. 너무 신경 쓰지 마! 국민들이 얼마나 어리석고 단순한지 알아! 밀짚모자 쓰고 농부 복장하고 시골 논에 들어가 모판 몇 개 나르면 서민이나 농민표 다 우려먹어. 이 정도야! 재래시장 같은 데 가서 장사 잘 안되는 장사꾼들 손잡고 우는 연습도 많이 해두면 유용해. 눈물약도 미리미리 잘 챙겨두고."

"아! 그래요. 서민, 노동자 위해준답시고 국정감사장에서 노동자 팔아먹으며 막 고래고래 소릴 지르고 마케팅하면 다음에 국회의원 나오면 몰표 나오기도 하죠."

그녀는 자신의 친언니가 귀띔해 준 얘긴 끝까지 감춘다. 왜냐하면 그가 들으면 기분 나쁠 수 있어서이다. 친언니가 그에게 악담을 늘어놓았기 때문이다.

최근 개 식용 이슈로 사회가 혼란스러운 상황이고 식용론을 폈다가 여론의 뭇매를 맞기도 했지만 이를 타개해 나갈 새로운 정책을 알아봐야 할 상황으로 치닫는다.

"야 장배 씨 뭐 이 위기 국면을 반전을 일으킬 수 있는 묘수가 뭘까? 경제도 굉장히 안 좋은데 획기적인 경제 활성화 방안 같은 거 하나 있으면 말해 봐."

"글쎄요. 뭐가 있을까요. 지하경제활성화를 위하여 남자노래도우미, 여자노래도우미 근절법을 폐지하는 공약을 내거는 것도 방법이긴 한데 또 그랬다간 유흥, 문란 이미지로 낙인찍히면 참 더럽기도 합니다. 그래도 현실적인 사람들과 양심적인 사람들에게 어필하는 효과는 있긴 한데 사실 성매매방지법 폐지 공약 이런 거 참 좋긴 한데 이것도 그래요. 선진외국처럼 공창제 도입, 남녀 누구든 자유자재로 성매매를 할 수 있게 하는 법안 공약도 다 좋은데 그놈의 후보 이미지에 타격이 오는 거라서……. 조금 그렇긴 하지만 막상 한번 터뜨려 놓으면 지지할 사람들은 무지무지하게 많긴 많을 겁니다. 왜냐하면 고독에 시달리는 외로운 사람들이 엄청 많으니까요. 공약 시 반드시 남녀 누구든 자유자재로 이게 핵심 키워드가 되겠죠. 여자들도 고독에 시달리는 외로운 여자들이 워낙 많으니까! 공창제가 합리적 답은 맞습니다."

"야 장배야 그렇긴 그런데 지지를 끌어낼 묘수이긴 한데 내가 그런 총대를 메기가 참! 까다롭고 더럽기도 하다. 네 말이 맞긴 해! 그냥 한번 확 내질러 봐! 으흠."

그도 뭐 이렇다 하게 획기적인 묘수가 떠오르지 않아 "아 네, 제가 잘 아는 경제학 박사에게 한번 물어보겠습니다. 이번에 저희 당에서 급조하여 발표한 경제정책은 예전 것을 베낀 느낌을 주니까요. 하버드대 경제학 박사학위를 딴 사람이라 뭔가 쇼킹한 게 있을 수도 있겠지요."라며 에둘러 말한다.

며칠 지나 11일이 되자 청렴맑은당도 결선투표를 실시한 결과 예상대로 정민식 후보가 압도적으로 선출됐다. 이로써 3당은 본선을 치를 토론회를 열 것을 공식화했다.

2회에 걸쳐 후보를 선출한 당내 경선과 다르게 대선 본선은 총 3회에 걸쳐 토론회를 열 것을 합의하였다.

각 당의 원내대표가 만나 대선 토론회는 1차 4월 22일, 2차 26일, 3차 30일 정하였다.

3차례 토론회가 끝나면 3당은 5월 21일 대선 승리를 위하여 맹렬히 달릴 것으로 보인다.

대선레이스가 본격적으로 닻을 올렸다. 다음 날 좀처럼 지지율이 좁혀지질 않자 국민밖에 모르는당 방철환은 미래보수당 조혜란을 만나기 위하여 미래보수당 당사로 향하였다.

신도림역 부근에 위치한 당사에 도착한 시각은 오전 10시 정도였다.

철환이 들어서자 혜란, 장배는 사적으론 친한 사이라 반기는 기색이 역력했지만 과거의 그가 속한 당의 중진들의 억압을 생각하면 좀처럼 분한 감정이 가라앉질 않았다.

철환이 설득하려 하자 둘은 난색을 표하며 "야 철환아 너와 난 동갑이고 절친한 동료 의원이긴 했고 또 네가 이번 후보까지 뽑혀 솔직히 축하해 주고 싶은 마음은 굴뚝같은데 그 꼰대들 때문에 나와 우리 조 후보님이 받은 고통을 생각하면 단일대오는 참! 너무너무 힘든 일이긴 하다. 일단 네가 오죽했으면 여기까지 왔겠니? 그 심정은 알긴 알겠지만 힘든 게 현실이다."라며 장배가 어렵다는 뜻을 분명히 밝혔다.

답답한 철환은 "아니 내가 우리 당 그 꼰대들에게 너와 후보님에게 정식으로 사과하라고 건의를 할 생각이다. 그럴 테니 단일화를 하는 방향으로 하자고. 우린 뭉쳐야 산다."라며 절규한다.

듣던 혜란은 "급해서 오긴 온 것 같은데 난 그런 제안을 받아들이질 않겠다. 내가 보위에 오를 것이다. 난 확신하고 있다."라고 강하게 쏘아붙였다.

"아니 후보님 현재 후보님 지지율이 2.4%밖에 안 되는데 어떻게 그게 가능할까요."

그녀의 지금 현재 지지율을 건드린 게 속을 확 긁었다고 느껴 "야 에잇 이 새끼야! 너 여기 어린놈이 나같이 애미뻘 되는 사람에게 와서 훈계하러 왔어? 가르치려고 왔어? 이게 정말 건방진 놈이네! 이런 호래자식."이라며 펄쩍펄쩍 뛴다.

철환 나이 42세, 조혜란 76세라 그녀가 느낄 때 이렇게 느껴지기도 했다.

그럴 수 있는 힘은 전국 넘버원 족집게 자신의 친언니가 〈너는 이래도 되고 저래도 된다. 안 될 사람은 이래도 안 되고 저래도 안 된다. 하지만 될 사람은 이래도 되고 저래도 된다. 뭐! 실력이고 능력이고 다 필요 없다. 하늘에서 점찍으면 된다.〉라고 확신을 불어넣어 줬기에 절대 신봉하고 있기 때문이다.

자신이 보위에 오르는 게 좋지 괜히 철환 같은 후보를 도와주는 역할을 하는 것은 꽤나 자존심이 상한다고 여긴다.

철환은 자신이 그래도 못 할 말을 한 것도 아닌데 느닷없이 욕설을 퍼붓는 조 후보를 보자 너무 어이가 없고 기가 막힐 지경이었다. 그래도 자신도 명색이 정통 보수당 국민밖에 모르는당의 대통령 후보로 선출된 사람이라는 자존심 또한 하늘을 찌르기 때문이다.

화가 난 얼굴로 "아니 조 후보님 제가 해선 안 될 말을 한 겁니까? 우리가 힘을 합쳐야 좌파 야당을 이길 수 있기에 제안드린 것입니다. 제가 무슨 죄를 지은 사람처럼 대하는 게 정말 유감입니다."라고 대들었다.

그러자 원내대표 장배가 급히 만류하며 "아아, 철환 씨 아아, 그래도 어르신에게 그러면 안 되지? 욕을 하고 싶어서 그런 게 아니라 갑자기 지지율을 건드리니까 우리 후보님께서 언짢으셔서 그런 것 같아! 사실 철환 씨와 난 굉장히 절친한 사이이긴 한데 예전에 내가 파충류 맹독 방지법을 만들 때도 철환 씨가 나를 적극적으로 도와줘서 그 법이 통과가 된 것이니까! 고마움을 잊지 않고 있지! 난 개인적으로는 철환 씨를 위해서 단일화에 응해 주고 싶은데 그 당의 늙은 꼰대들 때문에 너무 너무 힘들어! 그 당시 나를 완전히 벌레 취급한 것들이라 그래."라며 사정을 밝혔다.

"그래도 장배 씨 그런 개인사는 대의를 위해선 접어야 하지 않을까요? 나라를 걱정하는 마음으로 말입니다."

"자자, 그만 그만합시다. 우리 미래보수당은 절대 단일화는 없으니 그렇게 알고 가세요. 각자도생 알아서 죽기 살기로 노력하여 말 그대로 보위에 오르세요."라며 단호하게 의사를 피력한다.

혜란은 문득 재작년 철환과 같은 당에서 한솥밥을 먹을 때 있었던 일화가 떠올랐다.

그 당시 그녀는 여름 피서를 떠났다가 신용카드를 잃어버린 일이 있었다. 굉장히 당황했고 정신이 하나도 없었는데 심각한 일은 분실당했을 때 곧바로 알고 신고를 했어야 했는데 물놀이에 심취되어 미처 알지 못하고 있다가 뒤늦게 알게 됐다.

뒤늦게 신고한 결과 이미 누군가가 900만 원 상당의 물품을 구입해 버린 상태였다.

당시 법에 대해 아무것도 몰랐던 그녀는 갑갑하고 답답하고 당황스러워 허겁지겁 소속당 철환에게 응급 전화를 넣었다. 왜냐하면 그가 법률전문가 변호사라 그렇다.

당에 법률가들이 여럿 있긴 했지만 그녀를 멀리하는 분위기가 많았었다. 늙은 꼰대라고 악명이 깊었기 때문이다. 하지만 철환은 아주 친절하게 그녀에게 대처방안을 알려줬다.

과거 그 당시 대화 내용은 이랬다.

"의원님 사고 통지가 늦어진 관계로 통지 전에 생긴 신용카드 사용은 카드회사가 책임질 문제는 아니긴 해도 그래도 분실 도난 등의 통지를 받은 날부터 60일 전까지의 범위 내에서 카드회사가 그 책임을 집니다. 이렇게 한 것은 분실 도난 등에 아무런 잘못이 없는 카드 회원이 일정 범위 안에서는 보호받을 수 있도록 해주는 취지입니다."

"그래 철환 씨, 그럼 만약에 비밀번호가 누설되거나 분실 도난된 책임도 회사가 책임져 주나."

"아니 그건 아니고 보통 카드회사에서는 카드 발급 시 신용카드의 분실 도난 등에 대하여 그 책임의 전부 또는 일부를 신용카드 회원이 지도록 할 수 있다는 내용의 약관에 따른 책임을 지도록 하고 있습니다."

"아하! 그게 그렇구나! 그래서 뭐든지 알아야 면장이라도 할 수 있는 거라고."

"그리고 카드를 분실하거나 도난당한 경우에는 즉시 해당 약관 등에서 정한 방법에 따라 신고해야 하며, 회원은 분실 도난 신고 접수일로부터 60일 전 이후에 발생한 제3자의 카드 부정사용 금액에 대하여는 회원의 일정한 과실사유를 제외하고 은행으로부터 보상을 받을 수 있지요. 하지만 회원에게 일정한 과실사유가 있는 경우, 즉 미서명, 관리 소홀, 대여, 양도, 보관, 이용 위임, 담보 제공, 불법 대출 등으로 인한 부정사용의 경우에는 은행으로부터 보상을 받을 수가 없습니다."

이렇게 개인적으로 친절한 법률상담을 해 준 바 있다. 법률 깜깜이 그녀로선 굉장히 많은 도움을 받아 "앞으로도 종종 법률문제에 있어서 답답한 일이 생기면 물어보겠다."라고 하여 친해지기도 하였다. 그랬던 그가 지금 이 시각 찾아와 단일화를 제안하는 거라 거부하면서도 몹시 겸연쩍은 심경에 사로잡힌다.

"미안해요. 방 후보. 세상살이는 다 내 맘대로 되는 게 아니야! 속절없다."

"어휴~~ 내 정말 더러워서 단일화 같은 거 절대 안 한다. 이번 대선은 내가 이길 것이다. 난 역전을 할 힘이 있다고 으으."라고 말하며 주먹을 불끈 쥐고 철환은 느닷없이 괴성을 지르며 밖으로 나가버린다. 그러자 그를 따라온 수행원들도 막 따라 나간다.

단일화는 완전 물 건너가는 형국이었다.

이젠 단일대오를 이루지 못한 채 3당은 4월 22일 대선 1차 토론회를 준비하게 되었다.

한편, 청렴맑은당 정민식은 자신이 현재 17% 우위를 보이고 있긴 해도 앞으로 또 어떻게 요동칠지 모르는 거라 더 확실하게 쐐기를 박는 의미로 이번 1차 토론회 때, 국민밖에 모르는당 방철환의 약점을 파고들고, 미래보수당 조혜란의 약점도 집중적으로 파고드는 네거티브 전략을 세웠다.

방철환은 정치에 입문하기 전 변호사를 했는데 이혼문제를 주로 다루며 이혼녀들을 많이 상대하는 업무를 본 적이 있었는데 그 틈에 수많은 여자들을 홀려 애인으로 지낸 치부를 포착해 놓은 상태이다. 그리고 미래보수당은 조혜란 후보의 친언니가 족집게 무당이라는 점을 부각하고 여러 훈수를 뒀다는 근거를 밝혀 무속 논란을 일으켜 혹시 모를 막판 보수 양당의 단일화의 작은 불씨마저도 제로로 만들어 버리겠다는 것이고 최장배 원내대표가 리버힐에서 사제지간 불륜 의혹, 고양이 사체 유기 이런 부분을 집중 부각하여 완전히 씨를 말려버린다는 필사적인 각오이다. 드디어 국민적 관심사인 대선 1차 토론회가 4월 22일 저녁 8시에 VBZ 채널 방송사 공개홀에서 실시간으로 방송되었다.

기호 1번 국민밖에 모르는당 방철환 후보, 기호 2번 청렴맑은당 정민식 후보, 기호 3번 미래보수당 조혜란 후보 순이었다.

이 토론회가 열리기 2시간 전부터 각 당 열성 지지자들이 대거 몰려와 뜨거운 응원전을 펼치기도 하였다. 혹시 모를 유혈사태와 주변의 극심한 교통체증현상을 대비하여 4시간 전부터 12개 경찰병력이 대거 진입하여 교통통제 및 거리 질서를 위한 점검 및 단속에 나섰다.

개 식용 금지 캠페인을 주도하는 미란, 영란은 뜻을 같이 하는 사람들을 모아 이곳에 모여 피켓 및 머리띠를 두르고 보수 양당을 맹비난하기 시작하였다.

반면, 개 식용을 권장하는 국민밖에 모르는당, 미래보수당을 지지하는 사람들 중 일부 개고기 도소매 도축산업자들은 개 식용의 정당성 및 권장을 주장하기 위해 다들 피켓에 〈우리 선조들의 여름 보양식 보신탕을 압살하는 무리들은 그냥 가만두지 않겠다. 선조들 대대로 특히 농민들이 여름철 고단하고 지칠 때 보신탕을 먹고 힘을 내어 이를 악물고 피땀 흘려 논밭을 경작하여 풍년을 이뤄 추수기에 수확하여 곡식 식량이 되지 않았던가? 선조들의 노동의 원동력은 바로 보신탕이었다. 전통음식이자 보양식이다. 왜 그걸 쓸데없이 청렴맑은당 정민식이 나서서 막고 금지하려 하는가? 또 누가 보신탕을 먹기 싫은 사람들에게 강제로 먹으라고 했는가? 먹기 싫으면 먹지 말아라! 하지만 먹고 싶은 사람들에게 못 먹게 하지 말란 말이다. 음식을 선택할 권리를 침해하지 말란 말이다! 무슨 엉뚱하게 서구의 문물은 개고기 식용은 야만적이라 금지하고 있단 궤변도 늘어놓고 있다. 왜, 서구의 문물에 덩달아 휘둘리는가? 걔들이 먹든 말든 우린 알 바 아니다. 걔들은 개고기 식용보다 더 수천 배 더럽고 야만적이고 잔혹한 것들이다. 왜냐하면 굼벵이 요리를 하여 즐겨 먹기도 한다. 이게 과연 정상인가?〉 조선시대 농민복장을 하고 상투를 두르고 짚신도 신고 피리도 불고 꽹과리, 징, 북, 장구를 들고 나와 아주 요란하게 치며 아우성을 쳤다.

더더욱 열띤 응원전이 가열되자 개 식용 권장론자들은 피켓에 〈여름철 몸보신에 최고 음식인 개고기를 K-보신탕을 제작하여 국제사회에 알려 해외 수많은 노약자나 허약자들에게 국내로 들어와 몸보신을 하게 하여 외국 관광객을 유치하고 국제 최고 보양 음식 마케팅을 하여 해외로 수출로 나가게 하여 외화벌이 국부를 창출하여 국익 증진에 이바지하여 최고 일류의 나라로 나가자.〉라는 문구를 새겨 대대적인 집회를 열어나갔다.

양 진영은 그야말로 개고기를 놓고 전쟁을 방불케 하는 광경을 연출할 정도였다. 양 진영의 유튜버들도 총출동하여 현장을 생생하게 중계하기도 하였다.

지금까지만 해도 방철환 후보 30%, 정민식 후보 47%, 조혜란 후보 2.4%였는데 보수진영 유튜버들이 굉장히 요란하게 실시간으로 내보내며 식용 금지는 악법이라며 식용 권장을 주장하자 수많은 구독자들이 갈대처럼 흔들리기 시작하여 조금씩 조금씩 철환 쪽으로 기울기 시작하였다.

특히 흔들린 결정적인 이유는 선조들의 전통 보양식이란 부분을 집중 부각한 게 주효한 부분이 보수층을 뭉치게 한 것 같다. 1차 토론회에서도 보수 양당 후보들은 그 대목을 집중적으로 어필하기도 하였다.

하룻밤 지난 시점에 여론조사를 하자 철환 35%, 민식 40%, 혜란 4%로 바뀌었다. 민식은 잠자고 일어나자 번개같이 바뀐 여론에 대해 어리둥절하며 심각한 위기의식마저 느꼈다. 자신의 지지율이 보수 양당으로 다 흘러들어 갔기 때문이다. 더 많은 이익을 본 건 단연 철환이었다.

이날 급격한 지지율 변화는 당사자인 민식만이 아니라 반려동물 캠페인을 주도하던 영란, 미란과 회원들도 충격은 이만저만이 아니었다.

혜란은 아주 미세하게 오르긴 했지만 그래도 4%라는 것은 자신은 자존심이 땅에 떨어진 격이었고 앞으로 더 선거운동을 펼친다는 것 자체가 의욕 상실로 이어져 더 버틸 수 있을지 스스로 자책하는 시간 속으로 빠져들었다.

그녀는 슬며시 기가 꺾이기 시작하여 '스스로 보수 재집권 명분으로 밀알이 되겠단 각오라 밝히며 지난번 철환이 제안한 단일화에 응해줄까!' 하는 나약한 심리가 싹트기 시작하였다.

그렇다고 자신이 먼저 손을 내밀긴 너무 자존심이 상하고 이쯤에 또다시 그가 먼저 거듭 제안하여 들어오면 못 이기는 척 받아줄까! 하는 이리저리 흔들리는 정신이다.

마음만 그렇지 그렇게 하기도 쉽지 않은 게 원내대표 장배의 강력한 반대가 있을 것 같아 망설여질 뿐이다.

그런데 여기서 철환은 단일화를 하지 않고 독자노선을 강행하는 편이 낫겠다는 마음이 싹텄다. 한껏 오른 지지율의 영향이라 볼 수 있다.

이젠 불과 5% 차이밖에 나지 않으니 막판 보수결집 현상이 일어나면 잠시 미래보수당 쪽으로 간 불과 4%밖에 안 되는 지지율도 다 흡수할 수 있을 거라고 확신하고 있다.

불면증에 시달릴 정도로 심란한 하룻밤을 지내고 일어난 청렴맑은당 정민식은 위기에 몰려 이날 오전 유세 일정을 취소하고 다급히 캠프에 비상대책회의를 열 것을 알렸다.

아침부터 진행된 비상대책회의에 관계자들은 자칫 역전당할 수도 있는 형국을 타개하는 아이디어를 하나씩 발표하는 장으로 삼았다.

사무총장이 입을 열었다.

"아, 네, 참 이해할 수 없는 일이 일어났습니다. 우리 당이 순간 방심한 탓에 하룻밤 사이에 갑자기 여론이 출렁거려 근접전이 벌어졌습니다. 하지만 원래 선거판이란 게 그런 것입니다. 이를 대비하여 1차 토론회가 있기 열흘 전에 우리가 상대 보수양당의 결정적 약점을 다 포착하여 놓은 상태입니다.

먼저 국민밖에 모르는당 방철환은 변호사를 하지 않았습니까? 그런데 가정법률상담 이혼 문제로 상담하러 온 여성들을 상대로 위로해 주는 척하며 수많은 여성들을 홀려 애인으로 만든 행동을 자행하여 왔습니다. 제보자들이 넘쳐나 여기 밀월 사진, 동영상 증거가 다 있고요. 다음으로 미래보수당 조혜란은 참 말이 많죠. 조 후보의 친언니가 향적산 족집게 무속인인데 대선 준비기간 전부터 지금까지 온갖 훈수를 다 두고 선거판에 깊숙이 관련되어 있기에 무속논란을 일으켜 초장에 찍어 눌러 막판 혹시 모를 단일화를 차단해야 될 것으로 판단됩니다. 인간들의 속내는 정말 알다가도 모를 일이기 때문입니다. 저들이 지금은 악감정이 많아 그렇지 않을 것 같아도 막판 이해관계나 이득을 위해 갑자기 결합할 가능성을 완전히 배제할 순 없지요. 여기 조 후보가 신당 창당식을 할 때 친언니가 와서 방울을 흔들며 굿을 방불케 하는 장면을 찍은 동영상이 다 있습니다."

지켜보던 정 후보는 안도의 한숨을 푹 쉬는 표정이 역력했다. 네거티브 비방이든 정책 공약이든 뭐든 일단 걸고넘어져 승리만 하면 된다는 집착을 하고 있어서이다.

"아 네, 너무 감사합니다. 증거수집을 위해 애써 주신 사무총장님 대단히 고맙습니다. 아니 엊그제 1차 토론회할 때 그쪽 광성 지지자들이 무슨 조선시대 옷 입고 나와 개고기를 고수하며 피리 불고 꽹과리 치고 북 치고 장구 치고 난리 친 뒤 급격히 지지율 변화가 온 게 이게 말이 됩니까? 이렇게 국민들이 너무 단순한 것 같습니다. 저들의 전통 민속 먹거리 쇼에 넘어간 것 아닙니까? 우린 지금부터 정신을 바짝 차려야 하겠습니다. 이미지에 곧잘 넘어가는 국민들이 너무 많으니까요."라며 민식은 우려와 함께 캠프관계자들을 독려했다.

그러자 원내대표는 "오늘 오후 유세 현장 때부터 후보님이 지금 그 네거티브 전략을 최대한 이슈화하시길 바랍니다. 무조건 승리해야만 합니다. 자아 파이팅 합시다. 파이팅."이라며 전의를 불태우는 구호를 외쳤다.

듣던 한 여성 부대변인은 "네, 원내대표님 말씀 100% 일리가 있는 말씀입니다만 선거는 네거티브만으론 승리할 수 없습니다. 간간이 참신한 비전 제시도 해야 전체적으로 골고루 지지를 이끌어낼 수가 있습니다. 저희 당을 지지하는 청년들이 상당히 많다는 것을 아실 것입니다. 그리고 청년을 버리면 노후가 없다는 말도 있습니다. 나라의 미래는 청년들에 달려있습니다. 청년들을 지원하는 게 많은 비용이 들어가는 문제라고 느낄 수도 있겠지만 기성세대의 노후는 청년들에게 달려 있습니다. 지금의 청년들이 국민연금과 기초연금, 건강보험료를 책임지기 때문에 그렇습니다. 청년들이 일자리를 잃거나 경력을 쌓는 데 실패하여 소득 기반을 구축하지 못하면 소비가 줄어들어 경제가 나락으로 떨어집니다. 그 피해는 청년들에게만 가는 게 아니라 고스란히 모든 세대에게 돌아갑니다.

이에 대한 많은 연구가 뒤따라야 할 것 같습니다. 특히 저출산 문제 같은 것도 심각하지요. 결혼을 하고 아이를 낳는 일은 개인의 문제이기 때문에 국가가 개입할 수 없는 부분이긴 하지만 그래도 실제 현실은 그리 녹록진 않습니다. 결혼과 출산을 하지 않고 행복할 수 있다면 개인에게 결혼과 출산을 강요할 수 없는 일입니다. 하지만 저출산으로 말미암아 불어닥칠 경제 상황은 암울하겠지요. 일할 사람이 없게 되고 그럼 당연히 소득이 감소하고 또 소비가 감소하겠지요. 그 여파로 기업이 어려워지고 고용이 감소하겠지요. 이런 악순환이 반복되면서 경제 불황이 지속됩니다. 청년들을 위한 맞춤형 복지 정책을 강구하여 발표해야 하는데 아직도 우리 당은 말만 많지 뭐 이렇다 하게 획기적인 정책을 내지 못하여 갑갑합니다.

으으 이렇게 우리 당이 우왕좌왕 이러다가 저들이 정권을 또 연장하지 않을까! 심히 우려가 됩니다. 아악."

13. 단일화의 강을 건너다

 청렴맑은당 당사 앞 한식뷔페에서 점심을 먹은 이들은 오후 유세 현장 신촌으로 향하였다.
 선거용으로 개조한 용달차를 탄 정 후보는 확성기로 아까 당 차원으로 결의한 네거티브 공략을 서슴없이 내뿜고 다녔다. 금시초문이었던 내용들이 막 쏟아지자 듣던 시민들은 충격 속에 빠졌고 매우 당혹스럽다는 반응이 많았다. 혜란의 무속논란은 이미 어느 정도 알려진 건 있지만, 철환의 변호사 시절 여성상담자들을 상대로 한 애정행각은 전혀 알려진 바가 없었기 때문이다.
 모든 방송사 및 실시간 유튜브로도 선거 관련 속보들이 뜨자 지금 한창 삶의 세파에 찌들어 이런 문제에 눈을 돌릴 겨를도 없었던 보라, 영작도 조금씩 신경이 사나워지고 있었다.
 왜냐하면 현재 청렴맑은당 정 후보의 지지율이 꺾이기 시작하고 있어서 자칫 그러다가 보수 양당이 단일화라도 하는 날에는 미래보수당 장배가 입지가 올라가기에 이를 막으려는 마음이 앞선다. 그가 그들이 오래전 리버힐에서 경비원, 미화원을 할 때 갑질 횡포를 가했던 아파트 회장이라 그렇다. 현재 영작은 계속 로또 아파트에 다니고 있고, 보라는 풍덕천동 덕화빌딩에서 미화 일을 하고 있다. 하루하루 버거운 삶을 살면서도 대선 날이 가까이 오자 속이 부글부글 끓어오르기 시작한 것이었다.

이들은 현재 이혼 후 각자의 길을 가기에 서로 연락하거나 그런 건 아니지만 지금 돌아가는 정치판을 보며 느끼는 점은 일치된다.

한때 같은 직장에서 장배에게서 갑질 횡포를 당하여 직장동료와 혈투를 선언하며 대립됐었고 그 후로도 자신들의 피해가 해소되지 않았다고 판단하기 때문이다. 특히 부당 해고 같은 경우이다. 당시 지방노동위원회에 구제신청을 했지만 답이 없었다.

둘은 전혀 교류가 전무한 데도 불구하고 슬슬 마치 약속이라도 한 듯이 주먹을 불끈 쥐고 다시 한번 그와 직장동료와 혈투를 하려는 전의가 불타올랐다. 신기할 정도로 이날은 보라가 급조하여 청렴맑은당 당원 가입을 서둘렀고, 다음 날은 영작이 가입하였다.

물론 서둘러 당원 가입을 했다 하더라도 생계형 아파트 경비, 빌딩 미화를 하는 둘이 평일 지금 당장 선거운동에 뛰어들 순 없는 노릇이었다. 주말엔 가열한 운동을 하려고 지구당에 신청해 놓은 상태였다. 내일 대선 2차 토론회가 열리는 날인데 지난 1차 토론회와 같이 각 당 선거운동원들이 방송사 앞에 진지를 구축하고 난리를 칠 게 뻔해 보였다.

이윽고 지지율 변화의 분수령이 될지 모를 2차 토론회 날이 도래했다.

아침이 밝자 영작은 영작대로, 보라는 보라대로 서로 약속도 없는데도 신기할 정도로 저녁 8시에 BOK 방송사 공개홀에서 진행되는 2차 토론회장 주변에 모여 청렴맑은당 정민식 후보를 결사적으로 응원하고픈 충동에 사로잡혔다. 관련 사이트를 이것저것 훑어보는 과정에 영란, 미란이 운영하는 개 식용 저지 인터넷 카페가 눈에 띄어 회원가입까지 마쳤다. 이것은 당원 가입과 별개 차원이었다. 그는 퇴근 후 썩은 캐스퍼를 몰고 방송사가 있는 종로 2가 역 앞으로 향하였고, 그녀는 전철을 타고 그곳으로 향하였다.

이들이 도착한 시간은 7시가 조금 넘었는데 이미 두 시간 전부터 이곳에 각 당 지지자들이 진지를 구축하고 맹렬히 구호를 외치며 응원전을 펼치고 있었다. 더 일찍 도착하여 열띤 응원전을 주도하는 영란, 미란이 보였다.

영작은 영작대로, 보라는 보라대로 맨 앞자리로 가고 있었다. 카페 회장 격인 미란, 영란은 그들이 보이자 환호성을 터뜨렸다. 그들이 오는 간격이 상당히 가까워 다시 재결합 했나 싶을 정도였다. 미란이 "로또 경비 아저씨 뒤에 여사님이 오시는데요? 다시 합쳤나요." 묻는다.

"뭐요." 영문을 모르는 그는 의아한 반응을 보였다.

"아저씨 저기 뒤를 보세요. 여사님이······."

뒤를 보자 보라가 오고 있어 그는 깜짝 놀라며 문득 이상한 기분에 사로잡혔다. 어떻게 이 자리에 오는 게 일치됐다는 점이다. 물론 그녀도 개 식용 문제로 민감하기에 청렴맑은당 운동하러 올 수도 있지만 말이다. 그걸 떠나 운영자들이 자신에겐 아저씨라고 부르고 옛 아내였던 사람에겐 여사님이라고 부르는 것 자체가 남녀평등 위반이라는 생각이 들었다.

"아하! 카페 운영자님 내겐 아저씨라고 하고 저 여자에겐 여사님이라고 하네요. 좀 그렇긴 해요. 여기서 이런 걸 논하자는 건 아닙니다만 어째 흠흠."

미란, 영란도 가만히 생각해 보니 그게 그렇긴 하다는 느낌이 들어 그 순간부터 멈칫멈칫거렸다. 보라, 영작은 서로를 빤히 쳐다보다가 묘한 기분에 눈을 돌렸다. 이들의 공통된 마음이 이 장소로 일치된 현상이었다.

장배를 타도하겠다는 점이다. 하지만 그녀는 개 식용 금지를 위한 목표였고, 그는 그런 건 별 관심 없고 자신이 리버힐에서 일할 때 장배가 자신을 부당 해고 한 게 두고두고 한으로 맺혔다.

이들은 그래서 미래보수당이 회생 불가한 수준 즉 정당해산 절차를 밟는 지경에 이르게 하는 게 소원이다. 그리고 혹시 모를 국민밖에 모르는 당과 막판 급격한 보수단일화가 될지도 모르기에 그럴 수 있는 명분과 분위기를 원천적으로 차단하겠다는 야심을 지니고 있다.

지향점은 조금 다르지만 어쨌든 장배를 처단하는 건 똑같다.

미란, 영란이 운영하는 카페활동은 지인이 실시간 유튜브로도 내보내고 있는 중이다. 장배는 혜란을 응원하는 의미로 방송사 조금 떨어진 곳에 대기실에서 유튜브를 시청하던 중 이들의 응원전을 지켜봤다. 계속 줄기차게 고양이 사체 건을 물고 늘어지고, 개 식용 문제를 확대시켜 나가는 행동에 대해 혈압이 터질 것만 같았다. "어휴~~ 진짜 저 미친 새끼들 고양이 한 마리 죽은 거 가지고 참 더럽게 지랄이네! 무슨 고양이가 지들 조상이야 뭐야! 참 한심한 것들! 개고기를 먹든 말든 먹고 싶으면 먹고 먹기 싫으면 마는 거지, 뭐! 저런 거 가지고 허구한 날 저렇게 떠들어대! 진짜 웃긴 새끼들이야! 또 이런 거 가지고 이리저리 홀려 표를 주는 멍청한 것들이 엄청 많다는 게 또 문제는 문제지! 그러니까 저것들이 저렇게 충동질 자극하여 계속 그런 걸로 표를 우려먹으려고 안달 난 거지! 으윽 진짜 지긋지긋하다."라며 좋지 않은 파장이 올 수가 있어서 탄식하는 기색이 역력했다. 현재 자신의 미래보수당이 그런 건 아니지만 다른 보수당이 5%로 거의 다 따라붙어 근접전을 펼치는데 혹시 저것들 때문에 여론이 흔들릴까 봐 노심초사로 변한다.

그러던 중 갑자기 무대 위로 영작, 보라가 올라갔다.

마이크를 잡은 영작이 "저는 리버힐 아파트에서 경비노동자로 일했던 사람입니다. 그런데 그 당시 회장 최장배가 제게 극심하게 갑질을 가했고 부당 해고를 가하여 퇴직금도 못 받고 나올 수밖에 없었습니다. 쥐꼬리 최저임금으로 버텼던 저로선 엄청난 아픔이었습니다. 그런 갑질 가해자가 공당의 원내대표 자리에 있다는 게 말이나 됩니까."라며 울분을 토한다.

유튜브로 지켜본 장배는 "아니 저게 지금 뭐 하는 짓이야! 무슨 내가 후보로 나온 것도 아니고 후보에 대한 비방은 그래도 이해하겠지만 나 같은 원내대표 문제를 걸고넘어지네! 참 나, 지겹다. 지겨워! 얼마나 할 일이 없으면 저러냐고……. 불쌍한 놈."이라고 혼잣말로 비난한다.

조금 지나자 마이크를 물려받은 보라가 "여러분 미래보수당 원내대표 최장배는 야만적인 사람입니다. 개고기를 먹었기 때문입니다. 개고기를 먹는 집단은 절대 정계에 발을 들여놓아선 안 됩니다. 여러분 철저히 막아주셔야만 합니다."

둘이서 지난번 재회 목적으로 만났다가 영작이 로또에서 다른 후임경비에게 갑질한 이유로 충격을 받은 보라가 대화를 거부하고 달아나 버렸는데 지금 이 시각 이 무대에서 극적으로 서로 장배를 끌어내리는 데 공감하며 급격히 친해져 연설하는 과정에 묘한 분위기가 연출되어 다시 재회가 될 수도 있는 분위기로 급격히 흘러가고 있었다.

영작은 부당 해고 문제, 보라는 개 식용 금지 문제, 이 단체를 운영하는 미란, 영란은 고양이 사체 보호 문제, 이렇듯 이들은 조금은 다른 각도에서 청렴맑은당 선거운동을 하는 거지만 큰 줄기는 장배에 대한 앙금 폭발, 궁극엔 청렴맑은당 정민식이 보위에 오르길 바라는 것이었다.

이날도 보수양당을 지지하는 단체나 개고기 도소매 도축산 관계자들은 조선시대 농민복장을 하고 많은 풍물 기구를 들고 나와 요란하게 치며 열을 올렸다.

구호도 지난번과 같았다. 보신탕은 전통 민속 보양식이다. 선조들의 여름철 지칠 때 영양식이다. 이걸 먹고 버텼다. 이런 게 주였다.

지난번 1차 토론회 때는 보수 쪽의 어필이 주효했지만, 오늘은 갑질 피해자들이 직접 나와 호소하고 있어서 시간 지나면 여론이 어떻게 움직일지 오리무중이었다.

뭐든지 하나라도 어필된다거나 이미지가 좋든 나쁘든 부각 내지 타격을 받으면 대세가 굳어지기도 하고 흔들리기도 하기 때문이다.

게다가 이들은 자신들의 경험담에 비춰볼 때 무속은 다 틀린다고 느껴 "미래보수당 조 후보 친언니 향적산 무당이 친동생 혜란 봉황새 보위설은 자가당착 허튼 누설이지요."라고 알리며 "그 친언니가 자신들이 천생연분 원앙이라 했는데 실은 원앙도 아니고 깨진 밥그릇입니다."라며 더더욱 목청을 높였다.

이것은 엊그제 청렴맑은당이 미래보수당 조 후보의 무속논란을 일으켜 완전히 주저앉혀 혹시 모를 막판 보수양당 단일화를 막아야만 한다는 전략 차원으로 펼친 신촌 유세장에서 주장한 내용을 뒷받침해 주는 역할을 하기에 충분한 수준이었다.

이렇듯 장배가 소속된 당이 심한 타격을 받는 거라 카페 운영자 미란, 영란도 매우 흐뭇한 기분 속으로 빠져든다. 이날 2차 토론회도 3당 후보는 엄청난 각축전을 펼치며 격한 공방을 이어갔고 어느새 밤 10시가 되자 종료되어 나가게 됐다. 이날 밤이 지나고 난 후 또 여론이 어떻게 될지 이 세상 사람 아무도 모를 일이었다. 타인들의 생각이라 그렇다. 워낙 묘한 네거티브나 이미지 쇼 같은 것에 곧잘 넘어가는 세인들이 많기 때문이다. 날이 밝아 주말이 되어 또 동시다발식으로 여기저기 여론조사기관에서 3당 후보의 지지율을 보도하고 나섰다. 각 기관마다 조금 차이는 있었지만 놀라운 일은 국민밖에모르는당 방 후보와, 청렴맑은당 정 후보가 지지율이 딱 붙어 동률이 돼버렸다.

각각 38%로 나타났다. 미래보수당 조 후보는 4% 그대로였다. 어제도 조선시대 농민복장을 하고 방송사 앞에 와 피리 불고, 북, 장구, 징, 꽹과리를 치며 개고기 권장 캠페인을 펼친 지지자들의 에너지가 강하게 어필된 것으로 해석된다. 방철환이 35%에서 3%가 더 올라 38%로 올랐다는 부분이다. 그렇다면 갑질 피해자 보라, 영작의 눈물겨운 하소연은 그냥 땅속으로 묻히는 건지 모를 일이었다. 이들의 어필이 먹히면 정민식의 지지율이 올라야 맞긴 하지만 그렇지 않았기 때문이다. 철환은 기쁘긴 하지만 혜란과의 단일화를 더 강하게 추진해야 될지 아닐지 고민도 깊어지고 있었고, 혜란도 머릿속이 더더욱 복잡해져만 갔다.

역전패를 당할 위기에 몰린 민식은 자신이 이 시점에서 치고 나갈 수 있는 묘책이 뭘까! 심각한 고민 속으로 빠져들고 있었다.

개 식용 문제 말고 벼락치기로 표를 모을 수 있는 더 획기적인 이슈가 무엇일까! 이것이다.

13. 단일화의 강을 건너다

민식은 혜란보단 철환을 경계하고 방어하는 문제가 더더욱 큰 문제라 철환이 변호사 시절 이혼녀들을 상대로 가정법률 상담차 꼬드겨 애인으로 만들어 타락됐던 대목을 부각할 수밖에 없었다. 그의 법률자문단들이 그 증거를 다 포착한 상태라 집중 네거티브가 들어갔다. 심지어 당시 이혼녀들의 명단까지 밝히고 증거물도 다 공개하는 대대적인 폭로전으로 치달았다.

그야말로 묻지 마 막가파 진흙탕 폭로전으로 치달았다.

토요일 오전 10시를 기해 청렴맑은당 수석대변인이 논평을 이어갔다.

"아 네, 저는 청렴맑은당 수석대변인 배석환이라고 합니다. 대선의 길목이 몹시 가파르게 느껴지는 주말입니다. 오늘 아침 여러 여론조사에서 저희 당과 국민밖에 모르는당 방철환 후보 지지율이 38% 대 38%로 동률로 나타났습니다. 저희로선 위기입니다. 이것은 민주주의 위기이기도 합니다.

왜냐하면 저쪽 당은 개고기를 권장하는 야만적인 정당이고, 또 방 후보가 정계 입문하기 전 변호사 시절에 가정법률 상담을 주로 맡아서 했는데 이혼녀들을 상담하는 과정에 수많은 여성들을 낚아 유희를 즐긴 증거가 너무 많습니다. 일국의 대표를 뽑는 자리입니다. 이런 사람이 대통령이 돼선 안 되겠지요? 그 여성들에게 무료로 법률문제를 해결해 준다고 꼬드겨 그녀들을 가지고 놀아버린 것입니다. 심지어 그녀들 중 재력이 되는 사람들에겐 훗날 같이 결혼까지 하자고 속여 교제한 사실도 드러났습니다. 혼인을 빙자하여 돈을 뜯은 것이지요. 자 여기 그 여성들의 사진을 공개하도록 하겠습니다. 그리고 다음 주에는 그 피해 여성들이 모두 다 여기 당사로 몰려와 기자회견을 열 것이라고 공언하였습니다. 이상입니다.

국민 여러분들의 현명한 판단을 기대하겠습니다. 감사합니다."

대변인 논평이 나가자 철환은 갑자기 가슴이 먹먹하고 극도의 불안감이 몰려왔다. 이미 며칠 전 그들이 신촌 유세할 때 그렇게 무도한 폭로를 자행하긴 하였지만 방금 전에 연 기자회견은 완전히 메가톤급 네거티브 끝판왕에 해당될 수도 있어서이다.

이 방송이 나간 후 여론은 다시 출렁거리기 시작하였다. 평소 깨끗한 정치인이라고 자부하고 다니고 인권 변호사 출신이라고 늘 입버릇처럼 반복하던 그가 치명적인 약점, 색욕의 극치로 타락된 점이 드러났기 때문이다. 하지만 그는 "저는 그 여자들과 업무상 조금 친밀해진 것은 있지만 넘어선 안 될 선을 넘진 않았습니다. 유력한 증거는 없지 않습니까? 저들이 주장하는 무슨 카톡 주고받고 사진 같이 찍고 같이 밥 먹고 그런 거는 누구나 다 합니다. 요즘에 안 그런 사람들이 어디 있습니까? 결정타는 모텔로 들어가는 장면 정도가 나와야 유력 증거라 할 수 있는데 그런 건 없지 않습니까? 있으면 다 공개하십시오."라며 피하지 않고 정면 돌파해 나갈 것을 천명하였다.

이런 해명에도 불구하고 전국 각지 여기저기에서 지지율이 추풍낙엽처럼 떨어지는 소리가 들릴 정도였다. 철환은 보복심리가 작용하여 민식의 약점을 잡기 위해 이것저것 연구를 이어갔다.

그런데 철환으로선 안타깝게도 민식의 약점을 잡기가 여간 힘든 게 아니었다. 너무 완벽할 정도로 대비 태세를 갖췄기 때문이다. 그래도 아직 한 달여 시간이 남았으니 차근차근 풀어나간다는 복안을 지니고 있다. 하룻밤이 지나 일요일이 되어 여론조사를 하자 어제 그 폭로 기자회견 여파인지 일주일 전의 여론으로 다시 돌아가 철환 35%, 민식 40%로 회귀하였다.

민식은 안도의 한숨을 쉬었고, 철환은 속이 부글부글 터질 것만 같았다.

혜란은 이렇든 저렇든 그저 4%라 답답하고 갑갑할 뿐이었다. 그녀가 그들을 다 제치고 올라가고 싶은데 말이다.

철환은 이제 더 이상 망설일 여지도 없이 곧장 혜란을 만나 단일화 논의를 해야겠다는 생각을 하게 된다. 모든 게 그리 호락호락하진 않아서 그렇다. 또 국민밖에 모르는당 당내에서도 그런 기류가 역력하다. 지금은 자존심이고 뭐고 다 필요 없다. 어서 빨리 미래보수당 조 후보와 손을 잡아야 필승카드가 된다는 것이었다. 그녀의 4%를 흡수할 수 있을 거라는 계산이다.

철환도 여기서 자신의 그런 추문으로 지지율이 더 떨어지기 전에 서둘러 혜란을 만나 쥐도 새도 모르게 그녀에게 책임총리를 준다고 꼬드겨 합치는 것을 구상하고 있다.

이날은 휴일 일요일인데도 아랑곳하지 않고 그녀의 자택을 향해 철환과 일부 중진들이 몰려갔다. 혜란의 집 역삼동 휠츠크라운 맨션이다. 늦은 밤에 기습적으로 그들이 몰려와 초인종을 누르며 난리를 치자 그녀와 남편은 굉장히 불쾌하게 생각했다.

온다는 예고도 없이 불쑥 왔고 또 지금 단일화에 대한 뭔가 원내대표선에서 조율도 없이 그런단 것은 무례한 처사라 여겨서이다.

남편은 "어휴~~ 명색이 공당의 대선 후보란 놈이 저게 뭐야? 아니 여자의 집에 온단 말도 없이 제멋대로 그냥 막 와, 저거 완전 불한당 건달이야 뭐야! 스토커 수준인데……."라며 역정을 냈다.

그녀는 "맞아요. 저거 저런 게 무슨 인권 변호사 출신의 대선 후보냐고 참 나. 지들이 날 늙은 여우니 한물간 꼰대니 뭐니 하고 쫓아낼 땐 언제고 이제 와 자기가 더러운 추문으로 인기가 떨어져 궁지에 몰리자 나를 이용하려고 온 거 아냐! 저런 새끼는 그냥 확 으으."라고 불쾌한 감정은 남편과 같았다. 기가 막힌 건 철환과 중진들이 어두운 시간에 그녀의 집 앞에 와 단일화를 위해 애걸복걸하는 장면이 방송 및 실시간 유튜브로도 다 나가고 있었다.

노부부도 체면이 있어 그들을 문전 박대할 수만은 없었다.

"일단 우리의 위치와 명예를 위해 일단 그냥 열어줍시다. 적당히 말해 거부해 버리면 되겠지 뭐."

"그렇지 뭐."

열어주자 그들은 우르르르 몰려들어 오며 "아이고 조 후보님 진즉에 찾아뵙고 인사를 드렸어야 했는데 늦어서 송구스럽게 생각합니다."라고 굉장히 아쉬운 표정이 역력했다.

그녀가 차를 한 잔씩 대접하였다. 결국 그들은 단일화를 제안하였다.

"후보님 저희가 지난날 같은 당에 있을 때 후보님을 힘들게 한 점은 너무너무 죄송스럽게 생각하고 있습니다. 지나간 과오는 다 용서해 주시고 지금 이 시점이 중요합니다. 지금 이 순간에 하루라도 빨리 저희 당과 단일화를 하여 보수대연합의 기치를 내걸고 저 무엄한 야당 청렴맑은당과 맞서 싸웁시다. 그럼 우리가 우리 보수대연합이 승리할 것이라고 확신합니다."

"호호호 아 네, 됐어요. 사실 나도 그 문제를 고민해 보긴 했는데 아니 난 간도 없고 쓸개도 없는 사람인 줄 아세요. 우린 돌아올 수 없는 강을 건넜습니다. 우리가 당신들에게 너무 무참하게 짓밟혔습니다. 안 돼요.

안 돼. 불가입니다. 어서 돌아가세요."

"아니 후보님 굽어 살펴주시옵소서."

"아니 이런 쓸데없는 소릴 자꾸 하면 우리가 당신들을 스토커로 신고합니다. 이렇게 밤늦은 시간에 여자의 집에 와서 이 무슨 행패입니까? 단일화가 뉘 집 개 이름입니까."

노부부가 그들을 죽일 듯이 쳐다보자 그들은 맥없이 물만 먹고 일어나 돌아서 갔다. 이로써 단일화는 완전 물 건너가는 분위기가 팽배했다. 그들이 다 빠져나간 후 그녀는 "아니 당신은 이 문제를 어떻게 생각해."라고 남편에게 물었다.

"글쎄. 난 정치에 대해 아는 게 없어서 뭐라고 할 말이 없어! 당신이 그냥 알아서 해! 당신은 현재 4%밖에 안 되니 그렇게 실패하면 선거보전비용을 돌려받지 못하니까 30억인가 물어야 하잖아? 뭐! 그까짓 30억은 돈 같지도 않은 돈이긴 하지만 그래도 그런 껌값도 그렇게 날아가는 건 어째 좀 그러네."

"이 문제는 우리 넘버원 족집게 친언니에게 물어봐야겠다. 대선 완주냐, 단일화냐 이것이 문제로다."

벽시계를 보자 시간이 너무 늦은 것 같아 내일 월요일 아침에 전화하기로 하였다. 그녀는 이날 밤 잠이 들었는데 흰 수염을 길게 늘어뜨린 한 산신령이 나타나 "야, 조 후보 단일화를 하는 게 좋다. 그래야 너도 살고 보수도 살고 나라가 산다. 뭉치면 살고 흩어지면 죽는다. 명심하라."라며 슬며시 웃음을 보이고 하늘 높이 날아가는 광경이 그려지다가 갑자기 잠에서 깨난다.

"어어어, 산신령님 더 자세한 말씀을 해주셔야지요. 아아, 아. 으으, 꿈이네 꿈이야."

그녀가 소스라치게 놀라 깨어나자 남편도 너무 신기할 정도로 놀라며 깨어난다.

"당신 무슨 꿈을 꿨어? 나도 이상한 꿈을 하나 꿨는데 내 꿈에 어떤 흑색 수염을 길게 늘어뜨린 산신령이 나타나 단일화를 하면 절대 안 된다고 고함치며 당신에게 그냥 끝까지 완주하라고 전하라고 하더라고……."

"뭐야 나는 그 반대로 꿈을 꿨는데 단일화를 하라고 참 나, 기가 막히는 일이다. 이게 무슨 조화속이야! 내일 언니에게 물어보면 확실한 뭔가가 나오겠지 뭐! 잠이나 잡시다."

눈 깜짝할 사이에 이들은 아침이 되어 눈을 뜨게 되어 밥을 차려 먹고 그녀의 언니에게 전화를 하였다. 그러자 언니는 "야야, 혜란아 내가 저번에 그랬잖아! 넌 이래도 되고 저래도 되는 사람이다. 될 사람은 무조건 되고, 안 될 사람은 무조건 안 된다. 넌 단일화를 하지 않아도 된다. 네가 보위에 오를 것이다. 지금은 4%이지만 5월 21일 직전 네가 과반을 넘겨 54%가 될 것이다. 자, 됐지."라며 호언장담하였다. 기쁨에 넘치는 얘기이긴 하지만 한편으론 그게 과연 그럴까! 의아한 기분도 들었지만 혜란 부부는 넘버원 족집게 친언니의 말을 믿기로 하였다.

단일화가 완전히 물 건너갔다는 기사가 나오자 그 누구보다 기뻐한 사람은 청렴맑은당 정민식 후보였다. 그들이 단일대오가 되면 혹시 샤이보수들이 뭉칠 수가 있어서 잔뜩 긴장됐기 때문이다. 이젠 방철환의 무분별한 문란함을 집중 포격을 날리면 민식이 보위에 오를 것은 거의 기정사실임에 틀림없었다. 분위기가 그렇게 흘러가자 전국의 수많은 반려동물 애호가들과 이를 주도한 미란, 영란, 보라, 영작은 기쁨에 겨워 들뜨기까지 하였다.

　장배의 고심도 깊어만 가고 있었다. 혜란의 지지율이 이 시점에서 조금이라도 올라야 되는데 좀처럼 그럴 기미가 없어서이다. 보수양당은 몹시 갑갑한 상태로 4월 30일 마지막 날 마지막 3차 토론회를 맞이하게 됐다.

　청렴맑은당 정민식은 내일 3차 토론회에서 유치한단 소릴 듣든 말든 철환의 문란함을 집중 공격하여 기를 완전히 꺾어버릴 굳은 각오를 지니고 있다. 승자와 패자의 세계는 냉정한 것이라 그렇다.

　방철환은 모든 수단과 방법을 동원하여 정민식의 약점을 잡으려고 몸부림을 쳤다. 정민식은 워낙 반려동물들을 사랑하고 심지어 파충류도 사랑하는 마음이 있어서 뱀도 잡아선 안 된다는 주장까지 한 사람이고 지난번에 최장배가 파충류 맹독 방지법을 발의하여 무차별로 모든 종류의 뱀을 잡을 수 있게 제정할 때도 극렬히 반대한 적도 있었다.

　그런 점이 있는데 철환은 혹시 민식이 겉으로 말만 그렇고 실제로 몰래 몰래 뱀탕 같은 거라도 건강원 같은 데서 내려 먹는 이중성격자인지 늦었지만 뒷조사를 감행하기 시작하였다.

　이런 점이 포착되기만 하면 민식이 주장해 온 게 한순간에 물거품이 될 수도 있기 때문이다.

　그랬지만 3차 토론회가 열리기 직전까진 그런 물증을 잡진 못한 채 토론장으로 입장하게 된다. 철환은 답답해 죽을 지경이었다. 민식이 또 악착같이 문란함을 파고 들어올게 뻔하기 때문이다. 이게 생각보다 대처하기가 여간 어려운 게 아니었다. 왜냐하면 철환이 평소 여성 인권을 마치 자신의 휴머니즘 이미지 콘셉트 차원에서 거듭한 터라 지금 자신에게 나타난 악재는 완전 자승자박, 부메랑을 맞는 격이었다.

이날 마지막 토론회도 저녁 8시부터 시작됐는데 시작하자마자 민식은 또다시 철환의 문란함을 치고 들어오고 있었다.

"법률 장사를 이용한 파렴치한이시죠? 인권 변호사가 연애 채팅 창입니까? 지금이라도 반성하고 사퇴하실 의향은 있습니까."

"아니 정 후보님, 후보님이 노리는 건 오로지 남녀문제밖에 없네요. 남자 중에 여자를 싫어하는 남자가 과연 있나요? 또 여자 중에 남자를 싫어하는 여자가 과연 있습니까? 남녀문제는 그저 음양의 조화입니다. 왜 자꾸 이런 시시콜콜한 걸 가지고 떠듭니까? 아니 당신은 이것저것 다 캐내면 그런 문제가 없을 것 같아? 지금 넌 지금까지 룸살롱에 간 적 없어? 지금 당장 증거가 나타나지 않아서 그렇지."라며 철환은 완전 이성을 잃은 채 눈에는 눈, 이에는 이 식으로 정면 돌파할 뜻을 천명하고 나섰다.

"아니 방 후보님 지금 저보고 너라고 했습니까? 토론회 중에 나타난 욕설에 가깝군요. 당장 사과하십시오."

"왜? 기분이 나쁜가? 사과는 못 하겠다! 왜? 왜?"

"그게 무슨 소립니까? 저는 지금 공당의 대통령 후보로서 상대 후보에게 아주 정당하게 검증을 하고 있는 것입니다. 후보님이 변호사 시절 그런 추태를 보였고 현재 그 여성들이 모여 기자회견도 한다고 하지 않습니까? 이쯤 하면 사퇴하시는 게 맞지 않을까요? 그리고 상대 후보에게 너라고 말한 건 욕설에 해당되기에 이것은 토론회 직후 관계기관에 고소하겠습니다. 그럼 벌금 100만 원 물게 될 겁니다. 제게 욕을 했으니까요. 또 완전 적반하장식으로 저보고 그런 남녀문제는 똑같을 거라고 어림짐작으로 공격하는 행동은 어처구니가 없습니다. 아주 깨끗하게 인생을 살아온 깨끗한 후보인 제게 그런 막말을 퍼붓다니요."

거듭되는 정민식의 융단포격으로 방철환은 속수무책으로 밀릴 수밖에 없었다. 이를 지켜보는 조혜란 후보는 속으론 웃고 있었다. 어제 전국 넘버원 족집게 친언니와 통화 시 무조건 자기에게 이래도 되고 저래도 된다는 식으로 말했기 때문이다.

그것도 아슬아슬하게 이기는 것도 아닌 과반 이상 압도적으로 54%로 된다고 했으니 걱정할 게 아무것도 없다.

그러니 다른 후보 둘이서 남녀문제로 피 튀기게 다투든 말든 그저 재밌게 관전할 수 있는 여유로움도 있는 것이었다.

시종일관 네거티브 공방전만 오고 가다가 이날 마지막 토론회는 막을 내렸다. 날이 밝아 또다시 각종 여론조사가 쏟아졌는데 청렴맑은당 정민식과 국민밖에 모르는당 방철환의 지지율 격차가 더 벌어져 버렸다.

민식 45%, 철환 30%로 바뀌어 무려 15%나 벌어졌다. 혜란은 4% 그대로이지만 아주 굳세게 친언니의 법력을 신봉하기에 그래도 여유 만만한 기세를 이어갔다. 이날의 여론조사가 타 조사보다 더더욱 의미가 있었던 것은 어제저녁 마지막 토론회가 있은 후 하룻밤 지난 시점이란 것이었다.

그러자 청렴맑은당을 지지하는 모든 당원 및 지지자들과 인터넷 카페로 선거운동에 박차를 가했던 미란, 영란, 그리고 뒤늦게 가입하여 열띤 운동을 한 보라. 영작도 일제히 이젠 다 된 승리나 다름없다며 환호성을 터뜨리며 자축하는 장이었다.

이들은 당을 상징하는 녹색 티셔츠를 입고 앞으로 20일 남은 5월 21일 대선 선거일까지 지금 나타난 대세를 완전히 굳히려 더더욱 가열한 운동을 하리라! 다짐한다.

5월 첫날 보라, 영작은 청렴맑은당 수지구 지구당사무소에서 보게 된다. 다 각자 자신들이 하는 일이 있어서 선거운동에 몰입할 순 없지만 가능한 시간대에 하겠다고 신청해 놓은 상태이다. 좋지 않은 의견 대립으로 재회하려다가 실패했지만 또 다른 이런 공감대가 싹터 다시 재회가 될 수도 있는 분위기가 감돌았다.

수지구청 옆 3층 사무실에 들어서자 둘은 환한 미소를 보였다. "그래 영작아 너와 난 생각은 조금 달라 티격태격 다툰 적도 있긴 한데 그래도 우리의 원흉 최장배를 쓰러뜨리는 대의를 위해 모였으니 어쨌든 참 반갑긴 하다. 우리 앞으로 남은 대선 기간 잘해 보자."

"그래 누나."

두 사람은 갈라졌던 사이가 선거운동이라는 모임을 통해 급격히 친밀해지며 재회의 순간을 맞는다.

"야, 영작아 우리 이러쿵저러쿵 말다툼한 건 다 잊고 우리 다시 결합하자? 그래도 너와 내가 천생연분인 것 같다."

"그래 누나."

15% 차로 압도적인 승기를 잡은 민식은 기쁨도 있지만 앞으로 20일간 또다시 또 출렁일 수도 있는 여론의 흐름을 극도로 경계하며 긴장의 끈을 놓지 않는다.

더 강한 승기를 잡고 또 혹시 모를 막판 보수양당의 단일화의 미세한 불씨마저도 불식하는 차원에서 청렴맑은당 정 후보는 미래보수당 원내대표 최장배의 사제지간 불륜 의혹까지 새삼스레 꺼내든다. 고작 4% 수준의 조혜란 후보의 소속 원내대표의 치부라 본선과 거리감이 있는 듯해도 기저에는 앞으로 남은 20일간 별의별 변수가 다 벌어질 수도 있을 거라는 경계의식이 가슴에 그득하다.

현재 철환도 똑같은 치부로 곤두박질친 거라 동종 유사한 치부를 겪는 사람이 속한 당과 선뜻 손을 잡기 곤란한 분위기를 조성하는 복안이 깔렸다.

청렴맑은당 정민식의 이번 선거대책 전략 자체가 오로지 상대 보수 양당 후보나 관계자들의 남녀문제, 불륜 이런 걸 폭로하여 흠집을 내어 엄청난 타격을 주어 반사이익을 보는 것이었다.

선거유세 차량에서 그런 멘트를 이어갔다.

방송을 타고 알려지자 한때 몹시 괴로웠지만 마인드컨트롤을 하며 인내하던 빈나의 남편 점찬이 발끈하며 이 문제는 그냥 묵과할 수 없는 일이라며 강력한 법적조치를 경고하고 나섰다.

왜냐하면 장배가 리버힐 회장이던 당시 자신의 아내와 벌어진 일이었고 그 당시 자신도 마음고생이 이만저만이 아니었지만 이혼하지 않고 대한민국 의사로서 만인의 질병을 치료하는 휴머니즘 정신으로 버텨온 건데 이제 어느 정도 마음의 치유가 되는 듯했는데 그 문제를 또다시 그것도 아무런 해당 사항도 없는 자가 선거유세를 이용하여 새삼스레 꺼내 들었기 때문이다.

그는 자신의 입장의 멘붕 상태도 그렇지만 보라, 영작은 둘만의 입장은 전혀 다르기에 어찌됐든 이런 기회에 심적 타격을 받는 장배를 보며 아주 달콤한 기분에 빠져든다.

보라, 영작은 리버힐에서 경비, 미화 일을 할 때 장배가 아파트 회장을 맡아 사제지간 그런 의혹도 그렇고 자신들에게 온갖 갑질을 퍼부었기 때문이다.

  자신들의 한을 타인이 대신 풀어주는 모양새이긴 해도 통쾌한 기분에 사로잡혀 들뜨는 대리만족 차원이다.

  이날 장점찬은 바로 정민식을 선거법 위반 및 명예훼손죄로 고소해 버렸다.

  그의 분노는 어느 정도 치유되던 한 가정의 부부생활에 공당의 후보가 선거유세를 이용하여 심각한 고통과 타격을 줬기에 그냥 묵과할 수가 없다. 이런 것이었다.

  점찬의 법적조치가 따르자 고공비행하며 앞서가던 민식의 지지율이 다소 주춤거리기 시작하였다.

  정민식 후보가 동종 네거티브로 방철환 후보를 공격할 땐 굉장히 큰 효과를 봤는데 계속 이런 종류로 제3의 장배를 깔 땐 효과가 많이 반감되는 현상을 빚었다.

  장배는 후보가 아니라서 그런 것도 있지만 민식의 전략이 너무 그런 쪽에 치우쳐 있다는 점이었다. 점찬은 이것으로 그치지 않고 자신의 명예와 아내의 명예 회복을 위하여 아내 빈나와 함께 국민밖에 모르는당에 가입하여 앞으로 20일 남은 선거기간에 결사적으로 방철환을 지원할 것을 다짐한다.

  자신이 운영하는 페이스북에 이런 비장한 글까지 올렸다.

  〈저는 수지구 상현역 덕비병원 병원장으로서 이번 대선과 관련된 글은 극도로 자제하려 하였습니다. 하지만 지금 돌아가는 꼴을 볼 때 도저히 그럴 수가 없었습니다. 오늘 청렴맑은당 정 후보가 보인 행태는 그야말로 추악한 그 모습 자체였습니다. 무슨 미래보수당의 후보를 공격하는

13. 단일화의 강을 건너다 297

것도 아니고 원내대표를 공격하면서 실질적으론 저희 아내와 제가 너무 큰 명예훼손을 당하고 말았습니다. 정 후보의 실제 의도를 떠나 도저히 용납할 수가 없어서 아까 법적조치를 취하였고 이어서 저는 제 아내와 국민밖에 모르는당에 입당하여 방철환 후보를 적극적으로 도와 그가 당선되게 할 것입니다. 왜냐하면 정 후보는 대통령이 돼선 안 될 추악한 인간이라 그렇습니다.〉

그는 대한의사협회 중책을 맡고 있는 사람인데 이 글이 퍼져나가자 양의학 관련자들은 들썩이기 시작하였고 그 여파로 민식의 지지율이 뚝뚝 떨어지는 소리가 났다.

게다가 장점찬 부부는 더 적극적으로 방철환의 유세 현장에까지 나타나 지원 유세를 이어간다는 결기도 보였다. 한 가지 문제는 철환은 개고기 식용 권장론자라 점찬이 그를 지원하기가 모양새는 굉장히 좋지 않긴 해도 점찬은 이 부분에 대해 기자들이 몰려와 무차별 질문이 날아오면 적절히 대응할 복안도 이미 다 짰다.

왜냐하면 그는 평소 의사협회 중책을 맡아 활동하면서 반려동물들을 아낀다는 주장을 늘 피력해 왔기 때문이다. 이젠 그 이론에서 빠져나가야 할 상황이 도래하였다.

5월 1일 종각에서 국민밖에 모르는당 방철환 후보 지원 유세 시 기자들이 몰려와 "아아, 장점찬 병원장님 병원장님은 원래 반려동물들에 휴머니즘에 입각하여 아끼고 사랑해야 한다고 피력해 오셨는데 지금 병원장님이 개고기 식용론을 펴는 방 후보를 지원 유세하는 것은 배치되는 부분이 아닌가요? 이해할 수가 없습니다. 의견 부탁드립니다."라고 질문을 던졌다.

"아 네네, 조금 그렇긴 합니다만 사실 서구 많은 나라들이 그러고 있지요. 제가 그간 피력해 온 바도 그렇습니다만 반려동물을 사랑하는 마음과 개고기를 식용하는 문제하곤 약간 결을 달리할 필요도 있다고 생각합니다. 보통 식용용으로 사용하는 개는 종류가 다르기도 하죠. 그리고 한의학 쪽에선 개가 몸보신에 아주 좋다는 이론도 있기도 합니다. 여름철 보양식입니다. 저는 양의학자이지만 공감하는 입장입니다. 그래서 건강원에 개소주란 것도 있잖아요. 이 점 많은 양해를 바라겠습니다."라며 굉장히 실언 비슷한 말로 대체하였다.

그러자 엠픽 채널 기자가 "아니 병원장님 그건 앞뒤가 안 맞는 내용 같습니다. 어떻게 반려동물을 아끼고 사랑한다고 해놓고 또 식용용으로 사용하는 개가 있다는 말은 도대체 뭡니까? 개는 다 같은 개입니다. 모든 개를 아끼고 사랑하는 마음을 지녀야 맞지 않습니까."라며 날카롭게 질문을 날렸다.

몹시 난감해진 그는 얼굴이 붉어지며 어떻게 빠져나가야 할지 우왕좌왕거릴 뿐이었다.

"아 네네, 그렇게 볼 수도 있습니다만 저는 솔직히 양심선언을 하는 측면도 있습니다. 그냥 각자 알아서 몸보신이라 판단되면 그냥 식용을 하고 먹기가 찝찝하다고 생각하면 식용을 하지 않으면 되겠습니다. 무슨 먹는 음식 이런 거 가지고 왈가왈부하고 싶진 않습니다."

그러자 기자가 "글로벌 현대사회의 분위기는 개고기를 식용하지 않는 게 다수입니다. 그만큼 개는 사람과 친숙하고 밀접한 동물이라 그런 것 같기도 합니다. 현대의학의 환자를 치료하는 병원장님의 양심선언치곤 조금 궁색한 측면도 많은 것으로 보입니다. 사회적 반발도 예상되고요."

라며 반론을 제기하였다.

다소 짜증을 내는 얼굴로 변한 점찬은 "기자님 자유권이란 무엇입니까? 헌법상 자유권이 무엇인지 기자님에게 물어보겠습니다."라며 굉장히 신경질적인 반응을 보였다.

"잘 모르겠는데요. 말씀하시죠."

"자유권이란 국민이 일정한 범위 안에서 국가의 간섭을 받지 아니할 수 있는 기본권입니다. 즉 국가에 대하여 엉뚱한 짓 하지 말고 그저 가만히 있어 달라는 소극적으로 요청을 하는 기본권이지요. 유구한 전통이 빛나는 전통 재래 음식인 개고기 식용을 국가가 나서서 금지하고 제재하는 것은 어쩌면 헌법상 기본권 중 가장 기초가 되는 자유권을 침해하는 것일 수도 있습니다. 그래서 제가 부득이하게 개 식용을 권장하는 국민밖에 모르는당 방철환 후보를 공개 지지하게 됐고 지원 유세까지 나서게 되었습니다."

"글쎄요. 그렇게 보면 그렇기도 합니다만 권리는 남용되어선 안 되겠죠. 권리의 행사인 것 같아도 그 권리행사 자체가 신의성실에 어긋나거나 권리행사의 결과 신의성실에 어긋나는 상태로 되는 경우를 말합니다. 권리의 남용에 해당하는 경우 법은 이를 보호해 주지 않습니다. 권리가 그 주체의 이익을 보장해 주는 것이라고 할 때, 이익의 충돌로 인하여 모든 주체의 이익을 다 보장할 수는 없는 것입니다. 어떤 사람의 권리를 충족시키기 위해서는 다른 사람의 권리는 제한되어야 하는 경우가 있습니다. 이런 게 권리가 충돌되는 것이지요. 이런 경우 어떤 이익이 큰가를 따지고, 가능한 한 모든 주체의 이익을 보장하는 방향으로 법을 규정하고 적용해야 할 것입니다. 이런 게 비례의 원칙이라고도 합니다. 또 의무라는 하는 것은 권리에 대응되는 것이지요. 권리가 있으면 의무가 있고, 의무가 있으면 이에 대응하는 권리가 존재하는 것이 일반적입니다. 때론 예외적으로 권리 없는 의무가 있을 수가 있고, 의무 없는 권리가 있을 수도 있습니다. 국제사회의 흐름과 추세가 중요하고 국내사회도 전반적인 분위기가 중요할 수도 있습니다."

계속 사회부 기자가 물고 늘어지자 점찬은 얼굴이 붉어지며 화가 나 벌떡 일어나 "보신탕 한 그릇 가지고 참 말이 많네."라며 다른 데로 가버린다.

그의 이런 발언이 또 묘한 파장을 일으키며 다소 설득력을 얻어 민식의 지지율이 조금 떨어지는 듯하더니 사회 전반의 분위기에 편승된 사람들로 인한 시종일관 개고기 식용 금지론을 펴는 민식의 지지율이 조금씩 조금씩 회복되려는 기미가 보이기 시작하였다. 너무너무 어지러운 정치판이자 대선판이었다.

14. 감 우려먹듯, 구렁이 담 넘어가듯

　속내는 민식이 점찬의 가정사를 공격해 들어가며 장배에게 타격을 주려는 것이었는데 과거에 점찬이 주장해 온 개고기 식용 관련 내용이 공격을 받는 빌미가 되기도 하고 말이 이리저리 돌고 돌다 보니 이리저리 튀는 현상이다.
　5월 첫날은 굉장히 요란한 하루였다. 이젠 완전히 5월 21일 대선 카운트다운에 들어갔다고 볼 수가 있다.
　날이 밝자 모든 언론에 도배된 굉장히 충격적인 사건 사고가 터지고 말았다.
　정민식의 지지율이 다시 오르려고 꿈틀거리자 이에 엄청난 충격을 받은 모란시장 개 도축산업자 부부가 〈우리 부부가 몸을 던져 전국의 수많은 개 도축산업자 및 보신탕을 즐겨 식용하는 애호가들에게 자유를 주고 싶다. 더 이상 이 문제로 시끄럽지 않았으면 좋겠다. 더 이상 저런 망상적 사탕발림과 해괴망측한 이론을 펴는 개고기 식용금지론자가 사라지길 진심으로 염원하면서 기원한다. 우리 선조들이 노동일에 지칠 때나 여름철 보양식으로 얼과 혼이 서린 보신탕 가지고 왜 그리 말이 많고 탈이 많은가?

심히 개탄스럽기 짝이 없다. 간도 쓸개도 없는 것들아! 서구의 유행만 따라가는 천치 쪼다들아! 서구는 굼벵이 요리도 먹고 이보다 더한 더럽고 상상조차 할 수 없는 고기도 서슴없이 먹으며 광기를 부리고 있다.

이 세상 어느 누가 개고기 먹기 싫은 인간들에게 강제로 먹으라고 입에 처넣었는가? 먹기 싫으면 먹지 말란 말이다. 단 먹고 싶은 사람들의 자유와 권리를 침해하진 말라는 것이다. 자유롭게 음식을 먹을 수 있는 권리도 헌법상 보장된 권리일 것이다. 금지론자들은 헌법을 유린하는 자들이다. 우리 같은 개 도축산업자들의 생계를 보장하라! 보장하라! 청렴썩은당은 물러가라! 물러가라! 국민의 자유를 위하여 우리 부부가 총대를 메고 떠나련다.〉라고 혈서를 써놓고 투신하는 슬픈 사건이 일어났다.

그리고 이에 따라 전국의 수많은 개도축산업자들과 식용애호가들이 애도의 물결이 이어졌고 하늘의 가장 좋은 편한 곳으로 가시라며 향을 사르기도 하며 그 상처와 아픔을 함께하는 장이었다. 더 시간이 지나자 이들은 〈유동성 위기에 빠졌다며 우리들의 생계를 위협하지 말고 나라 살릴 궁리나 하라!〉라며 들고 일어났다.

〈유동성 함정에 빠진 우리의 삶이 잔혹하다. 한평생 개 잡는 일만 한 우리에게 이게 무슨 청천벽력 같은 소리란 말인가? 갑자기 한평생 하던 일을 접고 다른 일을 찾기가 그 얼마나 어렵단 말인가? 우리의 생계를 보장하라! 직업 선택의 자유를 침해하지 말라!

이런 문제가 이슈가 되면 보신탕 소비자들이 심리적으로 위축되어 수요를 꺼리게 된다. 그럼 우린 돈이 순간적으로 부족하거나 없는 경우에

처하게 된다.

　은행이나 회사에게 빌린 돈을 한꺼번에 갚아야 할 때 곤란에 빠진다. 창고에 계속 쌓여 있어 일시적인 불경기를 초래하여 현금으로 바꾸지 못해 일어나는 아픔도 있다. 이때 기업 같으면 워크아웃 제도라도 활용해 보겠지만 우린 영세 도소매라 그것에 해당되지도 않는다. 그래서 다 죽는다.〉

　종사자들의 끝없는 절규가 이어지자 이로써 정민식이 또다시 지지율이 주춤거리기 시작하였다. 정말 한 치 앞을 내다볼 수 없는 형국이다.

　오전 내내 개 도축산업자 부부 투신 사건으로 큰 소용돌이를 겪은 민식은 자신의 멘탈이 흔들리지 않으려고 애를 썼다.

　그 사건으로 격앙될 대로 격앙된 개 도축업자들이 전국 모든 유세지역마다 돌아다니며 저항하기 시작하였다. 급기야 오후가 되자 영등포역 앞에 중진 의원들이 지원 유세 하러 지나가던 중 양 진영의 선거운동원들 사이로 개 도축업자들과 식용 반대론자들 간, 마치 야구경기에서 빈볼시비로 서로 얽히는 것 같은 무지막지한 벤치클리어링이 일어나고 만다.

　경찰들이 대거 출동하여 뜯어말리는 과정에 양측으로부터 경찰들도 얽혀 심한 부상을 입기도 하였다. 그러자 추가로 더 많은 경찰 인력이 출동하여 그들을 연행하여 가는 사태로 번졌다.

　오후에 성남 모란시장에 지원 유세하러 나온 양 진영 중진들이 모란공원을 사이에 두고 유세를 시작하였다.

　문제는 청렴맑은당 지원 유세 하는 장소에 몰려든 개 도축산업자들은 도시락에 개고기와 보신탕을 포장하여 와 뜯어 먹으며 "이렇게 먹고 싶다. 이렇게 먹을 권리가 우리에겐 있다. 개고기를 우리의 몸은 건강해지고 있다."라며 악착같이 먹는다.

　일부 참가자들은 그때처럼 또 조선시대 농민복장을 하고 상투와 짚신을 신고 오기도 하였다.

　옆에는 〈우리의 생존과 권리를 위하여 희생을 마다하지 않고 오전에 명을 달리한 애국자 부부를 깊이 애도합니다. 그분들의 거룩한 희생과 헌신을 본받아 우리는 그런 추악한 악법이 탄생하지 않도록 기필코 청렴맑은당의 집권 야욕을 분쇄할 것입니다.〉 이런 피켓도 군데군데 나타났다. 국민들도 누구 말이 맞는지 매우 혼란스러워 여론도 찬반으로 갈려 일대 혼선을 빚으며 끊임없이 갈등의 갈등을 이어갔다.

　이윽고 5월 21일 대선 일주일 남겨놓고 여론조사 공표금지 기간으로 접어들어 갔다. 바로 직전에 진행된 조사에 의하면 청렴맑은당 정 후보 40%, 국민밖에 모르는당 방 후보 35%였고 미래보수당 조 후보는 그대로 4%로 미동도 없었다.

　5월 15일부터 공표 금지기간으로 들어가 버려 깜깜이가 돼버렸다.

　이날 해 질 녘 별안간 휴전선 부근에서 북한의 대남 비방하는 확성기 소리가 울려 퍼지기 시작하였다.

　〈남조선 정치꾼들아 잘 들어라, 우리 북조선은 괜히 쓸데없이 남조선의 대선 정치판에 끼어들고 싶진 않다. 하지만 요즘 너희들 대선판을 보니 정말 어처구니가 없고 가관이다! 무슨 한 나라의 대통령을 뽑는 자리에 개고기 식용 문제가 가장 핫한 이슈로 떠오를 수가 있는가? 우리 북조선은 우리 고려, 조선시대 선조들이 하절기 노동일에 지쳤을 때 그 개고기를 먹어가며 힘을 내어 이를 악물고 일을 하여 곡식을 재배하여 추수기에 탈곡하여 식량으로 생계를 지탱하여 산 유구한 역사가 있다. 그만큼 개고기 보신탕은 우리 북조선의 가장 대표적인 전통 음식 중에 하나이다. 이것은 남조선도 마찬가지이긴 하다. 그런데 도대체 왜 그런 게 서로 대립이 되고 금지니 반대니 규제니 법이니 뭐니 먹고 싶다느니 먹게 내버려둬 하는 말까지 그렇게 말도 많고 탈도 많은가? 참! 먹는 음식 가지고 다투는 인간들은 세상 살다 살다 처음 본다. 옛말에 음식 먹는 사람에겐 침도 뱉지 않는다는 말도 있지 않은가? 가련한 중생들아! 우린 너희들 때문에 너무 화가 나 지쳤다. 그래서 오늘은 개고기 좀 끓여 먹어야겠다.〉

이에 한국 휴전선 부근 장병들은 경악을 금치 못하고 망연자실 충격 속으로 빠져들었다.

한국에서 북한으로 보복성 비방하는 확성기 소리를 냈다.

〈얘들아 너희들 정신상태도 온전치가 않다. 이런 음식 문제는 조금 그렇긴 한데, 이것 말고 또 다른 문제들은 너희들은 더 몇 천, 몇만 배 더 골치 아픈 인간들이다. 개과천선하거라! 남의 나라 선거에 이러쿵저러쿵 갑질 개입하지 말고 너희들이나 잘 먹고 잘 살아라! 더 이상 할 말이 없다.〉

개고기 문제로 잠잠했던 남북이 다시 긴장감이 감돌고 살벌한 분위기가 연출되기도 하였다.

깜깜이가 시작된 날 곧바로 북한의 대남 선거 비방 확성기 사건은 정치권뿐만 아니라 대다수 국민들에게도 여러 가지 추측을 낳고 이 문제가 대선에 미칠 유불리를 따지는 셈법도 복잡해져만 가는 듯하였다.

일단 북이 개 식용을 두둔하고 금지론을 맹비난한 점을 들어 국내 정치권 중 식용권장론을 편 보수양당이 유리할 것이라는 것과, 금지론을 편 야당에게 타격이 올 수도 있다는 전망을 내놓기도 하였지만 그게 꼭 그럴지 아닐지는 지켜봐야 할 상황이었다.

되레 반대 현상이 나타날 수도 있기 때문이다.

한편 깜깜이 바로 전에 조금도 변함없이 4%로 극심한 부진을 드러낸 혜란은 앞으로 불과 일주일 사이에 자신의 친언니가 예언한 대로 과반 이상 압도적 54% 득표로 당선될 것인지! 자못 긴장감이 역력했다.

장배는 이성을 잃은 듯 도무지 이해할 수 없다는 반응도 내비쳤다. "아니 후보님 제가 생각할 땐 도저히 이해할 수가 없습니다. 직전 4%였는데 후보님이 54% 최다득표로 된다는 넘버원 족집게 후보님 언니 되시는 분의 예언은 그게 과연 말이 되는 건지 뭔지 이건 완전 뜬구름 잡는 이론 같습니다. 사실 저는 지금껏 단일화에 대해 진짜 치가 떨릴 정도로 반대 입장을 가진 사람입니다만 사실 이 문제가 그리 간단하진 않습니다.

제 개인적인 입장으론 국민밖에 모르는당 쪽에서 저를 모함하여 문란 행위자로 몰아 출당시켜 버렸기에 지금 당장이라도 쳐들어가 다 때려 엎고 싶긴 한데 선거라는 건 때론 대의를 위하여 절대 악과도 손을 잡아야만 하는 게 숙명론이기도 합니다. 그래서 말씀인데 제가 이 시간까지 결사적으로 반대만 하긴 했지만 조금은 마음이 움직이고 있습니다. 지금 늦었지만 보수단일화를 위해 저쪽 원내대표를 제가 한번 만나보겠습니다. 극적 결말이 나올지 누가 압니까? 저는 후보님의 대선 승리를 위하여 모든 자존심을 다 훌훌 털어 버렸습니다. 그게 제가 사는 방편이기도 하고요."

때늦은 장배의 말에 혜란은 깜짝 놀라며 "아니 장배 씨 내가 그렇게 주장할 땐 꿈쩍도 하지 않더니 이제 이렇게 늦은 시간에 그걸 내세워 되겠습니까? 너무 현실성이 없습니다. 그리고 우리 넘버원 족집게 친언니가 내게 넌 단일화 없이도 끝까지 완주하면 보위에 오를 거라고 확언했지요. 난 그걸 확실히 믿습니다."라며 끝까지 무격신앙에 의지하는 자세를 견지했다.

"아니 후보님 무슨 무속을 그렇게 절대 신봉합니까? 그건 미신이잖아요. 만약 그게 맞지 않으면 어떻게 하실 겁니까? 그땐 땅을 치고 후회해도 소용없는 일 아니겠습니까? 제가 있는 자존심 없는 자존심 다 버리고 한번 접촉해 보겠습니다."

"아야 그게 말이 돼? 관둬라 관둬……. 걔들이 우릴 얼마나 혹독하게 모함하여 내쫓았는데 우리가 지금 이렇게 굽히면 완전 굴복하는 거잖아? 아 그럴 거 없다니까! 야 장배야 그냥 가만히 있어! 지금 네가 그런다고 걔들이 응해 줄 것 같아? 걔들이 하지도 않아! 그냥 눈 딱 감고 일주일만 기다려."

그녀의 완강한 거부로 미래보수당은 막판 단일화를 위한 어떤 시도도 없이 그저 그냥 5월 21일 선거일 결과를 지켜봐야 할 상황으로 치닫는다.

깜깜이 시작 바로 다음 날이 되자 지난번 3차 토론회 할 때 정민식이 폭로한 방철환이 변호사 시절 가정법률 상담 시 수많은 이혼녀들을 꼬드겨 애인으로 만든 문란행위에 대해 그 해당 여성들이 집단 기자회견을 자청하고 나선 엽기적 일이 일어나고야 만다.

회견을 할까 말까 수많은 고심을 거듭한 끝에 〈이런 남자가 보위에 올라서 되겠는가? 우리가 어쩌다가 그의 애인이 됐나?〉란 문구를 현수막을 걸고 국회 합동 기자회견장으로 들어섰다.

오전 10시였는데 민식보다 5% 뒤지던 철환은 속이 완전 뒤집히는 심정을 가눌 길이 없었다. 이게 완전 치명타가 될 수도 있어서 그렇다.

철환은 저 여자들을 다 허언증 환자로 몰거나 허위사실유포죄로 몰고 싶긴 해도 자칫 그럴 수도 없는 게 거의 웬만한 유력증거가 있기 때문이다.

현재 5% 차를 극복하는 유일한 길은 서둘러 미래보수당과 극적 단일화밖에 없으리라! 다시금 곱씹는다.

지난달 28일 일요일 밤늦은 시간에 혜란의 집 역삼동 훨츠크라운 맨션에 찾아가 극적 막판 단일화를 시도했지만 그녀가 완강히 거부하며 스토커로 신고하겠다며 으름장을 놓는 바람에 속절없이 돌아설 수밖에 없었던 쓰린 기억도 있긴 하지만 지금 그냥 손을 놓고 있으면 그저 그렇게 꼼짝없이 무엄한 야당 청렴맑은당에게 정권을 뺏기는 사태가 올 수가 있어서이다.

지금이라도 늦긴 하지만 만약 극적 보수 단일화가 이뤄진다면 청렴맑은당 정민식 40%, 국민밖에 모르는당 방철환 35%, 미래보수당 조혜란 4%라 철환과 혜란이 합치면 39%로 민식 40%를 단 1%차로 바짝 붙어 극적 역전승을 거둘 가능성도 상당하다.

1% 차는 얼마든지 투표 당일 묘한 실바람에 의하여 뒤집어엎을 수도 있는 여력이 존재하기에 지금 이 순간 국민밖에 모르는당 방철환 후보로서는 절체절명의 순간을 맞이했다고도 봐야 한다.

지난번 그녀가 스토커로 신고한다고 겁을 주긴 했어도 오늘 또 모든 위험을 무릅쓰고 쇄도해야 되는 것 아닌가! 숙고에 들어갔다.

자유민주주의 시장경제 보수주의를 위한 길이 과연 무엇인가! 벌써부터 그가 오늘 저녁 또다시 혜란의 집으로 들어갈 것이라는 속보가 뜨자 그녀뿐만 아니라 장배도 머릿속이 보통 혼란스러운 게 아니었다.

혜란, 장배는 머리가 터질 것만 같았다. 현실 데이터 정치에 귀의할 것인가! 무속신앙을 절대 신봉할 것인가! 바로 이것이 문제였다. 장배는 전자였고, 혜란은 후자였다. 서로 어떤 결론을 내질 못하고 시간만 축내고 있을 뿐이었다.

물론 최종 결정권자는 후보가 내려야 하는 것이었다. 조혜란의 선택이 보수의 존망이 걸렸다.

연일 뉴스속보는 보수양당이 막판에 단일화를 할 것인가! 말 것인가! 이것만 가지고 온갖 추측이 난무하기만 하였다.

오늘 오전 청렴맑은당의 사주를 받은 것으로 의심되는 여성들이 집단 기자회견을 열어 철환에게 심각한 타격을 주었기에 데미지가 너무 큰 상태에 이젠 더 이상 기댈 곳이 없는 처지에서 그는 앞에 뵈는 게 아무것도 없고 묻지 마 막가파식으로 해 질 녘 전까지 무지막지한 선거운동을 한 후 또다시 혜란의 집으로 향하였다.

역삼동 휠츠크라운 맨션 앞에 그와 캠프관계자들이 다다르자 뉴스 속보와 실시간 유튜버들도 취재하느라 난리법석이다. 아직 혜란이 문을 열어주진 않은 상태이다.

급기야 혜란은 자신의 넘버원 족집게 친언니에게 이 상황에서 긴급 전화를 넣었다. "아니 언니 지금 뉴스 속보 보고 있지? 얘가 계속 이러는데 이걸 어떻게 해야 하지? 지난번에 그렇게 알아서 잘 따돌려 보냈는데 얘가 또 그러네! 이걸 어떻게 할까? 단일화에 응해? 아니면 얘를 스토커로 신고해 버려? 어차피 둘 중 하나야, 얘는 말로는 안 되는 놈인 것 같아! 뭐야."

"야, 혜란아 내가 분명히 그랬지? 될 사람은 이래도 되고 저래도 된다. 안 될 사람은 이래도 안 되고 저래도 안 된다. 이런 건 실력이고 뭐고 능력이고 뭐고 다 필요 없다. 그냥 하늘의 운으로 되는 거다. 넌 무조건 될 사람이다. 보위에 오를 사람은 너밖에 없다. 네가 된다. 이상 끝.”

"그럼 얘를 스토커로 집어넣어? 그냥 곤히 가라 하면 안 가는 성격이니까 말이야! 공권력의 힘을 빌려야 꺼질 것 같은데….”

"야, 그냥 신고해, 집어넣어 늦은 밤에 외간 남자가 여자의 집에 찾아와 만나달라고 찝쩍거렸으니 말이야! 명백한 스토킹 범죄다.”

족집게 친언니의 조언에 힘입어 혜란은 가감 없이 112를 눌러버렸다. 시각은 밤으로 들어가는 저녁 8시가 조금 넘어가고 있었다. 철환은 그녀의 집 앞 대문에서 서성이고 있었다.

경찰들이 들이닥쳤다. 경찰들이 국민밖에 모르는당 방 후보에게 다가가 "자 후보님 여기 집주인인 미래보수당 조 후보가 스토커로 방 후보를 신고하여 출동하게 됐습니다. 자 파출소로 가시죠.”라며 상황을 알렸다.

그러자 당 관계자들은 "뭐요? 조 후보님이 우릴 스토커로 신고했다고요? 이건 말도 안 됩니다. 이것도 정치적 선거유세의 일환입니다. 이게 무슨 그렇게 될 수가 있습니까? 이런 건 그런 유형의 남녀 간 연애 문제로 그러는 건 아니잖아요? 전혀 다른 차원입니다. 경찰들이 그것도 모릅니까? 나 원 참! 으으.”라며 탄식을 쏟아낸다.

이 사건이 실시간으로 유튜브로도 나가자 현재 청렴맑은당 정민식 후보 당선을 위해 선거운동 중인 미란, 영란, 보라, 영작은 너무 기쁘고 재밌다며 환호성을 터뜨린다.

"우아! 저것들 너무 웃긴다. 완전히 개콘이다. 우후후후. 돈 없으면 집에 가서 빈대떡이나 부쳐 먹지 남의 여자 집에 가서 단일화 요구가 웬 말이냐? 단일화가 무어냐.” 그녀들의 환호성의 내용이었다.

그러자 경찰은 "그래요. 어쩌겠습니까? 그렇게 신고를 하겠다는데요.

물론 정치적인 목적이라 충분히 참작은 됩니다만……. 그럼 우리가 조 후보님에게 신고를 취소하라고 제안할 테니 이선에서 방 후보님이 그냥 돌아가는 게 어떨까요? 그냥 합리적으로 합시다. 국민적 이목도 있으니까요. 어쨌든 남녀 간의 그런 스토커 개념은 아니니까 서로 배려와 양보가 필요할 것 같습니다."라며 중재안을 내놓았다.

방철환 후보 측 관계자들도 이 장면이 방송으로 다 나가는 부분이 꽤나 신경 쓰여 그냥 철수하는 편이 낫겠다는 의사를 후보에게 전하였다.

"후보님 쉽지 않겠습니다. 오늘은 이만 돌아서 가는 편이 낫겠습니다. 매스컴 때문에 그만 그냥 철수하시지요."

"아 네, 제가 생각해도 그렇게 호락호락하지 않네요. 일단 철수합시다."

돌아서 가자 경찰은 이 상황을 조혜란 후보에게 알리고 법적인 문제는 그냥 넘어가 달라고 제안하자 그녀는 "좋다."라고 했다.

이날 밤 철환은 앞이 먹먹하기만 하였다. 5%의 벽을 어떻게 극복할 수 있을까! 혜란의 4%를 합쳐야만 한다는 절박감은 그저 희망 사항에 그치는 것인가!

밤을 지새우고 나면 4일밖에 남지 않은 시간이다. 무슨 기적이 일어날 것인가! 꿈이라도 좋은 꿈을 꾸고 싶단 희망을 품고 눈을 감았다. 잠이든 지 불과 40분가량 지났을까, 무슨 희한한 꿈을 하나 꾼다.

산에 올라갔다가 무슨 야릇한 메아리 소리에 홀려 걷고 걸어가자 낭떠러지가 나왔고 높이로 볼 때 자칫 떨어지면 죽을 수도 있다는 두려움도 잠시 그냥 마냥 끝자락 지점에 닿아 앉았다. 그런데 남들 같으면 굉장히 두려움에 오금이 저릴 자리인데도 그는 아주 평온함 속으로 빠져든다.

땀을 식혀주는 실바람이 불고 산까치와 까마귀들이 한데 어우러져 그 지점으로 날아온다. 얼른 다른 데로 떠나지도 않고 그의 주변을 끊임없이 빙빙 돌기만 하였다. 그러다가 잠에서 깨났다.

"어어, 이게 꿈인데 이게 무슨 의미일까! 해몽할 줄을 모르니 뭐! 에라 이 모르겠다. 또 잠이나 자자."라고 혼잣말로 중얼거리다가 또 잠이 든다.

말 그대로 지금 현재는 완전 깜깜이라 여론을 알아낼 길도 없어 속만 타들어 간다. 그저 운명에 맡겨야겠다. 이런 마음만 먹을 뿐이었다.

날이 밝자 17일이 되어 사전투표일 첫날이 됐다. 내일까지 이틀에 걸쳐 사전투표를 실시한다. 시작하자마자 양 진영이 결집하기 시작하여 투표소로 달려 나갔다. 그야말로 역대급이었다. 벌떼 같았다. 다음 날 2일째도 그랬다.

사전투표는 부정이 개입될 수도 있다는 말도 많고 탈도 많은데도 아랑곳하지 않고 막 달려든다.

그 후 이윽고 5월 21일 대망의 대선 본투표일이 도래하였다. 이날도 마찬가지였다. 그냥 막 달려들기 시작하였다. 비 오기 전날 몹시 후덥지근할 때 개미 떼 같았다. 목숨 건 벌떼와 개미 떼를 보게 된다.

나의 주권을 찾으리라! 이것이었다. 투표할 땐 주권 행사를 한다고 생각하는데 끝나면 그 주권은 누구에게 가는가?

저녁 8시 정각이 되자 방송 6사 출구조사를 발표한다. 결과는 예상 그대로였다. 청렴맑은당 정민식 후보가 보위에 올랐다. 40%를 얻었다. 국민밖에 모르는당 방철환 후보 35%를 차지했고 미래보수당 조혜란 후보 4%에 그쳤다. 각 당사 안의 상황실에서 개표상황을 지켜보던 이들은 희비가 교차하며 보위에 오른 민식은 벌떡 일어나 기쁨의 함성을 질렀고, 철환은 고개를 푹 숙였고, 혜란은 갑자기 통곡하기 시작했다.

냉혹한 승부 세계를 보는 한 장면이었다. 혜란이 보위에 오르면 총리라도 하려고 잔뜩 벼르던 장배는 화가 치밀어 올라 갑자기 비상문을 발로 팡 차고 나가 "어휴~~ 이게 뭐야! 내가 단일화하라고 할 때 했어야지! 이게 뭐냐고 우아아아아."라고 괴성을 지르며 눈에 보이는 탁자며 의자를 막 집어던지고 다 부숴버린다.

"무슨 넘버원 족집게 말이나 듣고 믿고 이게 뭐야! 참! 한심하다. 한심해! 으으악악악악." 하며 괴성을 연발하며 분노를 삼킬 줄을 몰랐다.

혜란은 앞이 아무것도 보이질 않았다. 전국 넘버원 족집게 친언니가 자기보고 과반 이상 54%로 압도적으로 당선되어 보위에 오를 거라고 말한 것은 그저 농담이었단 말인가!

그녀는 당사 선거상황실에 도저히 앉아 있을 수가 없었다. 어떻게 고작 4%란 말인가! 대선 전 여론조사에서 나온 그대로 하나도 변함이 없는 수치였다.

온몸의 힘이 쭉 빠져 다리마저 후들후들거렸지만 분노의 항의 차 벌떡 일어나 밖으로 뛰쳐나간다.

화장실로 들어가 아무도 들어오지 못하게 문을 걸어 잠그고 친언니에게 전화를 넣는다. 언니가 받았다.

"왜."

"아니 언니, 언니가 나보고 54%로 압도적으로 보위에 오를 거라고 말한 건 뭐야? 뭐냐고? 난 그것만 찰떡같이 믿고 있었잖아." 굉장히 격앙된 목소리였다.

"야, 왜 그걸 나에게 따지는 거야? 내가 누가 될지 그걸 어떻게 알아? 난 아무것도 모르는 사람이야! 세상사 앞날은 아무도 모르는 거다. 그냥 죽기 살기로 노력을 할 뿐이지 뭐."

"언니가 그랬으니까? 내가 무조건 된다고 될 사람은 무조건 되고 안 될 사람은 무조건 안 된다고 어쨌든 나는 무조건 되는 사람이라고 그래서 막판 개 철환이가 내게 찾아와 단일화하자고 그렇게 졸랐지만 언니가 무조건 내가 된다고 하여 그걸 믿고 걔 단일화 제안을 걷어차 버린 건데 이게 뭐냐고? 언니가 잠자코 가만히 말을 안 했으면 그 단일화에 응했으면 박빙의 차로 철환이가 보위에 오르면 내게 최소 총리는 줄 거 아냐! 그럼 지금보단 훨씬 낫지! 난 지금 10%도 안 나와 고작 4%라 선거보전비용도 돌려받지 못할 판이야! 그래서 내가 꼼짝없이 30억을 물게 생겼다고 으윽 그 돈이 아아, 악 그 돈이, 돈이 날아간다."

"야, 넌 돈도 많은 애가 왜 그래? 그까짓 30억 가지고 말이야! 그게 돈이야? 야, 그렇게 원통, 절통, 분통이 터지면 그냥 어디 가서 소주나 한잔하고 들어가 잠이나 푹 자, 뭐! 그까짓 보위에 오르는 게 뭐! 별거냐? 그거 별로 좋은 직업도 아니야! 피곤해! 그리고 여자 나이 76세에 그런 거 총리 자리 같은 거 하면 그게 뭐 좋냐? 하루살이 같은 자리다. 야, 그냥 노후에 건강관리나 잘하고 편히 쉬었다가 가."

"뭐야? 내 나이를 들먹거려? 왜 왜 왜 내 내 나이가 어때서. 정치에 나이가 있나? 으악."

"으흠, 참 큰일이다. 어쩌다가 내 동생이 대통령 병에 걸려서 그만 심히 안타깝다. 안타까워! 야, 전화 끊는다. 난 그만 쉬고 싶다. 오늘도 너무 피곤하다. 야야, 내 나이가 너무 많아 피곤하다. 나이 들면 다 필요 없다. 이 세상 하직할 날만 하루하루 기다리는 것이다."

이윽고 자정이 훌쩍 넘어가자 정민식 후보가 당선이라고 방송 6사 자막에 떴다. 그는 보위에 오른 것을 수락하기 위한 수락 연설문을 발표하기 위하여 국회 앞으로 향하였다.

연설이 시작되었다.

"아 네, 국민 여러분 대단히 감사합니다. 오늘의 이 영광을 모두 다 국민 여러분께 드립니다. 그간 선거기간에 줄곧 이슈가 된 반려동물 문제, 개고기 식용과 금지 문제, 온갖 사생활 네거티브가 판을 쳤지만 제가 어떻게든 반려동물을 함부로 여기는 사람들은 강력히 엄벌에 처하게 정책을 펼 것이고 특히 개 식용은 절대 일어나지 않게 강력한 규제를 해나갈 것입니다. 이 또한 엄벌에 처하게 될 것입니다. 그리고 경제민주화가 이루어질 것입니다. 다 복안이 있습니다. 다른 모든 복잡한 문제들도 이 순간만큼은 다 훌훌 털고 개혁해 나갈 것이며 미래로 미래로 전진하여 나갈 것입니다. 저희 진보 청렴맑은당이 앞으로 깨끗하고 청렴한 맑은 세상을 만들어 나가겠습니다, 여러분."

"우아아아아아."

전국의 청렴맑은당을 지지한 사람들은 너무 기쁘고 들떠 제대로 잠을 못 이루는 가슴 벅찬 날이기도 하였다.

날이 밝아 아침이 되자 그간 정민식을 위하여 열렬히 선거운동을 한 반려동물을 사랑하는 모임과 개 식용 금지 연합회는 광화문 한자리에 모였다.

인터넷 카페를 개설하여 주도적 역할을 한 영란, 미란과 이혼했다가 장배를 타도하고 갑질 가해자 추방 운동을 펼친 보라. 영작이 다 모여 축제 도가니 속으로 빠져들었다.

"와아 우리가 미래보수당 최장배라는 직장동료와 혈투에서 승리했다.

우리의 숙적 직장동료를 쓰러뜨렸다. 직장동료와 혈투에서 최종 승리자는 우리다. 우리가 이겼다. 만세 만세 만세."

이들은 열광하며 기쁨을 감추지 못했고 큰 승리의 함성으로 목 놓아 외쳤고 또 자축하며 막판 보수 양당이 극적 단일화를 하지 않나! 노심초사, 전전긍긍하기도 했지만 결국 결렬된 것에 대해 엄청난 큰 행운으로 여기며 하늘의 가호가 뒤따랐다고도 자평하기도 하였다.

이들은 이날 이젠 반려동물을 아끼고 사랑하며 고양이 사체도 소중히 다뤄야 한다는 구호도 외치며 어느 직장이든 갑질이 완전 사라지는 사회가 되길 바란다는 결의문을 외쳤다. 또 불법 부당 해고 금지도 외쳤다. 그리고 정치지도자의 덕목 중 가장 소중한 것은 색욕을 뿌리 뽑는 것이라는 것까지 주창하였다. 왜냐하면 모든 범죄의 원천은 색욕에서 뻗어 나오기 때문이다. 이를 위해 더 강한 특별법을 제정해 달라는 것을 정부에 강력히 제안할 것을 천명하는 장이었다.

청렴맑은당 정민식을 명예훼손죄로 고소까지 하며 복수극을 펼쳤던 장점찬은 그간 국민밖에 모르는당에 뒤늦게 가입하고 방철환 후보 지원 유세를 하러 다녔는데 선거결과 고배를 마시자 충격 속으로 빠졌다.

21일 대선이 끝나고 이틀 지난 23일 오전 10시에 갑자기 청렴맑은당 전 권리당원 1명이 폭로를 한답시고 국회에 나와 기자회견을 자청하고 나섰다. 일종의 양심선언 내지 공익 제보 같은 것이었다.

어제 이미 당선자가 나왔기에 아무런 의미도 있을 수가 없기에 별로 관심을 끌 수도 없었고 시기상으로도 이해할 수 없다는 반응이 지배했다.

난데없이 이번에 보위에 오른 청렴맑은당 정민식이 아주 오래전에 지인들과 수원 남문의 한 보신탕집에 들어가 개고기를 먹는 장면이 나왔고 어제 당사 휴게실에서 선거캠프 관계자들과 당선 축하 파티를 여는 자리에 개고기를 잔뜩 주문하여 차려놓고 소주, 맥주, 막걸리를 마시며 회식을 하는 동영상을 튼다.

그는 정치입문부터 시종일관 반려동물에 대한 지극한 사랑을 주장했고 선거기간 내내 반려동물을 아끼는 법안 및 개고기 식용 금지 정책까지 들고 나와 입법화할 것을 공약으로 밝힌 사람이었다.

그래서 이와 같은 생각을 가진 국민들에게 많은 지지를 이끌어낸 것이었다.

그랬던 그가 예전에 보신탕집에 들어가 개고기를 먹는 장면과 당선 하루 만에 개고기를 차려놓고 술을 먹으며 회식하는 장면은 이번 대선에서 그의 당선을 위해 선거운동을 한 사람들뿐만 아니라 그의 정책 공약을 믿고 표를 준 반려동물 애호가 및 개고기 식용 금지론자나 지지자들에게 심히 경악스럽고 큰 충격에 빠뜨리는 한 장면임에 틀림없었다.

심지어 오늘 아침 7시경 자신이 사는 의왕시 학의동 한 아파트 분리수거장 앞에서 길고양이가 나타나자 "에잇 이런 고양이 새끼가 이런 더러운 것이."라며 발로 걷어차려는 몸짓을 취한 장면도 그대로 동영상에 고스란히 포착되어 알려져 버렸다.

추가로 그가 예전 정치입문 하기 전에 의왕시 초평동 쪽에서 중소제조업을 경영한 적이 있었는데 그 당시 직원 수가 약 20명쯤 됐는데 무려 절반 넘는 13명을 불법 부당 해고를 가한 일도 알렸다.

게다가 아무런 이유도 없는데도 괜히 트집 잡아 온갖 갑질을 가하여 일부 직원들은 엄청난 스트레스를 받아 노이로제가 걸려 신경쇠약으로 다니지 못하는 일도 빈번하게 있었다. 그리고 여직원들에게 성적 착취까지 시도한 것까지 다 까발렸다.

지지자들은 오래전에 보신탕집에 들어가 개고기를 먹는 장면은 분명 충격이었고 대선 끝나고 개고기를 먹은 것도 더더욱 큰 충격적인 사건인데 그러나 아주 오래전에 있었던 그 이외의 일들도 심각한 수준인데 이상한 건 보통 폭로라는 것은 상대에게 타격을 주는 것인데 그러려면 선거일 전에 해야 하는데 그땐 하지 않고 선거 다 끝난 시점에 이걸 뒤늦게 폭로하는 것 자체도 도무지 이해할 수 없다는 반응이 주였다. 당선 결과가 나온 상황에서 뒤늦게 그래 봤자 뭘 어쩌라는 것이었다.

청렴맑은당 정민식의 이와 같은 행위는 상대당 후보 쪽에서 하는 바람에 그들이 최대 약점으로 잡혀 곤혹스러움을 겪어 어쩌면 선거를 망쳤다고도 볼 수가 있는데 오히려 그와 똑같은 행위를 민식도 저지르는 인물이었다는 점이었다. 민식이 타당 후보들에게 집중 네거티브로 삼았던 내용과 똑같은 행위를 민식도 저질렀다는 점이다.

그러자 미란, 영란, 보라, 영작은 자신들이 이번 대선에서 민식을 보위에 오르게 하려고 열렬히 선거운동을 한 일을 땅을 치고 후회하며 탄식하게 되었다.

"야 미란아 쟤도 그랬으면 우리가 그 열을 내며 고양이 사체 유기 사건 가지고 투쟁한 건 아무런 의미가 없잖아? 쟤 민식이도 똑같은 놈이잖아? 쟤가 철환이나 장배와 무슨 차이가 있어? 똑같이 개고기 먹고 고양이를 발로 걷어차려고 하고 아무 이유도 아닌 걸로 부당 해고 하고 말이야."

"그래 영란아 이번 우리의 선거운동은 괜한 쓸데없는 시간 낭비였다. 지금 저 청렴맑은당 권리당원 1명이 저런 폭로를 선거 전에 했으면 우리가 민식이를 찍을 아무런 이유가 없지! 이게 뭐야? 이것은 유권자를 기만한 사기다."

"야 웃긴 건 진짜 저 권리당원이 도대체 왜 선거 다 끝나고 자기네 소속 후보가 보위에 올랐는데 자기네 당선자의 오랜 치부나 최근 일어난 치부를 폭로하냐고? 보위에 오른 민식의 치부를 까발린 걸까? 너무 이해할 수가 없고 헷갈려! 쟤 미친놈이다. 아니면 그냥 약을 올리려고 우린 이래도 보위에 올랐다고 우쭐대고 과시하며 상대를 속을 죽이는 비열한 짓?"

"저 새끼들 다 앞으로 고양이 영혼의 저주가 뒤따를 것이다. 고양이가 때리는 천벌이 올 것이다. 우후후후."

이들이 개선하려 했고 타도하려 했던 사항을 이들이 지지하는 후보가 똑같이 그랬단 대목이다.

"어어, 쟤도 개고기 먹고 고양이를 발로 차려고 하고 직원들 갑질하고 부당 해고 하고 성적 착취, 이게 뭐야, 그럼 다른 당 후보나 우리의 숙적 장배와 뭔 차이가 있어."

"어머머 그러네! 우리가 고양이 사체 때문에 힘을 모아 장배를 막으려고 참신한 청렴맑은당 민식이를 민 건데 쟤도 철환이나 장배나 똑같다. 우리가 선거운동을 잘못했다. 실수였다."

다시 재회한 보라, 영작도 이날 저녁 식사를 하며 푸념을 늘어놓는다.

"야, 영작아 저 사람 대통령된 놈도 떨어진 놈이나 똑같잖아! 개고기 먹고 고양이를 때리려고 하고 직원들에게 갑질하고 성적 학대 뭐 다 하네! 그럼 우리가 열나게 선거운동 한 것은 말짱 도루묵이잖아? 근데 웃긴 건 저거 청렴맑은당 전 권리당원이란 사람이 선거가 다 끝난 다음에 저런 걸 폭로하고 난리야! 끝난 후에 하는 폭로가 무슨 의미가 있다고 그럼 그냥 쇼가 되는 거지! 그 전에 해야 폭로겠지! 참! 희한한 세상에 살고 있다. 쟤 의도가 뭘까? 선거가 끝난 후에 폭로한다. 그 전엔 그냥 가만히 있다가 그걸 왜 하느냐 이것이 궁금하다. 왜? 왜."

"보라 누나, 난 그런 걸 몰라! 내가 저 사람 마음속으로 들어갈 수가 없잖아! 앞으로 지켜보면 알게 될까? 왜 그러는 건지 말이야."

"야, 이 세상에 진짜 믿을 놈이 없다. 다 그놈이 그놈이다. 사기꾼 새끼들 너희들 다 앞으로 고양이 영혼의 저주가 뒤따를 것이다. 자신이 주권을 지녔다고 판단하고 주권을 행사한 날의 실질적 주권은 누구에게 돌아가는가."

"나도 몰라."

작가의 말

사회구조나 인간 구조는 모든 게 갑을 관계로 형성되어 있다. 이 갑을 관계는 국가 간 갑을, 국내 간 갑을, 사람 간 갑을, 가족 간 갑을, 직장 간 갑을, 동료 간 갑을, 현금 간 갑을, 카드 간 갑을, 건강 간 갑을, 자동차 간 갑을, 주택 간 갑을, 그 외에 너무 많아 셀 수조차 없을 정도로 많다.

갑은 자신이 갑이라는 이유로 갑질을 가한다. 인간 본성은 그 누구나 타인을 지배하고픈 충동을 느낀다. 보이지 않는 지배, 보이는 지배로 나뉘어 끝없는 그런 지배를 하며 또 하루가 그렇게 지나간다.

자기 자신은 타인을 그토록 지배하였으나 정작 그 자기 자신은 타인으로부터 지배받길 싫어한다. 그럴 시 증오하기도 한다.

누구나 이런 스트레스를 안고 살아가긴 하는데 이를 어떻게 슬기롭게 극복하느냐에 따라 일정 부분 행복이란 것이 찾아올 수도 있다.

짚어보면 그래도 엘리트 부류라면 똑같은 유형의 갑질로 인한 스트레스가 밀려오더라도 이를 극복하려는 의지 내지 뚝심을 발휘하곤 한다.

그만큼 가치가 있고 명예나 재력을 쌓을 수 있는 길이기에 그렇다.

하지만 하루살이 업종 같은 부류인 상태에서 그와 같은 갑질로 인한 스트레스가 밀려오면 이를 어떻게 해야 한단 말인가?

극복하려는 의지 내지 뚝심을 그 얼마만큼 기대할 수 있단 말인가?

그만큼 가치도 없고 명예도 아닌 재력은 더욱 아닌 업종인 상태에서 버틸 수 있을까?

설령 그렇게 버티지 못한다면 또 어떻게 할 수 있나?

갑질을 당한 을은 한동안 극심한 고통을 느끼며 이를 이겨내고자 알코올로 최면을 건다.
이때 그 알코올 처방이 본질적 효과도 없고 취했을 때 그때 그 순간뿐이라는 걸 직시하게 된다.
결국 몸만 망가진다.
문제는 을 자신이 상처와 아픔을 몸소 뼈저리게 느꼈다면 그 자신이 다른 병에게 그런 질을 하지 않아야만 순리가 된다.
그런데 그 을은 자신이 갑에게서 받은 갑질을 고스란히 병에게 무참히 을질을 가해버린다.
병도 그런 똑같은 상처와 아픔을 받을 거라는 것을 충분히 인식하면서도 그렇다.
을의 을질로 인해 깊은 고통을 받은 병은 극심한 고통을 느끼며 이를 극복해 보고자 알코올 및 노래연습장을 통해 최면을 시도한다.
이때 그 알코올 및 노래 처방이 근본적 해결책도 아니고 취했을 때, 막 소리 지를 때 그 순간뿐이라는 걸 직시하게 된다.
끝내 정신과 육신만 만신창이가 된다.
병은 을에게서 당한 을질로 깊은 상처와 아픔을 받았으면 깊게 깨닫고 자기 자신은 다른 정에게 그런 질을 하지 않아야만 순리가 된다.
그런데 그 병은 자신이 을에게서 받은 을질을 고스란히 정에게 가혹하게 병질을 가하고 만다.
정도 그런 똑같은 상처와 아픔을 받을 거라는 것을 충분히 인식하면서도 그렇다.

병의 병질로 인해 깊은 고통을 받은 정은 극심한 고통을 느끼고 이를 잊으려고 알코올 및 노래연습장 및 나이트를 통해 최면을 걸며 빠져나오려고 몸부림을 친다.

이때 정도 마찬가지로 위와 같은 것들이 그때 그 순간뿐이라는 것을 느끼며 공허함을 느낀다.

상처 받은 정은 또 다른 만만한 대상 무를 찾아 정질을 가하고, 이로 인해 고통받은 무는 또 다른 만만한 대상을 찾아 무질을 가하며 스트레스를 푼다.

자신이 애틋하게 여기는 온갖 종류의 동물들을 보면 마음이 안쓰러울 때도 있고, 또 그 동물들이 힘들어하면 같이 마음이 힘들고, 아파하면 같이 마음이 아프기에 이렇듯 혼연일체로 정신적 귀의가 되어 어떻게든 자신이 사랑하는 종류의 동물들을 먹거리로 사용하는 것 자체를 경멸하며 격렬히 반대하며 저항하기도 한다.

이런 부분은 심정적으론 충분히 이해가 될 수 있고 공감도 가능하긴 하다.

그렇지만 인간의 생각 내지 사상, 가치관이란 다 일률적일 수가 없고 기계적으로 무슨 공식처럼 맞출 수가 없는 영역이란 것도 직시할 필요도 있다.

어쩌면 자신이 그토록 사랑하는 동물들을 먹거리로 사용한다는 점에 대해 경멸적 행동과 저항심을 지닌다면 이 또한 변형된 갑질, 먹거리 문화로도 해석 가능하다.

어느 영역이든 갑질이란 정의는 실은 이래도 그만이고 저래도 그만인 일을 괜히 쓸데없이 이랬으면 좋겠다, 저랬으면 좋겠다고 시비 간섭하는 것을 뜻한다.

마치 프로야구팀의 감독이나 코치가 선수에게 지시하는 것과 같은 행동을 자행하는 것이다.
히트 앤드 런, 런 앤드 히트, 번트, 강공 드라이브, 이렇게 해, 저렇게 하라, 달려라, 멈춰라.
물론 이것은 갑질이 아니다. 감독이나 코치라면 당연히 그래야만 한다. 직업구조이기 때문이기도 하고 또 선수들도 마땅히 수긍하게 된다.
하지만 그런 직업적 역학관계나 위치가 아닌 구조하에서 앞서 적은 바 대로 그런 온갖 갑질이 날아오면 당하는 상대 입장은 어떨 것인가?
단, 직업적 역학관계 위치 구조하에서도 지나치면 갑질이 되기도 한다.
한평생 살면서 한 인간이 다른 개인적인 문제들로도 굉장히 피곤하고 힘든 건데, 도대체 왜 감독, 코치도 아니면서 작전지시를 하고 코치하려 드는가?
『직장동료와 혈투』는 비단 직장 내, 그뿐만 아니라 인간의 심리를 탐구하는 영역에 있어서 내면에 도사리고 있는 상대를 누르고 싶어 하는 본성, 갑질 충동에 대해 짚어보았다.
비유적으로 비교적 정치꾼들은 국정감사나 본회의든 토론이든 뭐든 할 때 서로 핏대를 올리며 서로 누가 갑인지 모르나 서로가 갑이라 여기고 막 갑질을 시도하고 을은 을질, 병은 병질, 정은 정질, 무는 무질을 하며 그때그때 순간순간 스트레스를 받아도 명예나 기타 이익이 뒤따르므로 이겨낼 의지를 보인다.

  그래도 그들이 선거유세장에 나타나면 시민들이 마치 유명 영화배우나 유명 스포츠선수 그 이상으로 환호하고 열광하지 않는가?

  그렇기에 위와 같은 스트레스가 와도 버틴단 것이다.

  하지만 그런 게 전혀 없는 서민형 업종 종사자들은 위와 같은 무지막지한 열차 꼬리 같은 무슨무슨 짓들을 어떤 의지로 버텨낼 수가 있는가?

  이때 살며시 이들의 상처와 아픔을 대변하는 양, 위로하는 척하며 해결해 줄 것처럼 이들의 정신작용을 흔들어 어부지리, 불로소득을 챙기는 자들이 무수히 많다. 우려먹는 것이다.

  문제는 우려먹힌 건데, 그렇게 생각하질 못하고 주권을 행사한 거라고 판단한다.

  그 누구나 마음의 평온을 찾아 부디 행복감을 느끼며 살다가 이 생애 마감할 때 미소 지을 수 있기를 진심으로 기원하면서 염원한다.

2025년 7월 3일
박종삼